读客

读客彩条外国文学文库

熊猫君激发个人成长

M ORAVIA

战火中的女人

[意] 阿尔贝托·莫拉维亚 著

蔡蓉 译

LA CIOCIARA

江苏凤凰文艺出版社
JIANGSU PHOENIX LITERATURE AND
ART PUBLISHING

图书在版编目（CIP）数据

战火中的女人 / （意）阿尔贝托·莫拉维亚著；蔡蓉译. —— 南京：江苏凤凰文艺出版社，2023.11

ISBN 978-7-5594-7755-2

Ⅰ.①战… Ⅱ.①阿… ②蔡… Ⅲ.①长篇小说 – 意大利 – 现代 Ⅳ.① I546.45

中国国家版本馆 CIP 数据核字 (2023) 第 085263 号

LA CIOCIARA by Alberto Moravia

© 2019 Bompiani / Giunti Editore S.p.A., Firenze-Milano

1957 First edition published under Bompiani imprint

2019 First edition published as Bompiani / Giunti Editore S.p.A.

www.giunti.it

www.bompiani.it

through Bardon-Chinese Media Agency

Simplified Chinese translation copyright © 2023 by Dook Media Group Ltd.

All rights reserved.

中文版权 © 2023 读客文化股份有限公司

经授权，读客文化股份有限公司拥有本书的中文（简体）版权

图字：10-2021-174 号

战火中的女人

[意] 阿尔贝托·莫拉维亚 著　蔡 蓉 译

责任编辑	丁小卉	
特约编辑	张靖雯　孙宁霞　李文结	
装帧设计	陈绮清	
责任印制	刘 巍	
出版发行	江苏凤凰文艺出版社	
	南京市中央路 165 号，邮编：210009	
网　　址	http://www.jswenyi.com	
印　　刷	番茄云印刷（沧州）有限公司	
开　　本	880 毫米 × 1230 毫米 1/32	
印　　张	11.5	
字　　数	263 千字	
版　　次	2023 年 11 月第 1 版	
印　　次	2023 年 11 月第 1 次印刷	
标准书号	ISBN 978-7-5594-7755-2	
定　　价	79.90 元	

江苏凤凰文艺版图书凡印刷、装订错误，可向出版社调换，联系电话：010-87681002。

第一章

啊，当我离开我的家乡，来到罗马当新娘的时候，那是多么美好的时光！你们当然听过这样一首歌谣：

> 乔恰里亚的女人当新娘，
> 有人送细绳，有人送鞋子。

我把我的一切都献给了我的丈夫，细绳和鞋子，因为他是我的丈夫，他把我带到了罗马。我当时很高兴来到这里，却不知道我正是在罗马遭受了厄运。我长着一张圆脸，一双大大的、黑黑的、有点儿发呆的眼睛，我浓黑的刘海几乎长到了眼睛处，头发梳成两条粗绳子似的辫子。我的嘴唇像珊瑚那样鲜红，我笑起来的时候，露出两排整齐紧凑的洁白的牙齿。我当时身强体健，头顶戴上垫圈，能顶上五十千克的东西。我的父母都是农民，但是，他们给我准备了体面的嫁妆，就像给一个贵妇人准备的似的，都是三十件一套：三十条床单，三十个枕套，三十条头巾，三十件衬衫，三十条短裤，都用了质地细腻的毛料和妈妈用织机纺出来的布料。有些床单还是绣花的，上面有许多美丽的刺绣。我还有很贵重的红珊瑚项链、金耳环和红珊瑚耳环、镶着红珊瑚的金戒指，还有一枚镶红珊瑚的金别针。除了这些，我还有祖传的金首饰，以及一枚可以别在胸前的纪念章，上面有一颗非常美丽的浮雕宝石，宝石上雕了一个牧人赶着一群羊。

我的丈夫在台伯河畔大街五号小巷经营一家小食品店。他在店铺上面租了一小套房间，从卧室窗口伸出身子，我可以用手指触摸牛血般鲜艳的招牌，上面写着"面包和点心"。小套间有两扇窗户朝向院子，两扇窗户朝着大街，一共有四个小房间，狭小而且低矮，但我把它们布置得井井有条，有些家具是从鲜花广场买来的，有些是祖传的。整个卧室布置一新，仿木的镀铜大床绘着图案，床头装饰着花束和花环。大厅里有一张漂亮的细木沙发，铺有花卉图案的布套；两张同样质地、铺同样布套的小沙发；一张圆餐桌；一个餐具柜，柜子里放着用来装水果的、带鲜花图案的镶金边细瓷盘子。

我的丈夫每天一早就下楼去店铺，我留下整理房间。我清刷、擦洗、掸灰尘，打扫每个角落和每样东西。清扫完毕之后，家里亮堂得就像一面镜子，柔和、宁静的阳光从挂着雪白窗帘的窗户投射进来，我打量着屋子，看见它被整理得那么整齐、洁净，所有的东西井井有条，心中不禁升起一种说不出的高兴。啊，拥有一个属于自己的家是多么美好！这个家跟任何人都无关，也没有任何人知道它，我就靠打扫和整理它来安度一生。清扫完毕以后我就穿好衣服，仔细地梳头，提上篮子到市场去采购。市场离家只有几步路，我在货柜间转悠一个多小时，主要不是为了采购什么，因为货架上的大部分东西，我们的小店里都有，我只是什么都看看，水果、蔬菜、肉、鱼、蛋。我对这里的一切都了如指掌，我喜欢计算价钱和赚头，估价质量，识别卖家的欺诈手法和伎俩。我还喜欢讨价还价；拿起东西掂掂分量，把它放回原处，然后又回来讨价还价，最后，我什么也不买。那些卖主中有人向我献殷勤，向我暗示他会送给我免费的东西，只要我顺从他，但我让他很快明白，我不是那一类女人。我一向傲慢，一点儿小事就会让我发火，气得热血直往脑门上冲，幸运的是，女人不像男人那样兜里揣着刀子，否则，我也可能会杀人的。

卖家中有一个我最讨厌的人，死乞白赖地纠缠着我。有一天，他竟要硬行塞给我什么东西，我拿起一根大别针，在他后面紧追不舍，幸亏警察出来干预，否则我就把大别针戳到他的脊梁骨里去了。

我情绪饱满地回到家里，烧水做汤，放进香料、几块骨头和几片肉，随后下楼到店铺去。我在那里也很愉快，我们什么都卖：面条、面包、大米、干豆、罐头、酒和油。我站在柜台后面就像一位女王，手臂光裸到胳膊肘，胸前别着那枚带有浮雕宝石的纪念章。我拿东西过秤，用铅笔敏捷地算账，再用一张黄纸把东西包裹起来，递给顾客。他，我的丈夫，动作就比较缓慢。说起我的丈夫，我忘了说，我跟他结婚的时候，他几乎是个老头，有人说我跟他结婚是因为有利可图，不错，我从来就没有爱过他，但是上帝可以做证，我一直是忠于他的，尽管他却谈不上忠于我。他是一个有主见的男人，可怜的家伙，他最大的主见就是，以为别的女人都喜欢他，实际情况正好相反。他长得肥胖，但并不是那种健康的肥胖，眼睛里布满血丝，一张蜡黄的脸，就像涂抹了一层烟草屑。他脾气暴躁，内向，粗野无礼，谁跟他有不同意见就得倒霉。他时不时地离开店铺，我知道他去找某个女人了，但我敢发誓，如果他不给钱的话，女人们是不会顺从他的。要知道，有钱就有一切，金钱甚至能诱使一个新娘撩起裙子。当他心情愉快甚至热情、彬彬有礼时，我马上就明白，他的欲望得到了满足。相反，在他找不到女人的时候，他就变得情绪阴沉，对我没有好气，甚至打骂我。有一次，我对他说："你如果需要，就去找妓女吧！可你别碰我，否则，我就离开你，回我的老家去。"

而我不愿要情人，尽管我已说过，有许多人追求我。我全部的兴趣都在家庭和店铺里，我生了女儿以后，全部心思就放在女儿身上。爱对于我来说已无关紧要，甚至，也许可以说，由于我的丈夫是那样的苍老和难看，爱已几乎让我讨厌了。我只想安安静静地生活，我什么也不缺。再说，不管发生什么事情，女人应该忠于丈夫，即便男人就像我的丈夫那样不忠于女人。

几年以后，我的丈夫再也找不到顺从他的女人，即便用钱也找不到了，于是他变得令人难以忍受。也许是没有女人的缘故，他重又纠缠我，想强迫我，但不是像丈夫跟妻子那样，而是像妓女跟嫖客之间那样。即便是我头一次作为新娘来罗马的时候也不愿意这样做，当时我觉得自己这样幸福，以至我几乎以为我爱上了他。于是我对他说，我再也不愿意跟他做爱，不管是像新娘那样，还是像妓女那样。他第一次揍我，打得我鼻血直流。后来他见我态度坚决，就不再纠缠我，不过他开始恨我了，并且用各种方式折磨我。

这一切我都忍受了，但骨子里我也恨他，不愿意再看见他。我在忏悔时，把这一切都向神父坦白了，总有一天，事情会闹得不可开交的。这位神父倒确实是个真正的神父，他劝我任劳任怨，向圣母倾吐我的全部痛苦。我还雇了一个小女孩干家务，这个叫比采的姑娘才十五岁，是亲戚推荐给我的。她几乎还是一个小女孩，我的丈夫却开始盯上她了。当他看见我忙于应酬的时候，就离开店铺，疾步登上楼梯，溜进厨房，像一头狼似的向她扑过去。这一次我教训了他，要他别再打扰比采。可是，他屡教不改，继续纠缠比采，我把她辞退了。他因此变本加厉地恨我，他开始叫我乡巴佬："乡巴佬回来了吗？乡巴佬在什么地方？"

总之，这真是名副其实的折磨。当他得了重病的时候，说心里话，我几乎觉得浑身轻松自在。不过，我还是诚心诚意地照顾他，就像丈夫生病时妻子应当做的那样。谁都清楚，我不再照顾店铺了，整日守在他身边，甚至连觉都不睡了，末了，他死了。于是我重又体验到差不多是幸福的感觉。我有店铺，有一套房，有一个天使般的女儿，确实，我对生活再无所求了。

一九四〇年、一九四一年、一九四二年、一九四三年，那些年是我一生中最幸福的时光。当时正在打仗，没错，但我对战争一无所知，我的心里只有我女儿，因此对我来说什么都无关紧要。他们如果愿意，就相互残杀好了，用飞机，用坦克，用炸弹，对我来说，只要保住店铺和房子就够了，就像我当时那样。实际上，我不了解战争。我会算账，也会在明信片上签字，但说老实话，我认不了多少字；报纸我也看，但只关心黑幕新闻中的凶杀案件，而且还是让罗赛塔给我读报。德国人、英国人、美国人、俄国人，对我来说，就像俗话所说的，屠夫、杀手，都是一丘之貉。光顾店铺的军人们说，我们在那个地方要打胜仗，我们要去这个地方，我们将会如何，我们将干什么，我就告诉他们，对我来说，只要店里生意好，什么都行。

我的生意确实不错，哪怕当时实行讨厌的配给制，罗赛塔和我几乎整天手里拿着剪刀忙乎，好像我们是两个裁缝，而不是老板。我精明能干，店里生意不错，我在过秤的时候，总能多赚一点儿，另外，因为实行定量供应，我们也做一些黑市生意。罗赛塔和我不时地关上店门，到我的家乡或附近别的地方去。我们带上两个空的大纸箱，然后满载而归，什么都带一点儿：面粉、香肠、鸡蛋、土豆。我买通了警察，因为他们也饿着肚子，这样，我偷偷卖出的东西，要比公开卖出的多。

有一个警察打算讹诈我。他来到店里，对我说，如果我不跟他做爱，他就告发我。我不动声色地对他说：

"好吧……你稍晚一点儿到我家里来。"

他脸红了，好像被打了一下似的。他什么也没说就走了。在约定的时间，他来了，我让他跟我去厨房，我打开一个小盒子，抽出一把刀子，突然指着他的脖子说：

"你要告发我，我就先把你宰了。"

他大惊失色，急忙说他只是开一个玩笑而已。他又补充说：

"你难道不是和其他女人一样吗？你不喜欢男人吗？"

我回答他说：

"这些事情你该去对别的女人说……我守寡，我开了这店铺，我心里只有店铺……对我来说，爱已经不存在了，你最好记住我的话。"

他没有马上相信我的话，又献了一段时间殷勤，不过态度倒是毕恭毕敬的。而我说的是大实话。罗赛塔出生之后，也许在此之前，我对爱情就不再感兴趣了。我就是这么一个人，从来不能忍受别人碰我。如果我的父母当年没有为我定亲，我相信今天我可能还是母亲造就我时的样子。

尽管我个子矮了些，随着岁数的增长，还胖了些，但我脸上的皮肤细腻，没有皱纹，一双黑黑的眼睛，牙齿雪白，我是讨男人喜欢的。那段时间，就像我说过的那样，是我一生中最幸福的年头，数不清的男人向我求婚。但我知道，他们是被店铺和房子所吸引，连那些一本正经地爱我的人也不例外。也许连他们自己也不清楚这一点，对于他们来说，店铺和房子比我更有吸引力，他们自欺欺人。但我有自己的判断，我想：

"为了店铺和房子，我难道会委身于任何一个男人？为什么他们就与我不一样呢……我们都是用面喂大的人。"

他们不说是富人，但至少应当是小康人家。然而不是，他们是一些失意的人，一眼就看得出来是急切需要结婚的人。那不勒斯安全部门的一个家伙，比别人装得更像坠入情网的样子，竭力地诱惑我，对我无比殷勤，甚至以那不勒斯的方式叫我"切西拉太太"。我一针见血地对他说：

"看看，如果我没有店铺和房子，你会对我这么说话吗？"

那人至少还是明白的，他笑着回答：

"可房子和店铺你已经有了。"

的确是这样，不过，他直言不讳，因为我已经打破了他的任何希望。

战争继续进行，可我并不关心。电台在歌曲之后播送战情公报的时候，我对罗赛塔说：

"关上，关上那收音机……这伙瘟神，都是些杂种，他们想相互厮杀就厮杀吧，我可不愿意听这些事，他们打仗跟我们有什么关系？他们不征求穷人的意见就那么干起来，穷人反倒要背井离乡，所以，我们这些穷人不关心这些事是天经地义的。"

不过，话又说回来，应该承认，战争对我是有利的。我越来越多地做高价的黑市生意，越来越少地按政府规定的价格做门市生意。那不勒斯和其他城市开始挨炸的时候，不断有人来对我说：

"我们逃吧，他们会把这里所有的人都杀光。"

而我回答：

"他们不会来罗马的，因为罗马有教皇……再说，如果我走了，谁来照看店铺呢？"

我的父母亲也从乡下给我写信，要我上他们那里去，但我拒绝了。罗赛塔和我越来越频繁地带着箱子下乡，然后又带着我们弄到的东西返回罗马。乡下的物品丰富，可农民不愿意把东西卖给政府，因为政府压价很厉害，他们等我们这些跑黑市的人来，按市场价格收购这些东西。除了把箱子装得满满的，我们还把许多东西藏在身上。我记得，有一次回罗马，我把几千克的香肠缠在裙子里的腰带上，看起来像怀了孕似的。罗赛塔把鸡蛋藏在胸前，后来，把它们拿出来的时候，都是热乎乎的，就像母鸡刚刚下出来的一样。

然而，这样的长途跋涉是很危险的。有一次，在弗罗西诺内附近，一架飞机朝火车射击，火车在旷野停了下来。我让罗赛塔下车，躲在壕沟里，而我没有下车，因为我们的箱子里都装满了东西，车厢里有些家伙的面孔让人不放心，一只箱子很快就被人偷走了。于是，我躺在座位之间的地上，把座位的垫子放在身上和头上，罗赛塔和其他人下车，躲在壕沟里藏身。飞机射击了第一遍以后，在空中转了一圈，又折回来射击，它在停靠的火车上空低低地盘旋，飞机的引擎声震耳欲聋，机关枪的扫射声就像下雹子一样。然后，它飞远了，一切又恢复了平静。所有人回到了车厢，火车又启动了。那一次，他们向我展示了那些像手指一样长的子弹。有人说是美国人，有人说是德国人。但我对罗赛塔说：

"你应该给自己准备嫁妆了，士兵们要从前线回来的，不是吗？而打仗的时候，他们整天开火，想方设法互相残杀……得了，我们也该结束这趟买卖回去了。"

罗赛塔什么也没有说，只是说我去什么地方她就跟我去。她的性格温柔，跟我大不一样。天晓得，如果世界上有天使的话，那便是她。

我总是对罗赛塔说：

"你对上帝祷告，让战争再延长两年……那样，你不仅可以准备好嫁妆，还会变成富人。"

但她不吭声，只是叹气，末了，我弄明白了，她爱上的一个人在前线，她时时刻刻担心小伙子被打死。他们互相通信，他现在正在南斯拉夫。我设法打听到，知道他是朋泰柯尔沃人，家里有一点儿土地，他学过会计，由于战争中断了学习，但他打算战争结束以后再继续学业。于是，我对罗赛塔说：

"重要的是他从前线回来……其余的事情由我来替你考虑。"

罗赛塔兴奋地搂住了我的脖子。那时，我确实有把握说：我来替你考虑。我有房子，我有店铺，我有私藏的钱，要知道，战争总有一天会结束，一切会恢复正常的。罗赛塔还给我读了她未婚夫最近的一封信，我特别记得其中这样一句话：

"这里的生活很艰难，这些南斯拉夫人不愿意受我们欺压，我们时时刻刻处于戒备的状态。"

我对南斯拉夫一无所知，但我还是对罗赛塔说：

"我们去那个国家干什么呢？我们不能待在自己的家里吗？那些人不愿意受欺压是在理的。"

一九四三年，我做了一笔大生意。我把许多香肠——有十几千克——从赛尔莫内塔镇弄到了罗马。我跟一个运水泥到罗马的卡车司机达成了协议，他把香肠藏在水泥袋下面，就这样把香肠安安全全地运到了，我赚了不少，因为大伙儿都需要香肠。也许正是这笔香肠生意使我没有注意到正在发生的事情。从赛尔莫内塔回来的时候，别人对我说，墨索里尼逃跑了，战争真的就要结束了。我回答说：

"墨索里尼也好，巴多里奥[1]也好，或者其他什么人，对我来说，都无关紧要，只要店铺生意好就行。"

再说墨索里尼，他跟我没有丝毫关系，我讨厌他那双贼兮兮的眼睛和那张蛮不讲理的、从不安静的嘴巴。我一直在想，从他跟佩塔契这个女人勾搭的那一天开始，事情就越来越糟了，因为人们知道，爱情能使上了年纪的男人失去理智，墨索里尼认识那个姑娘的时候，他的年纪已经够当祖父了。

1　彼埃特罗·巴多里奥，意大利将军。一九四三年，意大利法西斯政权摇摇欲坠，他被意大利国王任命为总理，代表意大利与盟国签订和约。——译者注（如无特别说明，本书注释均为译者注）

七月二十五日[1]那个晚上带来的唯一好处，就是他们把加里波第大街上的一家后勤商店翻得底朝天。我跟其他人也跑到那里去了，我在头上顶回来一大块帕尔马奶酪。上帝赐予人们一切恩惠，人们把所有的东西都席卷一空了。我的一个邻居，把市政厅办公室里的一只陶土火炉装在小车上运回了家。

那个夏天发生了各种各样的事，人们出于恐惧，便在家里囤积物品，而且总不满足，他们在地窖和储藏室里放的东西比在商店里的东西还多。我记得，有一天，我带了些香肠去威内托大街的一位夫人那里，她住在一幢漂亮的公寓里，一位穿制服的仆人给我开了门，我把香肠放在通常带的硬纸箱中，夫人满身散发着香气，身上佩戴了许多首饰，就像圣母下凡似的。她在客厅里迎候我，身后是她的丈夫，一个矮个儿的肥胖男人，夫人几乎是以感激的心情拥抱了我，说道：

"亲爱的……噢，亲爱的……上这边来，请坐……请过来，请过来。"

我跟着她走到一条过道，夫人打开了储藏室的门，于是我看见了上帝的全部恩赐。储藏室里的东西比一家香肠奶酪店的还多。那是一间排放了许多食品架的没有窗户的大房间，食品架上放着一排约一千克重的油浸沙丁鱼盒子，还有一排美国、英国产的罐头，一包包面条、面粉、豆子、糖果，几十千克的火腿和香肠。我对夫人说：

"您这里的东西足够吃十年。"

但她回答说：

1　一九四三年七月二十五日，鉴于局势不可逆转的恶化，国王下谕逮捕墨索里尼。

"难说。"

我把香肠放在一边，她丈夫从钱包里掏出钱，一五一十地付给我。此刻他的双手由于兴奋而颤抖不已，只是一个劲地说：

"你一有什么好东西，就想着我们……我们可以付比别人高出百分之二十甚至百分之三十的价钱。"

总之，所有人都在囤积食物，不惜为此付出任何代价。而我没有考虑储备食品，我习惯于把金钱看成最宝贵的东西，而钱是不能吃的。因此当饥荒降临的时候，我就一无所有了。店里的货架空空的，只留了几卷面条和几罐廉价沙丁鱼罐头。钱，是的，我手里有的是，我不再把钱存在银行里，而是小心地藏在家里，因为据说政府要关闭银行，没收穷人的积蓄，而现在，再也没有人愿意要钱了。让我感到难受的是，我在黑市上用高价卖出得来的钱，如今又在黑市上用高得吓人的价格花掉了。

这时，德国人和法西斯卷土重来了。一天早上，我路过圆柱广场，看见法西斯分子的黑旗悬挂在墨索里尼大厦的阳台上，整个广场上都是武装到牙齿的身穿黑衬衫的男人。七月二十五日晚上制造骚乱的那些人，如今贴着墙根逃之夭夭了，就好像老鼠见到了猫一样。我对罗赛塔说：

"但愿战争很快结束，大家就又有吃的了。"

五月的一天早上，有人来对我说，维特街那里在分发鸡蛋。我去了，那里确有两辆装满鸡蛋的卡车。可并没有分发什么东西，只见一个穿着短裤和衬衣的德国人，斜背着自动步枪，监督着别人卸鸡蛋。路人三五成群地围观，默不作声地望着卸下的鸡蛋。他们死死地盯着，完全是一副挨饥受饿的样子。看得出来，德国人害怕人们哄抢和袭击，因为他的手按住步枪，不断环顾四周，不时地向旁边跳跃几下，仿佛沼泽边的一只青蛙。他是一个白白胖胖的年轻人，整个人被晒得红红的，大腿和胳膊上晒得更厉害，就像在海边过了一天似的。围观的人眼看着鸡蛋不分给他们，开始小声嘀咕，然后声音越来越大。德国人看见周围起了骚动，不禁害怕起来，他举起枪，朝着人群瞄准，喝道：

"走开，走开，走开！"

我昏了头，也是因为那天早上我什么都没有吃，我饥肠辘辘地朝着他大喊：

"你给我们鸡蛋，我们就走。"

他把枪瞄准我，重复说：

"走开，走开。"

我做了一个挨饿了的手势，把手捂在嘴巴上。然而他不理解，突然把枪口对准我的肚子，推搡我，我感到一阵疼痛，于是怒气冲冲，大声嚷道：

"你们不该把墨索里尼赶下台……他比你们要好……自打你们来了之后，我们就再没有吃的了。"

我不知道什么缘故，这一番话竟使得人们笑了起来，许多人就像我的丈夫一样，冲着我喊道：

"乡巴佬。"

人群中有人对我说：

"唉，斯顾尔戈拉来的女人，报纸你没有读过吗？"

我大发雷霆，说：

"我是瓦莱科尔萨人，不是斯顾尔戈拉人……再说我不认识你，我不跟你说话。"

但这些人还是笑嘻嘻的，连德国人也笑了起来。这时，他们把鸡蛋放在打开的纸箱里，所有的鸡蛋都是白色的，很好看，他们把鸡蛋搬到了商店里。

我又忍不住叫了起来：

"喂，浑小子，我们要鸡蛋，你懂吗……我们要鸡蛋。"

从人群中走出一个警察，命令我说：

"您走开吧，这样对您会好些。"

我回答他道：

"你吃过了吗？……我可没有。"

他打了我一个耳光，狠狠地推了我一把，把我赶回到人群中。说实话，我真想宰了他，我跟他吵起来，把我想说的所有的话统统甩给他听，可周围的人推我，搡我，让我离开。最后，我走了，慌乱中，我还丢了一条头巾。

我回到家里，对罗赛塔说：

"如果我们不马上离开这里，我们会饿死的。"

她哭起来了，说道：

"妈妈，我害怕极了。"

我感到很不好受，因为在此之前，罗赛塔从没有说过什么，也从来不埋怨什么，相反，她的镇静不止一次给了我勇气。我对她说：

"傻瓜，怕什么？"

她回答说：

"人家说，他们会派飞机来，把我们统统炸死……还说他们有一个计划，首先炸毁铁路和火车，然后把罗马孤立起来，什么吃的也没有了，谁也不能逃到农村去了，他们就会把所有的人炸死……啊，妈妈，我害怕极了……季诺一个多月没给我来信了，他的情况我一点儿也不知道。"

我竭力安慰她，对她重复说一些连我也知道已经不是事实的事情：什么罗马有教皇啦，什么德国人很快就会赢得战争啦，没什么可害怕的啦。但她剧烈地抽泣，我不得不抱住她，摇晃她，就像她两岁时那样。我抚摩她的时候，她仍然不停地抽泣，反反复复地说道：

"妈妈，我害怕极了。"

我想，她确实不像我，我什么东西都不怕，也不怕任何人，就长相来说，罗赛塔也不像我，她有一张小羊羔似的面孔，大大的眼睛，温柔而几乎多愁善感的表情，小巧的鼻子，挺直在嘴巴稍上的地方，漂亮而富有肉感的嘴巴从下巴上面伸出来，正像绵羊的嘴巴一样。她的头发使人想到绵羊的毛，金褐色的，非常稠密而卷曲，她的皮肤白皙、细腻。而我的头发是黑色的，肤色发暗，像是被太阳晒的。终于，为了安慰她，我对她说道：

"大家说英国人来是迟早的事情，只要他们来了，就不会再有饥荒了……再说，你知道，我们该怎么办呢？我们到乡下去，投靠外祖父母，我们在那里等到战争结束。他们有吃的东西，他们有豆子、鸡蛋，还养了猪崽，再说在乡下总是可以找到东西的。"

于是她问道：

"那房子怎么办呢？"

我回答说：

"我的女儿，我也想过……我们租给乔万尼，先说定了，但……我们回来的时候，他原封不动地归还……至于店铺，把它关了，店里也全空了，眼下没有什么能卖的了。"

应该说明，这个乔万尼是个经营煤炭、木材的商人，是我丈夫的朋友。他是一个身材魁梧的大汉，秃头，脸色红润，有着粗硬的小胡子，眼神柔和，我的丈夫在世的时候，他们是好朋友。晚上，他们和街区内其他店的老板一起在酒馆聚会。他经常穿着宽松的衣服，小胡子下的牙齿叼着半截熄灭了的烟卷，我总看见他手里拿着一个小本子和一支铅笔，一个劲地算账和记事。他的态度跟他的眼神一样，温柔、多情、和蔼。罗赛塔小时候，他看见我时总是问道：

"小宝贝怎么样？……小宝贝在干什么？"

我再来谈一件我自己也不十分清楚的事情，因为有些事情发生之后，容易怀疑它是否确实发生了，特别是当事人在偶然干了这件事之后，再也不提起它，而且若无其事，就像什么也没有发生过一样。我丈夫还活着的时候，乔万尼有一天上我家里来。我正在做饭，我记不得他用什么借口走进厨房，坐了下来，我站在炉灶后面，他开始说这说那，末了把话题转到我的丈夫。我一直以为他们是朋友，所以当他突然说出下面这番话的时候，你们可以想象我是多么吃惊。

"切西拉，你说说，你是怎么嫁给那个无赖的？"

他确确实实用了"无赖"这个词，我几乎不相信我的耳朵，我转身打量他：他坐着，温柔、平静，嘴角叼着熄灭的烟卷。他又说：

"总而言之，他活不长，过不了多久就会死的……他拼命跟妓女鬼混，总有一天把脏病传给你。"

我说道：

"谁会理睬我的丈夫？他晚上回家，钻进被窝，我便把身子转向另一侧，道声晚安。"

于是他说道，或者我觉得是他说道：

"可你还年轻，你想当修女吗？你年纪轻轻，你需要一个爱你的男人。"

我问他：

"这关你什么事，我不要男人，即使我有这种需要，跟你有什么关系？"

他站了起来，我好像记得他走到我的跟前，用手抬起我的下巴，说道：

"对你们女人，总是需要把话说得一清二楚，毫不含糊……你需要我，不是吗？你从没有想到我吗？"

从那以后过去了许多年，关于这件事，我的记忆混乱了。但我几乎能够肯定，他要求我跟他做爱，我还可以肯定，当时我回答他说：

"你不害臊吗？维钦佐是你的朋友。"

他回答说：

"什么朋友，我不是任何人的朋友。"

我可以发誓，他对我说，如果我把他带到卧室，向他叉开双腿，他会给我钱的。他打开钱包，把钞票一张一张地抽出来，放在厨房的桌子上，一双眼睛盯着我，重复道：

"还要放吗？还是够数了？"

我不动声色，直到我觉得我的愤怒劲头已经过去了，我才大声叫他滚开。他收起钞票，走了。

所有这一切的确发生过，我是不会捏造事实的，可是，自那以后，他不再提起这事，在我丈夫去世以后也只字不提。他的举止恢复到过去的样子，朴实、热情、温柔。于是我开始怀疑自己是不是做了一个梦，他在我梦中称我的丈夫为无赖，要我跟他上床，把钱放在厨房的桌子上。时间一年年地过去，这种什么事情也没有发生过的感觉有增无减，有时我甚至想到，我确实是做梦了。然而，不知道什么缘故，在整个这段时期里，我明白，乔万尼是唯一真正爱我的男人，他爱我这个人，而不是爱我的东西，在困难的时刻，他是我唯一可以依赖的人。

于是，我上乔万尼那里去。我在堆满柴垛和煤袋的昏暗的半地下室里找到了他，那个夏天，煤炭是唯一可以在罗马找到的商品。我对他谈了我的想法，他静静地听着，眼睛在半熄灭的烟卷上方眯着。他说道：

"你放心……在你外出的时间里，我给你照看店铺和房子……这很棘手，特别是在这种时候……我确实不知道我为什么这么做……也许是为了一个善良的灵魂才这样做的……"

听到这几句话，我感到不舒服，因为我觉得耳边又响起他的声音："你是怎么嫁给那个无赖的？"

我几乎又一次不相信自己的耳朵。突然，我不由自主地说：

"我希望你这样做也是为了我。"

我不知道我为什么这么说，也许我深信他爱我，在那个困难的时刻，他会为我做些好事，因为他自己说过愿意为我效劳。他注视了我一会儿，取下嘴角的烟卷，把它放在桌子边上。他朝半地下室的门口走去，登上台阶，把门关上，用横杠把门闩好，我们一下子就陷入一片漆黑。我这才明白过来，我不敢出声，心脏剧烈地跳动，我不能说这件事让我难堪，只是觉得慌乱不堪。我想，也许是因为环境：混乱的罗马，饥荒、恐惧，抛弃店铺和房子引起的失望，在我的生活中没有一个男人能给我像其他同样境遇中的女人一样的感觉，给予了我帮助，赋予了我勇气。在我的生活中，眼前的事情是第一次发生。而他在黑暗中向我贴来，我觉得我的身体就像散架了似的柔弱、温顺。当他在黑暗里挨着我，拥抱我的时候，我的第一个冲动的反应就是紧紧贴着他，用我呼吸急促的嘴唇寻求他的嘴唇。他温柔地把我放在煤袋上面，我委身于他，此刻，我第一次感到我确确实实委身于一个男人，尽管那些煤袋子坚硬，尽管他身体沉重，我都尝到了柔情和快感。

完事之后，他走到一边去了。我迷惘而又幸福地躺在煤袋子上，仿佛觉得自己变得年轻了，回到了当年随我丈夫来到罗马的年代，当时，我曾梦想得到这样的感觉，却没有得到过，还产生了对男人和爱情的反感。他在黑暗中问我是否想谈谈我们的事情，我站起身来，回答是的。于是，他点亮了一盏昏黄的小灯，坐在桌子旁边，像以前一样，似乎什么事情也没有发生过，烟卷叼在小胡子下面，温顺的眼睛半眯缝着。我走到他的身边，说道：

"你对我发誓，永远不向人谈起今天发生的事情……你发誓。"

他笑着回答说：

"我什么也不知道……你还说什么呢？我不明白……你不是为了房子和店铺的事而来的吗？不是吗？"

我重又体会到我前面说过的那种梦幻的感觉。如果不是我的衣服仍有点儿凌乱，由于在煤袋子上滚动而在衣服上留下了煤炭的痕迹的话，我确实会相信，什么事情也没有发生过。我困惑不安，喃喃地说道：

"我明白你的话，你说得对，我是为了房子和店铺的事而来的。"

于是，他拿出一张纸，在上面写下一项声明，内容是，我愿意把房子和店铺租给他，期限一年。最后，他让我签了字。他把纸放进一个小盒子，走去开门，说道：

"一言为定……今天我来接收，明天一早，我来接你们两人，送你们去车站。"

他倚着门，我从他面前经过，就在我走过的时候，他在我屁股上拧了一把，一面笑着，似乎在说："我们之间的这件事，也一言为定。"

我暗自思忖，从今以后，我就再也没有权利反抗了，因为我已不再是一个纯洁的女人。我想，这也是战争和饥荒的结果；我想，一个正派的女人，在眼看屁股被拧了一把的时候，却不能反抗，这正是因为她不再是一个纯洁的女人了。

我回到家里，马上做动身的准备工作。这二十年来，除了跑出去做黑市交易，我从未离开过这个家，现在要扔下它，我心里真有说不出的难受和痛苦。我确信，英国人确实快要来了，我准备了不足一个月但也足够一两个星期的食品。但与此同时，我又有一种预感，我们不仅要长期离开这里，还会遇上某种痛苦的事情。

我从不关心政治，对于法西斯、英国人、俄国人和美国人，我统统一无所知。可是我一再听到周围的人谈论这些，我不敢说我也许明白了些什么，因为说实在话，我什么也不清楚，但我知道，对于像我们这样的穷人来说，好像要发生什么糟糕的事情。

好比我在乡村，看到天空密布暴风雨前的滚滚乌云，看到树上的叶子都朝一个方向转过去，看到一只只羊羔紧紧地挤在一起，尽管是夏天，却突然从不知道什么地方贴着地皮刮来一股寒风。我感到害怕，但我不明白是怎么回事。一想到要扔下我的家和我的店铺，我的心就收紧了，仿佛我已肯定，我再也看不到这个家了。

但我还是对罗赛塔说：

"注意，别带许多东西，我们在外面最多不过待两个多星期，天气还是热的。"

确实，当时都九月了，天气还相当热，比往年都要热。

就这样，我装满了两只小人造革箱，大多是带些单衣，还有两件一旦天冷就准备穿的毛衣。动身之前，为了自我安慰，我一个劲地对罗赛塔描述乡下我的父母将会怎样欢迎我们的情况：

"你看吧，他们会让我们吃得饱饱的，撑破肚皮……我们会长得胖胖的，玩得好好的……所有那些使罗马的生活变得艰难起来的东西，在乡下一概没有……我们会过得称心，睡得安稳，特别是吃得满意……你看吧，他们那里有猪肉，有面粉，有水果，有酒，我们会过得像教皇那样舒服。"

然而，对罗赛塔来说，这样美好的前景并不足以让她高兴起来，她思念着远在南斯拉夫的未婚夫，已经有一个月没有他的消息了。我知道她每天清早一起床，就跑去教堂为他祷告，祈祷他不要被他们杀害了，祈祷他重返家园，祈祷他们能圆满成婚。为了让罗赛塔知道我是理解她的，于是我搂住她，亲吻她，对她说：

"宝贝女儿，你放心吧，圣母玛利亚看到了你，并且听到了你的祷告，她不会让任何不幸降临到你头上的。"

这同时，我继续为逃难做各种准备工作，当焦急不安的心情一旦过去时，我又不知道该什么时候动身了。当然也因为最近一个时期以来，空袭警报、食品短缺，逃难的念头以及其他许多事情使我的日子过得不像日子，甚至让我懒得再去收拾家里。以往，我总是跪在地上，把地板擦得亮亮的，像镜子一样。总而言之，生活好像已经散了架似的，乱糟糟的，就好比一只从卡车上掉下来砸坏了的箱子，箱子里的所有东西散落一地。如果我想起跟乔万尼干的那件事情，想到他在我屁股上拧的那一下，我也会觉得自己就像散了架的生活一样，乱糟糟的。现在我什么事情都干得出来，哪怕是去偷，哪怕是去杀人，我也不在乎了，因为我已经丧失了自尊心，我再也不是过去的我了。当我想到罗赛塔时，我感到安慰，因为她至少还有她的母亲在保护她。她至少还是原来的她，然而我再也不是过去的我了。唉，的的确确，生活就意味着常规，贞洁也是一种常规。一旦打破常规，生活就变得像地狱一般，我们以及其他许多魔鬼就像挣脱了枷锁一样，再也不会尊重我们自己和别人了。

罗赛塔还为她的猫咪担心，这是一只漂亮的虎斑猫，她在马路上捡到它时它还很小，她用面包屑一口一口地把它喂大。晚上，猫咪跟她睡在一起；白天，它像个小狗似的追随着她，从一间房跑到另一间房。我对她说，把猫咪托付给邻近可靠的门房，她回答说，她会这么做的。眼下，罗赛塔坐在自己房间里的床沿上，床上放着已经关好的箱子，她把猫咪放在膝盖上，轻轻地用手抚摩它，可怜的猫咪，根本不知道女主人就要抛弃它了，竟闭上眼睛打起呼噜来了。一阵怜悯的感觉突然涌上心头，因为我知道她的心中很不好受，于是我对她说道：

"善良的女儿……让这难过的时光过去吧，然后，你会看到，一切都会好起来的……战争会结束的，生活会重新富裕起来的，你就可以出嫁，跟你的丈夫幸福地在一起。"

就在这个时候，好像给我的话一个回答似的，警报响了，那种令人心烦意乱的噪声，让我有一种不祥之感，不时觉得心往下沉。于是，不知道是从哪里来的一股怒气，我打开朝向院子的窗户，朝天空挥起拳头，嚷着：

"你这该死的东西，谁派你来的，谁让你上这里来干这种事的？"

罗赛塔一动不动地坐在那里，说道：

"妈妈，你干什么发这么大的火，你自己说过，一切都会恢复正常的。"

于是，出于对那小天使的怜爱，我努力平静下来，回答说：

"是的，但我们必须扔下自己的家去逃难，谁知道还会发生什么事情。"

那天，我痛苦得好像在接受地狱的刑罚，我似乎觉得我不再是我自己了。我忽而想起跟乔万尼所发生的事情，我真想狠狠地咬我的手。我忽而环顾起我的屋子，住在这里二十年了，如今，我必须扔下这个家，这让我无比绝望。厨房里的火已经熄灭。卧室里那张我和罗赛塔睡的大床上，掀起的床单揉成一团，我已经没有心思和力量去整理床铺，我知道，很快我就不会在这张床上睡觉，也不会生炉子了。从明天起，炉子就不再是我的炉子，我也不会再在炉子上做饭了。我们在没有铺桌布的桌边吃着面包和沙丁鱼，我不时地望着罗赛塔，她是那么悲伤，于是我感到吃的东西卡在嗓子眼里咽不下去，因为我心里很不好受，我为罗赛塔担心，我想她真是生不逢时，竟生活在这样的年头。

将近两点钟的时候，我们倒在床上，躺在皱巴巴的被子上睡了一会儿。罗赛塔蜷缩着身子，背对着我，睡得挺安稳。而我却睁着眼睛，一直想着乔万尼，想着那些煤堆，想着他在我屁股上拧的那一下，想到这个家和将要被扔下的店铺。终于，门铃响了，我轻轻地搬开熟睡的罗赛塔的身子，走向房门。正是乔万尼，他嘴上叼着烟卷，微笑着。我没有等他开口，怒气冲冲地对着他嚷道：

"你听着，过去的事情就算过去了，我再也不是从前的我了，我认了，你尽可把我当成一个荡妇……可是，如果你再像今天早上那样拧我屁股，那么，就像上帝是货真价实的一样，我肯定会杀了你……然后我去坐牢，这年头，也许坐牢更舒服，我倒心甘情愿去。"

乔万尼吃了一惊，渐渐地蹙起眉头，但什么话也没有说，他一面走进前厅，一面嗫嚅地说：

"那么，现在我们就交接吧。"

我走进卧室，拿出一张纸来，上面是我让罗赛塔登记的家里和店铺里的东西，就连最微不足道的东西我也让写上了，并不是因为我不相信乔万尼，而是因为最好什么人也别相信。就这样，在开始清点之前，我严肃地对乔万尼说道：

"你看看，所有这些东西，都是我和我的丈夫用二十年的血汗挣来的……你小心照看着，将来原封不动地全部还给我，你记住，在这些东西里，一颗钉子就是一颗钉子，在我回来的时候，哪样东西都不能少。"

他微笑着说道：

"尽管放心，一颗钉子也不会少的。"

我们从卧室开始清点。我做了两份清单，一份由乔万尼保存，一份让罗赛塔拿着。我一一将东西点给他看。一张雕花双人木床，非常美观漂亮，它的木头纹理让人误认为是核桃木做的床。我掀开被子，让他看两张床垫，一张是马鬃床垫，另一张是单毛床垫。我打开衣柜，当着他的面把被子、床单和所有内衣一一点数。我打开小柜子，指给他看带红蓝花卉图案的尿盆。然后，我把家具列成一张表：一只白色大理石的大柜子，一面镶金边的椭圆形镜子，四把椅子，一张床，两只床头柜，一个双门穿衣镜柜。我清点了所有的小玩意和小摆设：一只玻璃钟，钟座下装饰着一束跟真花一样的蜡制鲜花，这是教母送给我的结婚礼物。一只装点心的瓷器盒子，两个牧男牧女半身雕像，一枚蓝丝绒胸针，一只苏莲托产的八音盒，盒盖上镶嵌着维苏威火山风景，一打开就会奏起一曲小咏叹调。两套带有杯子的玻璃饮水器皿，一只印花瓷花瓶，形状恰似一朵郁金香，瓶中插有三根非常漂亮的孔雀羽毛和一束鲜花，两幅复制的油画，一幅画着圣母和小耶稣，另一幅是舞台演出的场景，一个摩尔人和一名金发女郎，有人告诉我说这是一部名叫《奥赛罗》的歌剧，画面上的那个摩尔人正是奥赛罗。我把乔万尼从卧室带到餐厅。餐厅对我来说也是客厅，我把缝纫机也摆在这里。在客厅里，我让他用手摸摸核桃木的褐色圆桌，上面铺着一块刺绣桌布，一只花瓶跟卧室那只是配对的，四把铺了绿色绒垫的椅子。然后，我把餐具柜打开，逐个给他清点画有鲜花和花环的瓷器，都是些非常精美的器皿，一共是六个，我一生中大概也只用过两回。此时，我提醒他：

"你看看这些瓷器，我珍爱它们，就像爱护眼睛一样……你如果给我砸了，就等着看吧。"

他笑着回答说：

"放心吧。"

我继续清点其他东西：两幅画有鲜花的复制画、缝纫机、收音机、棱纹布面的小沙发和两把安乐椅，玫瑰和天蓝两色的茶盘和六只小杯子，钉在墙上的一把漂亮的扇子，扇面上是用彩色描画的威尼斯风光。随后，我们走进厨房，我把所有的铝制餐具和铜锅、不锈钢餐具向他逐一清点，我让他看明白我这里什么也不缺少，炉子、削土豆刀、放扫帚的小壁柜、镀锌垃圾箱。总而言之，每样东西我都让他过目，之后我们离开住所去店铺。店铺的清点很快就完了，因为除了货架、柜台和几把椅子，什么也没有了，这几个月闹饥荒，所有的东西都被抢购一空。我们又回到房间里，我有气无力地说：

"这些清单能有什么用呢？……我已经预感到，我再也回不来了。"

乔万尼坐在椅子上，一面抽烟，一面摇头，回答说：

"不出十五天，英国人就要来了，连法西斯分子也承认这点……你去度两个星期的假，然后回来，我们再为你的归来庆贺一番……你干什么这样胡思乱想呢？"

乔万尼又说了其他一些安慰我和罗赛塔的话，几乎让我们相信了他的话，在他走了以后，我们感到心头松快多了。这一次，当我们单独待在前厅的时候，他没有重复那一拧的动作，而只是抚摩我的面孔，即使是我的丈夫活着的时候，他也常常对我这样动手动脚，我为此感激他，他几乎真的觉得我和他之间什么也没有发生过，好像我就是过去的我一样。

那一天剩下来的时间我都用来做准备工作，我先准备了一包路上吃的东西，里面装了香肠、几听沙丁鱼罐头、一听金枪鱼罐头，还有面包。还替我的父亲和母亲各准备了一包东西，我给父亲准备了我丈夫的一件几乎全新的衣服，这是他去世前不久才做的。他曾要求我在他死后给他穿上，但我在最后一刻改变了主意，葬送这么一件天蓝羊毛料子的漂亮衣服，我觉得太可惜了。于是他咽气以后，我用一床旧被单给他裹上，把那件衣服保存了下来。我父亲的个头跟我的丈夫差不多，我还把鞋子塞进包里，跟衣服放在一起，鞋子虽旧，但还是好好的，我给母亲她老人家带了一条披肩和一条裙子，我又把从香肠奶酪店和食品杂货店买来的几千克白糖、咖啡、几听罐头和两长条香肠都塞进包里。我把这些东西放进第三只箱子里，现在，我们有了三只箱子，加上一个包裹，我往包裹里面塞了两个枕头，以备在不得已的情况下，在火车上睡觉用。别人告诉我，坐火车要两天时间才能到那不勒斯。而我们要走的路正在罗马和那不勒斯之间，我认为谨慎小心从来不是多余的。

晚上，我们坐在餐桌旁，这一次，为了活跃气氛，我做了些吃的。可是，我们刚开始吃饭，警报就响了。我发现罗赛塔吓得脸色苍白，几乎整个身子都在发抖，我知道她由于长时间担惊受怕，现在再也承受不住了，神经紧张到了极点。于是，我只好扔下餐具，往地下室跑去，其实这种预防措施并没有什么作用，一旦掉下一颗炸弹，我们这所陈旧不堪的屋子就会化为灰烬，我们将葬身于瓦砾堆中。

我们进了防空洞，所有的房客都挤在这里，我们摸黑在长凳子上坐了足足三刻钟。大家谈论英国人要来，就好像是眼皮底下就要发生的事一样，英国人已经在靠近那不勒斯的萨莱尔诺登陆，他们从那不勒斯到罗马也许只要个把星期，因为德国人和法西斯早像丧了胆的兔子逃跑了，大概一直要跑到阿尔卑斯山才会停下。可是也有人说，德国人会在罗马决一死战，因为墨索里尼还盘踞在罗马，为了不让英国人打进来，即使把罗马变成废墟，他也在所不惜。我一面听着这些七嘴八舌的议论，一面暗自寻思，离开罗马确实是上策。罗赛塔紧紧地依偎着我，我知道她心里害怕，只要我们一天不离开罗马，她就一天不会安宁。这时候，忽然有人说道：

"你知道外面纷纷传说什么吗？他们打算让伞兵部队降落，那些伞兵一闯进家门就会胡作非为的。"

"这是什么意思？"

"嘿，先抢东西，然后抓女人。"

我于是接腔说：

"我倒想看看谁敢碰我一下。"

从黑暗中传来烤面包工普洛耶梯的声音，一个说话瓮声瓮气简直无法形容的笨蛋，他用我难以忍受的腔调大笑着说：

"或许他们不会伤害你，因为你年纪太大了……但搞你的女儿是肯定的。"

我回答说：

"看你尽胡扯些什么……我现在三十五岁，因为我十六岁就结婚了；不知有多少男人追我，想跟我结婚……我没有再结婚，只是因为我不愿意。"

"是啊，"他嘲讽说，"狐狸吃不上葡萄，就说葡萄是酸的呗。"

这一下可把我惹恼了，我怒气冲冲地回答说：

"你还是想想你那该死的老婆吧……那些伞兵还没有来，她已经给你戴上绿帽子了……如果伞兵部队果真来了，那就可想而知啦！"

我以为他老婆在乡下，他们是苏特里人，我几天前看见她离开了这里，可事情正好相反，你看有多么凑巧，她竟然也在防空洞里，只是我在黑暗中没有看见她罢了。我只听到她马上吼叫起来：

"你这胆小鬼、不要脸的东西！"

接着，我就听到她揪住罗赛塔的头发，把罗赛塔当作了我，罗赛塔大声叫了起来，她索性动起手来。于是，我摸黑朝她扑了过去，我们在地上滚成一团，相互扭打和揪对方的头发。众人大声尖叫，罗赛塔伤心地哭着，一面哀求地叫唤着我。众人在一片漆黑中尽量地把我们拉开，我想劝架的人的脑袋也挨了几下，因为当人们把我们拉开的时候，突然响起了解除警报的汽笛声，这时有人开灯，我们两人面对着面，胳膊扭着胳膊，蓬头散发，大口喘着粗气，那些拉开我们的人不是脸上给抓破，就是头发给扯乱了。罗赛塔躲在角落里抽泣着。

经过这一番大吵大闹，那天晚上，我们很早就上床了，连晚饭也没有吃完，剩饭就留在桌子上直到第二天上午。在床上，罗赛塔蜷缩着身子偎依着我，就像她小时候一样，很长时间她没有这样了。我问她道：

"怎么样，你还害怕吗？"

她回答说：

"不，我不害怕，妈妈，那些伞兵真的会对女人那样吗？"

我回答说：

"你别听那笨蛋的话……连他自己也不知道自己在说什么。"

"那么真是那样吗？"她固执地追问。

我回答说：

"不，不是真的……我们明天就离开这里，我们到乡下去，在那里，什么事也不会发生的，你放心吧。"

她沉默了一会儿，又说：

"那么，谁打胜了才能让我们重返家园，是德国人还是英国人呢？"

我不知道怎么来回答这个问题，正像我所说过的，报纸我从来不读，也从来不关心战争进行到什么样的地步了。我对罗赛塔说：

"我不知道他们在搞什么名堂……我只知道，不管英国人还是德国人，都是婊子养的……他们打仗从来也不听听我们这些穷人的意见……可你知道，我要告诉你，对我们来说，必须有得胜的一方，这样战争才能结束……至于是德国人还是英国人得胜，那倒无关紧要，只要势力强的一方得胜就行了。"

但罗赛塔仍固执地追问：

"大家都说德国人坏透了……妈妈，他们究竟干了些什么？"

我回答说：

"他们不待在自己的国家里，却跑到这里来作弄我们……所以大家才这么说他们来着。"

"那么，我们现在要去的地方，"她反问道，"有德国人或英国人吗？"

我不知道如何来回答，便说道：

"那个地方既没有德国人，也没有英国人……只有田野、奶牛和农民，人们在那里过着安静的日子……你现在睡吧。"

她不再说什么，蜷缩着身子，依偎着我，我觉得她睡着了。

这是糟糕透顶的一夜。我不时地醒来，心想罗赛塔兴许也整夜没有合眼，只不过是为了不影响我而假装睡着罢了。这时，我仿佛觉得我是醒着，其实正相反，我是睡着了，梦见自己醒着；有时，我以为自己睡着了，相反，我却是醒着的，疲劳和神经紧张使我精神恍惚地以为自己睡着了。耶稣在犹大来捉拿他的前一天晚上，也不如我那个晚上饱受折磨。想到要扔下生活了整整二十年的家，想到在逃难的路上，火车可能遭到扫射，或者，火车可能也不开了，因为据说罗马总有一天会成为一座空城，我的心就七上八下地乱跳不已。我又想到罗赛塔，想到我们的不幸，我的丈夫是个男人，他撒手扔下两个女人孤孤单单地留在这世界上，再也没有一个男人来引导她们，保护她们，从某种意义上来说，这两个苦命的女人就好比两个瞎子，两眼一抹黑地朝前走着，一点儿也不清楚她们要朝什么地方走去。

有一次，记不得是几点钟了，我听见街上传来开枪的声音，这对我来说已经习以为常，他们每天夜里都开枪，好像是在打靶，但罗赛塔被惊醒了，问道：

"妈妈，发生什么事了？"

我回答说：

"没什么，没什么……是那些人在开枪闹着玩……他们也可能在相互厮杀。"

还有一次，一长串卡车从我的住房前面驶过，整个屋子都颤动了起来，这些卡车就像老过不完似的，当我觉得快过完的时候，另一辆卡车又隆隆地开了过来，真是让人难受。我把罗赛塔紧紧搂在怀里，她的脑袋依偎着我的胸脯，我不由得回忆起她小时候我喂她奶时的情景，那时候我的奶水充足，因为我们这些乔恰里亚妇女向来是以拉齐奥地区最好的奶妈闻名的。罗赛塔每次都吃足奶水，于是一天比一天长得漂亮，出落得像朵美丽的鲜花，以至街上的行人都要停下脚步出神地望着她，霎时间，我暗自思忖道，她不出生也许更好些，那样，她也就不会在这个世界上整日惶惶不安、担惊受怕，经受各种各样的危险。可是，我很快就对自己说，这些全是深更半夜里的想法，这么想真是罪过，我在黑暗中画了个十字，向耶稣和圣母祷告。从邻近的房子里传来一阵鸡叫声，这家邻居在一个肮脏的角落中养了一笼鸡，于是我想很快就要天亮了，我觉得自己马上就睡着了。

突然，我被门铃不间断的响声惊醒了，铃声好像已经响了好长时间，我摸黑起来，走进前厅打开门。乔万尼走了进来，说道：

"睡得真香啊……我都按了一个小时的门铃啦。"

我当时穿着贴身衬衣，我的胸脯很丰满，当时我没有戴胸罩，结实、沉甸甸的乳房仍然显得很有魅力，乳头高高耸立，好像故意让人能够透过衬衣注意到它。我立即发现乔万尼注视着我的胸脯，眼珠子在睫毛下闪闪发光，就像灰烬中两块燃烧的木炭。我立即朝后退了几步，说道：

"不，乔万尼，不……对于我来说，你已经不再存在，你应该忘记过去发生过的那件事……如果你还没有结婚的话，我倒愿意嫁给你……可你是成了家的人，在我们之间，什么也不应该有了。"

他不再说什么，但看得出来，他在极力克制自己的情感。末了，他恢复了常态，用平静的口气说：

"你说得对，不过，我还是希望那个讨厌的女人，我那老婆，在这次战争中死了算了……这样，当你回来的时候，我就是光棍了，我们可以成亲……炸弹会炸死许多人，为什么她不能死去呢？"

我听到他这么说，感到简直难受极了，而且非常惊讶，我几乎不相信自己的耳朵，正像从前我听他骂我的丈夫是无赖时的情景一样，而在那以前，他们是朋友，可以说，他们是亲密无间的老相识。事实上，我也认识乔万尼的妻子，我一直以为他是爱她的，至少说，他是喜欢她的，他们已经结婚多年，有了三个孩子，可如今，他却在这里怀着怨恨的心情谈论她，希望她死去。这样做明明是要让人知道他恨她，天晓得从什么时候他就开始讨厌她了。现在他对她唯一的感情就是憎恨，尽管他从前也许多少喜欢过她。说老实话，这让人感到寒心，一个多年来是朋友和丈夫的男人，后来竟会如此冷漠如此没有良心地把朋友和妻子说成是无赖和讨厌的人。但我对乔万尼什么也没有说。乔万尼这时已走进厨房，我听到他在同罗赛塔开玩笑，此刻，罗赛塔也已经起床了。

"你看着吧，你们准会发胖，这就是战争带给你们的唯一结果……乡下有奶酪，有鸡蛋，有羊肉……你们会吃得开心，日子会过得舒服的。"

现在，一切都准备好了，我把三只箱子和一个包裹提到门口，乔万尼拎起两只箱子，我拿起包裹，罗赛塔拎起一只小箱子，他们开始顺着楼梯往下走，我假装慢吞吞地关上门，趁他们两人刚刚拐过楼梯的时候，我又开门进去，跑到卧室，从地板上取走一块砖头，拿出我藏好的钱。这些一千里拉一张的票子，在那个时候是一笔可观的财富。我不愿意当着罗赛塔的面取出来，因为钱这个东西很难说的，一个清白无辜的人会因此干出不规矩的事情，说一些不应该说的话，在钱这件事上，谁也不能信。走到房门口，我撩起裙子，把钱放进我特地缝好的布兜里，然后快步赶上已经走到马路上的乔万尼和罗赛塔。

门口停着一辆四轮马车，因为乔万尼不愿用运煤的卡车，担心卡车被征用。乔万尼扶我们上了车，他也跳上了车。车子启动了，我止不住地回头望着十字路口处的我的家和店铺，因为我有一种不好的预感，我可能再也看不到它们了。天还没有大亮，但也不是夜晚，天空灰蒙蒙的，在灰色的晨雾中，我家所有的窗户都紧闭着，底层店铺的金属门也紧紧关闭。对面拐角处也有一幢房子，它的第三层在一块墙壁凹进去的地方安放着一尊浮雕，点着长明小灯。我想那盏小灯在战争期间也会亮着，饥荒年代也亮着，它燃起了我将来重返家园的希望之火。我心头感到轻松些了，那希望之火将继续温暖我的心。在那灰蒙蒙的晨曦中，十字路口的一切看起来就像一座所有演员都已经离去的空空的舞台。那都是穷人的房屋，陈旧不堪，歪歪扭扭，好像互相倚靠似的紧紧挨在一起，特别是由于卡车和汽车来来往往，底层墙上的灰泥已经剥落。我的店铺正好挨着乔万尼的煤店，他的店门口漆黑一片，就像炉子的膛口，那黑色在晨曦中隐约可见，我不明白为什么此时我的心情那么忧伤。我不由自主地回想起往事，天气晴好的时候，十字路口到处是人，妇女们坐在大门外的草凳子上，猫群东窜西跳，孩子们三五成群地跑跳玩耍，在作坊做工的年轻人不时光临挤满了人的酒店，一想到这些，我就觉得痛苦得揪心。

我发现，那些陈旧的房子，那个十字路口，对我来说，是那么亲切。兴许是因为我在那里度过了我的大半生，我第一次看见它的时候，我还是个年轻的女子，如今，我已是个中年女子，还有一个长大了的女儿。我对罗赛塔说道：

"你不想再看一眼我们的家，不再看看我们的店铺吗？"

她回答说：

"妈妈，你放心吧，你说过，过两星期我们就回来的。"

我叹了一口气，不再说什么了。马车朝着台伯河的方向开去，我背过身子，不再看十字路口了。

所有的街道都空旷无人，街道尽头灰蒙蒙的，空气就像脏衣服浸到沸水里发出来的蒸汽一样。马路的卵石上的露水像刀刃一样闪闪发亮。说来也有意思，我唯一看到的就是六条又脏又饿、样子难看的癞皮狗，它们在墙角东嗅西闻，然后朝着墙壁撒尿，从那里又叼出号召去打仗的彩色传单的碎片。我们经过了台伯河的加里波第大桥、阿列努拉大街、阿根廷广场和威尼斯广场。墨索里尼宅邸的阳台上挂着一面黑色的大旗，这面大旗几天前我在圆柱广场见过，两名全副武装的法西斯分子站在大门两旁。广场空空荡荡，仿佛比平时大多了。起先，我没有看见黑色大旗上的金色穗子标记，还以为是一面报丧的旗子呢，当时一点儿风也没有，整面黑旗悬在那里，确实像死了人的时候挂在门口的一块破布。后来我从皱皱巴巴的褶缝中看见了金色的穗子，才晓得这是墨索里尼的旗帜，我向乔万尼问道：

"怎么回事，墨索里尼回来了吗？"

他叼着半截烟头，装腔作势地回答道：

"是回来了，我希望他永远留在这里。"

我惊奇地张大了嘴，因为我知道他一向是痛恨墨索里尼的；不过他也总是做些让我吃惊的事情，我无法预知他脑瓜子里究竟想些什么。过了一会儿，我感觉到他用胳膊肘碰了一下我的背，我看见他使了一个眼色，朝那位马车夫瞧了一眼，似乎在暗示他害怕那个马车夫告密。我觉得他太夸大其词了，那位马车夫看起来是一个善良的老头，帽子下面露出来一头白发，完全像是我的祖父，这种人自然是不会去告发的，不过，我闭紧嘴巴，什么也没有说。

马车朝着民族路的方向走去，天空不像方才那么灰蒙蒙的，一缕阳光的玫瑰色彩投射在尼禄塔的顶上。我们来到火车站，走进候车室，里面像黑夜一样，一片昏暗，所有的灯都开着。火车站里到处是黑压压的人群，大部分都是像我们这样的人，手里提着他们的包裹，但也有许多全副武装的德国士兵，他们三五成群，背着背包，互相倚靠着，站在阴暗的角落里。乔万尼把行李留给我们，走到候车室中央去买车票。我们正等着，突然，喧闹声大作，站台棚子下面有十几辆摩托车拥来，车手都清一色穿黑衣服，就像地狱的魔鬼一般。在目睹威尼斯广场的大黑旗之后，又看见这些摩托车手也清一色穿着黑衣服，我顿生一种不能容忍的厌恶感情。我寻思着：

"干什么要黑色，为什么都是黑色？不要脸的东西，他们这该死的黑色果真给我们带来了不幸。"

摩托车手们停下摩托车，把它们靠在进口的柱子上，紧挨着门站着，面孔被黑皮革的头盔遮掩着，用手按住系在腰间皮带上的手枪。突然，恐惧使我倒吸了一口气，心剧烈地跳动，因为我想，莫非那些穿黑衣服的摩托车手闯到车站来，是要封锁入口，把所有的人抓起来，就像他们经常干的那样，然后把人们塞进他们的卡车，就再也不知道这些人的下落了。我环顾四周，几乎是要寻找逃走的出口似的。于是，我随即看见火车进站处走来一群人，另外一些人不停地嚷嚷：

"让开，让开。"

我恍然大悟，那些摩托车手来这里是为了保护将要光临的某位重要人物。可我看不清是什么人物，因为人群挡住了我的视线。不一会儿，我又听见了那些该死的摩托车的噪声，我明白他们跟在那个大人物的小汽车后面走了。

乔万尼手里拿着车票来接我们，说道："这些车票可以到丰迪镇，然后从那里经过山区就到乡下了。"我们从候车室走出来，火车停在站台棚下，我们便上了车。阳光在站台上投下了一束长长的光线，让人觉得这是医院通道和监狱院子里见到的阳光。连条狗也见不到，站台棚下面停着一列长长的火车，似乎空空荡荡的。我们一上车，便开始穿过一个又一个过道。这才发现车厢里早已塞满了全副武装的德国士兵，直挺挺地站立着，一声不吭，好像接到不许动和不许出声的命令一样。我们终于在三等舱的一节车厢里见到意大利人，他们成堆地挤在过道和车厢里，就像运往屠宰场的牧畜，反正没有多长时间就要死去，也就谈不上什么舒适了。他们也像德国人一样沉默不语，一动不动，但谁都明白，他们不说话和不动弹完全是出于劳累和绝望的缘故，而看得出来，德国人做好了随时从火车上跳下去，快速投入战斗的准备。于是，我对罗赛塔说道：

"你看着吧，这一回出门，我们准得一直站到底了。"

实际情况正是这样。我们转悠了不知多长时间，阳光透过火车肮脏的玻璃直射进来，把车厢都晒得发烫了。末了，我们也只得把行李放在过道的公共厕所外面，勉勉强强地蹲了下来。乔万尼一直送我们上了火车，这时他说道：

"就这样吧，我走了，过一会儿火车就要开了。"

不料，一个穿一身黑衣服的人，也是坐在行李卷上，连眼皮也不抬一下，脸色阴沉，反驳说：

"嘿，过一会儿，谈何容易……我们已经等了三个小时。"

乔万尼向我们告别，他吻了吻罗赛塔的面颊，又吻了我的嘴角，也许他想吻我的嘴，可我及时地躲过脸去。乔万尼走了，我们坐在行李卷上，我坐在高处，罗赛塔坐在矮处，脑袋靠着我的膝盖。我们就这样待了半个多小时，什么话也没有说。罗赛塔蜷曲着身子，问道：

"妈妈，火车什么时候开？"

我回答说：

"我的女儿，我像你一样说不清楚。"

罗赛塔蜷缩在我的脚边，我就那样一动不动地待了不知多久，过道里的人打着瞌睡，或者唉声叹气，阳光开始变得滚烫灼人，外面的站台上没有一点儿声音。德国人也默不作声，就像他们不存在似的。突然间，在旁边的一节车厢里，德国人开始唱起歌来。不能说他们唱得不好，他们中间有的嗓音低沉沙哑，但不走调，我曾经好多次听到过我们的士兵在坐火车旅行的时候唱的歌，曲调欢快。德国兵用本国的语言唱了些我觉得非常哀伤的事情，我的心里也觉得很难受。他们慢吞吞地唱着，使人确实感到他们也不是心甘情愿地要打仗的，因为他们的歌声的确是忧伤的。我对那个靠近我的穿黑衣服的人说道：

"他们也不喜欢战争……说来说去他们也是人啊……你听他们唱得有多忧伤。"

他却绷着脸，回答我说：

"你不懂……这是他们的国歌……就像我们的国歌一样。"

然后，他沉默了一会儿，又说道：

"真正忧伤的是我们这些意大利人。"

火车终于启动了，没有鸣笛，没有一声喇叭，没有一点儿响声，这是很少见的情况。我本来想对圣母做最后一次的祈祷，让她保佑我和罗赛塔在可能遇到危险的时候逢凶化吉。可是，当时我困得实在不行，竟然没有一点儿气力了，我脑子里只想着："婊子养的……"我不知道我是针对德国人，还是英国人，是法西斯分子，还是意大利人，也许是针对他们所有人。于是，我昏昏沉沉地睡着了。

第二章

兴许一小时之后，我醒了过来，火车停着，四周十分安静，车厢里炎热的空气几乎让人窒息。罗赛塔站起身来，站在小窗户跟前不知道在看些什么。其他人由于列车长时间不开，便也都朝窗户探出身子。我吃力地站起来，感到头昏脑涨，汗流浃背，我站到窗前朝外观看。外面阳光明媚，蓝天无云，田野翠绿，漫山遍野都是葡萄园，面对我们火车的一个山坡上有一所白色的房子正起火燃烧，赤红的火舌、滚滚的黑烟夺窗而出，它们是唯一活动着的事物，因为乡村的一切都处于静止状态。

那的的确确是美好的一天。外面连一个人影也看不到。忽然，车厢里的人群叫嚷起来：

"看那里，在那里。"

我抬头朝天空望去，看见地平线的远角有一个黑色昆虫模样的东西，很快便看清楚那是一架飞机，它转眼间又消失得无影无踪。不一会儿，我感到飞机在头顶上，在火车的上空飞行，发出一阵阵疯狂可怕的轰鸣，就像缝纫机不断捶打发出的声音一样。

轰鸣声持续了一会儿，随后就减弱了，但我马上听见附近响起一阵非常强烈的爆炸声，所有的人卧倒在车厢的地上，只有我没有及时趴下，甚至根本就没有卧倒的念头。我看见燃烧的房屋被浓烈的黑烟吞没，黑烟很快弥漫整个山坡，并朝着火车滚滚而来。这时，周围的一切又沉浸在安静之中。人们从地上爬起来，几乎难以相信自己竟然还活着，然后一窝蜂地拥到小窗跟前，望着外面。空气中充满了令人咳嗽的尘土，浓烟在慢慢散开，此时，大家发现白色的房屋已经消失了。几分钟后，火车又启动了。

这是旅途中发生的最大的一件事情。火车经过的不少小站都是空旷的农村，有时停半小时，或者一个小时，正常情况下只要走两个小时的火车几乎就要走六个小时了。罗赛塔在罗马遭到轰炸的时候害怕极了，现在看见白色的房子化为灰烬，火车重又启动，她说道：

"到了乡下，我倒不像在罗马那么害怕了，这里有太阳，有空旷的地方。在罗马，我非常害怕房子炸了，整个压在脑袋上。在这里，如果我死去，至少能看见太阳。"

这时，跟我们一起待在过道里的一个难民说道：

"我在那不勒斯看到过阳光下的死人。轰炸以后，人行道上排了整整两行的尸体，他们躺在那里，就像成堆的脏衣服一样。临死之前，他们也见到了太阳呀。"

另外一个人冷笑一声，插嘴说道：

"那不勒斯民歌中是怎么唱的？'噢，我的太阳'是吗？"

的确，现在谁也没有聊天的兴致，更不愿意开玩笑了。这样，在整个旅途中，我们始终沉浸在沉默的气氛中。

我们应当在丰迪下车，在过了台拉契那站之后，我对罗赛塔说准备下车。我的父母住在山区，在瓦莱科尔萨过去的一个小镇上，他们有一幢小房子和一些土地。从丰迪乘汽车沿着公路走大约要一小时。可是，大概是上帝的意愿，当火车开到盘山小镇圣比阿乔山，从这里可以望见丰迪山谷，我看见所有人都下车了。德国人早在台拉契那站下了车，只留下了意大利人，现在大家都下车了，只有我们两人还留在空空荡荡的车厢里。顿时，我觉得心里好受些，因为只有我们两个人，而且天气是那么美好，很快我们就可以到丰迪，然后去我父母亲那里。

火车停在原地不动，但我并没有产生怀疑，因为火车曾无数次地停车，我对罗赛塔说道：

"你会发现在乡下的日子过得很有意思，你会吃好睡好，一切都顺当。"

我继续向她讲我们将在乡下做的事情，可火车依旧没有动。已经是下午一两点钟了，天气十分炎热，我说道：

"我们吃饭吧。"

我把装食品的小箱子从行李架上拿下来打开，取了两份面包和香肠。我还有一瓶酒，我递给罗赛塔一杯，另一杯我自己喝。我们慢慢地吃，天气热极了，周围静悄悄的，从小窗户望出去，只能见到一排环绕车站广场的法国梧桐树，干燥的白色尘土，知了藏在叶簇中歌唱，完全仿佛是八月的天气。这是乡村，我正是在乡下出生的，我在那里一直生活到十六岁，这是我家乡的乡村，带着被阳光灼热的尘土的气味，干粪的气味，晒枯的青草的气味。

"啊！太舒服了。"我把腿伸向我对面的座位上，不由得感叹道，"你没觉得这里静极了吗？我真为不用待在罗马而感到高兴。"

这时候，车厢的门打开了，有人探进身子来。

这是一名铁路职员，瘦高的个子，黝黑的面孔，头上戴着帽子，外衣扣子散开，留着胡子，他探进脑袋来，说了声：

"用餐愉快。"

然而他的表情严肃，几乎要发火的样子，我想他也许是饿了，就像当时许多人一样，我向他指指黄纸裹的香肠片，说道：

"你愿意尝尝吗？"

但他火气越来越大了，说道：

"什么尝尝，你们该下车了。"

"我们到丰迪去。"我回答道。

我把车票递给他看，他连看也不看，说道：

"你们没看见所有人都在这里下车了吗？火车到这里就不走了。"

"不到丰迪去了吗？"

"什么丰迪，铁轨炸了。"停了一会儿，他态度和缓了些，说道：

"你们下车走半小时，就可以到丰迪，你们该下车了，因为火车一会儿就返回罗马。"

他关上车厢的门，走了。

我们待在那里面面相觑，手里拿着咬过的面包夹香肠。过了一会儿，我对罗赛塔说：

"出师不利。"

罗赛塔似乎猜着了我的想法，回答说：

"不，妈妈，我们下车吧，找一辆马车或小汽车。"

我不再听她说下去，拿起箱子，打开车厢门，走下火车。

车站的月台上一个人也没有；我们走过候车室，一个人也没有；我们走到广场，也一个人没有。从广场有一条笔直的、阳光照耀下的、布满灰白尘土的乡间大路通向远处，两旁是灰蒙蒙的篱笆，连为数不多的树木也都布满了尘土。广场的一角有一座小喷泉，炎热和焦急使我的嗓子干得冒烟，我走向小喷泉去喝水，没想到一滴水也没有。罗赛塔站在那里看箱子，神色惊慌地看着我，说道：

"妈妈，我们现在该怎么办？"

我对这些地方很熟悉，我知道那条大路一直通向丰迪。

"女儿，你还考虑什么，赶路要紧。"

"那行李呢？"

"我们拎着走。"

她不作声了，沮丧地望着一堆行李，不知道我们该怎么拎着它们赶路。我打开了一只箱子，抽出两条桌布，做成两个头垫，一个给我自己，一个给她。打从当姑娘起，我就习惯了用脑袋顶东西，我可以用脑袋顶五十千克的东西，我一面做头垫，一面对她说：

"妈妈给你示范现在该怎么干。"

罗赛塔心情放松地笑了。

我把垫圈按在头顶上，压了压，一面让罗赛塔也这样做。然后，我脱下鞋子和袜子，让罗赛塔照样行事。我把最大的一只箱子放在我的头垫上，然后再放上中等大的箱子和装食品的包裹，我用手把垫圈调整好，最后让罗赛塔顶一只最小的箱子。我告诉她，走路的时候，头颈不能弯，再用一只手扶着头顶的箱子的一角。我看她已经明白，用手把箱子放到头顶上去，我暗自思忖道：

"她虽然出生在罗马，但也是乔恰里亚的女人，血统是不会骗人的。"

就这样，我们头顶行李，光着脚丫，走在长了一点儿青草的大路边上，朝着丰迪的方向走去。

我们走了一段路，大路上没有一个人，乡村里也看不见任何生灵。也许对一个不了解乡村的城里人来说，这里的一切是正常的，可我这个先当乡下人、后来才是城里人的人，一眼就能辨别出这是被遗弃的乡村。一片荒凉的景象，葡萄园里的一串串葡萄本来应该收获完毕，如今却仍然挂在金黄的枯叶子中间，有些已变得颜色发紫，流出腐烂的浓液，被黄蜂和蜥蜴啃了一半。玉米棒横七竖八地到处散落，杂草丛里，玉米粒都熟过头了，几乎变成红色。周围的地上还有许多棵无花果树，无花果由于含糖量太高，从树枝上脱落下来，被鸟群啄得不成样子。看不见一个农民，我想，他们大概都逃难去了。不管怎么说，这是晴朗、宁静和美好的一天，完全是田野的风光。我暗暗思忖，这就是战争，一切看来似乎都是正常的，其实，战争的魔爪已不知不觉地伸展开了，人们害怕了，逃难了，而土地对此仍然无动于衷，继续奉献出水果、麦子、青草和植物，就像什么事也没有发生一样。

我们风尘仆仆地来到丰迪的城门跟前，尘土把双脚直至膝盖都染白了，嗓子眼干得冒火，我们累得简直什么话也不想说了。我对罗赛塔说道：

"现在我们找个酒店，去喝点、吃点什么，休息一会儿，然后看看能不能找辆汽车或卡车什么的，把我们带到外祖父母那里去。"

嘿，什么酒店、汽车、小卡车，全没有啦！我们走进丰迪城里，很快发现城里空空的，连条狗也见不着。所有的商店都关了门，几张破碎的招贴白纸散落一地，这说明主人已经逃难去了。房屋的通道和大门统统上了门闩，窗户和边门也都紧闭，连猫都不知道如何才能进得屋去。我们好像置身一座居民因瘟疫都死光了的城市，而从前在这个季节，丰迪的街上都是人，妇女、男人、小孩，带着他们的猫、狗、驴子、马、鸡等来来往往，享受着美好的时光，或者坐在咖啡店里，又或者坐在房屋前面。一些小街道给人以生命犹在的感觉，因为强烈的阳光洒在路面和房屋正面，可是一旦仔细观察，便会发觉，那些窗户紧闭着而且黑漆漆的，那些门是上闩的，洒在石头上的阳光几乎让人感到害怕。我不时地停下来，挨个儿敲门，叫唤着，但没有一个人来开门，没有一个人出来回答我。我们终于来到公鸡旅店门口，可以见到木制招牌上画着一只公鸡，但已褪色和斑驳。大门紧紧关着，这是一扇古老的绿色大门，老式的锁孔很大，我透过锁孔往里看，只见暗处的大房间尽头有一扇朝着花园的窗户，亮堂堂的大藤架下面是绿色的葡萄园，悬挂着一串串黑色的葡萄，还可以看到阳光下一张闪闪发光的桌子，这就是能够看到的一切。这里也没有人出来答话，酒店老板跟其他人一起逃难去了。

这就是乡村，简直比罗马还糟糕。我意识到，我曾想在乡下得到罗马所没有的东西不过是梦想而已，于是我朝罗赛塔转过身去，说道：

"你知道我想对你说什么吗？现在我们休息一会儿，然后回到车站，坐火车回罗马。"

我是这么说的，但我发现罗赛塔的恐惧不安的面孔，肯定她想起了轰炸的情景，我急忙加了一句：

"这样吧！在放弃努力之前，我想做最后一次尝试。这就是丰迪。我们来乡下就是碰运气的。也许我们能找到一个农民，在他家里住一夜，然后我们再看看情况。"

我们坐在一段矮墙上休息了一会儿，默不作声，因为在荒野里我们的声音几乎让我们自己害怕，然后我们重新把行李放到头上的垫圈上，朝着原路出城去。烈日当头，我们在大路上走了约莫半个小时，穿过飞扬的灰白尘土，当我们走到十字路口的柑橘园时，我选择了柑橘树丛中的第一条小道，一面寻思着：小路会通向我们要去的地方，因为乡村的小路总是通向某个地方的，柑橘树十分茂密，叶子干干净净，没有尘土，灌木丛翠绿成荫。顶着烈日走了那么一段尘土飞扬的大道之后，我们重又鼓起了勇气。正当我们沿着那条小路在柑橘林中穿行时，罗赛塔忽然问道：

"妈妈，他们什么时候采柑橘？"

"十一月就该采摘了。你会尝到它们的味道是多么甜美。"我不假思索地说。

话刚说完，我就后悔失言了，现在才刚刚九月底，我过去总是说我们待在罗马之外的地方不会超过十天，尽管当时我心里明白，我说的不是真心话，现在都露了马脚。幸好她没有在意，于是，我们沿着小路继续朝前走去。

在小路的尽头有一块空地，空地的中间有一座小房子。它原来刷成玫瑰色，如今因为陈旧和潮湿，整个房子的外层已经脱落，变成黑乎乎的颜色。露天的楼梯通向二楼，那儿有一座半弧形的阳台，上面吊着一串串的大椒、西红柿、大蒜头。屋子前面的打谷场上，全是晒干的无花果。这是一座农民住的房子。果然，我们还来不及叫唤，一个农民就走出门来了。我知道，他肯定是躲在某个地方观察来往的过客。这是一个瘦得让人害怕的老头，长着一个没有肉的小脑袋，长长的鹰钩鼻子，一双深深凹陷的眼睛，低矮的前额，秃头，活脱脱的是个秃鹰的样子。他问道：

"你们是什么人？想干什么！"

他手里握着一把镰刀，好像是为了防备意外似的。可我没有惊慌失措，首先是因为我跟罗赛塔在一起，没有动武的念头，我们跟前的人比我们更弱不禁风，好像反倒需要我们保护似的。我回答他，我们不想干什么，我们是莱诺拉人。这是实话，我就出生在离莱诺拉不远的一个小镇上。我告诉他，我们走了许多路，再也走不动了，如果他给我们一间房住一晚的话，我们会像住旅馆那样付房费的。他站在打谷场上，叉开腿听着，他的裤子破烂不堪，上衣满是补丁，他拿着一把镰刀，那副样子的确就像个衣衫褴褛的稻草人。我以为他只是想乘机敲我的竹杠，要我出高价而已。但后来我发现，他是个半傻不傻的人，除了赚钱，什么也不懂。其实他对赚钱也一窍不通，因为他说什么也弄不明白我对他说的话，只知道反反复复地说：

"我们没有房间，你说你付房钱，可你用什么来付？"

我不愿意把我放在裙子口袋里的钱拿出来给他看，不知怎么的，在战争年代，所有人都可能变成小偷或杀人犯。这样我费了不少口舌一再对他说，请他放心，我会付钱给他的。可他就是不明白，罗赛塔拉着我的袖子，小声对我说，我们最好还是走吧。幸运的是，就在这个时刻，他的老婆来了，这是一个身材瘦小的女人，看上去比他要年轻得多，气喘吁吁，脸上冒着热气，眼睛闪闪发光，跟她的丈夫大不一样，她马上就理解了，而且，几乎要朝我们扑了过来，搂着脖子，反复地说：

"明白，明白，一间房间，怎么会没有？我们睡到凉台上或者茅草屋里去，把我们的房间给你们，还有吃的，跟我们一起吃，要知道反正是几样简单的、乡下的东西，跟我们一起吃吧。"

她的丈夫退缩到一边，神色阴郁地望着我们，就像一只生病的公鸡，圆睁着眼睛，无精打采地不想啄食。她挽着我的胳膊，反反复复地说：

"过来，我让你看看房间，你就睡我的床，我和我丈夫去凉台上睡。"

她领着我登上通向二层楼的露天楼梯。

于是我们开始在孔切塔家里住了下来，孔切塔是这个女人的名字。男人叫维钦佐，比女人要大二十多岁。他是个长工，替一个名叫菲斯塔的商人打工，这个商人像许多人一样，从城里逃难来了，现在住在环绕山谷的一个山头的小房子里。他们有两个儿子，名叫罗萨里奥和朱塞佩，两人长得黑黑的，面孔既粗糙又难看，小小的眼睛，低低的额头，他们从不说话，也很少见到他们。他们藏了起来，因为停战的时候他们正在服兵役，后来当了逃兵，从此就再也不露面了。如今，他们害怕被到处转悠的法西斯巡逻兵逮住，押到德国去当苦力。他们躲在橘树林里，只是到了吃饭的时候才出现，而且往往是三口两口地匆忙吃完饭，几乎什么话也不说，然后就不知道他们躲到什么地方去，又不见了踪影。

他们对待我们很客气，可我不知道为什么，总是存有戒心，我常常自问我是不是错了。终于，在一个好天气的日子里，我发现，我的本能没有错，的的确确，就像我一开始怀疑的那样，那是两个不务正业的人，在离住处不远的地方，在橘林丛中，有一间漆成绿色的简陋的木屋子。屋顶是块金属板。孔切塔对我说，他们把收获的橘子一点儿一点儿地放到那屋子里。也许真是这样，但是眼下他们没有摘橘子，橘子仍然一只只挂在橘树上。尽管这样，我早就发现他们的两个儿子，他们自己常去那屋子里干什么。我并不感到意外，我跟我的女儿住在一个我不熟悉的、说实话也不信任的人家家里。一种好奇心不由得占据了我的心。

一天下午，这一家人都到那屋子里去了，不一会儿，我也跟踪他们前去，躲在橘林中，那屋子坐落在另一块比较小的空地中间，看起来的确破旧不堪，整间屋子都已经褪了颜色，屋顶歪斜，一块块木板奇迹般地搭在一起。空地中间停着维钦佐那辆由骡子拉的车子，我发现车上堆着数不清的东西，床架、床垫、椅子、小柜子，大包大包的东西。房屋的两扇大门敞开，孔切塔的两个儿子正在解开捆绑东西的绳子。维钦佐待在一旁，像往常一样，傻乎乎的，坐在一个木桩上，抽着烟斗。但孔切塔待在屋子里，虽然不见其人，却听得到她的声音。

"快点，加油干，已经不早了。"

她那两个儿子，平时他们的样子总是担惊受怕，默不作声，懒洋洋的，现在突然变得利索勤快，精神抖擞起来了，我不由得想到，人们只有在干有兴趣的事情时才会显露出本相。譬如说，农民在田野里劳动，工人们在工厂里做工，商人们在店里做生意，小偷偷东西的时候，才显露出本相。因为那些网状物，那些椅子，那些小柜子，那些床垫，那些包裹，都是些偷来的东西。我很快就产生了疑问。当天晚上，我突然鼓起勇气问孔切塔，白天他们卸在小屋子里的家具是谁的。她的话证实了我的怀疑。像往常一样，她的两个儿子不在场，他们已经走了。孔切塔当时也许有点儿狼狈，但很快就恢复了常态，兴高采烈地说：

"啊！你看见我们了，你躲着不露面是不对的，你可以帮帮我们，我们绝没有什么要遮遮掩掩的，绝对没有。那些东西是丰迪的一个人家的，可怜的人儿，他逃难到乡下去了，谁知道他什么时候才回来。要知道，与其让那些留在家里的东西将来被炸掉，还不如让我们这些人拿来，至少还能派上用场。要知道，我们处在战争的年头，必须动动脑筋，不能让任何留下的东西损失，我的太太。至少说，战争结束之后，政府肯定会偿还那位主人的财产的，而且他会得到比先前还要好得多的财产。"

说实在的，我感到很不自在，甚至感到害怕，我相信我的脸色变得苍白了。罗赛塔抬起一双眼睛望着我，问道：

"妈妈，你怎么啦？"

我当时害怕了，因为我是个做生意的人，我的所有权思想是根深蒂固的，对于我来说，这始终是不可动摇的，我一直这样认为，我的东西就是我的，你的东西就是你的，不可能搅在一起，否则，一切就乱套了；恰恰相反，如今我落进了一个小偷的窝里，最糟糕的是，这些小偷毫无顾忌，因为在这个地方，既没有法律，也没有宪兵，他们非但毫无顾忌，反而以偷盗为荣。然而，我什么也没有说，孔切塔应该觉察出了我所想的事情，因此，她补充说：

"要知道，我们拿这些东西，是因为它们已经不属于任何人了。可我们还是正派人。切西拉，我马上就证明给你看，你敲敲这里。"

她站起身来，去敲打炉子左边的墙壁，我也去敲了敲，我听到了敲打的回声，好像墙壁后面有一个空间似的，我问道：

"墙壁后面有什么东西？"

孔切塔兴高采烈地说：

"是菲斯塔的东西，简直是个宝库，有女儿的嫁妆，家里所有的财产：床单、被褥、麻织品、银器、餐具和各种有价值的东西。"

我惊奇万分，因为这完全出乎我的意料，孔切塔总是激动万分，怀着奇特的热情，对她的所作所为毫不掩饰。她向我解释道：维钦佐和菲力波·菲斯塔由圣乔万尼牵线，走到了一起，或者说，菲斯塔为维钦佐的儿子洗礼，维钦佐又为菲斯塔的女儿洗礼，他们两人成了亲戚，菲斯塔是圣乔万尼的信徒，逃难去山里之前，他把他的全部东西都藏在维钦佐的厨房里，并让维钦佐发誓，战争结束后把他所有东西一样不少地归还给他，维钦佐发了誓。

"对于我们来说，菲斯塔的这些东西是神圣的，"孔切塔讲到神圣这个字眼时，加重了语气，"我宁愿被人家打死，也不会去动那些东西的。它们放在那里一个多月了，只要战争没有结束，那些东西就会搁在那里。"

我对此持怀疑的态度。我也根本不相信，本来一声不响的维钦佐叼着嘴上的烟斗，瓮声瓮气地说的一番话：

"是这样，神圣不可侵犯的东西，德国人和意大利人要动这些东西，得先过我这一关。"

孔切塔听到丈夫这么说，用高兴得发光的眼神看着我，似乎在说：

"你看到了吗？你还有什么可说的，难道我们不是正直的人吗？"

我浑身像冰冻了一样，我回想起我看见她两个儿子忙忙碌碌地从车上卸东西的情景，暗自想到：

"说来说去，一旦当了小偷，就永远是小偷。"

偷盗这件事是促使我开始考虑离开孔切塔家去其他地方的主要原因。我的钱藏在裙子下面的口袋里，那些钱的数目不小，我们只是两个单身女人，没有任何人保护我们，既没有法律，也没有宪兵，不用花什么力气就可以把我们这样的两个可怜的女人制服，并把所有的东西席卷一空。我的确没有让孔切塔看过我的口袋，但我不时要付些伙食费和房租，我还许诺我会支付别的开销。他们肯定猜到我把钱藏在了什么地方。他们今天盗窃别人留下的东西，明天他们就可能偷我的钱，甚至会杀人，这完全是说不准的事情。两个儿子长着强盗般的模样，丈夫是个痴呆，孔切塔则是个狂热分子，我们的确难以预料会发生什么事情。那间屋子离丰迪不远，掩蔽在一片偏僻的橘树林里，即便杀死了一个基督徒也不会有任何人发现的。这确实是个绝妙的藏身之地。在这等藏身处完全可能发生比在光天化日之下更坏的事情。那天晚上，我在屋里躺下之后，对罗赛塔说：

"这是个犯罪窝，他们可以不对我们使坏，但也可能把我们给杀了，像肥料一样不动声色地埋在橘林下面。"

我倾吐了心中不安的情绪，但这下坏了，因为罗赛塔还没有摆脱罗马的轰炸造成的恐惧心理，她马上哭泣起来，搂着我呜咽地说：

"妈妈，我害怕极了，为什么我们不尽快离开这里呢？"

于是我赶紧说："这都是我的胡思乱想，全都是战争的缘故，总而言之，维钦佐和孔切塔以及他们的两个儿子肯定都是好人。"她好像不太相信似的，末了，她说道：

"我一定要离开这里，而且在这里的日子过得太难受了。"

我答应她尽快离开这里，因为在这种情况下，她说得一点儿也不错：在这里待得难受极了。

既然待得很难受，我现在便得重新考虑，可以说，在战争爆发以后，我们离开家园的整个时期，从没有像在孔切塔家里过得这么不舒服。她把自己的卧室让给我们住，这是一间她跟丈夫结婚时就住的房间。但我必须说，尽管她是一个农民，但在我一生中从没有见过这么邋遢的女人，尽管窗户总是敞开的，房间里的空气却很污浊，令人感到窒息。房间里散发的是什么气味呢？这是一股发霉、污浊、腐臭的尿酸味。由于气味很浓，我便寻找臭气的来源，我打开了两个小柜子，里面有两只细长细长的尿盆，没有把手，就像一条管子，白瓷红花，这两个尿盆从来没有刷洗过，尿盆里各种颜色都有，那股难闻的气味就是从那里发出来的。我把它搁到门外去了。孔切塔朝着我骂骂咧咧地说，这些尿盆是她母亲传给她的，是家里的东西，她不理解为什么我不愿意把它们放在屋子里。

第一夜，我们躺在那张大床上，床垫满是窟窿、疙瘩和弹孔，嘎吱作声，和针刺一般扎人。床单薄极了，好像我们一翻身就会撕裂一样，我总觉得身上发痒，罗赛塔也是这样不得安宁，老是翻来翻去地改变睡的姿势，但仍然难以入睡。最后。我点上了蜡烛，用手举起烛台照着床铺，仗着烛光我看见一堆臭虫，正朝四面八方逃去，它们呈暗红色，因吮吸我们的鲜血而个头肥大。床上由于满是臭虫而呈黑色，说实在的，我从没有见过这么多的臭虫，在罗马的时候，我只发现过一两只臭虫。我很快拆洗了床垫，这样就再也见不到了。然而，这张床上的臭虫有成千上万只，看得出来，它们不仅仅躲藏在床垫里，也藏在床架子里，总而言之，整个房间里都是。

第二天早上，罗赛塔和我起来后，赶忙跑到穿衣镜前观察，我们整个身上都是红疱，臭虫把我们咬了个够，我们好像突然生了皮肤病。我把孔切塔叫了过来，让她看看坐在床上光着身子在哭泣的罗赛塔，我问她，难道让我们跟臭虫睡在一起不会让她感到难为情吗？孔切塔像往常一样，激动地说：

"你说得有理，是挺难为情的，是件不光彩的事情。我知道臭虫让人讨厌，但我们是乡下的穷人，你是城里的太太，我们这些人只配喂臭虫，你可是睡真丝床单的命。"

她激动万分地给我解释原因，带着一种奇怪的神情，好像是在嘲弄我。实际上，她在诉说完理由之后，又以一种迫不及待的神态总结说，臭虫是上帝创造出来的小动物，既然是上帝创造出来的，就象征着某种益处。不管怎么样，我说从现在起，我们睡到他们给骡子贮备干草的茅草屋去，干草扎人，也许其中也有小虫子，但那是些干净的虫子，它们虽然会爬到身上来，使人发痒，但不至于吸血。但我明白，这样是过不了多久的。

孔切塔家里的一切都令人生厌，除了睡觉的问题，还有吃的问题。孔切塔是个急性子的邋里邋遢的女人，做事一向粗心大意。她的厨房是个黑乎乎的地方，煎锅和盆子长年累月地堆放在一起，没有水，从不洗刷，做饭马马虎虎，随随便便，孔切塔每天都是做一样的饭菜，乔恰里亚人称之为菜汤，许多片薄薄的家庭面包塞在满满一罐豆角汤里。这道菜是冷着吃的，豆角汤把面包浸湿后，整个就变成了糊状汤，这汤一点儿也不对我胃口，由于孔切塔邋里邋遢，菜里总是有苍蝇或者小虫子，加上她根本就不会做简单的汤和主菜，弄得我直反胃。他们吃饭按照农民的方式，不用碗盛，大家都用勺在汤或菜里打捞，然后把勺子送进嘴里，再把它重新浸到黏黏糊糊的菜里。你们会相信吗？一天，我发现夹在面包和豆角中的好几只苍蝇，就提醒她注意这件事，她却漫不经心地回答说：

"吃吧，吃吧，不过是只苍蝇，那又怎么了呢？这是猪肉，一点儿也不比小牛肉差。"

我发现罗赛塔一点儿也吃不下那些脏东西，我便常常跟孔切塔一起到园子外面的大路上去。那个地方有个集市，但在城市里已经没有了，在飞机、警报声和法西斯分子的扫荡下，再也没有什么牢靠的东西了。在大路上可以遇上卖新鲜鸡蛋、肉和鱼的农妇。当有人讨价还价的时候，她们就生气地回答说：

"好吧，你们就吃你们的钞票，我们就吃我们的鸡蛋。"

她们很清楚，发生了饥荒，在饥荒的年代，钱毫无用处可言。她们卡我的脖子，但我还是常常买些东西，也给孔切塔家里一些吃的东西，钱像流水般地花去，这也是我非常不安的一个原因。

我们想离开这里，但到哪里去呢？一天，我对孔切塔说，由于英国人没有来，我们最好乘小卡车或步行到我父母亲居住的乡下去，在那里待到战争结束，她立即热情地同意我的想法，说道：

"怎么了，过得不舒服吗？人们只有待在自己家里才感到舒心，谁能替代母亲的位置呢？你行行好吧！这里你什么都不喜欢，有臭虫，菜汤也是糟糕的，可是，你在父母亲的家里，同样的臭虫和同样的菜汤也会使你觉得是天堂。为什么不可以呢？明天，罗萨里奥用车子拉你们，你们可以美美地散一次步。"

第二天，我们高高兴兴，满怀希望地等着罗萨里奥从我所不知道的地方回来。他回来了，非但没有骡拉车，反而带给我们一大堆坏消息：德国人到处抓壮丁，法西斯分子逮捕冒失上街的人，英国人大扔炸弹，美国伞兵降落，到处是饥饿、灾荒和革命，英国人和德国人很快就要在我父母亲住的地方打起仗来了。这些消息是从德国司令部传出来的。那地方已经疏散一空，所有的居民都被赶到弗罗西诺内的一个集中营去了。他还说，由于有飞机轰炸，很多大路都变得不安全，飞机都飞得很低，向人们扫射，不停地向人群扫射，直到人们被打死为止。山路也不安全，因为到处是无缘无故杀人的逃兵和强盗。总之，对我们来说还是留在丰迪等待英国人比较好，这只是几天的问题，因为盟军在前进，不到一个星期将会来到这里。最后他说了一大堆真真假假的事情，不过真假难分，真实的消息使假的消息好像也成真了。轰炸和扫射确有其事，但打仗的地方正是在我父母亲住的地方不都是真事，还有那地方已经疏散一空了，别的消息我们一无所知。我们没有想到，他向我们讲的这些坏消息都不是真的。不过，我们被吓坏了，他带来的消息就是想把我们留在他们家里，继续赚我们的钱。另一方面，天气确实很糟糕，而我有一个女儿，我不能不对在路上可能遇到的他对我们所说的危险负责，尽管只有百分之一的可能性。就这样，我决定推迟回我老家的时间，留在丰迪等待盟军的到来。

话又说回来，我们还是必须尽快离开孔切塔家，再待在这孤零零的橘林，就像过去我说的那样，什么事情都可能发生。随着时间一天天过去，孔切塔的儿子们越来越让我感到害怕。我说过他们是沉默寡言的人，可是他们一旦讲话，就透露出一种我一点儿也不喜欢的神情。他们是能说会道的人，比如，他们开玩笑地说：

"有一次，在阿尔巴尼亚，他们朝我们打冷枪，我们伤了两个人。你知道，为了报复，我们干了些什么？由于男人们都逃走了，我们逮住了女人，那些比较讨人喜欢的……有些女人是真的乐意，她们想借此给自己的丈夫戴绿帽子。有些女人不情不愿……有些女人在这之后都站不起来了，就像死人一样。"

我听了这一番话，像石头一样动弹不得，孔切塔随即打着哈哈笑着说：

"哎，他们是年轻人，要知道年轻人是喜欢女人的，年轻人青春似火。"

情绪比我更糟的是罗赛塔，我看见她脸色苍白，几乎全身打战，终于有一天我对他们说：

"你们住口吧，我的女儿在这里，你们别在一个小姑娘面前这么说话。"

我情愿他们批驳我，甚至辱骂我，可是他们什么也没有说，只是用他们那煤炭一样的闪闪发亮的眼睛，从下至上地打量着罗赛塔，让人感到害怕，而他们的母亲反复说：

"要知道，他们是年轻人，青春似火的年轻人。但你不必为你的女儿担忧。我的儿子们不会碰你女儿的，即便给一百万里拉，也不会去碰你女儿的。你们是客人，客人是神圣不可侵犯的。你的女儿待在这里，就像待在教堂里一样安全。"

对于我来说，实际情形正好相反，面对她儿子们的沉默和她过头的话，我的担忧更加强烈了。这时我设法从一个农民那里弄到一把折叠小刀，我把它跟钱一起放在口袋里。如果他们企图搞什么名堂，必须先对付我，而我自然也会给他们点儿颜色看的。

　　然而，在我们来到这里两个星期之后，终于发生了让我们下决心离开这里的一件事。一天早上，罗赛塔和我坐在打谷场上，打算剥玉米穗，干些什么活的时候，从小路上突然出现了两个男人，我马上意识到他们是谁，他们斜背着枪，敞开的上衣露出穿在里面的黑衬衫，还有孔切塔的儿子罗萨里奥的反应，都使我明白了他们是谁；当时罗萨里奥正在那里嚼着面包和葱头，一看见他们出现，立刻就一溜烟跑掉，消失在橘树林中。我平静地对罗赛塔说：

　　"他们是法西斯分子，你什么也不要说，让我来对付。"

　　那些七月二十五日以后在罗马四处活动的新法西斯分子，我能很容易认出他们来。他们都是些乌合之众，二流子，为了自己的私利，穿上黑衬衫，而如今正派的人们不愿意再穿了。他们身体魁梧，就像台伯河畔和大桥上那些游手好闲的男人一样。这两个家伙却相反，我很快就看出他们是两个废物，丑陋无耻的东西，他们有用来吓唬人的枪，一个家伙是瘸子，秃脑袋，一张面孔麻木僵硬，就像一颗干栗子，瘦削得让人可怜的肩膀，凹陷得很厉害的眼睛，扁平的鼻子，乱糟糟的胡子；另一个几乎是个侏儒，长着一颗教授般的大脑袋，戴着眼镜，神情严肃，身材肥胖。从下面匆匆赶来的孔切塔用绰号跟第一个家伙打招呼，这个绰号是此人活生生的写照。

　　"瘦猴子，你在这里找什么东西！"

　　瘦猴子，便是那个秃脑袋猴子般的人，他晃动双腿，用手敲打着枪托，傲慢地回答说：

　　"孔切塔大婶，孔切塔大婶，我们彼此都清楚，你知道我们在找什么，您是一清二楚的。"

"我不明白你的意思，你要酒吗？要面包吗？面包我们很少，但是我们可以给你一瓶酒，给你一些无花果干，要知道，都是些乡下的东西。"

"孔切塔大婶，您真狡猾，可这一回，您碰上了比您更狡猾的人。"

"瘦猴子，你说些什么？我狡猾吗？"

"一点儿不错，你狡猾，你的丈夫狡猾，你两个儿子更是狡猾透顶。"

"我的两个儿子？谁见到过我那两个儿子？我好长时间没见到他们了，他们在阿尔巴尼亚为了国王和墨索里尼而战斗，让上帝保佑他们两人身体健康。"

"什么国王，什么国王，我们现在是共和国，孔切塔。"

"那么共和国万岁！"

"你的儿子不在阿尔巴尼亚，他们就在这里。"

"他们就在这里？但愿真是这样。"

"一点儿不错，他们就在这里，昨天有人还看到他们在科库鲁佐大街做黑市交易。"

"瘦猴子，你在说些什么呀！我的儿子就在这里，我跟你说过，但愿这是真的，我会拥抱他们，知道他们脱离了危险；我每天痛苦得以泪洗面，我的痛苦比经受七种痛苦的圣母还多。"

"够了，对我们说真话，他们在什么地方，否则要了你的命。"

"我怎么知道他们在什么地方，我可以给你酒，我可以给你无花果干，还可以给你一点儿面粉，尽管我们只有一点儿。但是我的儿子不在这里，我怎么给你们呢？"

"好吧，那我们就看看这酒。"

于是，他们在打谷场上的两把椅子上坐了下来，孔切塔像往常那样，兴奋地拿来酒和两个玻璃杯，还提了一篮子无花果干。瘦猴子骑在椅子上，一面喝着酒，一面吃。

"你的儿子是逃兵，你知道军法对逃兵是怎么规定的吗？如果我们抓到他们，应该枪毙他们，这就是法律。"

她笑着说：

"你们说得有理，逃兵应该枪毙……他们是流氓无赖……统统应该枪毙，但是我的儿子，他们不是逃兵，瘦猴子。"

"如果不是，那他们是什么？"

"他们是士兵，为了墨索里尼而战斗，上帝会保佑他们活一百岁的。"

"对，同时干黑市勾当，是吗？"

总之，当她无法回答时就给他们斟酒。看来这两个人就是为了酒而来的，他们接受她的敬酒，举杯痛饮起来。

我们坐在台阶上，待在一边。瘦猴子一面喝酒，一面盯着罗赛塔，他并不是以警察那种想查明某人的证件是否齐备的眼神，而是死死盯着她的大腿和胸脯，正像一个男人盯着他所喜欢的、能勾起他欲火的女人一样，终于，他开口向孔切塔问道：

"那两个女人是谁？"

我赶紧抢着代替孔切塔回答，因为我不愿意让法西斯分子知道我们是从罗马来的。

"我们打瓦莱科尔萨来，是孔切塔的两个表姐妹。"

孔切塔热情地急忙强调说：

"正是这样，她们是我的两个表姐妹，切西拉是我一个叔叔的女儿，她们跟我是近亲，她们来跟我们一起过。唉，要知道，血浓于水。"

然而，瘦猴子好像并不相信，看得出来，他比他不起眼的外表要聪明。

"我不知道你在瓦莱科尔萨还有亲戚。你总是对我说，你是明土尔诺人。这位漂亮的女孩子叫什么名字？"

"叫罗赛塔。"我回答道。

他把杯子里的酒一饮而尽，起身向我们走过来，说道：

"罗赛塔，你挺讨我喜欢。我们现在正好需要一个女用人。你给我们做做饭，整理整理床铺。罗赛塔，你愿意到我们这里来吗？"

他一面说着，一面伸出手去摸罗赛塔的下巴。我在他手上打了一下，说道：

"把手缩回去。"

他睁大双眼盯着我，装出一副惊讶的样子说：

"哎呀！你怎么啦？"

"她是我的女儿，请你不要碰她。"

他把枪从肩上卸下来，对着我傲慢地说：

"你知不知道你在跟谁讲话，举起手来。"

这时，我显得很镇静，他对准我的枪口反倒在抖动。我躲开枪口，轻蔑地说：

"什么举起手来，你以为用你的枪就可以吓住我吗？你知道枪对你有什么用吗？用来诈骗酒和无花果干，这就是枪对你的用处。连一个瞎子都会看得出来，你不过是个饿死鬼，仅此而已。"

奇怪的是，他忽然平静下来，笑着对同伴说：

"至少应该把她枪毙了，你认为怎么样？"

另一个人晃了晃肩膀，结结巴巴地说：

"她们是女人，你不要犯糊涂。"

于是瘦猴子把枪放了下来，加重语气说：

"这一回便宜了你，但你要明白，你差一点儿把命搭上，谁敢动军人一根毫毛，谁就要吃子弹。"

这句口号写在罗马的墙上，丰迪的墙上也有。那个卑鄙无耻的东西，他是从墙上学来这句口号的。过了一会儿，他补充说：

"还要说定的是，你得把女儿送到我们驻扎的地方科库鲁佐当用人。"

我回答说：

"你可以做梦，但我是什么也不会给你送去的。"

他转过身来，朝着孔切塔说：

"孔切塔，我们来交换一下，我们不再寻找你藏在这里的两个儿子。你知道，如果我们认真寻找，是可以将他们逮起来的。作为交换，你把你的表外甥女给我们送来，我们一言为定，好吗？"

孔切塔，这个不知羞耻的女人，对他们这个明知我不会答应的、包藏祸心的要求居然表现出万分的热情，提高嗓门说：

"明白，明白，明天上午，罗赛塔就会上你们那里去。有我陪着罗赛塔，你们放心就是了，罗赛塔给你们当厨娘，当用人，干你们要她干的事情。放心吧，明天一大早我就把她带去你们那里。"

这一回，尽管我心里气得要死，但出于谨慎起见，我什么话也没有说。那两个卑鄙无耻的东西还待了一会儿，又喝光了两瓶酒之后，一个抱着一瓶酒，另一个拎着一篮无花果干，顺着来时的小路走了。

等他们走得不见了人影，我马上冲着孔切塔说：

"好哇，你疯了，我还没有死就把我女儿送去给法西斯分子当用人啦。"

我没有大声嚷嚷，因为我还希望孔切塔只是表面上同意，免得跟两个法西斯分子搞僵，好让他们心满意足地离开。然而，看到她一点儿也不像我想象的那样气愤时，我心里很难受。

"好啦，再说他们也不会把罗赛塔吃了。我的大姐，法西斯分子什么东西都有：他们有酒，他们有花，他们有肉，他们有豆角。在他们那种地方，整天有甜菜片和小牛肉吃。罗赛塔会像一位王后那样待在那里。"

"你说什么，你发疯了吗？"

"我什么也没有说，我只是说，现在我们处在战争时期，在战争时期重要的是不要让自己跟强者作对。如今法西斯分子是最厉害的人，就必须跟法西斯分子站在一起，明天也许英国人最厉害，那我们就跟英国人站在一起。"

"可你难道不明白他们要罗赛塔的原因是什么？你没有看见那个卑鄙无耻的东西一个劲地盯着她的胸脯吗？"

"嘿，那有什么呀！这个男人或那个男人，都会有这种事情的，那有什么关系呢？我们处在战争时期，要知道，女人们在战争时期的眼光不能太狭窄，也不要指望像和平时期那样受到尊重。再说，会叫的狗是不咬人的，大姐。瘦猴子这个人我是知道的，他首先考虑的是填饱肚皮。"

总而言之，事情已经很清楚了，她对瘦猴子的主意是当真的，这就像太阳一样明明白白：你给我罗赛塔，我就放过你的儿子。我没有点出她的算盘打错了，如果罗赛塔去当用人，更糟糕的是去当法西斯分子的用人，那她的两个犯罪的儿子就会在自己家里高枕无忧，谁也不会再搜他们。然而，她的儿子的自由是用我的女儿换来的，我也是母亲，我懂得她出于对儿子的爱会在第二天就把罗赛塔交给法西斯分子，因此抗议已经无济于事，简单地说，逃走才是上策。于是我马上改变了语调，平静地说：

"好吧，我要好好想想，不错，罗赛塔到法西斯分子那里去，正像你说的那样，她会像王后那样生活，可我还是不情愿……"

"这是借口，大姐，应该使自己跟强者在一起，我们处在战争时期。"

"好吧，今天晚上我们会拿定主意的。"

"你好好考虑，好好想想吧，不着急，我对法西斯分子是了解的，我告诉他们，罗赛塔两三天之内上他们那里去。他们可以等一等。你要知道什么也不用准备。法西斯分子那里应有尽有。他们有油，有酒，有猪肉，有面粉……在他们那里，整天不是吃就是喝，你们会长胖，会过得很舒服的。"

"当然，当然。"

"切西拉，这是老天爷把那些法西斯分子派来的，说实在话，我再也接待不起你们了。当然，你付了钱，但现在是兵荒马乱的年头，东西比钞票有用，再说我的儿子们的这种日子再也不能继续下去了，他们总是东躲西藏的，就像吉卜赛人一样。如今，他们可以安心生活，安心地睡觉和工作了。是的，正是老天爷把那些法西斯分子给我们派来的。"

总而言之，她已经铁了心要牺牲罗赛塔。我也打定了主意，那天晚上我们就逃走。我们四个人，我们母女二人、孔切塔和维钦佐，像往常那样在一起吃饭。因为他们的儿子在丰迪。我们一回到草房，我立刻对罗赛塔说：

"你别以为我答应了孔切塔，我是假装的，因为跟这类人打交道是没有准的，现在我们打点行李，天一蒙蒙亮就离开这里。"

"妈妈，我们上哪里去呀？"她带着几乎要哭出来的声音问道。

"离开这个罪犯的黑窝，赶紧离开这里。随便上哪儿都行。"

"那到底上什么地方去？"

我早就打好了主意，我对这次出逃已经细细地考虑过好几遍了，我说道：

"到外祖父母家去是不可能的了，因为那里的人都已经撤离了，谁知道他们上哪里去安身了。我们先去找托马西诺，他是一个好人，我们可以问问他的意见。他对我说起过多次，他的兄弟一家人都在山上，过得不错。他会帮我出主意的。你别害怕，有疼爱你的妈妈在，我们还有些钱，钱就是最好的朋友，是我们唯一可以信赖的。我们会找到一个我们要去的合适地方。"

我让她定下心来，再说她也认识托马西诺，维钦佐耕种的那块土地的主人菲斯塔的兄弟。托马西诺是经商的，由于迷上了黑市生意和跑买卖，不想上山投奔他的亲戚。他住在山下靠近平原的一间小房子里，挣钱不少，尽管有生命危险，他还是不顾法西斯分子的横行霸道和德国人的搜捕，冒着轰炸和机关枪扫射的危险，继续跑生意，要知道，为了钱，胆小的男人也会变成勇敢的好汉。托马西诺就是这种类型的人。

就这样，在烛光下，我们把剩得很少的东西装进了箱子，然后，我们和衣躺在草堆上，睡了约莫四个小时，罗赛塔由于年轻，睡得死，还想继续睡下去，即使村里的乐队在她耳边奏乐，她大概也醒不过来的。而我没有她那样年轻，睡得不踏实，自从我们逃难出来，也由于心情不安和烦恼，我的睡眠很差。在公鸡打鸣的时候，天色还黑，可黎明即将来临；鸡很敏感，先是平原那里的鸡叫了，然后一点点靠近，末了，维钦佐鸡笼里的鸡也叫了起来了。我一骨碌从干草上爬起来，开始摇晃着罗赛塔。我说开始摇晃她，是因为她不愿醒过来，尽管我一个劲地叫她，她还是半醒半睡地带着哭声说：

"干什么，干什么呀？"

她好像忘了我们是在丰迪，是在孔切塔的家里，她好像以为自己还在罗马家里似的，在罗马，我们七点钟以前是从不起床的。她终于完全醒了过来，但还抱怨不已。我对她说：

"难道你还想睡到中午，让一个穿黑衬衫的男人弄醒不成？"

在走出茅屋之前，我从门里探出身子望了望打谷场，隐隐约约地看到地上摊着晾晒的无花果干。一把椅子，上面放着一只孔切塔忘记拿回的装满玉米棒的篮子。房屋的玫瑰色墙壁已全部剥落，变得黑乎乎的了。一个人影也没有，于是我把箱子放在我和罗赛塔的头垫上，就像我们来到圣比阿乔山车站时一样。我们走出茅屋，急速地跑到橘树林之间的小路上。

我知道我要上哪里去，我们离开橘林，走上大路，朝着丰迪平原北边的群山方向走去。这时，天刚亮，我回想起我从罗马逃难出来的那个黎明，不由得想到：

"谁知道在回家之前我还会度过多少个这样的黎明。"

整个乡村笼罩着一片灰暗朦胧，灰白色的天空稀疏地散落着几颗黄色的星星，好像不是黎明的曙光就要显露，而是比前一天夜晚稍亮的另一个夜晚来临了。露水洒落在忧伤的木然不动的树枝上，洒落在我赤脚踩着的大路和冰凉的碎石上。四周一片冻僵的寂静，但已经不是黑夜的那种寂静了。只听见脚下响起干巴巴的嘎吱声和窸窸窣窣的声音，田野渐渐苏醒了。我走在罗赛塔的前面，眺望着四周耸立的群山，山上光秃秃的，夹杂着一些棕褐色的斑点，给人一种荒无人烟的感觉。我是在山里长大的人。我知道，只要走进山里，我们就会找到可以耕耘的土地、灌木丛、茅屋、小房子、农民和逃难的难民。我想在那山区将会发生许多事情，但愿都是些好事，但愿我们会遇上好人，而不是像孔切塔和她一家人那样的坏蛋。何况我们在山里不会待很久，英国人很快就要来了，我就可以返回罗马，返回我的老家和店铺。

这时，太阳升起来了，只是在山峦边沿的后面显露，山峰和四周的天空渐渐染上一片玫瑰色，天空中的星星消失了，天空显现出苍白的蓝色。忽然间，在橄榄林的尽头，灰色的树叶之间，太阳升起来了，它像金子般灿烂辉煌，阳光投射到了大路上，尽管还很微弱，我却已感到脚下的砂石不是那样冰凉了。阳光使我的心情豁然开朗，我对罗赛塔说：

"谁说有战争，在乡下怎么也不会想到正在打仗。"

罗赛塔还没来得及答话，这时，从大海那边冒出了一架飞机，正以一种说不上的速度冲来。起初，我只听到轰响声，转眼间就看见飞机从天上朝我们俯冲过来。我赶忙抓住罗赛塔的胳膊，拽着她跳过一条小沟，躲进玉米地里，脸朝下扑倒在玉米秆之间。飞机顺着大路低低地冲过来，在一阵愤怒的、震耳欲聋的响声中掠过，我好像觉得飞机就在我们头顶一样，它飞到大路远处的拐角，绕了一圈，突然在一排松树上方腾空而起，沿着山腰飞着，就像是一只在阳光下移动的苍蝇，远飞而去了。

我紧紧搂着罗赛塔，脸朝下地趴着，但我的目光却盯着大路，那里有一只小箱子，是我拽着她的胳膊跑的时候，她扔在地上的。我看见飞机贴着地面飞过，砂石路扬起一股云雾般的尘土，跟飞机一起朝着山峦滚滚而去。当轰鸣声消失之后，我从田里爬了出来；走过去察看，我看到箱子上有许多小孔，大路上到处散落着像我的小指头那么长的黄铜子弹，毫无疑问，这飞机是冲着我们来的，因为大路上除了我们再也没有别的人。我暗暗自语：

"你这该死的东西。"

我心头涌起了一股强烈的仇恨战争的情绪，那个飞行员压根儿不认识我们，也许他还是一个跟罗赛塔一样年龄的小伙子，只是因为战争就生出要杀死我们的念头，完全是出于一种恶意，就像一个牵着狗去溜达的打猎者一样，当他偶然地瞄准一棵树的时候，不由得想到：

"我一定得打死什么，哪怕是一只麻雀。"

不错，我们确实是两只麻雀，被一个无聊至极的猎人瞄准了，只有麻雀掉下死去，他才算放过跟他毫不相干的东西。我们走了一段路程，罗赛塔说道：

"妈妈，你曾经说过，乡下不会有战争的，可那架飞机分明是想打死我们。"

"我的女儿，是我错了，到处都在打仗，乡下跟城里是一模一样的。"

第三章

走了半个多小时，我们来到十字路口，右边有一座跨越溪流的桥，过了桥有一座白色的房子，我知道，托马西诺就住在那里。我站在桥上，探身望去，看见一位妇女，跪在小溪边的石头上洗衣服，我向她喊道：

"托马西诺住在这里吗？"

她拧完一件洗好的衣服，回答说：

"是的，他住在这里。可他现在不在家，今天一清早到丰迪去了。"

"他还回来吗？"

"是的，他要回来的。"

我们只能留下等待，于是我们在桥头的一个石头上坐了下来。我们在阳光下默不作声地坐着，太阳逐渐变得火辣辣的，更加明亮了，罗赛塔终于开口问道：

"你说，要是我们回到罗马，阿尼娜会让我看到很健壮的帕利诺吗？"

当时我正陷于胡思乱想，一时竟没有明白过来她的话。稍后我才回想起，阿尼娜是我们隔壁房子的看门人，帕利诺是罗赛塔非常喜爱的那只虎斑猫，逃难之前，罗赛塔把它托付给阿尼娜了。我安慰罗赛塔说，帕利诺会长得更漂亮更健壮，这是肯定的，因为阿尼娜的兄弟是屠夫，即使是灾荒的年头，他们也永远不会缺肉吃。她好像从我的话中得到了安慰，重新平静下来，在阳光下半闭上眼睛。我觉得，罗赛塔在这样危险的时刻，竟还会提出这样的问题，原因大概在于，尽管她已经十八岁多了，但就性格来说，她还是个小女孩，她的这一特点在类似的担心中也表现了出来，因为当时我们还不知道那个晚上我们将在什么地方睡觉和能不能吃上饭。

在大路的拐角，出现了一个男人，他一边慢慢走，一边吃着一个橘子。我马上认出他就是托马西诺，他长得很像地道的犹太人，长长的脸，一个星期不刮的大胡子，鹰钩鼻子，一双凸出的眼睛，迈着八字步走路。他也认出我来了，因为我曾经是他的顾客，在那两个星期里，我在他那里买了不少东西。但是，他露出一副不信任的神气，不搭理我的问候，一面吃着橘子，一面眼睛朝脚底下看，走了过来。待他走到跟前的时候，我马上对他说道：

"托马西诺，我们是从孔切塔的家里来的，现在你应当帮助我们，因为我们不知道该上哪里去好。"

他倚靠在桥栏杆上，一只脚蹬在矮墙上，从口袋里掏出另一个橘子，咬了一口，把橘子皮冲着我的脸吐出来，然后说道：

"好说，现在人人都在为自己，只有上帝为大家，你要我怎么帮你呢？"

"你可认识什么山里的农民，留我们住到英国人来？"

"我什么人也不认识，据我所知，所有的房子都住满了，如果你到山里去的话，你会找到什么，一间茅屋，一间草房。"

"不，我一个人不去，你在山里有兄弟，你还认识一些农民，你应当给我介绍一下。"

他冲着我的脸吐出另一块橘子皮，说道：

"我如果是你的话，你知道我会怎么做吗？"

"怎么做呢？"

"回罗马去。这就是我要做的。"

我知道他故意装聋作哑，因为他以为我们是两个可怜的女人。我知道，他这个人除了钱以外，别的什么都不认，没有钱，他是不会为任何人干事的。我从来没有对他说过我带了一大笔钱出来。但现在，我明白，该是让他知道的时候了。对他我还是信得过的，因为他的情况跟我差不多。他曾像我一样，是丰迪一家食品店的老板，现在跑黑市买卖，完全像我当初干的那样。总而言之，就像俗话所说，狗不会咬狗的。于是，我毫不犹豫地说：

"罗马我是不回去了，因为那里有轰炸和饥荒，火车也断了。我的女儿罗赛塔至今还对轰炸记忆犹新。我决定到山里去，找个落脚的地方。我会付钱的，我还想储备些吃的东西，像酒、扁豆、橘子、奶酪和面粉。总之，各样东西都储备一点儿。一切都照付现钱，因为我有钱，我差不多有十万里拉。你不想帮助我们，好吧，我会去请别人帮忙的，在丰迪这块地方，不仅有你一个人，还有艾斯波西托，有斯卡利塞，有许多人。罗赛塔，我们走吧。"

我说得干脆利落，我把行李放在头顶垫圈上，罗赛塔也照此行事，我们朝着圣比阿乔山的方向走去。

听到我说有十万里拉，托马西诺睁大双眼，发呆了一会儿，牙齿咬着橘子，随后，他突然吐掉橘子，紧跟在后面追了过来。我因为头顶垫圈上放着箱子，不能转过身子瞧他，只听到他用呼吸急促的沙哑的声音乞求道：

"等一等，你别走，活见鬼啦，你怎么啦，你停一停，我们好好谈谈。"

我停住脚步。他做了一番解释，我这才同意回去，跟他一起走进一座小房子。他让我们走进底层一间白色的、空荡荡的房间，房间里只有一张带床垫的床，床单乱糟糟的。我们三人在床上坐了下来，他带着几乎是客气的语调说：

"好吧，现在我们来开个你所需要的食品的单子。但我不说大话，因为现在是非常时期，农民们狡猾得很。至于说价钱，你应该相信我，这没什么好讨价还价的，我们不是处在和平时期的罗马，而是战争年代的丰迪。关于山上的住房，我还没有把握。在轰炸之前，房子就都租出去了。今天上午我必须到我兄弟那里去，就是说，你们两人可以跟我上山去，有些事情会顺利解决的，特别是做好了立即付钱的准备。关于储备食品，你得给我一个星期的时间，如果你在山上找到了住处，我的兄弟或其他什么逃难者可以借给你，或卖给你一些东西。"

他用实事求是的、通情达理的语调说完这番话，随后，从兜里掏出一个沾满油污、已经撕得所剩无几的记事本子，翻到一页没有写过的白纸，拿出一支不容易抹去字迹的铅笔，把笔头放在嘴里润湿以后，说道：

"那么，我们来看看，你要多少面粉？"

于是，我细致地向他口述一份单子，需要多少面粉，多少玉米面，多少食用油，多少扁豆，多少羊奶酪，多少猪油，多少香肠，多少橘子，等等。他一项项地记了下来，然后把小本子塞进口袋，走出了房间，不一会儿，他拿来了一个圆面包和半段香肠，说道：

"看看，食品供应开始了……现在你们吃饭，就在这里等着我……一个小时之后我们上山去……不过，你最好现在就把这块面包和这根香肠的钱付给我，这样，我们就不会搞乱。"

我掏出一张一千里拉的票子递给他，他背着光检查了一下，找给我许多张我从来没有见过的破烂不堪的小票子。这都是些在缺钱的农村来回倒手的票子，始终没有机会更新，因为农民不肯把钱存到银行去，而宁愿把它藏在家里。我把几张钞票退给他，因为它们实在太破了，他换了给我，说道：

"这里有一车这样的钞票，我马上就可以换掉。"

托马西诺把我们留下，临走时说，他很快就回来。我们坐在床上嚼着面包和香肠，谁也没有说话，因为我们知道，很快我们就会有落脚的地方，就会有食物了。过了一会儿，不知道什么缘故，其实也只是追随我的思路而已，我说道：

"罗赛塔，你看，钱这个东西意味着什么？"

她回答说：

"妈妈，圣母在帮助我们，我知道的，她会永远帮助我们。"

我不敢驳斥她，因为我知道她是非常相信宗教的，她每天早上起身以后和晚上入睡前都在祈祷，这是我按照家乡的规矩给予她这种教育的。但是我又不由得想到，如果事情果然如此，那么，圣母的帮助就有点儿奇怪了，因为是金钱迫使托马西诺答应帮助我们的，但这钱是我利用战争和饥荒，做黑市生意赚来的，也许圣母是喜欢战争和饥荒的，但这是为什么呢？难道是为了惩罚我们的罪过吗？

吃过了面包和香肠，我们躺在托马西诺肮脏不堪的床单上，睡了也许半个小时，由于是大白天，睡意早就没有了，只觉得脑袋昏昏沉沉的，好比空肚子喝了酒一样。当我们还在睡的时候，托马西诺回来了，走过来用手拍拍我的面孔，兴高采烈地说：

"醒醒，醒醒吧，上路了。"

他非常兴奋，看得出来，他预先尝到了占我们便宜的乐趣了。我们从床上起来，跟随他走出屋外，在桥前的空地上，有一头非常瘦小的灰色的驴子，就是人们所称的撒丁种驴子。这可怜的牲口，脊背上已经载上了托马西诺捆好的我们的行李。我们就这样上路了。托马西诺勒紧拴驴子的缰绳，手握柳条鞭子，一身城里人的打扮，黑色的帽子，黑色的上衣，黑色的裤子，笔挺的，但没有打领带，脚上穿着一双士兵靴子，黄牛皮的，但都沾上了泥巴，我们跟在后面。

前面是群山，我们从一座山峦的山脚转上了一条离开大路的崎岖小径，小径盘旋而上，坑坑洼洼的，布满石子和尘土，两边是两排像篱笆一样密的黑莓。我们开始上山，很快来到了两座山峦之间的一条狭小的山谷，它像个漏斗，越走越狭小，我们抬头望去，只见它的尽头在山顶的天空下，夹在两座石峰之间，仅有一步之宽。你们相信吗？当我的脚踩在崎岖山路的石子、牲口的干屎和土坑的时候，我体验到了一种兴奋的感觉。我原是山区的农民，像这样的崎岖小路我已经走过不知多少次了，一直走到十六岁。如今我的脚又踩上这崎岖的山路，我终于又重新找到了我所熟悉的某种东西，就好比我的父母亲虽然不在人世了，但我至少重新找到了他们抚养我长大的地方。我默默想到，在此之前，我们生活在平原，那里的人虚伪、龌龊、卑鄙、不守信义，可现在，走在这条满是石子和驴屎的、尘土飞扬的、陡峭的崎岖山路上，我又重新找到了我的山和我的人。我没有把这些想法告诉托马西诺，首先因为他无法理解我，其次因为他是平原上的人，长着一副犹太人的嘴脸，一个地地道道的见了钱就会发狂的家伙。我们走过一片长着许多紫红色仙客来花的漂亮的篱笆墙的时候，我悄悄地对罗赛塔说：

"你摘些仙客来花，做个花环，把它戴在头上，会很好看的。"

我突然回忆起，我做小姑娘的时候就是这么做的。我摘下我们乔恰里亚姑娘称作"斯科恰皮尼亚特"的仙客来的花，编织成小花环，把它们戴在耳朵上、头发之间，然后我就会觉得自己漂亮无比。罗赛塔听从了我的建议，在我们停了下来喘口气的时候，她摘了一束花，又给了我一束，我们把花戴在头上。我看着惊奇地望着我们的托马西诺，笑嘻嘻地对他说：

"我们是为了要搬进新屋才打扮得漂亮点的。"

然而，他一点儿也不笑，一双眼盯着鬼知道什么地方，一门心思盘算着他想要卖出和买进的货物，盘算着赢利和亏损。他是一个地地道道的做黑市买卖的人，而且是平原上的黑市商人。

山路先是打山谷入口处的一排房屋前面穿过，然后，折向左边，顺着山腰的丛林走去。小路曲曲弯弯地缓慢上升，不时碰到需要攀登的山口，我一点儿也不觉得吃力，因为我出生之后便练就了一双能够翻山越岭的脚板，这两条腿马上习惯了缓慢而有节奏地爬山，我既不会大喘气，也不会心跳加速。相反，罗赛塔是罗马人，托马西诺是生活在平原的人，他们不时要停下来喘喘气。随着山路的升高，渐渐显露出山谷或者说裂口，它还称不上是山谷，因为它太狭窄了。眼前呈现出一道巨大的阶梯，最低的阶梯最宽，山顶的阶梯最窄。这些阶梯就是梯田，我们乔恰里亚人把它叫作干垒地，这里有一道道细长的肥沃土地，每一块地用石头垒成的矮墙支撑住。在这些细长的梯田上可以种植任何东西：麦子、土豆、玉米、蔬菜、亚麻。另外在农作物之间，还见缝插针地栽种了果树。我对梯田是很熟悉的，我当姑娘的时候，就像一头牲口那样，头顶一筐又一筐石头，去修筑梯田的矮墙，在连接各块梯田的陡峭石级上跑上跑下，我也早已习以为常。造这些梯田需要付出巨大的辛劳，因为农民必须开垦山坡，砍掉树木，用双手把石头一块块地运上去，在土地上一道道垒成石墙。一旦梯田筑好了，生活对你来说就有了保障，它们赐给你一切必需的东西，换句话说，你就什么东西也用不着购买了。

我们沿着崎岖的山路走了不知有多长的时间，像流浪汉那样，先沿着山谷左边攀登了好长一会儿，然后过了山谷，从右边继续登山。现在我们可以看到整个山谷，盘旋而上直到天空，梯田的大台阶终止的地方，黑乎乎一片的丛林带开始了，丛林带随后逐渐变得稀疏，许多树木散布在光秃秃的山腰上。

最后，树木也没有了，除了通向蓝天的白色碎石堆，什么也见不到，就在山腰下面，有一簇绿色草木伸展出来，草木中隐约可见一些红色的峭壁。托马西诺告诉我们说，在这些峭壁当中，有一个很深的山洞，许多年前，山洞里藏着一个丰迪有名的牧人，他放火活活烧死了住在茅屋里的他的未婚妻，后来逃到大山的另一边结了婚，膝下有了一群子孙，末了，当人们发现他的时候，他已经是一个老头了，一个当上了父亲、岳父和祖父，受到大家尊重的白胡子老头。托马西诺还说，在山的那一边是乔恰里亚的群山，其中就有一座仙女山。我回忆我还是小女孩的时候，我常常梦见这座山，并且常常问我的母亲，山上可当真住着仙女，她总是回答我说，仙女是不存在的，人们这样称呼这座山，其实也没有什么原因，但我始终不相信她的这番话。如今，我已是成年人，并且有一个长大的女儿，我真恨不得问问托马西诺，为什么要给这座山取这样的名字，是不是从前仙女们确实在这里待过。

在崎岖山路的转弯处，也就是在一块梯田上，终于见到了一头套着犁铧的白公牛，一名庄稼汉赶着牛在细长的梯田上犁地。托马西诺马上用手放在嘴边做成喇叭形，大声喊道：

"喂！帕利德！"

庄稼汉推着犁往前又走了一会儿，然后停了下来，不慌不忙地朝我们走过来。

这是一个个头不大但身材匀称的男人，长得很像乔恰里亚的人，圆圆的脑袋，低低的额头，小小的、弯曲的鹰钩鼻子，厚厚的颌骨，嘴巴的形状就像把刀子，好像从来不会张嘴笑似的。托马西诺指着我们，对他说：

"噢，帕利德，这是两位罗马女士，她们要在山区找个住的地方……住到英国人来，当然，这也住不了多少日子。"

帕利德摘下黑帽子，毫无表情地望着我们，就像老眼昏花而呆头呆脑的老农，他们长年累月地孤身一人，只跟牛、犁头、垄沟打交道。然后，他无精打采、慢条斯理地说，眼下没有什么房子了，那些为数不多的房子都租出去了。总之，他不知道有什么地方可以让我们落脚的，罗赛塔马上流露出愁眉苦脸的样子，但我很平静，因为我口袋里有钱，我知道有钱能使鬼推磨的道理。事实上，这时，托马西诺用几乎是强硬的语气对他说道：

"喂，帕利德，我们把话说明白，她们是付钱的……她们不想占任何人的便宜，她们付现钱。"

帕利德搔搔脑袋，低下头来，他说挨着他的房子有一间他用来放织布机的屋子，如果我们确实住的日子不多，可以在那里安身。托马西诺马上接嘴说：

"你看，屋子就有现成的……别再小里小气了……好吧，帕利德，你回去干你的活……由我负责把她们介绍给你的妻子。"

帕利德关照了几句，回去犁他的地了。我们继续登山。

终于没有多少路了。又走了一刻钟左右，我们看见在一块梯田的平面上有三座呈半圆形的小屋子。它们都是只有两间房的小屋子，背靠斜坡；农民们造这些屋子，通常不请任何建筑工帮忙，他们在这些小屋子里只是睡觉，在田野劳动，或者在下雨和吃饭的时候，他们就待在比这些小屋子还简易的茅屋里。他们只用一个晚上的时间就可以造一座茅屋，砌上石头矮墙，屋顶铺上茅草就大功告成了。事实上，这些小屋周围，还有许多茅屋，几乎组成了一个小村庄了。有些屋子冒着青烟，说明主人正在做饭，另外一些屋子似乎是晚间关牲口的地方。人们在梯田狭窄的空地上，在小屋子和茅屋之间来回走动。

我们来到了小屋子和茅屋之间的空地，看到一群人在露天，几乎是在梯田边缘的一棵无花果树的树荫下面，忙乎着安排餐桌。他们在桌布上摆好了盘子和酒杯，现在又忙着搬来当凳子坐的大木头树桩。他们中的一个人一看见我们，马上过来向托马西

诺打招呼说:

"你来得正是时候,上桌吧。"

他是托马西诺的兄弟菲力波,我从未见到过差别这样悬殊的两个人。托马西诺小心谨慎,沉默寡言,性格内向甚至有点儿忧郁,总是低着脑袋咬指甲,盘算着挣钱;而菲力波则开朗豪爽,热情奔放,他和托马西诺一样是店老板,只是托马西诺开了个食品店,他却经营一爿大百货店,什么都卖。他是个小个子男人,脖子很短,脑袋就固定在没有脖子的非常宽阔的肩膀上面,活像一口倒扣的锅,顶端狭窄,底部宽阔,鼻子长得像鸟儿的嘴巴,两条腿短短的,上身鼓鼓的,胸脯突出,肚子有点儿隆起,以至裤子的皮带束在肚子下面,使人觉得他每动一下裤子就要掉下来似的。菲力波听说我们是逃难来的,将跟他们住在一起,我们有钱,原先是开铺子的(这一切都是托马西诺自言自语般悄悄地告诉他的),差一点儿就要扑过来搂着我们的脖子,他说道:

"你们跟我们一起上桌……我们做了面条和扁豆,你们没有东西吃,就跟我们一起吃,先吃我们的,何况以后英国人来了,他们会带来一切的,那时候东西就会很丰盛了。要什么有什么,现在最要紧的是吃饱饭和快快活活地活着。"

他兴奋地走来走去,围着桌子向我们介绍他的女儿,一个棕褐色皮肤的姑娘,甜美中又带着点儿忧伤。他的儿子是一个矮个子的年轻人,但双肩宽阔,背有点儿驼,使人几乎认为他是驼背,其实并不是,他的皮肤黝黑,戴着一副深度近视眼镜,曾经当过医生,至少他父亲是这么说的。

"我来向你们介绍我的儿子米凯莱,他是医生。"

然后,他又向我们介绍他的妻子,一个面孔苍白得可怕、两只眼睛发青的女人，胸脯臃肿肥大，患有哮喘病。依我看，她还患有惊恐症，像个病人。正像方才我说过的，菲力波知道我在罗马开过店铺，马上变得热情非凡，亲切得很，在询问我是否有钱，并且知道了我确实有钱之后，便向我透露，他裤兜里也有一大笔数目的钱，即使是英国人晚来一年，这笔钱也够他花了。他用信任的口吻对我说话，就像老板对老板那样平等相待，我重又感到安下心来了。但我还不知道，正如他也不会知道一样，在战争的年代里，那一大笔钱会逐渐贬值，最后这些原先够维持一年家庭生活的钱，竟然只能维持一个月的生计。菲力波还说：

"我们在这里生活到英国人到来，现在我们有吃有喝，什么也不用操心……英国人来了，丰衣足食的生活就会回来，我们这些生意人马上可以经营商店，就好像什么也没有发生过一样。"

我提出不同的看法，或者说，为了随便讲点什么话，我说，可能会出现这样的情况，英国人来不了，而德国人却打赢了战争，他忙说道：

"这跟我们有什么关系？德国人和英国人是一回事，要紧的是要有一方确实得胜……对我们来说只有店铺才是至关重要的。"

他说这番话的时候，口气十分肯定，放大了嗓门，他的儿子独自坐在梯田边上，一面望着丰迪的景色，一面像条水蛇似的扭转过身子，说道：

"对你来说也许不重要……但对我来说，如果德国人来了，我就自杀。"

他一本正经地说着，我惊奇地问道：

"德国人对你怎么啦？"

他斜着眼睛望着我说道：

"对于我个人，没有怎么着……可是如果有人对你说，喂，你把这条毒蛇拿回家里亲密地对待它，你会怎么说呢？"

我愣了一会儿，回答说：

"嘿，把一条毒蛇拿到家里去，我可不干。"

"为什么？那条蛇至今还没有对你造成什么伤害，不是吗？"

"是的，但要知道，毒蛇迟早会咬人的。"

"对，道理是一样的，尽管德国人没有把我个人怎么样，可我知道，德国人，或者说法西斯分子，总有一天会像毒蛇那样咬人的。"

这时，一直不耐烦地听我们谈话的菲力波开始嚷嚷起来。

"上桌，上桌……让德国人、英国人都见鬼去……上桌吧，有汤菜。"

他的儿子也许认为我是个乡下女人，不愿意跟我多费口舌，他也像其他人那样朝桌子走来。

这是什么样的午餐啊？只要我活在世上，我便会一直记着它，多少是因为那地方的古怪，也多少因为午餐的丰盛。吃饭的地方很怪，一张长而窄的桌子，架在长而窄的梯田上，我们的脚下是一层一层的梯田，一直延伸到丰迪山谷，我们的四周青山环绕；我们的头上是九月阳光普照的蓝色天空，阳光柔和而温暖。桌子上是丰盛的菜肴，盘子里摆满了香肠和火腿，山里的奶酪，自家烤的面包，新鲜的泡菜，熟鸡蛋，黄油，大盘里盛得满满的面汤和扁豆。菲力波的女儿、母亲和妻子把菜从烧饭的茅屋里一道道端上桌子，还有装在用草包着的长颈大肚酒瓶里面的酒，甚至还有一瓶香槟。总而言之，见到眼前这个场面，谁也不会想到山区还有饥荒，一个鸡蛋值八个里拉，在罗马有人死于饥饿。菲力波搓着手围着桌子转悠，脸上流露出满意的神情，他重复说道：

"大家吃吧，喝吧，英国人就要来了，富裕日子就要回来了。"

我真不知道他怎么会产生这种英国人会带来富裕日子的想法。然而，山里所有的人都这么相信，并且一个个都这么说，我想他们的这种信念是来自广播，因为有人对我说过，有一个会说意大利语的英国人，意大利语说得像意大利人一样地道，他每天在广播里反反复复地宣传，一旦英国人来了，我们所有人都会富得流油。

行了，把汤盛在碗里后，我们入席了。我们一共多少人呢？有菲力波、他的妻子和两个孩子；有帕利德和他的妻子卢依莎，一个长着一头金色鬈发的小个子女人，天蓝色的眼睛，一副笑里藏刀的表情，他们的小儿子多那托；还有托马西诺和他的妻子、女儿，他妻子是个细高个儿，脸上长着点胡子，她是一个表情粗鲁的女人，女儿的面孔像母亲，但表情温柔，长着一双棕黑色的眼睛；另外还有四五个衣衫褴褛的男人，留着长胡子，我知道他们是丰迪人，他们是逃难来到山上的，他们总是围着菲力波转，好像把他当成他们的头头。所有人都是被菲力波邀请来庆贺他的结婚纪念日的；不过，这是我后来才得知的。我逐渐有了这样的印象，菲力波好像有多得享用不尽的食品，他每天都邀请当地的居民来做客。

我们至少吃了三个小时，这一点儿也不夸张。我们先喝面片青豆汤，面片很清淡，都是鸡蛋做的，黄黄的像金子一般，豆子的品质上乘，白颜色，很嫩，个头也大，像黄油一样放到嘴里就化了。每人都喝了两三盘满满的面片青豆汤，因为味道十分鲜美。冷盘有山里人做的带咸味的开胃火腿、家庭香肠、熟鸡蛋和泡菜。用完冷盘，妇女们急忙去几步路外的茅屋，出来时每人端来了一盘切得整整齐齐的、雪白鲜嫩的、质量一流的小牛肉。前一天，附近有人宰了头小牛，菲力波买了好几千克。小牛肉之后，是切成小块的羊肉，鲜嫩美味，浇了酸甜的白色调味汁。然后我们品尝了羊奶酪，硬得像石头一样，带点辣味，专门下酒吃的。然后是水果，有橘子、无花果、葡萄、干果。还有甜食，是的，还有甜食，是用菊花、糖、面粉和在一起放在炉子上烤的。最后，我们边喝香槟酒，边吃一些饼干，菲力波的女儿从小屋子里拿来整整一盒饼干。

我们喝了多少酒呢？我想每个人至少喝了一公升，当然，有人喝了一公升多，有人喝了还不到四分之一公升，譬如罗赛塔，她是从来不喝酒的。餐桌上的欢乐气氛是难以形容的，所有的人吃着、喝着，谈论的也全离不开吃和喝，也就是说，谈论正在吃的喝的东西，或者过去吃过的和喝过的东西，吃喝对这些丰迪人，也像对我的家乡其他地方的人一样，是如此重要，就如罗马人购买汽车和帕里奥利[1]的房产一样，他们当中谁吃得少、喝得不多，便是穷人。于是，谁要是想被人当作绅士，就超量地吃和喝，他们知道，这是能受到别人赞赏的唯一方式。

我坐在菲力波妻子的旁边，这是个脸色非常苍白的女人，胸脯宽阔，我曾说过她像个有病的人。这可怜的女人并不快活，因为看得出来，她的身体不好，但她还是向我夸耀她家里储藏的吃的东西。

1　罗马的豪华住宅区。

"不少于四十个鸡蛋和六份火腿，同样数量的香肠和奶酪……至少十二份猪头肉、猪油，我们吃得很多，有一天，我打了一个嗝，一块猪油从胃里一个劲地往上翻，便从嘴里冒出来，就好像我有了第二条舌头似的，不过这舌头是白颜色的。"

我重复一遍这些话，是因为她就是这样对我说的，完全是为了想给我留下深刻的印象。总而言之，他们这些乡下人，还不知道什么叫真正的绅士，那些城里的绅士吃得不多，相反，吃得少极了，特别是女士。他们的富有体现在购置家产上，体现在欢乐的生活和讲究的衣着上。而这里的情形正相反，他们一个个穿得像叫花子，然而，他们为自己享用鸡蛋、猪油而骄傲，就像罗马的太太们为她们的晚礼服而感到骄傲一样。

菲力波喝得比大家都多，其原因正如他向我们宣布的那样，今天是他的结婚纪念日，还因为他有这种嗜好，后来我不止一次发现他整天眼睛闪闪发光，鼻子发红，哪怕是上午九点钟也是这样。会餐进行到一半的时候，也许是因为醉了，他吐露了真心话：

"我对你们实说吧，战争对于傻瓜蛋来说才是不好的，但对其他人来说不是如此，你们可知道我想在我的店铺的收款柜台上写什么吗？'这里没有傻瓜'。在那不勒斯，人家就是这么说的，我们这些人也这么说，这是百分之百的真理。我不是傻瓜，我永远也不是傻瓜，因为在这个世界上只有两种人：傻瓜和狡猾的人，谁都不愿意属于第一种人。所有的人都明白这个道理，所有的人都把眼睛睁得大大的。所谓傻瓜，是那些相信报纸上所写的东西，上缴税款，当兵打仗，或许因此送命的人。而狡猾的人呢，唉，狡猾的人正好相反，就是这么回事。现在这个年头，谁是傻瓜谁就完蛋，谁狡猾谁就得救，谁是傻瓜就只能越来越傻，谁狡猾就越来越狡猾。你们知道这样的俗话吗？宁愿当活驴子，也不当死大夫。还有一句，宁愿今天吃鸡蛋，也不愿明天吃母鸡；还有一句，胆小鬼才许诺和信守诺言。我再进一步说，从今以后，这个世界再也不会有傻瓜的位置，谁也不会甘心当傻瓜，哪怕一天也不会，从今以后，人人都争当滑头，成为非常狡猾的人，成为狡猾透顶的人。因为这年头充满危险。你只要伸出一根指头，人家就会揪住你的一只胳膊，不妨看一看可怜的墨索里尼的遭遇，他自以为派兵到法国去打仗，只是伸出一根指头的小事，谁知道却遭到全世界的反对，丢了一只胳膊，如今更是输得精光，不管他乐意不乐意，他只能当傻瓜，而他是一心想干狡猾勾当的。你们注意听着，政府走马灯似的换来换去，他们用旁人的性命当赌注去打仗，然后又搞和平，然后再干他们想干的勾当，而唯一有价值和永远不变的东西就是店铺。德国人来也好，英国人来也好，俄国人来也好，对我们这些开店铺的人来说，首先要考虑的就是店铺，如果店铺顺利，一切都顺利。"

他说这一番话是特别费劲的，因为讲到最后，他的额头和两边太阳穴已经是大汗淋漓，他一口气把杯子里的酒饮干，用手巾擦干脸上的汗水。正像我说过的，那些逃难的人都把他奉为头头，他的一番话很快就得到了他们热情的称赞，因为他们靠他吃饭，他们这些饿得要死的骗子和谄媚奉承的小人想以此来感谢他。

"万岁，菲力波，万岁，店铺！"一个人喊道。

另外一个人冷笑了一声，说道：

"你还可以说，店铺是永远不会变的，不管发生多少多少事，但是店铺会照样开下去，你总是生意兴隆，菲力波。"

第三个人有点儿犹豫不定，但自以为懂得很多，说道：

"德国人来也好，英国人来也好，都好说，但不要说让俄国人来吧！菲力波。"

"为什么呢？"他问道，由于喝得太多了，看得出来，他已经不太清醒了。

"因为俄国人不让你开店做买卖，菲力波，你不知道这些吗？俄国人，他们首先就跟开店的人作对。"

"这群王八蛋。"菲力波平静地慢悠悠地说着，一面从瓶子里斟酒，怀着深情望着杯子里逐渐升起的酒。

这时，第四个人喊了起来：

"菲力波，你真了不起，你说得有道理，谁也不是傻瓜，这是肯定的，你一言道出了真理。"

正当所有的人都为这句大实话大笑的时候，突然，菲力波的儿子站了起来，板起面孔，说道：

"这里谁都不是傻瓜，除了我。我是傻瓜。"

顿时，鸦雀无声，所有的人面面相觑。

过了一会儿，菲力波的儿子继续说道：

"既然傻瓜跟狡猾的人在一起很不自在，所以请你们原谅，我想离开这里去散散步。"

有人朝他大喊道：

"哎呀，你为什么生这么大的气，谁也没有认为你是个傻瓜。"

他移开凳子，沿着梯田慢慢地朝远处走去。

所有的人都转过身来，望着他朝远处走去，菲力波醉得太厉害了，他朝儿子离去的方向举起酒杯说道：

"为你的健康干杯……一个家里至少要有一个傻瓜，这不是坏事。"

大家望着自以为狡猾的父亲为自称是傻瓜的儿子的健康干杯，大笑起来，更好笑的是菲力波提高嗓门，喊道：

"你尽可以当傻瓜，因为家里有我当狡猾的人。"

有人插嘴说：

"一点儿也不错，菲力波干活挣钱，儿子却把时间用在读书上，两耳不闻窗外事。"

但是菲力波终究还是为这个儿子跟他如此不一样，如此有教养而感到骄傲。稍停一会儿后，他把鼻子尖离开酒杯，说道：

"但话又说回来，我的儿子的确是一位理想主义者……可在这个年头，一个理想主义者算什么？一个傻瓜，也许这不是他的过错，是迫不得已的，可终究是一个傻瓜。"

下午时分，太阳已经躲到山背后去了，客人们终于从座位上站起身来，男人们到菲力波的小房子里打牌，农民们回去干活，我们这些妇女开始收拾桌子。我们在井边一个大盆子里洗餐具，洗了一堆盘子，我就把它们拿进菲力波的屋子里，他的家住在小房子群的中间，这是一幢二层楼的小房子，外面有一座通向二层楼的楼梯。我走进屋子的时候，吃了一惊，只见菲力波和他的朋友们坐在屋子中间的地上，头上戴着帽子，手里拿着纸牌，正在玩纸牌游戏，所有的人围坐成一团。屋子里没有家具，只有卷起来靠在角落里的床垫，还有许多个麻袋，这些麻袋究竟有多少个我也说不清楚，我必须承认，有好几个里面装的是食品。菲力波确实在实现他的主张，他的所作所为，像个狡猾人，绝不是傻瓜。有的袋子装着鲜花，都沾满了白面粉，还有的装了黄色的玉米面粉，还有小一点儿的袋子，好像装的是芸豆、鹰嘴豆、兵豆、豌豆，还堆放着不少大盆子，西红柿罐头，窗口挂着一对火腿，麻袋上面放着一些硬乳酪。我看见还有许多纸遮盖着的瓶子，里面装满了猪油、豆油，一对装酒的坛子，一些自家腌的香肠盘成花环的样子吊在天花板上。总而言之，屋子里面简直是一个食品基地，只要有面粉、油、西红柿，再坏也能做出一盘面条。正如我前面说的，菲力波和他那一伙在屋子中间玩着纸牌，半裸着身子，背靠背地盘腿坐在床垫上面。正在玩牌的菲力波，看见我走进房间，眼皮也不抬一下，说道：

"切西拉，你看，我们在这里过得多舒服……你让帕利德带你去看看你的房间……你会发现，你们在这里会待得像教皇一样。"

我二话没说，把盘子放在地上，走出去找帕利德落实房间的事情。

我找到帕利德，他在茅屋附近劈木柴。我马上告诉他，我一切都准备好了，请他带我看看他答应租给我的房间。他的一只穿着便鞋的脚踩在木桩上，手里握着斧头，从黑帽子下面探出脑袋，听完我的话，说道：

"这样吧，托马西诺发过话了，但在这里真正发号施令的是我……我最初答应过你，但现在我得重新考虑，我担心的是那间小房间，我不能给你……卢依莎整天都在织布机上干活，她干活的时候，你们怎么办呢？……你们总不能待在地里吧！"

我心里清楚，他作为一个地地道道的庄稼汉对我还不够相信，于是我从兜里抽出一张五百里拉的钞票，递给他说：

"你怕我们不付钱给你吗？……这是五百里拉，我先给你存起来，我离开的时候，我们再结账。"

他默不作声地接过了钞票，不过他是以一种特殊的方式接过钞票的，我想形容一下这种方式，因为这对于我们了解山区农民的思维方式很有好处。不管怎么说，他收下了钱。他用两只手把钞票高高举起，察看了半天，带着一种仔细又不好意思的欣赏表情，好像钞票是一种奇怪的东西一样，翻过来翻过去地看。总之，我看着他手里拿着钱的这些动作，我明白了，他们很少见到钞票，因为所有那些对他们有用的东西都是在家里做的，包括衣服；他们手头的那一点点钱都用来做木柴生意，他们冬天把木柴运到山谷地区和城里出售。因此，对于他们来说，钞票是一种稀有而宝贵的东西，几乎是一种比钱更厉害的东西，也就是上帝了。实际上，这些山区的农民，我和他们一起生活了很长的时间，他们确实不是笃信宗教的人，也不是迷信的人，对于他们来说，最重要的东西是钞票。一方面是因为他们缺少钞票，很少见到钞票；另一方面因为对于他们来说，有钞票就有好的东西，他们至少是这样想的，我作为商店老板自然不能说他们错了。

帕利德把我的钞票察看了好长一阵子之后，说道：

"好吧，如果你对织布机的噪声无所谓的话，你可以在小房间里住下来。"

我跟随他来到他的小房子，它坐落在那个小村子的左侧，像所有其他的小房子一样，紧挨着梯田的支撑墙。这是一座二层楼的小房子，紧挨着它的是以山岩为支撑墙的一间小屋，屋顶盖着小瓦片，有一扇小门和一扇没有玻璃的窗户。

进屋之后，我发现正像他预先告诉我的那样，织布机占据了房间的一半，这是一台陈旧的老式木料织布机。房间的另一半摆着一张农村常用的床，我是想说，这是带着木板的两个铁架子，床上放着一个装满干玉米叶的大袋子。人待在这个歪斜天花板下的小房间里很不自在，房间的尽头是光秃秃的粗糙的岩石墙，墙上布满了蜘蛛网和潮湿的霉斑，我低头打量，地上既没有铺砖，也没有铺石子，而是泥地，就像置身在牲口棚里一样。帕利德搔搔头皮，说道：

"这就是房间……你们合计一下，能不能安下身来。"

在我身后的罗赛塔用略带恐惧的声音说道：

"妈妈，我们必须睡在这里吗？"

我马上反驳她：

"在饥荒的年头，野豌豆也可以当面包吃。"

我朝帕利德转过身去，说道：

"我们没有带床单，能借给我们吗？"

他开始讲起价钱，他不肯借床单，说什么这是他老婆的陪嫁。最后，我们说妥了我付给他这些床上用品的租金。但他没有毯子，便答应把他的黑色大披风当作毯子借给我们，当然也是要付租金的，所有其他的东西也是这样，打水洗脸的铜盆、陶瓷餐具、毛巾，哪怕是一张可以轮流坐的板凳。这一切都是费了九牛二虎之力才跟他谈妥的，也都是在我保证对每一样东西付一笔租金之后才得到的。最后，我问他在什么地方可以做饭，他回答说，我们可以在茅屋里做，他们也在那里做饭。于是我说道：

"那么我们去看看这个茅屋，这样我好有个印象。"

我随他来到了茅屋，我马上就产生这样的印象，茅屋坐落在梯田下面的低洼处，这是一间以石头为地基、盖在梯田矮墙上的茅屋，像一条底朝天的船，屋顶上铺着茅草，我很熟悉这样的茅屋，在我的老家，人们把它当作安置农具和牲口的地方，卖力气干的话，一天时间就可以盖起来。首先砌墙，把粗粗敲打整齐的大石块垒起来，互相咬住，不用石灰，在椭圆形墙壁的两端捆绑起两根叉形大梁，上面再架上一根长檩条，最后层层铺上厚厚的扎成葡萄藤形的麦秸，窗户是没有的，门是用两块直立的石头垒成边框，再横摆上一块石头当作下楣，门很矮，所以人进屋的时候，不得不低头弯腰。帕利德的茅屋跟我家乡的那些茅屋很像，门旁边用钉子挂着一只木桶，桶里盛满了水，放了一把长勺。进屋之前，帕利德拿起长勺喝水，然后递给我，我也喝了。我们走进了茅屋，我眼前突然一片昏黑，什么也看不见，因为正像我介绍过的，屋里没有窗户，帕利德把身后的小门关上了，他点上了油灯，我这才慢慢地开始看得见屋里的情况，脚下是踩实的泥地，当中搁着一个快要熄灭的炉子，炉子的铁三角架子上放了一个乌黑的深底圆锅。我举目环视，慢慢看见黑暗中吊着的编成花环状的小香肠，准备熏烤的猪血香肠，还有无数垂悬的煤烟子，黑漆漆的，飘飘荡荡，让人联想起圣诞树的装饰，不过这圣诞树倒更像是有人去世时表示哀悼的装饰树。炉子周围堆了许许多多木柴，我在一片木柴上坐下，惊奇地发现一个老太婆，她的的确确非常苍老，一张老脸像是下沉的月亮，隐隐约约可见鼻子……老太婆孤孤单单地坐在暗处用梭子纺线。这是帕利德的母亲，向我表示欢迎：

"好样的，你坐下，他们告诉我，你是一位罗马的夫人……唉，这地方不是罗马的客厅，而是茅草屋……不过，你应该高兴……你过来，请坐下。"

说实在的，我一点儿也不想坐在这么一片狭窄的木柴上，我几乎想脱口而出，问她什么地方有凳子，但是我忍住了，后来我才发现，茅屋里是从来没有凳子的，他们把凳子放在家里，当成不轻易使用的奢侈品，每当过节、结婚纪念日或者办丧事的时候，才拿出来使用；为了避免损坏，他们把凳子倒翻过来，像火腿一样悬挂在天花板上。正巧有一天我去帕利德家里，刚走进屋，额头便撞上了一张凳子，我暗自想道，我真是跟一群土里土气的乡下人为伍了。

得了，现在茅屋里的一切在油灯下都看得见了，我只能说，这里确实是牲口待的地方。冰冷而阴暗，泥巴地，石头矮墙，布满煤烟的乌黑的茅草屋顶。满屋子都是从那个快要灭火的炉子里散发出来的烟雾，也许是因为木柴潮湿，也许是没有窗户的缘故，这些烟雾滞留在屋子里，非常吃力地、缓慢地从屋顶渗透出去，不一会儿工夫，熏得罗赛塔和我开始咳嗽和流起眼泪来了。

与此同时，我发现老太婆宽大的裙子边，蜷伏着，几乎是隐藏着一条样子难看的狗和一只半脱毛的老猫。不可思议的是，这两只可怜的动物，也在流着眼泪，就像个基督徒，由于呛鼻的烟雾，一动不动地流泪，瞪大眼睛，表示它们已经习惯。我向来讨厌脏东西，事实上，我罗马的家虽然简朴，但是就它的清洁而言，就像一面镜子。所以，当我看到这种样子的茅屋，我的心就揪紧了，我想，从今以后，罗赛塔和我将不得不在这里面做饭、吃饭和生活，活像两头山羊或者绵羊。想着想着，我提高嗓门说道：

"幸运的是，我们在这里只住到英国人来，没有多少天。"

帕利德说道：

"为什么，你莫非不喜欢茅屋吗？"

我回答说：

"在我的老家，茅屋只是牲口待的地方。"

后来，我发现帕利德是一个好奇心重、缺乏爱心、麻木不仁的人，他扮出一副奇怪的笑容，说道：

"正相反，这里都住着基督徒。"

老太婆用像知了一样沙哑的嗓音插嘴道：

"你不喜欢茅草屋，好吧，那总比待在露天好，你知道有多少在俄国当兵的可怜人、山里那些妇女的丈夫，都在想方设法回来，以求在这样的茅屋里度过一生。可是，他们回不来了，他们全都会被杀死，并且得不到基督徒式的安葬，因为俄国人既不知道耶稣，也不知道圣母。"

我对这种不吉利的预言感到惊奇，帕利德却笑笑说：

"我的母亲把一切都看得很丑恶，因为她老了，整天孤单单地待着，再说她还耳聋。"

于是他大声地嚷道：

"妈，谁告诉你，他们不再回来了？他们肯定会回来的，只是时间的问题。"

老太婆嘟嘟囔囔地说：

"不仅他们回不来了，连我们这些山里人也会被飞机炸死的。"

帕利德又笑了起来，就像她说的是笑话一样，但我却被她这番话吓住了。我匆忙说道：

"好吧，我们过一会儿见……再见。"

老太婆用她那不吉利的声音说：

"过一会儿见，你别急，你不会很快回罗马的，也许你再也回不去了。"

走出茅屋之后，帕利德痛快地笑了起来，但我心里却想，这没有什么可笑的，而且，我还情不自禁地默默念着驱邪的咒语。

那天下午，我去打扫那间放着我们床的小屋子，我不知道我们会不会在这里待很久。我先扫地，把长年累月堆在光裸的泥地上的垃圾清扫出去，让帕利德把堆在角落里的许多锄头、耙子拿到别的地方去，又扫去了墙上的蜘蛛网。随后，我整理靠着岩石墙的床铺，把床板结结实实地安在铁架上，把玉米叶塞进大袋子，用床单包起来当垫褥；床单很漂亮，是用手工织的亚麻布，洗得干干净净，上面铺上帕利德的黑披风当毛毯。

帕利德的妻子卢依莎，那个金发女人，前面我已经提到过，她的面孔阴沉，一双蓝眼睛，头发梳成波浪形，坐在房间尽头的织布机前，结实有力的双臂上下操作，一刻也不停顿，织布机的噪声响得简直令人难以置信。我对她说道：

"怎么回事，你要一直待在这里，弄出这么大的噪声来吗？"

她笑着回答说：

"谁知道我还要待多长时间……我要织布给帕利德和孩子们做裤子。"

"我们也真倒霉，你要把我们变成聋子了。"

"聋子，我还没有成为聋子呢……你看着吧，你们会习惯的。"

总而言之，她待了两个小时，在织布机前不停地忙着操作，木制织布机的打击声单调而震耳欲聋。我们两人整理完房间，坐了下来，罗赛塔坐在我从帕利德那里租来的凳子上，我坐在床上。我们就这样眼巴巴地瞧着卢依莎织布，像两个傻瓜蛋似的，张着嘴巴，什么事也不能干。卢依莎说话不多，但愿意回答我们的问题。我们后来才知道，战争以前，这个地方曾经有不少男人，如今，其他男人都服兵役去了，几乎都在俄国，帕利德是唯一没有离开的男人，原因是他的右手少了两根指头。

卢依莎露出狡猾的笑容，带着几乎高兴的声调说道：

"除了我，这山上所有的女人都活得像寡妇了。"

我愣了一下，暗暗想，莫非卢依莎也跟她婆婆一样悲观。我说道：

"为什么服兵役的男人都注定要死去，而不能返回家园呢？"

卢依莎摇摇头，笑着说：

"你没有明白我的意思，我不大相信他们能回来，不是因为他们注定要被杀死，而是因为俄国女人喜欢我们的男人。要知道，外国人到处都讨人喜欢。战争一结束，那些女人便会强迫他们留下来，那么，谁还能再见到他们回来呢？"

总而言之，她把战争看成是男人和女人的纠葛，看得出来，她非常满意，多亏那失去的两根手指头，把她的男人留了下来，而由于俄国女人的罪过，其他女人将会失去自己的丈夫。我们又谈到菲斯塔，卢依莎对我说，菲力波托人关照和打点，终于使他们的儿子免服兵役，而其他既没有钱又没有后台的农民就只好去打仗，也许就要把一条命留在那边。于是我想起菲力波关于将世界上的人分为傻瓜和狡猾者的话。我明白了，在这一方面，他也是个狡猾者。

上帝保佑，天黑了下来，卢依莎织布机的噪声停止了，她回去做晚饭了。我们累得整整一个小时傻坐在那里，既不说话，也不动弹，我坐在床上，罗赛塔坐在靠近床头的凳子上。油灯发出微弱的亮光，在这点亮光下，小房间像个小山洞。我看着罗赛塔，罗赛塔望着我，每一次我们的视线都表达出不同的东西，我们默不作声，因为通过目光，我们已经能够相互理解，因为我们知道，说话已是多余的了，我们通过眼睛交谈，语言已经无济于事了。罗赛塔的眼睛在说：

"妈妈，我们该怎么办呢？我害怕，我们落难到什么地方了？"

我的眼睛回答：

"我的宝贝女儿，你放心，有你妈妈在你旁边，你不用害怕。"

我们用同样的方式交换其他想法，就这样，我们在沉默中用眼神表达了许许多多，最后，在结束这种没有希望的对话时，罗赛塔把凳子挨近床边，把脑袋靠在我的腿上，搂住我的膝盖，而我始终一句话也不说，用手轻轻地抚摩她的头发。我们这样约莫待了半个小时。不一会儿，门打开了，一个孩子的脑袋伸进来，原来是帕利德的儿子多纳托，他说道：

"爸爸说，请你们跟我们一起吃饭。"

我们不觉得饿，因为中午在菲力波那里我们吃了不少。但是我接受了邀请，尽管我感到劳累和少许委屈，但我不喜欢不吃晚饭，孤单地跟罗赛塔待在这间凄惨的小房间里。

我们跟随几乎一溜小跑的多纳托，他像黑暗中的一只猫那样看得清道路。我们来到位于低一层梯田的茅屋，只见四个女人围着帕利德，他的母亲，他的妻子，他的姐姐和他的弟媳妇。后两个女人都有三个孩子，她们的丈夫不在家，因为他们当了兵，被派往俄国去了。帕利德的姐姐叫贾琴塔，也是棕色的头发，一双眼睛灵活有神，面孔宽阔而沉重，她要么不说话，一说话就粗声粗气，一直在呵斥她的三个孩子。他们很像依偎着母狗的小狗，拽住她的衣服，不停地啼哭。她也不对帕利德说话，只是默不作声地用拳头狠狠地捶他们的脑袋。帕利德的弟媳妇名叫阿尼塔，战争爆发以前，住在契斯台尔纳那一边。这是一个棕色头发、脸色苍白的女人，身材瘦削，长着鹰钩鼻子，有一双温柔的眼睛，性格沉静善思。跟几乎使人感到害怕的贾琴塔正好相反，阿尼塔给人一种安静、温柔的印象。她的三个孩子围着她转，可他们不拽住她的衣服，而是有教养地坐在长凳子上，安静而有耐心地等着给他们吃的东西。

我们一进屋，帕利德带着不自然的笑容，不好意思地说：

"我们想到你们孤孤单单，所以请了你们。"过了一会儿，又补充说道，"在你们的食品运来之前，你们可以跟我们一起吃饭，然后我们再算账。"

总之，他是要我们明白，吃饭也不是免费的，但我还是向他表示了谢意。因为我知道他们是穷人，现在又闹饥荒，对他来说，让我们一起吃，要点儿钱已是够不错的了，因为在饥荒的年头，他自己的食品也不多，如果他把吃的东西全留给自己，不愿意为了几个钱而分给别人，也是合乎情理的。

我们坐了下来，帕利德点上了一盏电石气灯，漂亮的白色亮光照着我们所有人，大家坐在长凳和木桩上，团团围着放了一口小锅的三脚火炉。我们都是女人和小孩，只有帕利德是男人。他的弟媳妇阿尼塔内心不无忧愁，因为正如我说过的，她的丈夫在俄国，她开着玩笑说：

"帕利德，你多高兴，许多女人围着你转，处在女人中间是幸运的。"

帕利德微微笑着说：

"可惜幸运的时间不长了。"

他悲观的老母亲马上搭腔说：

"不长了吗？我们这些人会比战争更早完的。"

这时，卢依莎把一个陶瓷汤罐放在摇摇晃晃的桌子上，拿着一块面包放在胸前，另一只手拿着一把刀，灵巧地用力把面包削成一片片细长条放进汤罐，直到装得满满的。她又从炉火上取下小锅，把里面的东西倒进汤罐，去浸那些面包片，这种汤其实就是我们在孔切塔那里吃过的豆汤加面包。

在我们等待面包片被汤浸透的时候，卢依莎把一个大盆放在房间中央，用从炉子上拿下来的水壶往里倒热水。于是，所有的人不慌不忙地脱下便鞋，带着某种严肃的神情，就好像去干一件非常严肃的事情一样，而且每个晚上都以这种方式重复一遍。开始我不太明白，后来当我看到帕利德第一个把一双沾满黑泥巴的光脚伸进水盆的时候，我明白了。我们城里人吃饭之前先洗手，他们这些整天在泥巴田里干活的人正好相反，首先是洗脚。所有的人都在同一盆水里洗脚，也不换水，你们可以想象得出来，这盆水在所有的人包括小孩洗过之后，怎样变成了巧克力色了。只有我们两人没有洗脚，孩子当中的一个天真地问道：

"为什么你们两个人不洗呢？"

也没有洗脚的老母亲阴沉沉地回答：

"她们是罗马来的夫人，不像我们要在地里干活。"

汤已经准备好了，卢依莎拿走了脏水盆，把汤罐端放在小桌子中间，所有的人开始吃了起来，每个人直接把勺伸进汤罐里。我相信罗赛塔和我不会吃超过三勺。其他人不断快速地把勺子伸进汤罐，特别是孩子们，一会儿工夫，汤罐就空了，从那些失望而贪婪的面孔上，我知道许多人没有吃饱。帕利德还给每人分了一把无花果干。他从墙洞里取出一瓶酒，给大家包括每个孩子倒了一杯，但总是用这个杯子。大家都喝了。帕利德每一次用袖口小心地擦擦杯子口，然后斟酒递给他小声叫着名字的人，使人感到就好像在教堂里一样神圣。酒的味道是酸的，几乎像醋，但这是山上的酒，是葡萄酒，这点是可以肯定的。大家默默吃完饭以后，女人又拿起了梭子和纺锤，帕利德在油灯下检查儿子多纳托的算术作业。帕利德是个文盲，但是会算账，他想让儿子也学会算账，可是，他的儿子长着一个大脑袋和一张平常的脸，呆呆的毫无表情，反应迟钝。在一次又一次指点儿子做一道题目，儿子显得一窍不通之后，帕利德发起火来，在儿子脑袋上重重地击了一拳，骂道：

"笨蛋。"

拳头发出的回声，就像打在木头上一样。

男孩好像没有什么感觉似的，反倒安静地坐到地上，跟猫玩了起来。我问帕利德，为什么一定要逼着跟他一样既不会读书又不会写字的儿子学算术。我这才明白，他认为数字比字母重要，因为学会了数字可以算账，而字母却什么用处也没有，这是他的看法。

之所以叙述一下我们跟莫罗尼一家（这是这家人的姓氏）一起度过的第一个晚上，首先是因为一旦我描述了第一户人家，就等于描述了以后我碰到的所有人家，因为他们都是一样的；再说，因为当天上午我跟逃难的人一起吃饭，晚上跟当地农民一起吃饭，这样，我就能够发现区别之处，说实话，逃难的人比较富有，他们会读又会写，他们不穿木鞋，女人的穿着跟城里人一样。尽管如此，从这一天开始一直到以后的日子，我却更喜欢当地农民，而不是那些难民。这种倾向也许是因为我在当店主以前也是个农民，特别是因为我面对这些难民，把他们跟农民相比较，产生了一种奇怪的感觉，好像教育对他们没有别的好处，只会使他们变得更坏。这有些像某些调皮的小孩，他们一旦在学校学会写字，所做的第一件事就是在墙上写脏话。总而言之，我认为人们光受教育是不够的，还必须教会他们如何使用教育。

终于大家都困了，有些小孩已经昏昏入睡，于是帕利德站起身来说，他们要去睡觉了。我们都离开茅屋，相互道了晚安。只有罗赛塔和我站在梯田边上，茫茫黑夜中，朝着丰迪方向眺望。一点儿亮光也看不见，四周漆黑一片，静悄悄的，唯一富有生气的东西就是闪闪发光的星星，它们就像无数只金灿灿的眼睛，在黑暗的天空向我们眨巴，它们似乎知道我们的一切，而我们对它们却一无所知。罗赛塔轻轻地对我说：

"妈妈，多么美好的晚上。"

我问她，来到山区是否感到高兴。她回答说，跟我在一起，她总是感到高兴的，我们又待在那里欣赏了一会儿夜景，罗赛塔拉了拉我的袖子，悄悄地对我说，她想祈祷，感谢圣母玛利亚让我们平安无事地来到了山区。她轻声地说着，好像怕人听见似的。我不由得一惊，问道：

"就在这里吗？"

她点了点头，然后慢慢地跪在梯田边的草地上，也拉着我跪在她的旁边。我对她这一举动并没有感到不愉快，换句话说，在那如此安静和如此沉寂的夜晚，罗赛塔经历了许多烦恼和折磨之后，她体会到了我的感情，一种对帮助和保护我们的某个人，或某个物的感激之情。于是我很乐意地顺从了她，跟她一起合上了双手，快速地轻轻动着嘴唇，默诵着通常人们睡觉之前念的祷文。我已经有一段时间没有祈祷了，从我让乔万尼跟我发生关系的那一天开始，我再没有祈祷过，因为我有一种负罪感；另一方面，我不知道为什么，我也不愿意去承认它。因此，首先我要祈祷的就是祈求耶稣宽恕我跟乔万尼发生关系的罪过，我发誓永远不再犯。也许是受到如此深沉、漆黑的夜晚的启示，因为在茫茫黑夜中存在着无数生灵和无数东西，可肉眼却什么也看不见，我开始为所有的人祈祷，为我和罗赛塔，为菲斯塔一家，为帕利德一家，为山上的人们祈祷，为将要来解放我们的英国人，为仍然在受苦受难的意大利人祈祷，这也为让我们受苦受难的德国人和法西斯分子祈祷，因为他们也是基督徒。我承认，由于我违背自己的意愿而扩大了祈祷的范围，我感到激动万分，我的眼睛里充满了泪水，尽管我想，这也许是有点儿劳累的缘故，我暗暗对自己说，这是一种善良的感情，我能够体验到这种感情是件好事。罗赛塔也在低头祈祷，突然间，她抱住我的一条胳膊惊呼道：

"你看，你看。"

于是我朝着夜空的尽头望去，我瞧见一条光带在天空中冉冉升起，化成绿色的花朵，然后又缓缓落下去，一时间，照亮了河谷四周的山脉、树林，我甚至觉得照亮了丰迪的房屋。后来我才意识到，那漂亮的绿色光带是照明弹，是夜间用来观察前线阵地、选择发射炮弹和飞机扔炸弹的目标的。可我马上感到这是一种良好的祝愿，几乎是一种信号，圣母用它让我明白，她听到了我们的祈祷，并愿意满足我们的愿望。

我之所以要叙述这次祈祷，首先是为了让人对罗赛塔的性格有个认识，直到现在我还没有谈及这一点。后来出于战争的缘故，她的性格每时每刻都在发生变化。现在我想说说罗赛塔在我们上山的时候是怎样的情况，或者至少说我那时以为她是怎样的。要知道，做母亲的难以始终了解自己的孩子，但无论如何，这是我对罗赛塔的看法，现在，正如我说过的，她彻底变了，可我认为我的这种看法大致上是差不了的。

我尽心竭力地把罗赛塔拉扯大，就像对待绅士的女儿一样，一直注意不让她知道世界上的一切丑恶事情，并且尽一切可能，使她远远避开这些事情。我不是那种笃信宗教的女人，我是很实际的女人；宗教对我来说就是那么一回事。有很多次，譬如那天晚上，在梯田上我好像真的信起教来了，相反，在其他场合，譬如我们从罗马逃难出来的时候，对宗教我又一点儿也不信了。在任何情况下，宗教都没有使我看清现实的本来面目，那些急于为现实解释和辩护的神父经常是无法自圆其说的。可是对罗赛塔来说，情况恰恰相反。我不知道是不是因为十二岁之前我把她半托付给修女，还是由于她的天性，她是个彻底的信徒，没有丝毫的怀疑和动摇，她是那样虔诚和深信不疑，对于周围的现实，可以说既不谈论，也不去思考。对她来说，宗教就像我们呼吸的新鲜空气一样自然。而如今，许多事情发生了变化，我很难解释罗赛塔从罗马逃难出来的时候的实际情况。我只能说，我常常认为她总是完美无缺的。事实上，她是这样一个人，即使她变坏了，也不能把一些缺点加在她的身上。罗赛塔善良、直率、真诚，没有私心。我有我的脾气，我会发火，高声嚷嚷，在我失去理智的时候甚至会动手打人。可是，罗赛塔从来不粗鲁地对待我，从不记恨我，总是表现出她是一个完美的女儿。她的尽善尽美不单单是因为她没有缺点，而且是她做的事情和说的话总是百分之百地正确。有许多次我甚至感到害怕，因为我想到，我有一个圣女般的女儿。不能不认为她是圣女，因为她的举止尽善尽美，她没有任何生活经验，自从接受修女的教育之后，除了跟我生活在一起，她没有干过别的，只是帮助我做家务，也帮助做些店铺里的事情，她表现出她好像什么事都做过，什么她都知道。如今我想，她的这种几乎令人难以置信的尽善尽美，来源于生活经验的缺乏和只接受过修女的教育。纯真和宗教熔铸在一起，造就了她这种尽善尽美，我本来以为这应该像铁塔似的稳固，恰恰相反，她却脆弱得像纸牌搭的城堡。总而言之，我弄明白了，真正的圣洁是知识和经历，而不是像罗赛塔那样缺少阅历和无知。那么，我的过错是什么呢？我疼爱她，把她拉扯大，正如这个世界上所有的母亲那样，我竭力不让她知道生活中丑恶的一面。因为我是这样想的，一旦她出嫁了，那些不好的东西她很快就能熟悉的。我恰恰没有料到，战争迫使我们违背自己的意愿去认识这些事情，迫使我们以一种不自然的和残酷的方式过早地经历这些事情。

罗赛塔的尽善尽美是和平时期所需要的，店里生意兴隆，我一门心思为她的嫁妆攒钱，希望有一个不错的年轻人爱她，跟她结婚，生儿育女。这样，她不仅是一个尽善尽美的女孩和尽善尽美的姑娘，也将会是一位尽善尽美的妻子。然而，战争所需要的不是尽善尽美，相反，它需要的是另一种道德品质，到底是怎么样的品质，我也不清楚，但肯定不是罗赛塔所具有的品质。

最后，我们站起身来，沿着梯田摸黑朝我们的屋子走去。我们走过帕利德的窗户，听到帕利德和他的家人还没有入睡，仍在走动和低声说话，就像鸡笼里的鸡群入睡之前的骚动一样。我们来到我们那间靠梯田的小屋里，一扇小门，倾斜的房顶上盖着瓦片，还有一扇没有玻璃的小窗户。我推开房门，伸手不见五指，但我身上带了火柴，于是第一件事就是点燃一小段蜡烛，然后，我用一条从头巾上撕下的布片，卷成一个灯芯，把它放在油灯里。在这种惨淡的灯光下，我们坐在床上。我对罗赛塔说道：

"我们只脱裙子和上衣。我们只有这条床单和帕利德的披风，如果脱光了睡觉，夜里要着凉的。"

我们就这么做了。我们穿着衬裙上了床，被单是手工织的麻布，既沉又凉，它是那张不像样子的床上唯一像样的东西，只要我一动弹，我便感到所有的玉米叶咔嚓咔嚓作响，并且分成两堆，通过它们中间的狭缝，我的脊背触到了坚硬的床板。我在老家自小女孩时起就没有睡过这种床，我们有正常的床，带棕绷和床垫的床。大概是我的动作太大了，一时间，不仅我身底下的玉米叶，而且连木板都分裂开了，我感到我的屁股透过夹缝触到了泥地，于是，我又摸黑起来，把床板和大口袋整理好，重新爬上床去，紧紧地搂着背对着我的罗赛塔，靠墙蜷曲成一团。

这一夜折腾得够呛，我搞不清楚是几点钟，也许是半夜之后，我醒了过来，听到一阵轻轻的吱吱声，比鸟叫的声音还要轻。这声音来自床底下，过了一会儿，我叫醒罗赛塔，问她是不是听到了吱吱声，她说听到了。于是我点上了灯，朝床底下看去，我很快地发现，吱吱的叫声是从一只装着黄菊花和蜜蜂花的盒子里发出来的。我仔细地察看，又发现黄菊花堆里有一个茅草和长茸毛做成的窝，里面是刚刚出生的八到十只小老鼠，一个个玫瑰色，没有毛，几乎是透明的，比我的小手指还小。罗赛塔马上说，不要去碰它们，这是我们在山区的第一个夜晚，弄死它们会给我们带来坏运气。

我们又重新上床，不管怎么说，我们重又睡着了。然而，才过了一个小时光景，黑暗中，一个我不知道是什么软绵绵的怪沉的东西，爬过我的脸和胸脯。我惊恐地失声大叫，罗赛塔再次醒了过来，我们又点燃了油灯，发现这一回不是耗子而是猫，原来是一只漂亮的黑猫，绿色的眼睛，很瘦，但很精神，毛皮亮闪闪的，蜷伏在床的里头，眼睛死盯着我们，正准备从溜进来的小窗户跳出去，罗赛塔轻声叫唤着它，她对猫一向有感情，知道怎么对付它们，猫马上很信任地走了过来；不一会儿，它也钻进了被单，打起呼噜来了。我们待在圣泰乌菲米亚期间，这只猫一直跟我们一起睡觉，我们管它叫吉吉，它也有自己的习惯，每到半夜之后准来，钻到被单下面，跟我们一起睡到天亮。它在罗赛塔面前驯服、乖巧。糟糕的是，它睡在我们当中，只要有谁动弹一下，马上就听到吉吉在黑暗中叫起来，似乎在对我们说：

"哎呀！我还能不能安睡呀！"

那天晚上，除了耗子和猫折腾，我还醒了好几次，每一次都产生不知道身在何处的感觉。有一次醒来，我听到一架飞机飞得很低，速度很慢，声音正常，沉重而温柔，就好像是在对我悄声细语，向我讲述使我安心的事情。当地人叫这些飞机为鹳，它们是侦察机，所以才飞得慢。我终于习惯了这种声音，以至有时醒来好像是特地为了听到它的声音；一旦没有听到，反倒几乎有一种失望的感觉。这些都是英国飞机，我知道英国人迟早会来的，他们将重新给我们带来自由，让我们重返家园。

第四章

我们在圣泰乌菲米亚的生活就这样开始了。起初以为只是临时凑合两个星期，实际上却在那里度过了九个月的时间。上午没有什么事情可干，我们尽可能地睡觉，应该说，在罗马遭过的困苦和焦虑耗尽了我们的精力，所以到山区后的第一个星期我们有时睡到中午十二点甚至下午两点。我们很早就上床，半夜里醒来，然后迷迷糊糊又睡着，拂晓时，又醒过来，但睡意仍然很浓，天亮的时候，我们便面朝石墙，阳光穿过小窗户洒在我们背上，我们重又陷入沉睡之中，一直睡到中午。我从来没有如此贪睡，我们睡得很好，充分而有滋有味，就像品尝家里做的面包那样。不做梦，心里觉得踏实，就这样，我们逐渐恢复了在罗马和孔切塔家里所消耗的精力。睡眠充足确实使我们得益不少，一个星期之后，我们两人都发生了变化：黑眼圈消失了，双眼有神，脸变得丰满，皮肤有了光泽，头脑清醒。睡梦中我觉得我曾经出生在那里而后来又离开很久的土地，重又让我吮吸她的乳汁，并赋予我力量，这有点儿像连根拔了的植物，一旦重新栽入土地之后，很快就能生气勃勃、枝叶茂盛并且开花结果。唉，是的，我们就是植物，而不是人，或者说在更大程度上是植物而不是人，我们在我们的出生的土地获得我们的所有力量，一旦离开它，我们就既不是植物，也不是人，而只是片破布，随风飘荡。

我们睡了很久，以至心里产生一种良好的愿望，希望山区生活的艰难得到缓和，我们能心情愉快地对付得来；这有点儿像一头喂养得膘肥体壮、休息充分的骡子，一口气把车拉到山上。到了山顶，仍然精力充沛地继续往前跑了一段路，就好像什么也没有发生过似的。但是，正如我前面说过的，山上的生活是艰苦的，我们很快就发现了这一点。上午要打扫卫生，下床的时候必须注意不要弄脏了双脚，为此，我在泥地上放了一些石头，防止下雨天地上像个沼泽弄得一脚泥巴，然后，到我们破房子对面的井里去打水。到秋天之前，这都没有什么难处，冬天一到，由于这个地方的海拔有一千米，井水都结了冰，每天早上，我用水桶吊水，两只手冻得发麻，提上来的水都是令人窒息的冰块。我是怕冷的人，所以我最多洗洗手和脸。但罗赛塔喜欢干净，不怕冷，她脱得光光的，站在房间中央，把水桶里的冰水从头上浇下去。我的罗赛塔是如此健壮，冰水在身上就像油一样顺着皮肤流下，在乳房、肩膀、腹部和臀部留下一些水滴。

梳洗完毕，我们开始忙着做饭，做饭最方便的季节也是到秋天为止。冬天的确就很困难，下雨天，我们必须到灌木丛去，用很锋利的砍刀砍一些树枝和灌木枝，然后拿回茅屋，玩命地点火。木柴潮湿，很难点着，树枝散发出浓烈的黑烟，我们必须趴在地上，面孔贴着地面吹火，直到点着了火为止。我们弄得浑身是泥巴，眼睛被熏得充满了泪水，精疲力竭，这一切不过是为了煮一锅豆子和一个鸡蛋。

我们用餐就像这里的农民一样，第一顿在十一点左右，吃得非常简单，第二顿在晚上七点左右，吃得好些。第一顿通常是玉米粥，用点香肠汁调味，或者吃一点儿洋葱、一块面包，或一把角豆。晚餐通常吃我前面介绍过的汤或一块肉，几乎总是羊肉，不过是分成三种罢了，母羊肉、公羊肉、小羔羊肉。吃过早饭以后，没有什么事情可干，便等着吃晚饭。如果天气好，我们就出去散步，四周都是山，我们沿着梯田走，终于走进了灌木丛，在那里我们找了一片漂亮的绿荫地，我们躺在树下的草地上，欣赏四周的风光，整个下午我们都待在那里。但如果天气不好——那个冬季坏天气持续了好几个月——我们就无所事事地待在小房间里。我坐在床上，罗赛塔坐在凳子上，而卢依莎通常坐在织布机前织布，发出我已经介绍过的震耳欲聋的噪声。我在小房间里度过的这样糟糕的时光，我是记得一清二楚的。雨一个劲地下，稠密的雨点打在屋顶瓦片上，好似喃喃细语，雨水顺着管道流到井里，发出咕噜咕噜的声响。在小房间里，为了节省短缺的灯油，我们几乎坐在黑暗中，只有小窗户透进来那么一点儿被雨遮得迷迷蒙蒙的光亮，窗户小得活像个猫洞。

我们默不作声地坐着，因为我们已经没有勇气再唠叨通常谈的两个话题：饥荒和英国人的到来。时间就这样打发过去。我甚至没有了时间的概念，不知道是什么月份和什么日子，我好像变成了一个傻瓜，因为从那时候起，我就不再考虑什么问题，就不用脑子了。有时候，我几乎觉得自己要疯了。如果不是有罗赛塔在身边，我必须像个母亲做出榜样来的话，我真不知道我会干出什么事来。我很可能会冲到外面去大声喊叫，或者我要打卢依莎的耳光，不说她发出震耳欲聋的声音，她的脸上还总是流露出我不知道是什么样的冷笑，似乎在对我们说：

"这就是我们这些乡下人过的生活……现在，你们也得这么过，罗马的太太们……你们觉得怎么样？你们喜欢吗？"

另一件几乎要让我发疯的事情，就是我们待的这个地方太狭小了，特别是跟丰迪广阔的天地相比。从圣泰乌菲米亚望去，我们能够一清二楚地看见丰迪的整个山谷：暗色的橘林，点点的白色房屋，在右侧斯佩尔隆加那个方向是一片大海，那里有一个彭查海岛，有时碰上好天气，可以看见这个岛，我们早就知道彭查岛上驻扎着英国人，也就是说那里有自由。尽管周围的天地很宽广，但是我们却始终在这狭小的范围里生活、活动和等待，梯田是这样狭小，如果我们朝前多走几步，就有摔下去的危险。总而言之，我们待在这里就像发大水的时候栖歇在树枝上的鸟群，等待着朝没有被水淹没的地方飞去的有利时机，然而，这种时机总也不来。

我们到达这里的当天，菲斯塔一家邀请我们吃过午饭以后，还请过我们几次，但后来就越来越冷淡，终于不再来邀请了，因为正像菲力波说的那样，他有家，吃的东西必须首先留给家里。幸运的是，不几天，托马西诺从山下来了，手里牵着一头满载包裹和行李的驴子，这是他走遍丰迪地区，根据我们开的单子弄来的食品。那些没有置身这样的环境，没有感受过身为外乡人带着分文不值的金钱在山区生活，没有尝过战争年代饥荒的滋味的人，是无法理解我们看见托马西诺时的喜悦心情的。这是很难说得清楚的事情。一般来说，生活在城市里的人，因为城里到处是货物琳琅满目的商店，从来不用储备很多食品。因为他们知道，一旦需要，周围就有能买到所有东西的商店。于是人们以为那些琳琅满目的商店也几乎是理所当然的，就好比一年四季和下雨、日出、黑夜、白天的更替那样理所当然。这真是怪事，食品突然一下子全消失了，就像那一年发生的那样，于是，世界上所有的钱都不够买几片面包，而没有面包是要饿死人的。

托马西诺气喘吁吁地牵着驴子，那牲口几乎再也拉不动了。他对我说：

"大婶，这里有你们至少够吃六个月的东西。"

他把单子交给我，根据我开给他的黄色纸单子逐一查对食品。我现在还记得那张清单，我在这里罗列出来是为了让人们对一九四三年秋天的生活状况有一个印象。我和罗赛塔，我们的生活就寄希望于：一袋五十千克的面粉，用来做面包和面食，还有一小袋玉米面，用来做玉米粥的；一口袋二十千克左右的劣质豆子，如几千克鹰嘴豆、草香豌豆、兵豆；五十千克左右的橘子，一个两千克左右的猪油罐，两千克的香肠。此外，托马西诺还带来一口袋干果，诸如无花果、核桃和杏仁，还有相当数量的角豆，通常是喂马的，但正如我说过的，如今对我们来说这也是相当不错的食物了。我们把所有这些东西搬到了小房间，大部分堆放在床底，然后我跟托马西诺结账。我发现仅仅隔了一个星期，物价就上涨了百分之三十。有人会想，也许是托马西诺财迷心窍，把价格抬上去了。我却马上相信了，根据经验，我知道这是真实的情况。如果时局仍然没有变化，英国人仍然待在加里利亚诺按兵不动，德国人把东西一扫而光，并且恐吓人们，不让人们工作，物价还要上涨，甚至要涨上天去。这种情况在饥荒年代不足为奇。每一天都有一些商品在变得稀罕，每一天市场上掏钱买东西的富人都在减少，最后还可能发生这样的情况，不再有人卖东西，也不再有人买东西。所有的人，不管有钱的还是没有钱的，统统都得饿死。我相信托马西诺对我说的物价上涨的情况，所以我二话不说就付给了他钱。这还因为我考虑到像他这样的男人，一个相当贪婪的人，为了赚钱，敢于向战争的危险挑战，在那战争的年代这是非常难能可贵的，应该珍惜。

我一面付钱，一面让他看我藏在裙子下面口袋里的钱包，里面装着许多一千里拉的钞票。他一看到钱，眼睛就死死盯住不放，就像向一只鸡俯冲的老鹰一样。他马上说，让我们一言为定，只要我开口，他就为我去弄吃的东西，价格随行就市，不会少要一个钱，也不会多要一个钱。

那一回，我再一次发现，有钱就能获得尊重，具体地说，有钱就有食物。最近那几天，看到我们吃的东西没有来，我们吃饭只能依赖帕利德，而帕利德也是很不情愿地同意我们跟他一家人一起吃饭了，当然我们是付钱的，菲斯塔一家就避免与我们接触，到了吃饭的时候，他们就有点儿难为情地去悄悄地吃。然而，托马西诺牵着他的小毛驴刚一出现，就可以看出他们的态度马上发生了变化。他们满脸堆笑，问长问短，态度亲切，主动过来交谈，邀请我们吃饭，虽然明明知道我们已经不需要了。他们甚至跑来打量我们的食品，菲力波对我说，他确实高兴，因为他是真心对我，这倒不在乎他给了我们吃的东西，而是为我们有了吃的食品而高兴，他说：

"切西拉，你和我是这山区为数不多的能够沉着地对付未来的人，因为我们是为数不多的有钱人。"

他的儿子米凯莱听到这话，脸色变得比往常更阴沉，咬着牙说道：

"你敢这么肯定吗？"

父亲大笑起来，用手拍了一下他的肩膀，说道：

"肯定？这是唯一能肯定的事情……你不知道，金钱是一个人能够拥有的最友好、最忠实和最持之以恒的朋友。"

我站在一旁听他们谈话，没有吭声。我暗自琢磨，这话未必完全是真的：有一天，那些如此值得信赖的朋友会跟我开个玩笑，将自己的价值降低了百分之三十。今天，一百里拉只够买一点儿面包，而战前却足够半个月的生活。我可以说，在战争时代是不存在可以相互信赖的朋友的，无论是人，还是钱，都是一样。战争把一切都搞乱了，除了看得见的东西，战争还破坏了许多看不见但又存在的东西。

从食品运到的那一天起，我们开始了在圣泰乌菲米亚的正常生活。睡觉、穿衣、捡树枝和柴火，在茅屋点火做饭，然后散散步，跟难民们聊聊天，然后，吃饭，又散步，第二次做饭和吃饭，最后，为了节省灯油，鸡群进窝的时候，我们就上床睡觉。天气晴朗、平静而美好，万里无云，也没有一点儿风，正是一个美好的秋天，周围是森林，涂抹上红黄两色的山峦。所有的人都说，这是盟军迅速而坚决地向前推进的理想季节，至少可以直逼罗马，但谁也搞不清楚盟军不这样做而滞留在那不勒斯附近或稍北一点儿的地方的原因。这是人们在圣泰乌菲米亚谈论的共同的也是唯一的话题。人们总是谈论着盟军的消息，譬如他们什么时候能打来，为什么还不来，会采用什么方式，等等。难民们对这个话题很感兴趣，因为他们想尽快回到丰迪恢复正常的生活。相反，当地的农民很少谈论这些事情，因为战争对他们来说是做生意的好机会，他们可以把房子租出去，从难民身上赚些钱用，这也是因为和平年代他们总是过着一成不变的生活，盟军的到来对于他们来说，不太可能或者根本不可能发生什么变化。

我也常常谈论盟军，在上上下下的梯田，在室外，一面眺望丰迪的风光，遥远的蔚蓝色的大海，或者晚上在帕利德的茅屋里，几乎坐在黑暗中，烟雾呛得人直流眼泪，面前是将要熄灭的炉火，或者是夜里睡觉之前，躺在床上，我搂着罗赛塔，我都要谈论盟军。由于我经常讲到盟军，这些盟军慢慢地好像变成了当地的圣人，他们能够广施恩惠，带来雨水和美好的天气，人们时而请求他们，时而咒骂他们，但人们总是期待从他们身上得到些什么。大家都期待从盟军身上得到某种特殊的东西，就像期待圣人一样。所有人都确信，他们来到之后，生活不仅仅会变得正常起来，而且会比正常的情况更好。不妨首先听听菲力波的看法。我想，他把盟军想象成一望不到尽头的自动化队伍，满载上帝的施舍，士兵们站在卡车上，向我们意大利人免费赠送各式各样的东西。应该承认，菲力波是一个成熟的男人，属于精明狡猾一类的店老板，根据他的看法，盟军是一帮为我们意大利人做好事的傻瓜，而我们对他们发动了战争，我们杀了他们的儿女，迫使他们耗费了可观的钱财。

关于受人尊敬的盟军到来的确切消息，我们知道得非常少，甚至一无所知。现在托马西诺从山下来到圣泰乌菲米亚，可他只对跑黑市买卖和钱感兴趣，因此，除了一些模棱两可的消息，从他嘴里很难套出别的信息。有时，一些农民上山来，因为是农民，他们讲的事情也很靠不住。有几次，彭泰科尔沃的一些年轻人背着大包，上山来卖盐和烟，这两样东西是山上最短缺的。他们卖的烟叶潮湿而苦涩，难民们把烟叶切碎，用报纸卷成纸烟；盐的质量也很差，跟喂牲口的盐不相上下。这些年轻人也带来一些消息，但都是些古怪离奇的消息，起初还有人相信，后来发现经不起检验，就像他们卖的盐，由于他们掺了水，重量就多了一倍。他们带来的消息也是这样，掺了一些离奇的东西，分量加重了，听起来似乎是真的，但在阳光下一检验，离奇的东西蒸发了，剩下的真实的东西就不多了。他们七嘴八舌地说什么正在进行一次大的战斗，有的说在那不勒斯的北面，在卡塞尔塔那个方向，有的说在卡西诺地区，有的甚至说就在附近，在伊特利。其实都是谣言。这些年轻人最关心的是做盐和烟草生意，因此竭力编造出一些消息来讨那些询问他们的人的欢心。

唯一提醒我们现在是战争时期的事，发生在一个清晨。我们忽然听到从大海方向传来一阵奇怪的爆炸声，斯佩尔隆加就在那边。爆炸声听得很清楚，后来有一名妇女运橘子上山，告诉我们说，德国人在炸沼泽地区的堤坝和土壤改良地区的运河，以阻挡英国人的进攻。这样不用多长时间就要发大水了，许多人一生辛辛苦苦耕作的土地将被毁掉，洪水也将毁掉农作物，需要好多年才能使洪水退净，使土地能够重新耕作。这阵阵爆炸声就像某个地方过节的鞭炮声，它给我留下了一种奇怪的印象，因为它确实有点儿像过节的热闹样子，而实际情形正相反，我知道，这对于生活在山下土壤改良地区的人们来说，意味着痛苦和绝望。

那是一个天气十分美好的日子，晴朗、平和，万里无云，郁郁葱葱的丰迪平原，一直延伸到雾气腾腾的大海，环顾这景色，一片蔚蓝，十分优美。我再一次一面倾听海浪的拍打声，一面眺望如画的风景，不由得想到，人们往往和大自然背道而驰，当大自然爆发雷雨闪电、倾盆大雨的时候，人们在自己的家里常常感到欣慰；相反，当大自然微笑，似乎要赋予人们永恒幸福的时候，却会发生让人感到绝望、想要去死的事情。

又过了好几天，关于打仗的消息总不是很确切，那些从山下来到圣泰乌菲米亚的人，总是对我们说，一支庞大的英国军队占据了通往罗马的大道。然而，应该说，即使这支英国军队爬着乌龟似的步子徒步前进，而且要不时停下来喘喘气，也该早已到达这里，可相反，眼下连个人影也见不到。我不想再谈论英国人，不想谈论他们什么时候来，也不想谈论他们可能会带来好年头；我只是尽可能地找些事情干，譬如说织毛衣之类的活。我从帕利德那里买了一些毛线，用铁针织起了毛衣，因为我已经开始担心，我们必须无止境地待在这里，我想寒冷的季节快来到了，我们两人什么御寒的衣服也没有。毛线很粗，颜色发暗，透出一股牲口栏中的臭味，这是帕利德拥有的很少几头羊身上的毛。每年他们都剃羊毛，然后用纺锤和梭子按照古老的方法纺线，再用线织成袜子和毛衣。山里人都是按这种办法纺织，就像贝尔塔时代那样。帕利德家的东西应有尽有，不仅仅可以维持吃饭，还能满足穿衣服的需要，譬如麻、毛线、皮革，他们都能派上用场。他们完全没有或者几乎没有钞票，如果不是以上面说的这种方式自给自足的话，他们就很可能赤裸着身子出门了。他们种植亚麻，饲养羊群，宰牛的时候，用牛皮做成便鞋和短上衣。他们用羊毛和亚麻按照我说的那种方法纺过之后，就用那台放在我们小房间里的织布机织成布，卢依莎和帕利德的姐姐或者弟媳妇轮流织布。但我坦率地说，这三个人都不是很在行，尽管她们会使用织布机上的纺锤和梭子，却不会做衣服。她们用这种办法织出布来，然后用很差劲的染料把布染成深蓝色，最后做成裤子和短上衣。我还从来没有见过这么粗制滥造的衣服。穿在身上一个星期不到，膝盖和胳膊肘的地方就坏了，她们就在有窟窿的地方打打补丁。就这样，刚穿上新衣服才十五天左右，家里人的衣服已经是破烂得跟叫花子差不多了。是的，他们什么东西都自己动手做，什么东西都不花钱买，但每一样东西都做得很次，脏兮兮的。我对菲力波的儿子米凯莱谈起我的看法，他摇摇头，神情严肃地回答说：

"在机器的时代，谁还用手工生产呢？只有像这些穷人，只有像意大利这样一个落后贫穷国家的农民才这样做。"

不过，别以为米凯莱这么说是轻视农民，恰恰相反，他只是习惯用这种非常尖刻、生硬和断然的方式说话；可同时，他的话又留给我很深的印象，他说话的声调缓和、平静，似乎他是在谈论什么显而易见和无可争辩的事情，他已经好久没有为这种事跟别人争得脸红耳赤了，他只是局限于随便谈谈而已，就像一个人说天气晴朗和下雨一样。

米凯莱是一个很有趣的人，后来我们成了朋友，我像对待儿子那样喜欢他。我想重新介绍一下他，以便我在记忆中重温他的形象。他的个子不是很高，甚至可以说是矮个子，但肩膀很宽，有点儿驼背，大脑袋，高额头。他戴着一副眼镜，走路昂首挺胸，神情高傲，摆出一副谁也不在话下和不放在眼里的样子。他非常好学，我后来从他父亲那里知道，那年他刚大学毕业或者他已经毕了业，这我记不太清了。他约莫二十五岁，由于他架着副眼镜，加上他的举止严肃，所以看起来至少有三十岁。尤其是他的性格不同一般，跟那些难民的性格不一样，也跟那些我至今认识的人的性格不一样。正像我介绍过的，他说话的口气流露出绝对的自信，似乎要让人相信，他是唯一了解和说出真理的人。据我看，他的这种自信派生出我注意到的一个有趣的现象，尽管他要说的是尖锐、激烈的事情，但他绝对不会发火。相反，他使用平和、理智的声调，几乎像是谈一件偶然发生的、无关紧要的事情，谈一件所有的人早就同意的事情。而事情并不是如此，至少对于我来说不是如此。譬如我听他讲法西斯主义和法西斯分子的时候，总是产生一种惊奇的感觉。实际上，二十年来，也就是从我开始明白事情的时候起，我向来只听过人讲政府的好话，尽管我常常努力把话题扯到我的店铺上来，这也是因为我从来不关心政治。我是这么考虑的，如果报纸一直称赞政府，总有站得住脚的道理，而用不着由我们这些微不足道的无知的人来评论我们不懂和不了解的事情。可你看，米凯莱却否定一切，报纸说白的，他就说黑的；他断言，二十年来没有什么好的事情，二十年来意大利所做的一切都是错误的。米凯莱认定，墨索里尼本人，他的部长、所有的大人物、所有那些拥有财产的人，统统是强盗，是的，他正是这么说的，他们是强盗。我听到他以如此自信、毫不在意和平静的语气说出这些论断，便惊讶得张大嘴巴，说不出话来。我过去总是听说墨索里尼至少是个天才，他的部长们至少也是些了不起的人，那些地区书记虽然都竭力表现得很谦虚，但也都是聪明和不错的人，而其他那些身份不高的人物，也都是些闭起眼睛可以信赖的人。可米凯莱，像俗话所说的，在我眼皮底下把一锅蛋汤连锅端，统统泼掉了。他毫无例外地把他们称为强盗。我同时暗自思量，他怎么会以这种方式来考虑问题；为什么他跟许多意大利人不一样，不是从战争情况糟糕的时候才开始考虑这些问题的；不妨说，他以这种方式去想那些事情是很自然的，就像孩子们通常给植物、给动物、给人起名字一样，很简单，他对所有的人和所有的事情都怀有根深蒂固的、毫不动摇的不信任感。而尤其使我感到意外的是，他不过才二十五岁，因此可以说，除了法西斯主义，别的东西他一概不知道，他是在法西斯主义熏陶下成长的，是法西斯分子教育了他。按一般逻辑来说，如果这种教育多少还起作用的话，他也应该是个法西斯分子，至少是像如今的许多人那样，也批评法西斯主义，但犹豫不决，并不坚定。而实际情况不是这样，完全接受法西斯教育的米凯莱，恰恰是毫不顾忌的反法西斯者。我只能这样去想，在那种教育中肯定有某些行不通的东西，否则米凯莱是不会以这种方式来说话的。

有人或许会想，米凯莱这么说是因为他有过谁也不知道的众多经历，要知道，如果一个人有过辛酸的经历——这在好人当政的时候也可能发生——那么，他从此看问题就会绝对化，把一切都看成阴暗的、丑恶的和错误的。实际情况却不是这样，跟米凯莱交谈多了，我慢慢地知道，他所经历的事情非常少，他为数不多的经历都是微不足道的，跟与他的条件、年龄相仿的年轻人大同小异。他在丰迪的家庭里长大，在丰迪上了学，像其他同年龄的孩子一样，逐渐成为法西斯少年先锋队队员，然后进入罗马大学学习，住在一个当法官的叔叔家里。就这样，他在罗马学习和生活了几年。这就是他的全部经历。他从来没有去过国外，除了丰迪和罗马，他仅仅了解意大利的一些主要城市。总而言之，对他来说，从来没有发生过特别的事情，如果发生了，也经常是他脑袋里发生的，而不是在生活当中。譬如，拿女人来说，在我看来，他从来没有谈情说爱过，而对许多人来说，谈情说爱能帮助他们认识什么是生活。他不止一次对我说，他从来没有恋爱过，从来没有订过婚，也从来没有追求过什么女人，不过，根据我的理解，他至多是曾经亲近过一些不正经的女人，就像所有像他那样既没有钱也没有经验的年轻人一样。

于是我得出结论，他的这些看法是如此的根深蒂固，几乎是连他自己也觉察不出来，也许仅仅是因为他的反叛精神。二十年来，法西斯分子宣传墨索里尼是天才，他的部长们都是伟大的人物，而他，开始懂事的时候，就很自然地像一株植物，总是朝太阳发芽生枝，他所想的也恰好跟法西斯分子的宣传背道而驰。我知道，这是些不可思议的事情，而我是一个可怜的无知的女人，是难以明白和解释清楚这些事情的，但我经常注意到，孩子们干的事情跟父母干的和父母教他们去干的截然相反，倒不是由于他们确实知道父母做得不好，唯一且充分的理由在于他们是孩子，父母是父母，他们愿意有自己的生活，得按自己的方式去生活，而父母也有他们自己的生活。于是我想，米凯莱或许就是这样的人。他在法西斯的教育下长成，他们想把他培养成为一个法西斯分子，然而，正因为他是个活生生的人，他想按自己的方式生活，他成了反法西斯主义者。

开头的那些日子，米凯莱几乎整天跟我们在一起，我不知道是什么东西把他吸引住了，因为我们只是两个平常的女人，其实跟他的母亲和姐妹没有什么不同；再说，正像我后面要提到的，也并不是因为罗赛塔对他有什么特别的吸引力。他喜欢我们，而不是他的家里人和其他难民，可能因为我们是罗马人，我们不说方言，也不像其他人那样谈论丰迪的事情，他不止一次说过，他对那些事毫无兴趣，相反，他感到厌烦。总之，一大早的时候，我们刚刚起床，他就来了，不到吃饭的时候他不走，就这样跟我们待在一起一整天。如今我仿佛又见到了他，眼前又浮现出他走进我的房间来的样子，我们无所事事，我坐在床上，罗赛塔坐在凳子上，米凯莱用兴奋的声调说道：

"我们去散散步怎么样？"

我们同意了，尽管这样的散步几乎总是千篇一律的，要么沿着梯田和山峦缓缓地行走，可以一直走到附近一个跟圣泰乌菲米亚大致相近的山谷；要么沿着石子路和橡树林上山；要么随意地朝山下走去。我们总是选择平坦的道路，免得过分劳累，沿着梯田往前走，一直走到山峦左侧的山峰为止。那里有一棵大角豆树和一片绿色的灌木丛，阳光充足，地上有一块柔软的可当作坐垫的苔藓地。我们几乎是坐在山峰的最高处，从旁边的青蓝色悬崖上，可以眺望山下丰迪的全景。我们往往会在那里待上几个小时。我们干些什么呢？现在想起来我真不知道从何说起。罗赛塔有时候跟米凯莱一起沿着梯田转悠，采集紫红色的仙客来花，在那个季节里，这一簇簇的花开得又大又美丽，玫瑰色的花冠耸立在暗绿色的叶子当中，凡是有点儿苔藓的地方，都盛开这种花。她采了一大把给我，我把花束插在玻璃杯里，放在小房间的桌子上。或者我们干坐着，什么也不干，眺望天空、大海、河谷和山峦。说实在的，除了米凯莱的谈话，关于这些散步我也记不清了，因为，什么事也没有发生过。可米凯莱的谈话我还记得，正像我没有忘记米凯莱一样，因为他的谈话对我来说是新鲜的，加上他是一个在此以前我从来没有遇见过的特别的人物。

我们是两个没有文化的女人。他是一个读了不少书的男人，知道很多事情。但我有生活经验，他却没有。我认为，尽管他读过很多的书，知道不少事情，但归根结底他还是一个对生活不了解的幼稚的人，对许多事情的看法是错误的。譬如说，我记得最初的时候，有一天，他对我说道：

"你（他用'你'来称我们两人，我们也称他为'你'），切西拉，事情是这样，你是店老板，你只考虑你的店铺，可你没有因为做生意而变坏，幸运的是，你还和你当初是小女孩时一样。"

我忙问道：

"你说什么？"

他说：

"你仍然是个农民。"

我说道：

"你不必对我说恭维话……农民对土地之外的事情是一窍不通的，他们什么也不知道，像牲口一样地活着。"

他不禁笑了起来，回答说：

"在此以前我是不会讲恭维话的……但今天我要讲……如今那些能读会写、生活在城市的先生，是的的确确没有知识的人，的的确确没有教养的人，的的确确不文明的人……跟他们没有什么好打交道的……相反，有了你们这些农民，事情就可以从头开始。"

我不明白他想说的意思，坚持问道：

"从头开始是什么意思。"

"就是把他们变成新人。"

我吃了一惊，失声叫了起来：

"看得出来，你对农民不了解，我亲爱的……能指望农民做些什么呢？……你知道农民是怎么样的吗？他们是最古板的人，跟新人完全是两码事。在城市居民诞生之前，他们就是农民了。他们是农民，并且将永远是农民。"

他有礼貌地摇摇头，什么话也没有说。我的想法是，他眼睛里的农民现在没有，将来永远也不会有。他一厢情愿地按照自己的方式看待农民，似乎现实中的农民就应当是这个样。

他只讲农民和工人的好话，但据我看来，他既不了解农民，也不了解工人。有一天，我对他说道：

"米凯莱，你谈论工人，可你并不了解他们。"

他反问道：

"那你了解他们吗？"

我回答说：

"那当然，我了解他们，常常有许多工人光顾我的店……他们就住在附近。"

"是什么样的工人？"

"嘿，手工业工人，焊工、泥瓦工、电工、木匠，都是干累活的人。"

"那么，按照你的看法，工人是怎么样的呢？"

他带着一种讥讽的口气问道，似乎在等着听荒唐可笑的事情。

我回答他说：

"我亲爱的，我不了解他们是怎么样的……对于我来说，这些差别是不存在的……他们是跟所有男人一样的人……他们当中有好的和坏的……有人游手好闲，有人劳动……有人爱自己的妻子，相反也有人嫖娼……有人嗜酒，有人贪玩……总而言之，到处都有各式各样的人，就像绅士、农民、职员和所有其他人一样。"

于是他说：

"也许你是对的……你把他们看成跟其他人一样，你这么看是有道理的……如果所有人都像你那么看待他们，看成是跟所有其他的人一样，并且也这样地对待他们，有些事情就不至于发生，我们也许就不会待在圣泰乌菲米亚。"

"那其他人是怎么看待他们的？"我问道。

"不把他们看成跟所有其他的人一样，只是把他们当作工人。"

"那你是怎么看待他们的？"

"我也把他们看成工人。"

"那么，我们待在这个地方，你也有责任，当然，我这是重复你说的话，尽管我不明白，你为什么把他们看成工人，而不是跟其他人一样的人。"

"很清楚，我也把他们看成是工人……但应该明白为什么……有些人把他们当成工人，而不把他们当成人，是为了更方便地剥削他们……至于我，则是为了更好地维护他们。"

我停顿了一会儿，说道：

"那么，你是个颠覆分子。"

他显得困惑不解，问道：

"怎么扯得上？"

"我是从一个常来店铺的宪兵队长那里听来的……他说，这些颠覆分子在工人当中煽动。"

过了一会儿，他说道：

"就算我是个颠覆分子吧。"

我坚持追问下去：

"那你在工人当中煽动过吗？"

他耸耸肩膀，最后不情愿地表示他没有干过。

"你看到了吧，你还是不了解工人。"

这一回，他什么也没有回答。

尽管他的话经常让我们很难听懂，但罗赛塔和我还是经常愿意让他而不是其他山里人陪伴我们。总之，他是很文明的人，而且，他是唯一不考虑私利和钱财的人，这使他显得没有别人那样讨厌。因为，私利和钱财固然重要，但整天去谈论这些，最终会让人憋得透不过气来的，菲力波和其他难民就是只知道谈论私利的人，谈论什么东西应该卖出或者应该买进，谈论买卖的价钱、利润，打仗以前的行情和战争以后可能的行市。他们不谈生意经的时候，就玩纸牌。他们聚在菲力波的小房间里，盘腿坐在地上，肩膀靠着装面粉和豆子的麻袋，头上戴着帽子，嘴里叼着烟卷，空气中弥漫着臭味和烟雾。他们就这样一小时又一小时地一面摔纸牌，一面狂喊大叫，相互敲竹杠。玩牌的人周围还有至少四五个围观者，就像乡下小酒店里一样。我从来忍受不了这么个玩法，我不明白，他们怎么会整整一天泡在牌局里，玩那沾满油渍、脏兮兮的、破烂得连图像都看不清楚的纸牌。更糟糕的是，一旦不谈利润和不玩纸牌，菲力波一伙人就东扯西拉起来。我是一个没有知识的女人，我只知道店铺和土地，但是那些长胡子的男人，成年人和年轻人，一旦停止谈论生意经，就尽说些荒唐可笑的事情，这些东西我听得多了，就会把他们和米凯莱相比较，他不像他们那么无知，他说的话尽管我经常弄不大懂，但我觉得是正确的。那些男人谈起话来像傻瓜一样，或者更糟糕一些，就像是些牲畜，如果牲畜能懂道理的话。他们不说那些蠢话的时候，就说些粗暴和难听的脏话，让人生气。譬如，我记得安东尼奥这家伙，是个烤面包的，个头瘦小，皮肤黝黑，两只眼睛，其中一只是瞎眼，看起来比较小，另一只小眼皮不停地眨巴，好像里面有沙子似的。一天，我不知道怎么回事，四五个逃难的人，其中有安东尼奥，坐在梯田的石头上谈论着战争和战争中发生的事情。罗赛塔和我待在那里听着。这个安东尼奥曾去利比亚打过仗，当时他才二十岁，他喜欢聊这段经历，因为那场战争对他来说是很重要的，而且，就在那个地方，他葬送了一只眼睛。我不知道是怎么回事，罗赛塔和我只听得他这么说：

"他们杀死了我们三个人……打死了还不算……又挖去了他们的眼睛，割去了舌头，拔去了指甲……于是我们决定采取报复行动……清早我们来到一个村庄，我们烧掉所有的茅屋，杀死所有的人，男人、女人、小孩……"

这时，有人咳嗽了几声，暗示我们两个在场，安东尼奥也许没有察觉，因为我们站在一棵大树的后面。我听到安东尼奥一面道歉，一面说：

"唉，战争中什么事情都可能发生。"

罗赛塔已经离去，我忙着追去。她低着头往前走，终于停了下来，我看见她的眼睛满含泪水，脸色苍白，我问她发生了什么事情，她说道：

"你听到安东尼奥在胡扯些什么吗？"

我找不到更好的话回答她，便重复说：

"我的女儿，不幸的是，战争中什么事情都是可能发生的。"

她静默了一会儿，就像自言自语地说道：

"我倒宁愿当那些被杀害的人当中的一个，而不愿跟杀人凶

126

手为伍。"

打那天起，我们越来越疏远那些逃难的人，因为罗赛塔说什么也不肯跟安东尼奥在一起，跟他讲话。

罗赛塔跟米凯莱也是只在某些方面是一致的，而在宗教教义方面，他们的看法则完全不同。米凯莱认为，有两种黑色牲畜：法西斯主义者，这我已经说过；还有就是神父。我搞不清楚他到底是更憎恨那些法西斯分子，还是那些神父。他经常开玩笑地说，法西斯分子和神父是一路货色，唯一的区别是法西斯分子把神父的长袍裁剪成黑色的衬衫，而神父则穿着拖到脚背的长袍。我认为他对宗教和神父的反感是不冷不热的。我总是这么想，每个人对这些事情都有原则和想法，是的，我是个教徒，但我还没有把自己的信仰强加给别人的意思，后来我发现，米凯莱尽管很尖刻，但是归根结底，他不怀恶意。有时几乎让我这么想，他把神父说得很坏，倒不是因为他们是神父而憎恨他们，而是因为他深感遗憾，他们确实不像神父，从来没有表现得像个神父的样子。总之，也许他也是教徒，但是属于一种希望落空的宗教，常常有些像米凯莱这样的人，可能是比别人更虔诚的教徒，后来出于失望，便怀着极其不满的情绪，反对起神父来。然而，罗赛塔跟我不一样，她信仰宗教，愿意其他人也信仰宗教，她不能忍受别人对宗教说三道四，譬如像米凯莱这种情况，尽管他是出于好心，没有坏意。于是，从一开始，当他说神父坏话的时候，她就明确而又严厉地警告他说：

"如果你还想继续跟我们见面的话，就别再讲这些了。"

我等着他的反驳和发怒，就像有几次当人们跟他的看法不一致的时候那样。相反，我感到惊讶的是，他没有反驳，一句话也没有说，只是停了一会儿，说道：

"几年前，我曾经跟你一样……甚至我还严肃地考虑过要去当神父……但后来，我就不这样想了。"

面对这意想不到的坦白，她呆若木鸡，我做梦也没有想到他曾经有过这种想法。我问道：

"你果真想过要去当神父吗？"

"果真这样，如果你不相信的话，你可以问我的父亲。"

"那你为什么又放弃了这种想法呢？"

"是的，我当时是个小伙子，我明白我没有这种志向，或者说得更清楚些，"他笑着说，"我知道我是个有志向的人，正因为如此，我才不应该让自己去当神父。"

这一回，罗赛塔没有再说什么，谈话就此暂告结束。

与此同时，事情在慢慢地变化，但不是朝好的方面。在流传了许多互相矛盾的说法之后，终于有了确实的消息：德军的一个师在丰迪平原上安营扎寨了，战争已推进到加里利亚诺河对岸。这就意味着英国人不再前进，德国人准备跟我们一起过冬。那些从谷地来的人告诉我们说，到处都是德国人，他们的坦克和用绿、蓝、黄色斑点伪装的帐篷，都隐藏在橘树林里，但这终归是传闻，没有任何人见过德国人，我指的是上山的人，因为直到现在还没有一个德国人登上圣泰乌菲米亚山。后来，发生了一些事迫使我们跟德国人打交道，让我们明白他们是什么货色。我说这话是因为那时情况终于发生了变化，战争第一次来到了山上，而且再也不走了。

在跟菲力波玩牌的逃难者当中，有一个名叫塞维里诺的裁缝，他比所有的人都年轻，是一个瘦小的男人，面孔发黄，两撇小黑胡子，一只眼睛似乎总在眨巴，这是干裁缝活落下的毛病。他蜷缩在店铺的凳子上，总是一只眼睛半闭，另一只半睁。塞维里诺像其他人一样，是在丰迪开始遭到轰炸时逃难上山来的，他落脚在距我们不远的一个小房子里，跟他的女儿和妻子住在一起，他的妻子像他一样瘦小、不起眼。塞维里诺是山里人当中最焦急不安的人，因为战争爆发后，他把所有钱都用来购买数量可观的英国和意大利布匹，并把它们藏在一个安全的地方，由于弄不清楚这些财产的命运，他整日坐立不安。不过，一旦不再考虑眼前的现实，他的忧虑就化为希望，法西斯分子、德国人、战争和希望，促使他去考虑未来。塞维里诺逢人便介绍他的计划。根据他的看法，战争一停止，他将变成有钱人。他的算计是，从战争结束到恢复正常的一年或半年的时间里，由于交通运输、流通和贸易的困难，东西将会奇缺，意大利将被军人占据，商店的营业即便不说是不可能的，也将是很艰难的。于是，他将在这半年或一年的时间，把他的布匹用卡车运到罗马或山区，用兵荒马乱年代的高价，把这些批发来的布匹一点儿一点儿地卖出去，他将摇身一变成为富翁。正如人们以后看到的，这是一个很聪明的打算，表明塞维里诺也许是山里人当中唯一算计得很精明的人，他懂得价格的运作，随着东西奇缺，德国人、意大利人和盟军滥发钞票，物价将节节上升。我重复说一遍，这是一个很聪明的打算，遗憾的是，如意算盘常常是落空的，特别是在战争时期。

一天清晨，一个小伙子气喘吁吁地从山下跑来，在塞维里诺逃到山上来之前，他曾经跟着塞维里诺干活，他向站在梯田边焦急地等待着他的塞维里诺大声说道：

"塞维里诺，他们偷走了你所有的东西……他们发现了藏东西的地方，偷走了你的布匹。"

我正站在塞维里诺的旁边，我看见他听到这话就像有个背叛他的人给了他当头一棒，使他摇摇晃晃起来，这时，小伙子已经来到了梯田，塞维里诺焦急不安地一把攥住他，眼睛瞪得大大的，结结巴巴地说：

"这不可能……你说什么呀，布匹吗？我的布匹吗？被偷走了？这不可能……谁偷走了？"

"我怎么知道？"小伙子回答说。

所有逃难的人都知道了，把塞维里诺围了起来，他像疯子一样比画着，瞪大眼睛，用手拍打额头和揪着自己的头发。菲力波竭力安慰他说：

"你不必过于激动……说不定只是传闻而已。"

"怎么会是传闻？"小伙子天真地说，"我亲眼所见，墙被拆毁了，藏东西的地方什么也没有了。"

塞维里诺用手在空中做了个绝望的动作，好像要跟老天爷发脾气似的。他沿着小路朝山下跑去，一会儿就不见了。

我们大家都很震惊，这说明战争在继续，情况越来越不妙，理智丧失了，如果说现在他们偷盗，那么很快他们就会杀人的。

菲力波挥动胳膊，比别人更起劲地评论这件事，责怪塞维里诺没有考虑周到。这时，有人对菲力波说：

"你以为把你的东西放进了保险柜就安全了？你当心别发生同样的事情。"

我回想起孔切塔和维钦佐的话，觉得这个逃难者的话有道理，世界上没有不可能倒塌的墙。但菲力波摇摇头，有信心地说：

"有圣乔万尼守着……我给他的儿子做洗礼，他给我的女儿洗礼……你知道乔万尼是不会搞骗局的吧？"

听了菲力波的这番话，我暗暗想到，世上有精明的狡猾的人，就像他自以为的那样，但在我们的生活中又常常发生这样的事，狡猾的人成了傻瓜，我以为，当事情与孔切塔和维钦佐有关时，相信圣乔万尼，这可是傻瓜干的蠢事，尽管是真诚的，但毕竟是蠢事。为了不使他产生疑心，我什么也没有说，因为已经有人劝说，却什么用也没有。

那天晚上，塞维里诺从谷地回来，浑身上下满是尘土，双眼充满悲哀和无可奈何的表情，他说他到城里去了，看到了被破坏的墙，藏东西的地方空空如也。他说，所有的东西都被洗劫了，他如今彻底破产了：可能是德国人，也可能是意大利人干的，但他认为是意大利人干的。因为他向一些留在城里的人和法西斯分子打听了情况，他明白，这是意大利人干的。说完，他默不作声地蜷缩在菲力波门前一张凳子上，面孔比平时更加蜡黄和焦黑。他双手抱着肩膀，一只眼睛像平时一样眨巴，这也许是最感难过的事情了；通常眨眼是因为高兴，而他相反，差点由于绝望而自杀。他不时地摇头，喃喃地说：

"我的布匹……我倾家荡产了……他们把所有的东西都拿走了。"

他把手放在额头上，好像要让自己信服似的，最后他说：

"仅仅一天的时间，我就变成了老头。"

他朝着自己的小房子走去，没有接受在菲力波那里吃晚饭的邀请，菲力波竭力安慰他，让他平静下来。

第二天，大家都看得出来，他总是在想他的布匹，思考着找回它们的办法。他明白是镇上的人偷走的，他也几乎确信，是法西斯分子，或者说，是如今被称为法西斯分子而从前是当地的一些游手好闲的二流子干的。法西斯主义刚一上台，这种人就很快参军入伍，唯一的目的就是踩着人民的肩膀坐享其成，由于战争和所有当权人士的逃亡，人民几乎完全受他们的摆布。

现在，塞维里诺横下一条心，要找回他的布匹，每天他都去谷地，晚上拖着疲惫不堪的身子，带着浑身的尘土，两手空空地返回，但找回失去的东西的决心比任何时候都更加坚定。他的举止表明了他的决心，他总是默不作声，双眼闪闪发亮，死盯着一个地方看，只有面颊的一根筋不时地抽动。如果有人问他天天往丰迪跑是干什么，他只回答说：

"我去打猎。"

众人明白，他是去搜寻他的布匹和那些偷盗他布匹的人。慢慢地，从塞维里诺跟菲力波的谈论中，我才知道，据他侦察，那些偷走了布匹的法西斯分子，躲藏在一个名叫死神的村子里。他们有十二个人，他们把从农民那里强行勒索来的大批东西都运到那里，他们在那里大吃大喝，一些不要脸的娼妇侍候他们，这些女人过去是女用人和打工的。每到晚上，这些法西斯分子便出门去城里，逐一搜索那些逃难的人遗弃的家，他们偷走留在那些屋子里的东西，用枪托砸所有的墙壁和地板，目的是看看有没有藏在里面的东西。这些法西斯分子，个个都有自动步枪、子弹和匕首，他们毫无顾忌，自我感觉良好，因为正像我说过的，在整个谷地，已经很久没有宪兵了，他们不是逃走了，就是被德国人逮起来了。既看不见警察，也没有权威的人，只留下一个市政府的卫兵，这是真的，但他是一个需养活家庭的可怜的男人，他衣衫褴褛，饥饿不堪地挨家转，向农民乞求看在上帝的分儿上给他一块面包和一个鸡蛋。总而言之，没有什么法律可言，德国军队中的宪兵跟其他士兵的区别，是胸前佩戴一种特别的标记，这就是唯一要人尊重的法律。但这是他们的法律，而不是我们这些意大利人的法律，至少对我们来说，这些法律的制定似乎是为了允许他们任意搜捕人，偷盗东西和干任何蛮横无理的事情。为了使你们对那时候发生的事情有所了解，我只给你们讲一件事。在离圣泰乌菲米亚不远的地方，有一个农民，一天早上，不知道出于什么原因，捅了孙子一刀，然后让这个十八岁的男孩子鲜血淋淋地死在葡萄园里。这件事情发生在上午十点多钟。下午五点钟，杀人凶手跑到地下肉店买了一千克肉，罪行已经传开，人人都知道，但是谁也不敢对他说些什么，一方面这是他自己的事情，另一方面大家都有点儿害怕。只有一个妇女对他说："你干了些什么……你杀了你的孙子，你竟然可以若无其事地来买肉吗？"他回答说："该谁倒霉谁就倒霉……谁也不会把我逮起来，因为今天没有法律，每个人干他愿意干的事情。"他说得有道理，因为他们不会逮捕他，他把孙子埋葬在一棵无花果树下，又继续若无其事地闲逛去了。

塞维里诺看到这个社会已无正义可言，脑子里便开始考虑报复的办法了。我不知道他跑到丰迪去搞了些什么名堂。一天早上，一个农民上气不接下气地跑上山来，叫喊着说，塞维里诺跟德国人一起上山来了，还说什么德国人站在他一边，帮助他找到了失去的布匹，因为他跟他们谈妥了条件。所有的难民都从屋子里出来了，我们母女也是这样，我们大约二十个人，站在梯田边上，注视着塞维里诺和德国人将要出现的小路。这时候，所有的人都说塞维里诺是个有头脑的聪明人，因为现在的权力掌握在德国人手中，而德国人不像法西斯分子那样都是些二流子和歹徒。他们不仅会帮他找回失去的布匹，而且还会惩罚法西斯分子。菲力波当时是最赞赏德国人的，他说：

"德国人都是些严肃的正派人，他们做任何事情，战争、和平、开店……都是很严肃的，塞维里诺找他们是找对了……德国人可不像我们意大利人这样散漫、没有纪律……他们有军纪的约束，战争时期偷盗是违背军纪的行为。我敢肯定，他们将替塞维里诺找回布匹，并惩罚那些违法犯纪的法西斯分子，塞维里诺真是好样的，他抓住了问题的核心，当今的意大利谁当权呢？是德国人。那么，就必须去找德国人。"

菲力波高谈阔论，神气十足地理着小胡子。很清楚，他想到了他藏在屋子夹墙里的东西，他为塞维里诺失而复得的布匹和盗贼受到惩罚感到高兴，因为他也有藏起来的东西，他也担心东西被偷走。

我们都注视着小路，终于，塞维里诺出现了，但并不是我们想象中的许多德国人或者一支武装巡逻队跟他一起来。只有一个德国人，一个普通士兵，而且不是军事警察。在他们登上梯田时，塞维里诺骄傲而高兴地向我们介绍，这名士兵叫汉斯，这个名字在德语里就像乔万尼在意大利语里一样常见，围着的人群都向他伸出手去，但是，汉斯没有伸出手来，而是手放在帽檐上行了个军礼，跺了一下脚跟，好像是为了体现他跟难民之间的距离。汉斯是个金发小个子男人，臀部像女人似的宽大，面孔苍白，看起来有点儿浮肿。脸颊上有两三个大伤疤，有人问他是在什么地方负的伤，他很简短地回答说：

"斯大林格勒。"

那几个伤疤使他的富有弹性的、圆圆的、像是挤压得变了形的面孔像是从树上掉落，整个都摔碎了的苹果或桃子，当你把它剖开时，里面一半竟然是烂的。他长着一双蓝色的但并不好看的眼睛，这是褪色的蓝，没有眼神，过于明亮，就像玻璃球一样。

这时，塞维里诺自豪地向我们解释说，由于巧合，他跟这个汉斯成了朋友，在和平年代，汉斯在自己家乡也是裁缝，裁缝之间是容易沟通和理解的。塞维里诺向他讲了被盗的事情，汉斯向他许诺，一定让他找回他的布匹，这正是因为他也是裁缝，因此，能够比任何人都更好地理解塞维里诺的焦急心情。

总之，他不是个警察，跟许多德国人不一样，他仅仅是一个普通人，此外，这不是公事，而是私人之间的事情。但这位德国人穿着制服，斜挎着冲锋枪，完全是一副德国士兵的打扮，于是大家争着你一言我一语地奉承他，有人问他战争会持续多长，有人问他俄国的情况，因为他去过那边。有人想知道英国人会不会进攻，有人说进攻的都是德国人。汉斯面对人们向他提出的一大堆问题，觉得身价百倍而显得傲气，就像个打了气的柔软的气球。他说，战争可能还要持续一段时间，因为德国人拥有秘密武器。他说，俄国人会打仗，但德国人更会打仗，德国人很快就要向英国人发起进攻，把他们扔进大海。总之，他令人肃然起敬。最后，菲力波邀请他跟塞维里诺上他家去吃饭。我也陪着用午餐，其实，我已经吃过饭了，只是出于想看看这位德国人的好奇心而已。在这山区，这是从来没有过的事情，破天荒第一遭。我去的时候，桌面上已经摆上了水果，除了米凯莱，菲力波全家都在。因为米凯莱憎恨德国人，刚才汉斯吹嘘德国人很快就要取得对英国人的伟大胜利时，我注意到米凯莱好像受到了威胁，脸色铁青，仿佛要向他扑过去，揍他一顿似的。现在，由于酒的力量，德国人说点知心话了。他不断地拍着塞维里诺的肩膀，重复说着他们两人都是裁缝，是生死之交，他要让塞维里诺找回布匹。然后，他从口袋里掏出个钱包，里面有一张女人照片，女人的身材很胖，几乎是他的两倍，神情温厚，他说，这是他的妻子。他们又谈到战争，汉斯说道：

"我们要发起进攻，把英国人扔进大海。"

菲力波为了奉承他，添油加醋地说：

"可不是，当然……我们把所有的杀人凶手都扔到海里去。"

但德国人反驳道：

"不，不是杀人凶手，相反，是好样的士兵。"

于是，菲力波说道：

"他们是好样的士兵，当然，大家都知道他们是好样的士兵。"

"你欣赏英国士兵……你是叛徒。"

菲力波恐惧地说：

"谁欣赏他们啦！……我不是说过他们是杀人凶手吗？"

但德国人一点儿也不高兴：

"不是杀人凶手，好样的士兵……但像你这样的叛徒是欣赏英国人的。"

他做了一个砍脖子的动作，总而言之，怎么也不能让他满意，大家都感到害怕了，好像他突然间变得凶恶了。他又对塞维里诺说：

"为什么你不上前线去？……我们德国人在打仗，你们意大利人都待在这里……你上前线去。"

塞维里诺害怕了：

"我是因为体格检查不合格而免服兵役的……胸部软弱无力。"

他抚摩胸部，的确，他曾病得非常厉害，有人甚至说他只有半叶肺。但德国人很坏，拉着他的一只胳膊说：

"那你赶快跟我上前线去。"他站起身来，拖着塞维里诺往外走。

塞维里诺脸色苍白，他想做出一副笑脸，但怎么也笑不出来，大家都惊呆了，我吓得心都快跳出来了。德国人拖着塞维里诺的一只胳膊，塞维里诺紧紧攥住菲力波，拼命往后退，菲力波也吓得不知所措。突然间，德国人大笑起来，说道：

"朋友们！……朋友们！……你是裁缝，我是裁缝……你重新得到了布匹，成为富人……我上前线去打仗，去送死。"

他一面狂笑，一面用手敲打塞维里诺的肩膀。这场戏给我留下了一种奇特的印象：站在我面前的好像不是一个人，而是一头野兽，时而发出咆哮，时而露出凶狠的牙齿，搞不清楚他究竟想干什么。不知道怎样才能把他逮起来，我觉得，塞维里诺抱有幻想，心里以为："这头野兽认识我……他是从来也不会咬我的。"等着看吧，事实会证明我的话是对的。

这台戏之后，德国人变得热情起来，喝了不少酒，用手拍打了不知多少次塞维里诺的肩膀。塞维里诺不再害怕了，趁德国人不注意的时候，对菲力波说道：

"今天，我就会得到我的布匹……你会看到的。"

不一会儿，德国人从桌子边站了起来，重新系上入席时卸下的皮带，一面开玩笑地让我们看，由于吃得多，他的皮带必须比吃饭前松一个眼。接着，他对塞维里诺说道：

"我们下山去，你带着你的布匹再回来。"

塞维里诺站起身来，德国人行了个立正军礼，随后带着塞维里诺一起昂首挺胸地走了。他们穿过梯田，沿着小路向山下走去，菲力波跟其他人一齐出来，望着他们下山去。最后，他说了一句代表大家共同想法的话：

"塞维里诺太相信那个德国人了……换了我……我就不会相信。"

整个下午，我们等待着塞维里诺，但直到晚上他也没有回来。第二天，我们上塞维里诺住的小房子里去，只见他的妻子把小女孩抱在怀里，正在黑暗中哭泣。一位上了岁数的女农民跟她在一起，一面用梭子和纺锤织毛线，一面不断安慰她：

"别哭了，大婶……塞维里诺一会儿就回来了，他会把一切都安顿好的。"

但塞维里诺的妻子摇着头，回答说：

"我觉得他再也回不来了……他走了一个小时，我就有这种感觉了。"

我们竭力安慰着她，但她只是哭泣，一面诉说她有罪过，因为塞维里诺这么做都是为了她和小女儿，为的是让她们日子过得好些，成为有钱的人，而她本应该阻止他这么去做，不该让他去买那些倒霉的布匹。我们没有什么好说的了，因为不幸的是，塞维里诺没有回来，这是事实。即便把世界上的好话都说尽，也没有什么意思了。整整一天，我们都待在那里，翻来覆去地议论，对塞维里诺没有回来的原因做了种种可能的猜测。她还是一个劲地哭泣，反复说他再也回不来了。塞维里诺失踪的第二天，我们再次到她住的小房子里去的时候，没有找到她和小女孩，天刚蒙蒙亮，她就抱着小女孩下山，去谷地打听究竟发生什么事情了。

又过了些日子，我们既没有塞维里诺的消息，又没有他妻子的消息。终于，塞维里诺的好朋友菲力波决定弄清楚，究竟发生了什么事情。他派了一个名叫尼科拉的农民去探听消息，尼科拉已经不种田了，整天跟孩子们泡在碎石堆中虚度时光。菲力波对他说，想让他去打听塞维里诺的消息，并对他说，他应该去一个名叫死神村的地方，那里有法西斯分子，他们偷走了布匹，正设法躲藏起来。起初，老农不愿意去，菲力波答应给他三百里拉，为了挣钱，他便毫不犹豫地去准备他的毛驴了，他有可能第二天回来，他可以住在山下村子里的亲戚家。他在背包里放了一个大面包和一些奶酪。出发的时候，他坐在驴鞍上，头上戴着黑帽子，嘴上叼着烟斗，两腿直直地分跨在驴鞍两边，脚上穿着白布便鞋。菲力波嘱咐他，在那些法西斯分子中找一个名叫通托的人，这人比别的法西斯分子都要善良些。老农说他会这样去做的，随即就上路了。

这一天过去了，第二天下午也过去了，直到近黄昏时分，碎石子路上才出现了牵着缰绳的那个农民，驴鞍上坐着的正是通托。他们走到众人跟前后，通托从驴背上跳了下来。他是一个瘦削的男人，面孔阴暗，胡子长长的，一双眼睛深深地陷进去，眼神忧郁，一只长鼻子一直压到嘴巴。众人上前把他团团围住，通托显得有些尴尬，不吭一声。尼科拉老农攥着毛驴子的缰绳，说道：

"德国人弄走了布匹，还把塞维里诺打发到前线去修工事，事情就是这样。"

说完，他便离开，去喂牲口了。

所有的人都惊呆了，通托不安地站在一边，菲力波怒气冲冲地对他说：

"你跑到山上来干什么？"

通托朝前走了几步，低声下气地说：

"菲力波，你们不应该把我看得很坏……我上这里来是为了让你高兴。我想告诉你，到底是怎么回事，请你不要以为是我们干的。"

众人都用一种鄙视的目光看着他，但又想知道这究竟是怎么回事。末了，还是菲力波邀请他上家里去喝点酒，尽管他的心情也不好。我们都跟在后面，就像举行宗教仪式的队伍一样。在房间里，通托坐在一个装豌豆的麻袋上，菲力波站在他跟前，把酒递给了他，我们靠着门槛站着。通托平静地喝完了酒，然后说道：

"不认账也不行，布是我们弄走的……菲力波，在这种时候，每个人都是只为自己，只有上帝为大家……塞维里诺以为把布藏得很秘密，其实，我们许多人都知道藏在什么地方。于是，我们想，如果我们不下手，德国人会下手的，只要有人通风报信，他们马上就会去干，那还不如我们去拿走。然后，菲力波，该怎么办呢？"

他把双手合在一起，望着我们又接着说：

"我们这些人都有家庭，在这种时候，大家首先考虑的是家庭，然后才是其他。我不是说我们干了件好事，我想说只是迫不得已才这么干的。菲力波，你是个商人，塞维里诺当裁缝，而我们这些人……我们这些人干鼠窃狗偷这一行……但是塞维里诺去投靠不相干的德国人就大错特错了。菲力波，真是活见鬼，如果塞维里诺不使坏的话，我们就可以想出个大家都同意的办法，譬如把布卖掉，钞票平分……或者我们给他酬以重礼，总而言之，乡邻之间是能够达成一致的……想不到塞维里诺却使坏，于是就发生了所发生的事情。那个德国浑蛋来了，塞维里诺对他说了我们一大堆坏话，德国人马上就举起冲锋枪对准我们，说他要进行搜查，我们这些人从某种意义上是属于德国人的，我们无法抗拒。于是布匹被搜出来了，德国人把它们通通装上卡车，带着塞维里诺一起走了。塞维里诺临走的时候朝我们大声喊道：'这个世界上终究还是有公道的。'

"是的，好一个公道，你们知道德国人干了些什么？离这几千米远的地方，他碰到一辆满载意大利人的卡车，他们都是被搜捕来准备遣送到前线去修筑工事的。于是，德国人停住了他的卡车，用冲锋枪逼着塞维里诺下车，登上那辆装满被捕者的卡车。就这样，塞维里诺非但没有分到一匹布，反而被遣送到前线去了。那个德国人也是个裁缝，他把布匹运回德国去，在那里足够开个裁缝店，气死塞维里诺和我们。现在，菲力波，你听我说，为什么我们要让德国人插手呢？鹬蚌相争，渔翁得利。这就是所发生的事情的原原本本，我发誓说的都是事实。"

听了通托的这一番话，菲力波和我们都默不作声，因为通托所叙述的许多事情中，还有德国人的大搜捕这样一件特殊的事情，的确，我们曾听说过大搜捕，但从来没有这样清楚和这样平静地听到过这样的叙述，就好像听人讲一件很正常的事情一样。菲力波终于鼓起勇气，打听被抓去的人是怎么一回事情，通托毫无表情地回答：

"德国人开着卡车到处转，抓走所有能够干活的男人，把他们遣送到卡西托或者加埃塔[1]的前线去修筑工事。"

"德国人待他们怎样？"

通托耸了耸肩膀说道：

"唉，干活累得够呛，住的是破房，而且填不饱肚子，谁都知道德国人是怎样对待那些外国人的。"

我们又默不作声，但菲力波仍然问道：

"他们眼下还只是搜捕那些住在平原的人……山里的逃难者就不会遇上这件事情了，是这样吗？"

通托重又耸了耸肩膀，说道：

"你们别相信德国人……他们干事情就像吃百叶菜一样，一片一片叶子地吃……今天轮到平原的人，明天就会轮到那些待在山上的人。"

现在再没有人去想塞维里诺了，所有人都感觉到一种恐惧，每个人都在考虑自己。菲力波问道：

"可你怎么知道这些情况的？"

通托回答说：

"我知道这些事情，是因为我整天跟德国人打交道……你们听我的……要么加入像我们这样的队伍，要么听我的劝告，赶快藏起来……但必须好生隐蔽，否则德国人会把你们一个一个地吃掉。"

于是，他又补充做了解释，德国人先扫荡平原，用他们的卡车逮走所有的男壮丁，第二步是上山来，采取这样的行动，一大早，天还没有亮，一队德国兵直奔山顶，然后，中午时分开始进

1　均为意大利中部拉齐奥大区的城市，一九四三年为盟军与德军激烈交战之处。

行搜捕，他们分散在数座山上，往下搜索，直到山谷，那些像我们一样待在半山腰的人，便统统像一张大网里的小鱼，一个都别想漏网。

这时，有人用充满恐惧的声音说道：

"一网打尽。"

通托现在重新提起精神，几乎恢复到原先的自负状态，企图敲比其他人有钱的菲力波的竹杠。

"不过，我们两人倒不妨来个君子协定，我可以在我认识的德国上尉面前替你的儿子美言几句。"

也许，如今已惊恐不安的菲力波会同意跟通托讲讲价钱的，不料，米凯莱突然走上前去，态度生硬地对通托说：

"你还等什么？还不快滚。"

众人顿时愣住了，因为通托身上有枪和手榴弹，全副武装，米凯莱却是赤手空拳。但不知道为什么，通托却很克制，不情愿地说：

"好吧，如果是这样的话，你们就赶快拿主意吧！我走了。"

他站了起来，走出小房子。大家都跟在他的后面。在他的身影消失之前，米凯莱站在梯田高处，冲着他大声嚷道：

"干你自己的事去吧，别到处搞你的交易吧……德国人总有一天会缴你的枪，把你送去当劳工，就像塞维里诺一样。"

通托转过身来，将手指撮成一个角，向他做了个诅咒的动作。从此，我们再也没有见到他。

通托走了以后，我们和米凯莱一起朝我们的小房子走去。罗赛塔和我议论起方才发生的事情，不免为可怜的塞维里诺难受，他先是失去了布匹，然后又失去了自由。米凯莱一直低着脑袋闷闷不乐。突然间，他耸了耸肩膀，说道：

"他这样的下场挺好。"

我反驳道：

"你怎么能这么说话，那可怜的人倒霉了，现在很可能连命也送了。"

他默不作声，过了一会儿，大声说道：

"他们没有失去一切的时候，是什么事理也不明白的……他们应该失去一切，吃够苦头，让眼泪流到出血……只有到了这时候，他们才会成熟。"

我提出不同看法：

"可塞维里诺根本不是为了自己去这样干的……他是为了家庭。"

他冷笑着说：

"家庭！……这个地方的人都是这样为自己的懦弱无能行为辩护的。再说，如果说真是为了家庭，那更糟糕。"

米凯莱，我已经说过，他的性格的确很怪。塞维里诺失踪两天之后，闲谈时我们谈到，现在正是冬天，天黑特别早，真不知道晚上该干些什么才好。米凯莱于是说，如果我们愿意的话，他可以给我们朗读些什么。我们高兴地表示赞同，尽管我们没有读书的习惯，我似乎觉得能够听懂意思；一旦在那种环境下，书籍也不失为一种消遣。我还以为他会给我们朗读一些小说。我记得我对他说道：

"你准备朗读什么？爱情故事吗？"

他微笑着回答说：

"不错，你猜对了，正是一个爱情故事。"

于是，我们决定让米凯莱晚饭后给我们朗读，地点就在茅草屋里，在晚上没事可干的时候。我对当时的情景记忆犹新，也许是因为米凯莱那时流露出了我所不了解的他的性格的一个方面。记得我们和帕利德一家围着半燃半灭的火堆，坐在树桩或长凳子上，光线阴暗，隐约可见米凯莱在身边的一盏小油灯下给我们朗读着。茅屋里黑乎乎的，用干树枝搭的顶棚上垂挂下黑色的煤烟子，稍有微风吹动，便轻轻地来回晃动。在几乎伸手不见五指的茅屋尽头，坐着帕利德的母亲，她满脸皱纹，十分苍老，好像巫婆一样，不停地用梭子和纺锤纺着毛线。罗赛塔和我对朗读挺有兴趣，但帕利德他们一家都提不起精神来，因为他们在干了一整天活之后，晚上就困得要命，通常，他们很早就上床睡觉。孩子们趴在母亲的怀里，已经呼呼入睡了。米凯莱从兜里掏出一本小书，朗读之前先说道：

"切西拉想听爱情故事，我就读一个爱情故事。"

大概出于好奇，有一个女人问道，故事是确有其事，还是编造出来的。米凯莱回答说，也许是编造出来的，但编得就像确有其事一样。他打开小书，架正鼻子上的眼镜，向我们宣布，他想给我们读福音书中关于耶稣的一些故事。我们都感到有些扫兴，因为我们都等着他读一段真正的小说。何况所有那些涉及宗教的事情，总是令人感到有点儿腻味，因为宗教方面的事情我们做起来更多是为了义务，而不是出于爱心。帕利德意识到大家共同的感情，便说大家都熟悉耶稣的故事，因此读这样的东西不会给大家带来什么新鲜的感觉，相反，罗赛塔却沉默不语。但过了一会儿，当我们单独在自己的小屋子里的时候，她带着生气但不是敌视的口气说道：

"如果他不相信耶稣，为什么还要读耶稣的故事呢？"

因为她对米凯莱还是有好感的，尽管她并不真正了解他，就像所有的山里人一样。

米凯莱听了帕利德的话，微笑着回答说：

"你真是这样肯定吗？"

于是他宣布，他将读一段关于拉撒路[1]的故事，并且问大家可还记得。我们都曾经听人家谈起过这个拉撒路，可经米凯莱这一问，我们这才明白，我们确实不知道拉撒路是谁，他做过什么事。也许罗赛塔知道，但是这一次，她也沉默了。

米凯莱带着胜利者的平静口吻说道：

"你们看，你们说熟悉耶稣的生平，可你们连拉撒路是谁都不知道……这个故事就像教堂里关于耶稣受难的壁画中的许多故事一样……山下的丰迪教堂里也有这幅画。"

帕利德也许以为这些话是责备他的，便解释说：

"你可知道，到山下的教堂去，要损失一整天时间吗？我们必须劳动，我们不能为了上教堂而损失一整天。"

米凯莱没有吱声，开始朗读起来。

由于我确信所有将阅读我这些回忆的人都熟悉拉撒路的故事，我就不在这里重复了；这还因为米凯莱朗读的时候，没有添油加醋，至于那些不了解这个故事的人，可以去读读《圣经》的福音书。我只是注意到，随着米凯莱的朗读，他周围那些农民的脸上越来越显露出即使不是厌烦的，至少也是冷漠和失望的表

---

1 拉撒路是求乞的穷人，他病危时没等到耶稣的救治就死了，但耶稣断定他将复活。四天后，他果真复活了。

情。大家本来等待着一个娓娓动听的爱情故事，谁知米凯莱读给他们听的却是一个关于奇迹的故事，顺便说一句，对于这个故事，我觉得听懂了一些，可他们根本就不相信，连米凯莱本人也不相信。但米凯莱和他们之间的区别在于，他们感到厌烦了，两名农妇开始窃窃私语起来，悄声地笑着，第三名妇女不断地打哈欠。帕利德似乎比大家都要全神贯注，他哈着腰，身子向前探去，但表情呆板，无动于衷。我所说的差别还在于，米凯莱读着读着，似乎自己也已被他所不相信的奇迹故事感动了。当他读到耶稣说"我是复活和生命的化身"这句话的时候，突然停顿了下来，大家这才发现，他是由于哭泣而读不下去了。我知道，他是为他读的内容而流泪，正如后来所证实的，他是用某些方式来影射我们的现实生活。可是，那个感到厌烦的女人，不明白拉撒路的故事为什么会使他眼睛里充满了泪水，竟然问道：

"米凯莱，烟雾让你讨厌了，是吗？……房间里烟太浓了……要知道，我们是待在茅草屋里。"

要明白这句话的意思，必须回想一下我前面已经介绍过的情况。房间里没有小烟囱，炭火盆的烟只好在茅草屋里滞留很长一段时间，然后才透过密密麻麻的干树枝搭成的顶棚的缝隙缓慢地散发出去。因此，常常发生这样的情形，所有在茅草屋里的人都被呛得流眼泪，还有两只狗、一只母猫和一群小猫咪也跟着人一起流泪。那个女人为了呛人的烟雾客气地向米凯莱道歉，而米凯莱却突然擦干眼泪，出乎意料地跳起来，嚷道：

"什么浓烟，什么茅屋……我不再给你们读了，因为你们不懂……让那些永远也不会明白的人明白道理是徒劳无用的。但是你们听着：你们当中的每一个人都是拉撒路……我读拉撒路的故事，指的就是你们，你们所有的人……是指你帕利德，你卢依莎，你罗赛塔，也包括我自己，我的父亲，那个无赖通托，为了布匹的塞维里诺，山里的逃难的人，山下的德国人和法西斯分子。总之，所有的人……你们都是行尸走肉，我们也都是行尸走肉，还自以为是活人……我们自信是活着的人，因为我们有布匹、恐惧、利益、家庭、孩子，我们将会死去……唯有当我们发现自己是死去的人，是失去知觉的人、腐烂了的人、分解了的人的那一天，发现我们散发着死人的臭味飘到一英里之远的那一天，我们才会开始勉勉强强地觉得自己像个活人……晚安。"

说完这番话，他站起身来，打翻了油灯，把茅屋的门重重地关上，走了。油灯熄灭了，我们留下来的人惊慌失措，呆呆地坐在黑暗中。幸亏帕利德忙乱了一气，终于找到了油灯，重新点燃了它。我们当中没有一个人想评论米凯莱大动肝火的举动。只有帕利德以农民的尴尬而狡黠的表情说道：

"唉，米凯莱说话太过分……他是绅士子弟，不是农民。"

我觉得，女人们也会这样想的：米凯莱这完全是五谷不分、不用淌汗水挣钱的绅士脾气。总之，我们互相道了晚安，都去睡觉了。第二天，米凯莱假装不记得这回事似的，再也不提给我们朗读了。

不过，那一次，我倒坚定了一个想法，这想法是有一天米凯莱对我们讲的一番话引发的，当时他说，他孩童时代曾一本正经地想去当神父。我想，尽管米凯莱多次表示反对宗教，实际上，他更像神父，而不像菲力波和其他难民那样的普通人。譬如，他那次大动肝火是因为他发现，他朗读拉撒路的故事的时候，农民们听不懂，也不用心听，还表现出厌烦的情绪，交头接耳。而如果某个乡村的本堂神父，星期日在教堂布道时，当他在讲坛上尽心竭力地宣讲的时候，却发现台下的教民们注意力涣散，根本不听他布道，那么，他也一定会像米凯莱一样发脾气的。只有认为别人都是罪人，应当接受教诲，重新走上正道的神父，才会这么发火，而自认为是跟别人一样的人，是绝不会这样行事的。

我想再讲另外一件事，来验证我上面说过的话，以便了结关于米凯莱性格的议论。正如我介绍过的，米凯莱从不谈论女人和爱情，他好像丝毫没有这方面的经验。不过，也不完全是因为缺少机会，从我下面要讲的事情就可明白这一点，而正是这方面，他跟同龄的年轻人大不一样。事情的经过是这样的，罗赛塔每天早上有个习惯，起床以后就脱光衣服，赤裸着身子洗澡。我走出房间，把水桶扔进井里打满水，拎给罗赛塔。她先从头顶浇下一半水，马上在身上抹上肥皂，最后从头顶浇下另一半水冲洗。罗赛塔是非常爱干净的。我们刚来圣泰乌菲米亚的时候，我从农民那里买的第一样东西就是农民自己做的肥皂。即使寒冬腊月，她也坚持用这种方式淋浴。那时山上的天气很冷，早晨井水结成了冰，水桶在冰面上碰撞几个来回才能打破冰块。水桶的绳子像刀子似的割着我的双手，然后我用脑袋顶着水桶回去。有几次，我想学罗赛塔的样子，屏住呼吸，张着嘴巴一分钟，但我几乎被冻得昏了过去。

一天早上，罗赛塔用往常那种将水桶中的水从头顶浇下的方法淋浴，正用一条毛巾使劲擦着身子。她靠床站在一块木板上，避免让地上的泥弄脏双脚。

罗赛塔有一张温柔、可爱的面孔，大眼睛，挺直的鼻子，丰厚的嘴唇，使她有点儿像头小绵羊。她并不肥胖，但像做了母亲的成熟妇女一样丰满、白净，胸脯像饱含了奶水，暗褐色的乳头向上翘着，仿佛在等待刚生出的婴孩的小嘴。相反，她的腹部却像一个纯洁的少女，光滑、平整，几乎是凹陷的；大腿之间的阴毛拳曲、茂密，很显眼，好像一个插满别针的美丽的衬垫一样。从背后看，她的确很美，像一尊罗马公园里常见的白色大理石雕像；双肩流畅、丰腴，脊背修长，臀部呈鞍形，就像一匹充满青春活力的母马的臀部那样，雪白、圆润，肌肉丰满，是那么漂亮和洁净，让人忍不住想去亲一下，就像她两岁时人们做的那样。总而言之，我经常想，男人毕竟是男人，当一个男人看到赤裸着身子的罗赛塔站着，用毛巾擦洗腰部和臀部，每一个擦洗动作都使丰满、高耸的乳房颤动一阵，我敢说，这个男人会感到不知所措，面孔会白一阵红一阵的。对其他男人来说，这种情况是可能发生的，当面对一个赤裸着身子的女人时，就会魂不守舍，好像一棵树上的麻雀，随着一声枪响，就纷纷起飞。男人面对女人只会慌得手足无措。

但不知道是怎么回事，一天早上，罗赛塔正在小房间的角落里擦洗赤裸的身子，米凯莱没有敲门，就推开半边门来找我们，我正靠着门槛坐着，我本来可以对他的疏忽提出警告说："别这样，不要进来，罗赛塔正在洗澡。"但我没这么说，对他的突然光临，我并不感到不高兴，这是因为当母亲的总是为女儿感到骄傲，那时候，母亲的虚荣心，压倒了吃惊和责备的情绪。我心里想：你会看到光着身子的少女……这也不坏，何况也不是故意的……这样，他会看到我的罗赛塔是多么漂亮。

我心里这么想着，不吭一声。米凯莱落进了我沉默的陷阱，把房门完全推开，正好对着洗澡的罗赛塔。罗赛塔徒劳地用毛巾遮掩着自己，我注意到米凯莱的神色，他看见罗赛塔赤裸着的身子后，犹豫了一会儿，几乎是显露出厌烦的神色，随即朝我转过身来，急忙说，请原谅，也许他来得太早了点，但不管怎样，他想来告诉我们一个消息，他是从一个自彭泰科尔沃来的年轻人那里知道的，此人专门在山里兜售烟草，他说，俄国人已经对德国人发动大规模进攻，德国人全线溃退。然后又说他还有事，稍晚再见，就走了。

那天，我跟他单独交谈，我笑着对他说：

"米凯莱，真是这样，你跟其他同年龄的年轻人不大一样。"

他脸色阴沉，说道：

"为什么？"

"你面对像罗赛塔这样光着身子的漂亮少女，却只想着俄国人、德国人和战争，你就好像根本没有看见罗赛塔一样。"他不大高兴，甚至几乎发火，说道：

"你说这些蠢话干什么？我觉得奇怪的是，你作为她的母亲，怎么会这样说话。"

于是，我对他说：

"即使是臭虫的妈妈，也觉得自己的女儿漂亮，你不知道吗？米凯莱，这又有什么相干？我没有对你说，今天早上你来，不用敲门就进屋。可一旦进了屋子，如果你一个劲地盯着罗赛塔，我也许会发火，不过，说实话，我是她的母亲，我也不会特别生气的。不，没什么，你反正没有正眼瞧她。"

他勉强地笑了笑，说道：

"对于我来说，这些事情是不存在的。"

这是我第一次，也是最后一次跟他谈这些事情。

第五章

    在通托来到山里，并且预言了那可怕的扫荡即将发生之后，雨季便开始了。整个十月，天气都非常好，天空晴朗，空气清新，没有一丝风。在没完没了地待在山区的日子里，碰上这种好天气，散步至少是一种去野外欣赏风光的消遣。一天早上，天气突然变化，起床的时候我们感到很闷热，朝大海的方向望去，只见灰色的海面上弥漫着滚滚乌云，就像一锅沸腾的水蒸发一样。整个上午，疲弱、潮湿的海风驱动着乌云，遮盖了天空。难民们因为出生在那个地区，很明白这意味着什么；他们对我们说，这些乌云意味着要下雨，而下雨将持续到从撒哈拉吹到地中海的东南风，被来自高山的北风压倒时才会停下来。嘿，雨非但没有停，反倒整日整夜地下起来，第二天，海滩肮脏不堪，天空只见一团团乌云，山峦笼罩着乌云，从山谷又飘来一团团饱含雨水的乌云，还伴随着阵阵潮润的大风。雨停了，短短时间，重又下了起来，从那个时候起，也不知道下了多少日子，恐怕有一个多月，白天黑夜没完没了地下着。

对于生活在城市的人来说，下雨没什么影响。如果出门的话，撑着雨伞，尽管在人行道或沥青马路上行走；如果待在家里，就在地板或大理石地面上走动。然而，在圣泰乌菲米亚山区，下雨天在茅屋之间的梯田行走，那才是上帝的惩罚。我们整天待在小屋子里，待在那间屋顶倾斜的黑暗小屋里，房门敞开，因为没有窗户，我们望着淅淅沥沥的雨点，在门前形成一道湿润的、雾气腾腾的帷幕，我坐在床上，罗赛塔坐在小凳子上，这张小凳子是我付了不少钱从帕利德那里租来的。我们呆呆地凝望着雨丝，默不作声。如果我们说话，那只会谈下雨带来的不便。出门是连想也不会去想的，我们只在迫不得已的时候才出门，譬如说捡柴或出于自然需要的时候。关于后者尽管说出来不好听，但我必须说，没有经历过这种生活、一直待在城里的人，家里有卫生间，是无法想象在这没有公共厕所的地方是怎样生活的。我们两个人白天至少必须出去两三次，在梯田的篱笆后面，撩起裙子，蹲下身去，就像牲口一样。没有卫生纸，自然，报纸和其他东西也是没有的，于是我们养成习惯，采几片小屋子附近的无花果叶子当卫生纸用。当然，到了雨天，这一切就变得更加困难和更加令人难受，跑到田野，双脚陷进泥巴，在雨中撩起裙子，只觉得冰冰凉的，令人讨厌的雨点落在光裸裸的屁股上，然后就用湿漉漉和黏糊糊的无花果叶子擦屁股。这种事情是我对任何人也不愿说的。

我还想补充说几句。下雨不仅让室外活动变得麻烦，还让人在屋子里也苦不堪言。由于没有地板，茅屋里泥巴是如此之多，以至早上要下床，我们必须像青蛙一样在一些特地放好的石头上跳来跳去，否则一双脚就会陷入泥巴里，变成巧克力色。总而言之，雨水无孔不入，搞得到处都是说不出来的潮湿，不管我们做什么事情，哪怕是一个小小的动作，马上会发现身上沾上了泥巴，或是裙子溅上了泥。天上下雨，地上是稀泥。帕利德和他一家对这一切早已习惯，他安慰说，这雨天是正常而必要的，每年都会遇到这种情形，只有耐心等它结束，没有别的法子可想。可是，对我们两个来说，这就要遭罪了，比我们至今遇到的任何事情都更折磨人。

这次下雨带来的恶果是我们后来才知道的。由于天气恶劣，英国军队在加里利亚诺河南岸停住，不再前进了。自然，一旦英国人不再前进，正如我们后来听说的，德国人不但决定不再后撤，甚至在他们驻扎的地方挖起战壕来了。我对战争和打仗一无所知，我只知道那些下雨天的一个早上，一个农民拿来一张油印的破纸，气喘吁吁地跑来，这是德国人到处张贴的传单，米凯莱一面读，一面向我们解释德国人颁布的命令是什么内容：命令规定，所有位于大海和山区之间的村镇必须全部疏散，包括我们眼下住的地方，传单上就提到了它的名字。对每一个地区都规定了撤离的期限。撤离时不许随身携带箱子或包裹，只准带少量吃的东西。换句话说，必须抛开住房、茅屋、牲口、农具、家具和自己所有的财产，架着孩子，沿着崎岖的羊肠小路，冒着寒雨走过一山又一山，朝着罗马方向撤退。当然这些不要脸的德国人还恐吓说，谁胆敢不服从命令，将严加惩处、逮捕、没收财产、流放、枪毙。我们待的地方被指定两天之内撤离完毕，四天之内所有的地区必须全部疏散一空，以便德国人和英国人能有更多的空间来肆无忌惮地厮杀。

菲力波和其他的难民，以及农民们已经习惯于把德国人看成意大利唯一的权威。他们的第一个反应不是反抗，而是绝望。德国人要求他们做不可能的事情，但德国人毕竟是掌握生杀大权的权威，眼下除此没有别的权威。因此，必须顺从，要不然……要不然连他们也不知道该怎么办。难民们已经抛弃了丰迪的家园，他们清楚逃难是怎么一回事。面临再次逃难的前景，在寒冷的冬天，沿着崎岖的山路，冒着白天黑夜没完没了的雨水，还有这烂泥巴，别说是走到罗马，就是仅仅走到梯田尽头，也是困难重重，何况方向不明，目的地不明，不知道要到何处安身，他们确实绝望了。女人们哭泣，男人们骂娘，或者灰心丧气，一声不吭。帕利德和其他家庭的农民们，都是用自己的双手辛苦耕作了一辈子，开发梯田，建筑住房和茅屋，如今，他们除了绝望，简直呆若木鸡了。他们几乎不相信会落得这样的下场，有人唠叨："我们能上哪里去呢？"有人想逐字逐句地重新读一遍布告，有人则在重新听了一遍后说，这是不可能的。可怜的人们，他们不懂得对德国人来说，不存在什么不可能，何况这仅仅关系到别人的身家性命。帕利德的弟媳阿尼塔身边有三个小孩，丈夫在俄国，她突然以一种非常平静的语气表达了大家的共同想法。

"要我背井离乡，不如先杀了我的孩子们，然后自杀。"

我明白，她这番话与其说是出于绝望，不如说是因为她心里清楚，拖着三个孩子在这大冷天里，沿着崎岖的山间小路逃难，意味着要送孩子们的命，倒不如干脆先杀了他们。

当时，唯一没有丧失理智的是米凯莱。我想，这是因为他从来没有承认过德国人的权威，正像他经常说的，他把德国人看成强盗、土匪和歹徒，眼下他们是最强大的，因为他们拥有武器，并且懂得怎样利用它。他读了德国司令部的布告之后，哈哈大笑，讽刺道：

"不是有人说过，英国人和德国人都是一样，不管谁打胜了都行吗？现在就该他领路朝前走吧。"

没有一个人吱声，菲力波更是如此，因为这番话就是冲着他来的。晚上所有的人都聚在茅屋里，围着火炉。帕利德说道：

"你讥笑我们，可这对于我们来说意味着死亡……这里有我们的房子、牲畜、财产，一切的一切……如果我们走了，这一切会怎么样呢？"

米凯莱，就像我所了解的那样，是个古怪的人，善良，同时又倔强，人品高尚，但又可以说铁面无情。他放声大笑，说道：

"好吧，你们会失去一切，然后也许会死去……这有什么奇怪的呢？……难道波兰人、法国人、捷克斯洛伐克人没有失去一切，没有死伤吗？要知道，他们都处于德国人的统治之下……如今轮到我们意大利人了，当别人受难的时候，没有人觉得有什么可抱怨的……现在终于轮到我们头上了，今天轮到我，明天就会轮到你。"

大家听了这番话，都倍感沮丧，尤其是菲力波，看得出来，他整个人都在颤抖，几乎无法冷静下来思考问题了。他说道：

"你怎么还不忘开玩笑……可现在不是开玩笑的时候。"

米凯莱说道：

"可对你来说，什么才是重要的呢？你不是说过，德国人和英国人对于你都是一样的吗？"

菲力波问道：

"那我们该怎么办呢？"

我第一次看到他的人生哲学对于他自己也变得分文不值。米凯莱耸了耸肩膀，说道：

"德国人难道不是主人吗？你们去问德国人，你们该怎么办？不过，他们会告诉你们，按这张传单上所印的命令去办。"

于是，帕利德像阿尼塔那样，对自己的孩子们说道：

"我干脆拿起枪，见到第一个德国人，我就杀了他……然后他们会把我也杀死，这倒好……至少我不是孤零零地一个人上另外一个世界去。"

米凯莱笑着说：

"好样的，现在你开始明白事理了。"

我们都惶惑不安，米凯莱继续冷笑着打趣，其他人则望着已熄灭的火焰发呆。末了，米凯莱突然表情严肃地说道：

"你们想知道你们该怎么办吗？"大家不由得把满怀希望的目光投向他，米凯莱接着说：

"你们什么也别做。你们就像根本没见过这份告示一样。你们待在原来的地方，像往常一样生活，不理睬德国人和他们的告示，还有他们的威胁。如果他们确实想疏散一个地区，那就不该用分文不值的传单，而该诉诸武力。英国人也是全副装备，可是由于天气不好，他们无法施展武力，而只好止步不前。德国人也是这样。如果你们不动的话，他们派部队沿着崎岖的小路上山来之前，就得好生反复考虑。即使他们来了，也得费不少力气才能把你们带走。总之，你们只管装成聋子，然后你们再见机行事。难道你们不知道德国人和法西斯分子四处张贴布告，总是以死刑来威胁那些不顺从的人吗？七月二十五日我曾被抓去当兵，可我就开了小差，后来他们通报各个部队，用死刑恫吓，要人们返回原来的部队，我却回到自己的家，来到这里。所以，你们就像我一样行事，不要动。"

在这种紧急关头，这是应想到的最简单和最正确的办法，但没有人这么去想，因为，正像我们说的，大家都把德国人看成绝对权威，大家都需要一个权威，另外，一件事情一旦印在纸上，似乎就不容人们持不同的意见。总之那天晚上，大家几乎都安心地上床睡觉，早上起来的时候也觉得充满了信心。第二天，仿佛由于某种奇迹的作用，谁也没有再谈论德国人和关于疏散的告示，好像传了口令不谈这件事，又好像这件事根本没有发生过似的。过了一些日子，众人觉得米凯莱是有道理的，因为，就我们所知，不光是在圣泰乌菲米亚，就是在其他地区，也没有人疏散。人们相信，德国人也许改变了主意，不搞疏散了，因为人们再也没有提起那告示了。

下了多少天的雨呢？我说至少下了四十天，就像《圣经》中所说的世界大洪水一样。不但下雨，天也冷了，因为现在已经进入冬天，从海上吹来的潮湿带着雾气的阵风冰凉冰凉的，刮在脸上就像针扎一般。每天从乌云倾注到山上的雨水，夹杂着雪花和冰块。我们只有一个放在膝盖前的炭火盆，用于室内取暖，我们要么就上床，两个人身子挨着身子，蜷成一团，要么摸黑待在茅屋里，靠着燃着的盆火。通常的情况是整个上午都下雨，将近中午的时候，天色稍微转亮，但还是看到密布的乌云飘游在空中，仿佛为了喘口气似的，海滩上比任何时候都雾气腾腾，肮脏不堪。到了下午，雨又开始下起来，一直下到晚上，然后又下整整一夜。我们两人一直跟米凯莱在一起，他娓娓而谈，我们则听他说。他讲了些什么呢？他喜欢演说，讲话的内容无所不包，他具有教授或者说布道者的派头。有好几次，我对他说：

"米凯莱，真遗憾，你没有去当神父……要知道，星期日你完全可以去做一个精彩的布道。"

我想以此说明，我不愿把他说成是一个喜欢闲扯的人，他总是谈一些有意思的事情，而闲扯的人扯到一定程度就使人厌倦，就让人不愿再听他们的了；他正相反，他能使人听他讲下去，有好几次，我竟不由自主地停止织毛活，全神贯注地听他讲的道理。他发表议论的时候，是什么也不顾的，不顾时光流去，不顾灯火熄灭，也不顾我和罗赛塔出于我们的某种原因需要单独待着。他满怀激情，充满自信，滔滔不绝地讲着。每当我打断他的话，说道："好了，现在应该去睡觉了。"或者说："好了，现在吃午饭了。"他便不太高兴，神色尴尬，摆出一张怏怏不乐的面孔，说道：

"看看，跟这样愚蠢、没有头脑的女人讲话，真是白费口舌。"

这四十天的雨天里，没有发生过什么大事，除了我要叙述的一件事，这件事涉及菲力波和维钦佐。一个下雨的早上，像往常一样，天空布满从海面连续不断飘来的乌云，罗赛塔和我去帮菲力波宰羊，这头羊是他从帕利德那里买来的，打算在拿走自家吃的一份肉后，就零卖出去。这头黑白相间的母羊，被绑在一根木桩上，难民们由于没有正经事情可干，都围着这头羊，计算着它的分量，除去皮和内脏之后能出多少肉。我和罗赛塔淋着蒙蒙细雨，双脚踩在泥巴里，罗赛塔小声对我说道：

"妈妈，我可怜那头母羊……现在它还活着，过一会儿他们就把它宰了……如果它属于我的话，我就不会宰它。"

我对她说道：

"那你吃什么呢？"

"面包和蔬菜……为什么一定要吃肉呢？我也是肉身，我的肉跟这头母羊的肉没有什么区别……它没有能力自卫和评理，它有什么罪过呢？"

我详细转述罗赛塔的这番话，可以说明她在那战争和饥荒的年代是如何判断和考虑事情的。她的说法是有点儿天真，甚至愚蠢，可是正像我说过的，这恰好证明她的品德的完美，找不出什么缺点，她就像一个圣人，这或许也是由于她缺少阅历和无知，不过，不管怎么样，她打心底里是一个真诚的女孩子。后来，正像我已经提到的，我发现，这种品德的完美是脆弱的，几乎是人为的，就像一朵生长于暖房里的鲜花，一旦把它放在室外，很快就会枯萎凋谢，但到了那个时候，我只能用这样的想法来安慰自己，我曾经有过一个非常善良、纯洁的女儿，而我并没有做过任何有愧于她的事。

屠夫名叫依涅齐奥，其实说他是什么人都可以，但就是不像个屠夫，他神情忧郁，无精打采，灰白色的头发乱蓬蓬地耷拉在前额，长长的络腮胡子，一双蓝色眼睛深陷下去。他把上衣脱掉，只穿一件马甲。绑母羊的木桩旁，摆着一张桌子，上面放着两把屠刀和一个脸盆，就像医院里动手术的时候一样。依涅齐奥拿起一把屠刀，在手掌上试了试刀刃，走近母羊，一把揪住羊角，使劲把母羊的脑袋往后攥，母羊转动几乎要鼓出来的眼睛，已经知道了自己的命运，咩咩地哀鸣起来，好像在说，发发善心，别宰了我吧。可依涅齐奥咬牙切齿，猛地一下把尖刀刺入母羊的喉咙，只留下刀柄露在外面。给他当助手的菲力波赶紧把脸盆放在母羊喉咙下面，鲜血像小喷泉似的从伤口涌出来，稠糊糊的，呈黑红色，冒着热气。浑身痉挛的母羊半闭着已经没有神的眼睛，随着鲜血不断流入脸盆，母羊终于一命呜呼，眼睛也跟着完全闭上，最后，双膝弯曲，猛地瘫倒在它信任的那个屠夫手里。

罗赛塔冒着不断下着的雨，远远地走开了，我本想追她去，但我必须在场，因为羊肉不多，我不想错过这个机会。再说菲力波还答应要给我羊肠，放在烤架上用木柴或煤炭烤出来的羊肠是非常美味的。依涅齐奥提起母羊的后蹄，在泥地上拖到另外两根木桩之间，把羊头朝下、蹄子朝上地挂起来。大家围拢过来，要看依涅齐奥如何操作。

他先攥住一只前蹄，剁下蹄子，好比齐手腕处剁下人的一只手。他随即选了一根坚硬而细长的棍子，插进蹄子上毛茸茸的外皮和蹄肉之间。母羊的毛皮是靠筋络和肉体连成一体的，就像一张黏合得不好的纸张难以分开。棍子插进去以后，他反复地转动，形成一个洞，然后扔掉棍子，把蹄子像竖笛一样放在嘴边，用力吹气，吹得脖子上的青筋直暴，脸颊涨成紫红色。他使劲地吹着吹着，随着他吹的气不断渗进毛皮和肉体之间，并在里面流动，母羊开始膨胀起来。依涅齐奥继续不停地吹气，吊在两根木桩之间的母羊终于像个皮囊膨胀起来，几乎比先前胀大了一倍。这时他扔下羊蹄，擦干净带污血的嘴唇，把刀子插入羊的腹部，割开从腹股沟直到颈部的毛皮。于是，他开始用两只手把外皮从肉体上揭下来。看到羊皮这样轻而易举地跟肉体分开，就像脱下手套一样，确实是一件新奇的事情。他慢慢地揭下羊皮，一面用刀子砍掉仍然黏在肉体上的筋络。总之，他不慌不忙地把整张羊皮脱了下来，然后把羊皮扔在地上，毛茸茸、血淋淋的，就像一件不再穿的衣服一样。现在母羊赤条条的，身上带着污斑点点和青紫块。雨还下着，可是谁也不愿动弹。依涅齐奥又操起刀子，开膛剖腹，双手伸进腹中摸索，马上对我嚷道：

"切西拉，伸开胳膊。"

我赶紧跑过去，他把整个肠子都拉了出来，像理一团毛线似的，把肠子一段段地绕好，他不时切下一段，放在我的胳膊上，肠子热乎乎的，散发出一股我也不知道是什么样的气味，肠子里的粪便把我也弄脏了。依涅齐奥絮絮叨叨地说：

"这简直是一道国王用的名菜，你们把肠子弄干净，用文火烧炖。"

这时传来有人喊叫的声音：

"菲力波！菲力波！"

我们都转过身去！梯田上先出现了脑袋，然后是肩膀，最后才看出来是维钦佐。我们来圣泰乌菲米亚之前曾在他那里住过。他像只秃毛鸟，鹰钩鼻子，凹陷进去的眼睛，上气不接下气，浑身都是泥水，还没有登上梯田顶部，他在下面就叫嚷起来：

"菲力波，菲力波，发生了一件不幸的事情……发生了一件不幸的事情……"

菲力波像大家一样，正看着依涅齐奥操作，马上瞪大眼睛，冲着维钦佐跑了过去，说道：

"发生了什么事？快说，发生什么事了？"

这人很狡猾，假装由于登山而喘着粗气，把手放在胸前，用深沉的声音说道：

"天大的不幸。"

这时，我们都转过身去。离开依涅齐奥和他的母羊，走近菲力波和维钦佐。不远处的菲力波小房子的窗户打开了，两个女人探出脑袋来，那是菲力波的妻子和女儿。维钦佐终于说道：

"是这么回事，德国人和法西斯分子来了，他们在墙壁上敲敲打打，找到了藏东西的夹层墙，他们把墙壁推倒了。"

菲力波发出一声吼叫，打断了他的话。

"他们劫走了我的东西？"

"是的。"他恢复了平静，不知道是什么原因，也许是因为他已经传达了那不祥的消息，"他们劫走了所有的东西，什么也没有留下，的的确确什么也没有留下。"

他的嗓门很大，故意让从窗口探出脑袋的菲力波的妻子和女儿也听见；果然，她们马上就激动地抱怨起来，从阳台上挥动着胳膊，可菲力波不想再听他做别的解释：

"不对，不可能是真的，"他大声嚷道，"是你偷走了，你是贼，德国人和法西斯分子……是你和你那老妖婆，还有你那些不要脸的儿子！……所有的人都知道你的底细。你们全家是个犯罪团伙，你们甚至亵渎圣乔万尼。"

他着了魔似的吼叫着。突然间，他在桌子上操起依涅齐奥的一把屠刀，架在维钦佐的脖子上，威胁要宰了他。幸好，难民们及时向他扑了过去，抓住他的胳膊，而他挺着胸脯，前额一个劲地往前冲，口吐泡沫，嚷道：

"你们让我宰了他，你们放开我，我要宰了他。"

同时，两个女人在窗口激动地尖声叫道：

"我们破产了，我们破产了。"

雨不断地下着，所有的人都湿透了。

然而，米凯莱几乎是这场闹剧的旁观者，他甚至可以说表露出一种满意的神情，好像他为姐姐失去嫁妆、母亲失去家财而感到高兴，他突然走到维钦佐跟前，维钦佐还在辩解："谁偷了？是德国人，是法西斯分子，跟我有什么相干？"

米凯莱好像早已料到似的，把手伸进维钦佐的上衣口袋里，掏出一个小盒子，平静地说：

"看，谁是贼，你就是贼骨头……这个戒指是我姐姐的。"

他打开了小盒子给大家看，里面是一只带钻石的小戒指，我后来才知道，那是菲力波送给女儿的生日礼物。菲力波看见了戒指，大吼一声，奋力甩开攥住他胳膊的人，高举尖刀朝维钦佐扑过去。可维钦佐比他反应更快，冲开围着他的人群，一溜烟地顺梯田跑下去。菲力波本想追他，但很快明白，他追不上维钦佐，因为他身材矮小，又挺着个大肚子，而维钦佐人瘦腿长，跑起来就像鸵鸟。于是，他从地上捡起一块石头，朝维钦佐扔去，吼叫道：

"贼骨头，贼骨头！"

虽然他没有动窝，难民们却动起来了，倒不是因为他们跟菲力波的东西有什么相干，而是因为出现争斗场面时，人们就会热血沸腾，摩拳擦掌。这时我看见两三个年轻人跑下梯田，像一阵风似的猛追像兔子般跑着的维钦佐，他们终于追上了他，一把攥住他的胳膊，把他带上山来。这时，不断地朝维钦佐扔可以置人于死地的大石头的菲力波，上气不接下气地站在梯田边上，等着把这个窃贼给他揪来。他手里握着依涅齐奥那把仍然沾着羊血的屠刀。这时，米凯莱走到父亲跟前，对他说道：

"我劝你回屋去。"

"我宰了他。"

"你回屋去吧。"

"可我要宰了他，我一定要宰了他。"

"你把刀子给我，回屋里去吧。"

我感到惊奇的是，在镇定自如的儿子面前，菲力波也平静了下来，把刀放回桌子上，朝自己的屋子走去；这时，人们可以听见从屋子里传来像来自炼狱一样的吼叫声和呜咽声。雨继续不断地下着，此时的梯田中央，只剩下吊在两个木桩之间的那只可怜的剥了皮的母羊。

维钦佐和追捕他的几个年轻人回到梯田，农民和难民们马上把维钦佐团团围住，询问他到底是怎么回事，询问的口气更多是出于好奇，而不是出于谴责，维钦佐并不求饶，只是用他那恶魔一般的腔调说道：

"我本来是不会干的，我家里的任何一个人本来也是不会干的……圣乔万尼让我这么做的……菲力波给我的儿子洗礼，我给他的女儿洗礼……我可以向你们发誓，我宁愿剁掉一只手也不愿去偷的……如果我说的不是真心话，我可以让雷电劈死在这里。"

"我们相信你，维钦佐，我们相信你……可后来你去偷了，这究竟是怎么回事呢？"

"一个声音……我觉得内心有一个声音日日夜夜对我说：你去拿锤子，把墙壁砸开……白天黑夜都有一个不让我安宁的声音。"

"就这样，维钦佐，你终于拿了锤子，砸开了墙壁……不是这样吗？"

"正是这样。"

难民和农民们都大笑起来，然后又提了不多的几个问题，他们放开了他，回到依涅齐奥和他的母羊身边。但是维钦佐并没有马上走开，开始挨家挨户地讨水喝，然后重复刚才让大家发笑的话。他自己却没有笑，像只不成样子的鸟儿呆头呆脑。傍晚的时候，他才垂头丧气地走了，好像被偷的人不是菲力波，而是他自己。

当天晚上，米凯莱来到茅屋时，我正在跟帕利德一家炖羊肠，他摆出一副评论的架势，说道：

"我父亲是个不坏的人……可为了四床被单和一点儿钱，竟要杀死一个人……而我们为了一个理想，连一只鸡也不会杀死。"

帕利德眼睛望着炉火，不紧不慢地说道：

"米凯莱，难道你不知道，对于人来说，财产比理想更值钱吗？你看，譬如拿神父来说，如果你对他忏悔说你偷东西了，他呢，无精打采地说你向圣乔万尼祈祷忏悔，然后对你赦罪。但如果你到教堂里，偷了他的一副银餐具什么的，你就听他怎么吼叫吧……他不是对你赦罪，而是马上把宪兵队长叫来逮捕你……如果连一个神父都这么表现的话，更何况我们这些不是神父的人。"

这是雨季所发生的大新闻，此外就都是些平常的事情，谈论战争和天气。关于英国人打来后我们该做些什么事。雨季我们睡得特别多，经常睡十二到十四个小时，有时醒来，听听雨点敲打屋顶瓦片的声音和屋檐流水的汩汩声，我们两人互相紧紧搂着，重又睡得更香甜。我们睡在那张裂开的木板床上，褥子是一只装满干玉米叶的大袋，床板在我们的身子下面不时张开口来，险些把我们掀到地上。

对于菲力波一家和所有的难民来说，最令人操心的就是吃的问题。可以这么说，他们很有钱，每天从早到晚忙着吃喝，他们认为必须吃好，因为这是驱除烦恼的唯一方式。他们的看法是，储存的东西最好吃掉，因为一旦英国人来了，就会丰衣足食，价格将会下跌，那时储存的东西就没有人愿意要了。可我心里想："宁可信其有，不可信其无。"我也曾相信英国人是会来的，但到底什么时候才来呢？如果出于他们的什么原因，晚来两个月的话，那大家就都得饿死。因此，当所有的人都忙于用食物填满肚子，我却厉行节食，我们一天只吃一顿饭，七点钟吃一小锅豆子，一点儿肉，多半是羊肉，一片面包，一些无花果干，总是按定量吃饭。有时我做些玉米面糊糊，有时不做豆子，而煮鹰嘴豆，不吃羊肉而吃牛肉。早上，我和罗赛塔吃一小片面包和一个生洋葱头，或者我们完全不吃面包，而只啃角豆树果，通常人们是用它来喂马的，可是在饥荒年代，基督教徒也用它来充饥。罗赛塔经常抱怨叫饿，要知道她是年轻人哪。我只好鼓励她去睡觉，因为我知道睡觉也就等于吃饭，睡觉的时候人消耗体力少，可以养精蓄锐。

总而言之，我把我自己弄得像农民一样。农民跟难民是不一样的，他们谨小慎微，甚至小气，用首饰店里的天平来掂量东西。农民们的确已经习惯饥荒，本能地知道，无论德国人来也好，英国人来也好，他们永远不会酒足饭饱，他们总是缺钱花，总是收成不足，青黄不接。这样，从某种意义上来说，我更觉得自己是个农民，而不是一个逃难的城里人。尽管我是店老板，但我甚至有一种对逃难的人的敌对情绪；他们有钱是因为盘剥别人，如今一心盼望英国人来，好回去用老办法积聚钱财。有人说，我实际上也是店老板，的确是这样，但我出生时是个农民，跟农民和土地交往，我便觉得自己又重新成为农民，就像我当姑娘的时候，背井离乡到罗马去结婚。

好吧，我们继续说。大约过了四十天光景，十二月底左右，一个美好的早晨，我们像往常一样起身后，发现夜里风向改变了。天空是暗蓝色的，明亮而深沉，抹上了一片胭脂色的曙光，朵朵红灰色的云彩向四方散去。这是漫长的雨天留下的最后的乌云。在彭查那边，长时间来第一次看到了亮闪闪的大海，近乎黑色的深蓝大海。丰迪的平原已是冬天的景象，灰色取代了青绿色，清晨大雾蒙蒙，可见是一个阳光灿烂的好天。从山上刮来的阵阵晚风，像刀子似的冰凉干燥，靠近小屋的光秃秃的树枝被刮得摇来晃去。走出屋外，脚下的泥巴硬邦邦地结在一起，冰凉刺骨，到处像掺了玻璃碴一样闪闪发亮，夜里泥地都上冻了。这种天气的变化使得逃难的人们重新又燃起了希望，他们在寒冷的早晨走出家门，相互拥抱和逐个道贺说，现在天气好了，英国人会快速前进，一切将会结束的。

果然，英国人准时来到了，但并非像难民们期望的那样，正是那个美好天气的清晨，我们都在梯田上晒太阳，就像许多冻僵了的蜥蜴一样。突然间，我们听到由远而近的轰隆声，这声音越来越响，充满了整个天空。难民们疑惑了一阵后明白了，我也跟他们一样明白了过来，那轰隆声我在罗马的时候白天和黑夜没少听到过。

"英国人，飞机，英国飞机来了。"

果然，从山后的明朗天空中先出现了一组四架飞机，那是漂亮的银色飞机，很像威尼斯生产的银丝小别针，别在天空上面，在阳光下闪闪发光。很快又出现了另外四架，然后又是四架，一共是十二架飞机，它们好像沿着一条肉眼看不见的线路径直飞来，轰鸣声响彻了天空。说实在话，尽管这种轰鸣声使我回想起在罗马经历过的不愉快时光，但如今听到却感到高兴。虽然在这轰鸣声中，我似乎听到一种可怕的声音，但对我们意大利人来说是好的兆头，因为它会把法西斯分子和德国人吓跑。我也是这样，虽然心有余悸，但满怀希望。我注视着天空，只见机群笔直而自信地朝着丰迪飞去。丰迪坐落在山谷，白色的房屋和暗绿色的橘林交相辉映。飞机钻入朵朵白云中，德国人的高射炮马上发出急促的、干巴巴的回击声。我不知道有多少门高射炮从山谷的四面八方开火。应当听听难民们的谈话，他们说道：

"可怜虫，他们开炮了……但他们打不中的……明天英国人会拿下他们……好吧，开炮吧！开炮吧，你别在乎就是了。"

确实，那些高射炮根本没有击中飞机，飞机继续往前飞行。这时，我们听见更响更深沉的爆炸声，只见在地面上，而不是在空中，在丰迪的住宅和树林之间冒起了白色烟雾，飞机开始扔炸弹了。

我很长时间都不能忘记第一次爆炸后发生的情形，我从来不曾见过人们那么快地从兴奋不已一下子陷入痛苦之中。炸弹一个接一个地在丰迪开花，市镇上空弥漫着由于爆炸而升腾起来的浓密的白色烟雾，视线也被挡住了。刚才还兴高采烈的难民们，站在梯田上大声喊叫、哭泣和咒骂起来，正像菲力波的妻子和女儿听到维钦佐宣布德国人偷走了嫁妆时的表现一模一样。人们来回奔跑，挥动胳膊大声喊叫，似乎想制止飞机的轰炸。

"屋子！我的屋子，凶手，你们毁掉了我们的房子，真是大祸临头，房子、房子、房子。"

与此同时，炸弹不断地朝下扔，就像树上熟透了的果子被摇晃时不断掉到地上一样。高射炮也不断地开火反击。震耳欲聋的喧嚣声不断震撼天空，而且连大地也似乎颤动了。机群一直飞往山谷尽头的大海边，大海在阳光下闪闪发光，机群又在那里拐弯，折了回来，继续呼啸着扔下炸弹。本来难民们已平静了一会儿，他们以为飞机远走高飞了，此时他们又比第一次更剧烈地号哭起来。正当趾高气扬的飞机好像沿飞来的路线安全返航的时候，最后一组机群的第二架飞机忽然冒出一道巨大的鲜红的火舌，恰似蓝天中的一条红围巾。高射炮击中了目标，飞机落在其他飞机的后面，那条火红的围巾绕着小小的白色机身飘荡，火越来越浓烈，颜色越来越红。现在应该听听难民们说些什么了。

"好样的，德国人，给那些凶手一点儿颜色看看，把他们揍下来。"

罗赛塔突然叫喊起来：

"妈妈，你看，多漂亮，伞兵。"

被命中的飞机拖着火舌朝着大海挣扎着飞去的时候，我看见天空中一顶接着一顶的白色大伞张开，每个大伞下面都悬挂着一个黑色的人影，随风飘荡，这就是飞机驾驶员。七八顶伞张开，徐徐地降落，高射炮不再开火，被击中的飞机晃晃悠悠地栽下去，消失在山丘后面，不一会儿，听到一声爆炸的巨响，就再没有什么了。一切重归平静，除了机群消失远方传来的微弱的金属般的回声，难民们的哭声和叫喊声更显得刺耳。银色的降落伞缓缓地下降，整个丰迪山谷由于到处是火光而弥漫着灰色的烟雾。

英国人就这样来到了，是的，他们是来毁掉难民们的房子。那时，米凯莱令人奇怪的铁石心肠以一种出乎我意料的方式表现出来。那天晚上，我们正在茅屋里谈论轰炸的事情，他突然说道：

"那些难民现在为自己被毁的房子而哭泣，可是，当初报纸宣称，我们的轰炸机炸毁了某个敌人的城市的时候，你们可知道他们说了些什么？我亲耳听到他们这样说的：'好吧，他们挨了炸，活该，这是他们罪有应得。'"

我问道：

"这些可怜的人难道不让你感到难过？眼下，他们没有了房子，被迫像吉卜赛人那样，都快要赤身裸体了。"

"是的，他们让我感到难过，但他们不会比那些在他们之前失去房屋的人更让我同情。切西拉，我对你说，这种事今天轮到我头上，明天就会轮到你头上，英国人、法国人、俄国人的房子挨炸的时候，他们高兴得鼓掌，现在轮到他们挨炸了，这难道不公正吗？你，罗赛塔，相信上帝，你没有从这里看到上帝的能力吗？"

罗赛塔没有作声，像往常他谈论宗教问题的时候一样，话题就此结束。

总之，第一次轰炸之后，所有的难民都跑回丰迪，去看看他们的房子到底出了什么问题；几乎所有的人回来的时候都带来了令人宽心的消息，房子幸免于难，归根结底，破坏的程度并不像第一眼所觉得的那么可怕。虽然确实死了两个人，一个是夜宿在郊区一所已经毁坏了的房子里的老乞丐，另一个令人难以置信的死者是法西斯分子瘦猴子，就是我们住在孔切塔家里时，用枪威胁我们的那个人。瘦猴子死的原因就像他活着时一样，那天上午，他趁天气好，跑到丰迪去，撬开了服饰用品店的百叶门，炸弹炸毁的房子砸了他的脑袋，众人找到他时，只见他躺在许多带子和纽扣中间，手里还紧握着偷来的东西。我对罗赛塔说道：

"唉，如果都是这种人死去，那倒要给战争祝福啦。"

但使我吃惊的是，她却泪流满面地说道：

"妈妈，你别这么说……他也是一个不幸的可怜人。"

晚上，她为他祈祷，哀悼那个比他所穿的黑衬衫还要黑的灵魂。

我忘了说，那几天还死了另外一个人：托马西诺。我很清楚他是怎么死去的，以及他为什么会死去，因为我跟他在一起的时候，正好发生了导致他死亡的事情。他这个人，不管下雨刮风和道路泥泞，始终把全部时间花在做生意上，他从农民、德国人、法西斯分子那里盘进东西，然后卖给难民。当时吃的东西已经很稀少，但他有办法搞到食盐、烟草、柑橘和鸡蛋。当然，我知道，他提高卖价，赚了很多钱。他整天都在山谷不怕危险地转悠，倒不是因为他勇敢，而是因为金钱对他来说比命还重要。他经常胡子长长的，总是穿着一条破烂不堪的裤子，鞋子上总是沾满了泥巴，像个流浪的犹太人。他把家安顿在比帕利德小屋还要高的山上农民那里，要是有人问他为什么不回家，他会回答说：

"我有店铺，我想把店铺经营到最后一刻。"

他想经营到战争的最后时刻，却没有想到他会经营到他生命的最后一刻。

有一天，我用小篮子装了八个鸡蛋，跟罗赛塔下山，想用这些鸡蛋从德国人那里换个面包，德国人就在谷地的小橘树林里安营扎寨。恰好托马西诺正在圣泰乌菲米亚山上做生意，他表示愿意陪我们去。我们下山的那天，正好是第一次轰炸之后的第五个好天气。

托马西诺按习惯在前面引路，沿着崎岖的山路和坑坑洼洼的路面行走，不说一句话，专心地盘算着他的生意，我们紧紧跟着，也不说话。崎岖小路弯弯曲曲，沿着山的左面盘旋，我们来到一个悬崖峭壁，无路可走的地方，托马西诺跑向一座丘陵处，然后沿着山的右翼继续往下走。这座丘陵是个奇形怪状的地方，有许多形状奇特的光秃岩石，呈圆锥状，显出大象皮那样的灰色，布满大大小小的岩洞，在悬崖峭壁之间，长了不少无花果，硕大的绿色叶片，长满了刺，就像法官长袍上的长领带一样。山间小路在无花果和岩石间曲曲弯弯，旁边是一条小溪，溪水清亮透澈，就像绿色沟壑上的一块水晶。

我们来到了丘陵跟前，托马西诺走在我们前面三十米远的地方，我们听到一群飞机的轰鸣声，没有感到意外，因为这已经成为一件正常的事情，再说机群径直朝着前线飞去。他们从来没有轰炸过山上，大家感到安全，因为不值得在石头堆和梯田上浪费值钱的炸弹。我平静地对罗赛塔说：

"你看，飞机。"

事实上，可以看到明朗天空中的银白色机群，排成三列飞行，打头的只有一架，给人感觉是领航。我正朝天空望去的时候，忽然看见一个红色的风向标从头顶上的飞机里抛出来，不知道是怎么回事，我想起了米凯莱对我说的话，那就是扔炸弹的标记。我刚刚明白到这一点，炸弹就开始像雨点般扔了下来，炸弹落得如此之快，我连炸弹是什么样的都没有看清楚。我们几乎很快就听到猛烈的爆炸声，声浪就在附近掀起，周围的大地在颤动，就像发生了地震一样。事实上，不仅是大地在颤动，还有裹着尘土的石子，尤其是我后来才发觉的锐利的弹片飞溅，至少有我的小手指那么长，只要一片击中身子，我们就没命了。我们四周的滚滚黄尘呛人，扬起的尘土使我几乎什么也看不见，我害怕极了，叫着罗赛塔的名字。待到尘土落下，视线清楚了些，地上散落着许多碎片。突然间，我听到罗赛塔叫我的声音：

"我在这里，妈妈。"

我从来不相信奇迹，但说实在的，我认为爆炸时那些在我们身边飞舞的弹片没有把我们杀死简直是个奇迹。我高兴地搂着我幸存的罗赛塔这么想着，我搂着她，吻她，抚摩她的脸和身子，几乎不相信她安然无恙。我随即寻找托马西诺。正像我说过的，他走在我们前面三十步远的地方，在遍布被撕裂和折断的无花果枝叶的远近地方，我都没有看见他。但我听到了他哼哼的声音，我却不知道来自何方。

"我的上帝，我的圣母，我的上帝，我的圣母……"

我想他也许被炸弹击中了，这时，我有点儿为找到安然无恙的罗赛塔时的兴高采烈而后悔，他对我不是很好，但他也是个基督徒，再说他也帮助过我们，尽管是为了赚钱。我期待着找到躺在血泊中的他，我顺着发出他声音的地方走去。那是一个不很深的小洞，几乎只是那些悬崖峭壁上的一个凹洞而已，他蜷缩在那里，像一条藏在壳中的蜗牛，两手捧着脑袋大声哼哼。我马上发现，他没有一点儿伤，只是受了惊吓，我对他说道：

"托马西诺，已经过去了，你还待在洞里干什么？……我们应当感谢上帝，我们都安然无恙。"

他不回答我的话，仍然哼哼着。

"我的上帝，我的圣母……"

我突然说：

“托马西诺，快起来，我们下山去，否则就晚了。”

他说道：

“我不离开这里。”

“什么，你愿意待在这里吗？”

“下面我不去了……现在我上山去，到我所能到的最高的地方，躲藏在一个深洞里，山下我是不去了，对我来说都结束了。”

“怎么回事，托马西诺，店铺怎么办？”

“让店铺见鬼去吧。”

谁都清楚，他为了这个店铺，不知冒了多少危险。听到他说让店铺见鬼去的话，我知道他是一本正经说的，跟他僵持下去无济于事。但我说道：

“那么，至少今天……你陪我们下山去，你可以放心，飞机不会再来了。”

他回答说：

“你们走吧……我是不会离开这里了。”

他又开始浑身打战，呼叫着圣母，我向他告了别，沿着崎岖的山路朝谷地走去。我们来到山谷的橘林旁边，看见一辆用橘树枝覆盖起来的德国卡车，用一块涂着蓝、绿、褐色的布伪装好，六七个德国人在做饭，一个德国人坐在橘树下面拉手风琴。他们都是年轻人，全剃成光头，脸苍白、浮肿，身上有伤疤。他们来丰迪之前曾经在俄国待过。他们对我们说，在那边的战争比在意大利的要坏一百倍。我已经认识他们，有过一次用鸡蛋换面包的交易。我从远处就向他们举起装鸡蛋的小篮子，那个拉手风琴的兵士马上停止演奏，跑进帐篷，拿了一千克重的面包走出来。我们走过去，他没有正面望着我们，把面包搁在一边，好像是怕我们从他手里夺走似的，他掀开盖着鸡蛋的叶子，用德文嘀咕着，一个个地估着分量。他不是很满意，拿起一个鸡蛋放在耳边摇晃，想看看是不是新鲜的鸡蛋。我对他说道：

"你放心，全是新鲜的鸡蛋，我们是冒着生命危险把鸡蛋送到这里来的，今天，你应该给我们两个面包，而不是一个。"

他没有听懂我的意思，脸上露出一副疑问的表情，于是，我指指天给他看，然后又做了个炸弹扔下来的手势，我发出轰轰的声音，描述轰炸的场面。他终于明白了过来，说了一句他们的口头禅"Kaputt"。米凯莱有一天对我说，这句话用意大利语来说就是被杀死的意思。我明白，他讲的是被命中的飞机，我回答说：

"你们击中了一架，可还会来成百架，如果我是你们的话，我就结束战争，返回德国……这对大家，对你们，对我们都好。"

这一次，他什么话也没有说，因为他又不明白了。他递给我面包，拿走了鸡蛋，做了一个姿势，似乎说：

"回去吧，以后我们再做这种交易。"

告别了他们，我们沿着山间崎岖小路朝着圣泰乌菲米亚的方向回家去。

那天，托马西诺逃回山上，回到圣泰乌菲米亚的家里。第二天早上，他派了一名农夫牵着两头骡子到谷地他的小房子里取回他所有的东西，包括床垫和被褥，把他的每样东西都运到山上。他一家待的小房子他也觉得不安全了；于是，几天以后，他跟妻子和几个孩子搬进了山顶的一个山洞里面。这是一个既宽又凉的山洞，外面人看不见进洞的地方，因为整个山洞都被树木和荆棘遮盖住了。山洞上面是巨大的灰色峭壁，像一个圆锥面包的形状，从谷地可以非常清楚地看到，很是壮观。洞顶是几十米厚的坚固岩石。他把全家都安置在山洞里，过去这里曾经是强盗的避难之地。你们一定会想，如今他会感到安全了，担心挨炸弹的恐惧不再会有了。可是，他仍然那么害怕，可以说，就好比寒热进入了他的血液，如今有这样的山洞和悬崖峭壁保护着他，他还是整天不停地颤抖，脑袋和身子裹着被子，时而靠在这里，时而靠在那里，嘴里不断地重复着："我难受，我感到不好受。"他轻声埋怨着，不吃也不睡，总之，眼看着他逐渐消瘦下去，就像一支蜡烛，一天天地消失殆尽。在那些日子里，有一天我见他瘦得可怜，披着被子靠在洞门口，样子也苍老，一个劲地颤抖不已，我记得，当时我没料到他确实是病得很重，便对他说：

"托马西诺，你怕什么呀？这个山洞是经得起炸弹的，你说说有什么可怕的呀？难道炸弹会像蛇一样在这树林子里穿行，最终钻入洞里，到你的床上来找你吗？"

他傻望着我，似乎不懂我说的是什么意思，只是一个劲地重复说：

"我难受，我难受。"

过了一些日子，我们听说他死了。

他是给吓死的，因为他既没有受伤，也没有生病，只是那些炸弹留给他的印象太深了。我没有去参加葬礼，因为我会感到难受，伤心的事我们已经遇到不少了。我们上他家里去了，菲力波和他一家也去了。死者没有葬进棺材，因为既没有木板，也没有木匠，他们就把他葬在两株树干之间。掘墓人是个金头发的细高个子，他也是逃难的人，如今在山里骑着他的黑马跑点黑市买卖，他把托马西诺的尸体绑在马鞍子上，沿着山区崎岖的小路慢慢地向山下墓地走去。他们对我说，找不到神父，因为所有的神父都逃走了，这样，他这个可怜的人，只能满足于亲友们对他的祈祷了。葬礼三次被空袭警报声打断。由于缺少材料，我们从一个军械库里弄出两条板子，钉成一个十字架，插在坟墓上。

此后我才知道托马西诺留给妻子不少钱，但是没有吃的东西，他开店铺做生意，把所有的东西，甚至最后一千克面粉和最后一百克盐都卖光了。这样，寡妇手里有钱，但是没有吃的，为了活下去，她被迫用丈夫卖出时的双倍价钱买进来。战争一旦结束，托马西诺留下的钱似乎就一无所有了。你们想知道米凯莱对叔父的死说了些什么吗？他说道：

"我难过的是，他是一个好人，但他死了，明天，许多人将有可能像他一样地死去，他总是追逐钱财，除了钱，他什么也不想，末了，竟突然被他见到的金钱之外的东西吓死了。"

第六章

    ·

    明朗的天气，除了带来英国人的炸弹，还带来另一场灾难——德国人的搜捕。通托曾预先提醒过，但谁也不相信真会有其事；现在，一些逃难到山上来的农民告诉我们，德国人在谷地进行了一次围捕，他们把所有能劳动的男人统统押上卡车，然后把他们弄到谁也不知道的地方去干活，有人说是去修筑前线的工事，有人说是直接送到德国去了。后来传来了另一个坏消息，晚上，德国人包围了我们附近的一片谷地，他们先故意登上山顶，然后突然下山，把村里人一网打尽，把抓到的男人装上卡车弄走了。这在难民当中引起了极大的恐惧，因为他们中间至少有四五个年轻人在法西斯垮台的时候还在服兵役，后来开了小差。德国人正在搜捕这些年轻人，把他们看成是叛徒，想强迫他们像奴隶那样劳动，来赎叛逃之罪，天知道要把他们弄到什么地方去，又让他们在什么样的条件下劳动。最害怕的是这些年轻人的父母，而菲力波为了儿子米凯莱就显得比任何人都更加恐惧不安，尽管他经常跟儿子有矛盾，但他总是为自己的儿子感到骄傲。

大家在菲力波的小屋子里开了一次会，做出决定，在未来的几天里，由于存在扫荡的危险，所有年轻人一大早就分头上山藏身，黄昏时再下山。尽管德国人也可能上山去，但还有通向其他谷地和山区的小路，尽管德国人也是男子汉，但他们一旦要爬过一座又一座山，走许多千米的山路，也会丧失去抓人的勇气。米凯莱不愿意跟其他人一样东躲西藏，这倒不是由于傲慢，而是因为他从来不愿意去随大流。他的母亲哭着求他，如果他不愿意为了自己去东躲西藏，那就为了她而这么去做，他终于同意了。罗赛塔和我决定跟米凯莱一起上山，这倒不是因为我们害怕，德国人不抓妇女，而是因为我们待在这里腻味得要死，在山上可以干些事情，也是为了能跟米凯莱待在一起，他是这里我们唯一喜欢的人。就这样，我们开始了一种奇怪的生活，我一生一世都忘不了它。天还没有亮，一早就起床的帕利德来敲我们的房门，我们很快便在微弱的油灯灯光下穿好衣服。我们冒着寒冷走出房门，黑暗中，隐约可见几个黑影在梯田上急促地行走，许多窗户一个接一个地亮了灯。我们找到米凯莱，他的毛衣上沾满泥土，手里拿着一根棍子，好像童话中生活在山洞里看护宝贝的那些矮人一样。我们不出声地跟在他后面，开始往山顶走去。

　　我们摸黑上山，经过既高又密、齐胸高的灌木丛，登上了结冰的小路。周围伸手不见五指。米凯莱的口袋里有小手电，不时用它照亮山路，我们就这样不出声地朝前走，这时山后的天空泛出鱼肚白，慢慢变成灰白色，但还有星星在发出白天前的最后一点儿光亮。在灰白色天空和点点星星的背景的衬托下，群山仍然是黑乎乎的。不一会儿，群山的面貌逐渐清晰了，显露出绿色，显露出丛林和森林。星星消失了，天空几乎是一片银灰色，整片丛林呈现在我们眼前，冬季的丛林冰冻、宁静，没有生气，仍处在沉睡之中。天空逐渐在地平线上呈现出玫瑰色，在我们的头顶上现出蓝色。从群山后面喷射出太阳的第一道光芒，就像一支金箭那样尖利、辉煌，把各种色彩，草莓等浆果的鲜红色，苔藓的嫩绿色，芦苇的乳白色，腐烂树枝的油黑色，都显现出来了。现在我们走进栎树林，它像带子一样伸向山顶，布满整个山峦。这是些高大的栎树，遍布在斜坡上，每一株的间距都很大，生长的时候互相不挨着，因此把树枝像胳膊一样到处伸展出去，仿佛想拉起手来，相互支撑，不至于由于斜坡和刮风而倒下去。它们稀稀拉拉、东歪西斜，构成一个稀疏的矮树丛，使我们的视线得以往上眺望，通过到处都是白色石子的斜坡，看到挨着蓝色天空的山顶。小路几乎平坦地穿过丛林。阳光使枝头的鸟儿精神百倍，虽然看不见，却能听到它们成群飞来飞去的吱吱叫声。

米凯莱走在我们前面，似乎很兴奋，步子轻快，手里转动着他用来当棍棒使的树枝，口里吹着一首小调，好像是支军队进行曲。我们又往上走了一些时候，栎树越来越稀，越来越矮小，越来越弯曲，最后，栎树不再有了，只有一条碎石子路通向斜坡，再往上走就是山顶，或者说，我们去的两座山顶之间的通道。走到小路的尽头，我们意外地发现，在走了那么长的石子路之后，眼前竟是一片葱绿柔软的草地，草地中间耸立着几座圆形的白色峭壁，还有一口老井，四周是用石头垒成的栏杆。从那块平地望去，景色的确幽美，以至于我面对这大自然的魅力，不知该怎么办是好了，这也许是因为我是出生在山区的人，我已非常熟悉，说实在话，当我第一次来到这里的时候，我就被这里秀美的景色深深吸引住了。在壮丽的山坡俯视，能看到一片广阔的盘旋而下直到山谷的梯田，就像一级级的楼梯一般。远处是波光粼粼的蔚蓝色的大海。从另一个方向望去，只看见山连着山，那是乔恰里亚的群山，一些山头覆盖着白雪，简直是一片银装，另外一些山头是光秃秃的灰色。山顶上比较冷，但也不是非常冷，因为阳光和煦，没有一丝风，人感到很舒服。就这样，我们每天到山顶来，度过约莫两个星期的时光。因为整天都得待在山顶上，于是我们在草地上铺上床单，趴在上面。我们休息了一会儿就不安宁起来，起身到处转转。米凯莱和罗赛塔跑到远处去摘花，或者聊天，通常米凯莱说话，她听着。我呢？一般来说不跟他们在一起，我待在梯田上面，我喜欢一个人待着。在罗马的时候，我可以干我愿意干的事情，可在圣泰乌菲米亚是不可能的，晚上我跟罗赛塔睡在一起，白天总是碰上逃难的人，孤独使我产生在生命的旅程中停顿下来，放眼观察周围世界的幻觉，可事实上，时间在不停顿地过去，我却似乎没有发觉，就像我和别人热热闹闹地在一起生活那样。

山顶十分安静，偶尔从下面的小山谷传来几声羊群的小铃铛声，这就是唯一的声音，它不像是打搅人的噪声，而只是一种使这个地方更显得宁静，使沉默更加深沉的声音。有时，我喜欢走到井边去，扶着石栏杆，长时间地朝井下望去。这口井非常深，至少给人这样的感觉，井里边的石头都是干燥的，井很深的地方才看得出水。井壁上的铁线蕨植物很漂亮，它的黑色枝条很像乌木，绿而细的叶子就像羽毛，这种植物在井壁的石头缝里密密麻麻地丛生，在深沉、阴暗的井水中留下倒影。当我朝井下望去的时候，我回忆起我是小女孩的时候，常常趴在井边，看我自己的倒影。那时，我产生一种既害怕又向往的感情，就想象着井下面是仙女和矮人的世界，我几乎想跳下去，走进那个世界，从而离开我所生活的世界；或者，我朝下望去，直到我的眼睛受不了那黑乎乎的一片，看不清我的面孔在井水中的倒影为止。这时，我捡起石子朝我面孔的倒影掷去，我看见面孔在掷下石子激起的颤动的波纹中裂成碎片。除此之外，我也喜欢在耸立梯田的奇形怪状的圆锥形白色峭壁之间，在绿色的草地上散步。

这样，我仿佛回到了孩童时代，我几乎怀着在青草中找到什么宝贝的希望，因为青草是翠绿色的，好像是一种珍贵的东西。我还是小女孩的时候，上年纪的人就曾对我说过，那是可能埋藏着宝贝的地方。不过，这毕竟只是不值钱的青草而已，是动物的饲料。有一次，我找到一片四叶草，把它送给了米凯莱，他为了让我高兴，因为他相信我们，便把四叶草放进了钱包。

时光就这么不知不觉地过去，太阳升上了天空，阳光照得烫人。有几次，我解开了紧身上衣，躺在青草地上晒皮肤，就像在海边一样。将近吃中饭的时候，米凯莱和罗赛塔散步回来。我们就坐在草地上吃饭，中饭是面包和奶酪。从前，我吃过不少好东西，然而现在我回想起来，这种又黑又硬、掺杂着麸糠和玉米粉的面包，硬得要用锤子来砸碎，却似乎是我吃过的最好吃的东西。也许是散步和山上新鲜的空气使胃口大开，也许时刻威胁我们的危险，也是一种稀罕的调味汁。我确实以一种奇怪的好胃口进食，好像我生平头一回发觉，吃饭、吸收养料和恢复精力意味着什么，感到食物是一种美好的必需品。

我想在这里说一句，在圣泰乌菲米亚山上，我头一回重新认识了许多事情，而且是最平常不过的事情，平常不把它们当回事的事情。在此之前，我好像从来不觉得想睡觉，睡眠的满足会使人舒服和精神振作。另外，保持身体的卫生，是很困难的，如果不是不可能的话，这似乎也成了一件奢侈的事情。总之，但凡涉及人的身体需要的一切事情，都会遇到种种麻烦，而在城里，人们为此只花很少的时间，几乎不用放在心上。我想，如果在这里，我喜欢上一个男人，爱上了他，爱情很可能会给我带来一种全新的、既深沉又强烈的感受。总而言之，我就好像变成了一头走兽，因为在我想象之中，走兽只会想到自己的身体，它们会尝到我当时体验到的感情，在环境的逼迫下，我已经沦为一具肉体，不再是什么别的。这具肉体吃饭、睡觉，用舌头舔自己的毛，千方百计想过得舒服一点儿。

太阳慢慢地在天空转了一圈，沉到海的那一边去了。梯田暗下来，晚霞映红天边的时候，我们开始下山，不是沿着崎岖的山路回去，而是顺着斜坡往下奔跑，根本没有小路，只是沿着碎石堆和丛林，在青草和石子上滑行。这样，我们在清晨用两小时走的路，下山时只用半小时。我们在吃晚饭的时候回来，浑身都是尘土，衣服上沾满叶子和荆棘，马上去茅屋吃晚饭。我们很快上床睡觉，天刚蒙蒙亮，我们又重新上路了。

然而，山顶上的一切也不总是那么平静和远离战争的。我不想去谈经常从我们头顶上飞过的机群，也不愿去说从山谷传来的阵阵沉闷的爆炸声，这都说明那些不要脸的德国人继续炸毁着这片土壤改造地区的堤坝。在整个谷地制造水灾，散布疟疾。我想说，难民不断涌到山上来，跟他们的接触使人感觉到了战争。这是因为这个偏僻的地方，是来自德国人占领的罗马和意大利北部的难民，绕开谷地，翻山越岭，前往英国人控制的意大利南部去的必经之路。他们大多数是逃兵，或者是因战争而背井离乡，如今想返回家园的人们，都是从集中营死里逃生的俘虏。

在山上的一次经历让我至今记忆犹新。我们正啃着面包和奶酪，突然间，从一处峭壁的后面走来两个手持棍棒的人，他们的模样起初使我以为他们是野蛮人。他们衣衫褴褛，但我没有觉得恐惧，因为在山上，衣衫破旧是平常的，但他们的宽阔肩膀是我从未见到过的，他们的长相跟我们意大利人完全不一样，他们让我吃惊得不能动弹了。他们走过来的时候，我害怕得脸色苍白，坐在那里拿着面包和奶酪，木然不动。米凯莱是什么东西和什么人都不怕的，倒不是因为他非常大胆，而是因为他对什么人都相信，他朝这两个人走了过去，开始用手势跟他们说话。我和罗赛塔也鼓起勇气跟了过去，这两个人的面孔扁平，脸色蜡黄，没有胡子，光滑的皮肤上有几道皱纹，头发浓密而乌黑，小眼睛，眼角吊向太阳穴，扁鼻头，像死人一样的嘴唇，满口发黄，牙齿残缺。

米凯莱告诉我们说，他们是两名俄国俘虏，然而是蒙古国或东亚血统，据他看是两个从德国集中营里逃出来的俘虏。我不停地打量着那对宽肩膀，我想，也许我们没有躲藏起来或者逃走，是失之于轻率，这两个人是这样粗壮，如果他们向我和罗赛塔扑过来，我们就肯定没有救了。可这两个蒙古人的举止像善良的人，一直打着手势说话，跟我们一起休息，待了一个多小时。米凯莱把面包和奶酪给他们吃，他们吃得很斯文，我感觉出了他们感谢我们的意思。两个可怜的人不断地笑着，也许是因为他们听不明白，也无法让人明白他们吧，于是用笑容来让我们知道他们没有坏意。米凯莱用手势告诉他们应该走的路。过了一会儿，他们绕过峭壁走远了，就好像两只壮实的猩猩，用后掌行走，一面用从树上折下来的棍棒支撑着身体。

另一次，一个意大利工人路过，他在前线修筑工事，我现在想不起来是什么地方了。他逃了出来，因为填不饱肚子，过着像狗一样的生活，却像奴隶一样地劳动。他是一个举止文雅的小伙子，棕褐色的面孔显得细腻，高挑个子，眼睛忧伤地凹陷进去，颧骨突出，整个人是皮包骨头，连站都站不直。他说他在普利亚大区有家，他希望走过一道又一道山，能走回老家。他已经走了一个星期，瘦得不像样子，鞋底磨穿，衣服也撕烂了。由于虚弱，他慢吞吞地、有气无力地说着话，而且每次只说几个字，似乎想省点气力似的。他只是说，他听说在罗马发生了造反行动，造反者们杀了一些德国人。于是德国人对意大利人进行了一次报复行动，但他不知道是在什么时候，也不知道在什么地方。他一直在谈论德国人，最后说道：

"他们是不要脸的东西，他们明明知道会输掉这场战争，但他们还是喜欢打仗，因为他们什么也不缺，他们靠我们活着，他们会继续打下去，直到只剩下一个兵为止。如果战争还不结束，他们会让我们都活活饿死的。要么结束战争，要么我们这些人死去。"

他收下了米凯莱送的面包、奶酪和一点儿烟草。他在梯田上休息了半个小时之后，又继续上路，慢慢移动双腿，他迈动每一步，都好像要摔倒在地，再也起不来似的。

一天早上，我们正在晒太阳，突然听到一声口哨，我们三个人马上躲到白色的峭壁后面，想看看究竟发生了什么事情。我们一直小心提防，唯恐德国人来搜捕我们，所以不知道发生了什么事情。过了一会儿，米凯莱探出脑袋去看个究竟，只见对面不远的峭壁后面一个脑袋马上缩了回去。我们朝前走了几步，和他们相互监视着，末了，我们终于发现他们不是德国人，他们看到我们是意大利人，就走了出来。这是两名意大利南方人，他们告诉我们说，他们是军人，中尉和少尉，但他们穿的是便衣，他们也像许多人一样，逃到山区，奔南方去。他们打算越过前线，返回自己的家乡。其中一个是摩尔人，高个子，皮肤黝黑，圆圆的面孔，眼睛黑得像煤炭，嘴唇几乎呈现紫色，露出满口的白牙。另一个人是金色的头发，长脸，天蓝色的眼睛，尖鼻子。摩尔人叫卡尔梅洛，金头发的人叫路易吉。在山上我们见到的所有人当中，也许这一次是不大令人高兴的，倒不是因为那两个人确实讨厌。也许在和平的年代，在他们的家乡，我对他们也没有什么可说的，而是因为正如大家就要看到的那样，战争对他们产生了不好的影响，就像对许多人一样，暴露出他们性格中平时也许就可能隐蔽起来的方面。为此，我想说，战争是一场了不起的考验。必须在战争中而不是在和平时期来观察人；不是在存在法律、尊重别人和敬畏上帝的时期，而是当所有这些东西不再存在，每个人根据自己真实的本性行事，没有任何节制和其他考虑的时期来观察人。

那两个人在停战的时期，属于一个驻扎在罗马的兵团，他们开了小差，藏了起来。他们从罗马逃出来，想返回自己的家园。他们在仙女山坡上的一个农民家里待了一个月，他们谈论那个农民的言语给我很坏的印象。总之，他们是以鄙夷的神情来谈那个接待他们的农民的，好像是谈论一个粗鲁无知的可怜虫，目不识丁，有一个像狗窝一样的小屋。他们当中的一个，笑着说道：

"可不，在灾荒年头，我们能吃上野豌豆面包就该知足了。"

他们继续讲道，他们离开了仙女山，因为那个农民告诉他们，他无法再收留他们住下去，他不再有吃的东西了；摩尔人说，这不是真的，如果他们有钱的话，那个农民肯定会把吃的东西拿出来的，所有的农民都是势利眼。末了，他们表示要回南方去，希望能够顺利越过前线。

已经是吃午饭的时候了，米凯莱尽管情绪不好，还是请他们跟我们一起共享平常吃的面包和奶酪。摩尔人说，面包他愿意吃，至于奶酪他们已经有了一整块——是在他们离开那小气鬼农民的时候，趁他不注意偷的；对于如此坦率的表白，我感到心里不好受，也许并不是为了东西，而是在那种时候，人人都偷盗，好像偷盗不再算是偷盗。对于像他这样少尉身份的人来说，我觉得这种坦率是不合适的，从各方面看得出来，他过去是一位绅士。我想，拿走那个可怜人本来就不多的东西来回报他的接待，这样做可不好。但我什么也没有说。我们坐在草地上吃了起来，一面吃，一面聊天，听着摩尔人一个劲地谈，并且总是谈他自己，不管是谈在家乡作为地主的他，还是在战争中作为军官的他，都好像是谈一个重要人物似的。金色头发的人在阳光下半闭双眼听着，不时针锋相对地、几乎是不怀好意地提出异议。但那人对此并不介意，继续自吹自擂。譬如，摩尔人说道：

"在老家，我有一个庄园……"

金色头发的人便说：

"得了吧，不如说是两三块像头巾那么大的地皮。"

"不对，一个庄园，需要骑马才能走遍整个庄园。"

"得了吧，走路就行，几步路就转完了。"

或者，那摩尔人说道：

"我带着巡逻队上树林里去。那树林里至少埋伏了一百个敌人的士兵。"

"算了吧，当时我也在，一共也只不过四五个。"

"你听我说，至少一百人……他们从藏身的灌木丛中站起来的时候，我都来不及数数，因为当时有别的任务，而不是数数人有多少，如果不是更多的话，足有百十来人。"

"算了吧，别弄虚作假了，最多不过五六个人。"

诸如此类，等等。摩尔人以一种非常肯定的吹牛口气向他进攻，金色头发的人感到厌烦和没有兴趣，但一件事情也不放过他。最后，摩尔人讲起宣布停战、意大利军队一败涂地的那天他干的事情。

"在我的老家，我在军需部门干事，有一个各样东西应有尽有的军需库。我得知战争结束的时候，就毫不犹豫地把我家里所有的东西，诸如罐头、奶酪、面粉、食品等，装上卡车，运到我母亲那里。"

他为自己精明的主意高兴得笑了起来，露出一口漂亮、雪白的牙齿。这时，一直静静地听着他说话的米凯莱，冷冷地说道：

"这么说，您当贼了。"

"您说什么？"

"就是说，在此之前，您是意大利军队的一名军官，后来您是一个小偷。"

"亲爱的先生，我不知道您是什么人，也不知道您叫什么名字，但我可以……"

"什么？"

"谁说我是贼？我干大家都干的那种事情，如果我不拿，别人就会拿走那些食品。"

"可能的，那您同样是偷盗的贼。"

"您看，您是说到哪里去了，我也能……"

"能什么，让我们看看您能干什么。"

金色头发的冷笑一声，对摩尔人说道：

"卡尔梅洛，我很遗憾，但你应该承认，这位先生击中了要害，把你打倒了。"

摩尔人耸了耸肩膀，对米凯莱说道：

"我可怜您，我根本就不想跟您这样的人计较。"

米凯莱用权威的口气说道：

"好极了，我还要告诉您，为什么您表现得像个窃贼……因为您不满足于已发生的偷窃，您现在还在吹嘘这事……您觉得自己很聪明……如果您做了那事，感到羞愧，人们也许会想您当时那样做是出于生活需要……或者是受了众人的影响……可是您现在吹嘘这事，显示出您并没意识到自己做了什么并且还准备下次再干。"

摩尔人被激怒了，站起身来，抓起一根树枝，对米凯莱挥舞道：

"您要么闭上嘴巴，要么……"

但米凯莱还没有反应过来。

金色头发的人用他那不怀好意的冷笑使摩尔人泄了气：

"再次被击中了要害，不是吗？"

这时，卡尔梅洛把一肚子怒气发泄到朋友身上。

"你闭上嘴，你也参与了分赃，我们是一起干的，不是吗？"

"我当时并不同意，我是顺从者……你是我的上司……怎么样，怎么样，又被击中要害了吧。"

总之，午饭默不作声地吃完了，摩尔人的脸气得发紫，金色头发的人冷笑着。

饭后，我们安静了一会儿，但卡尔梅洛对称他是贼忍受不了，以挑衅的口气对米凯莱说道：

"您那么轻率地说一个比您身份高得多的人是窃贼，能不能知道您是什么人？我可以说出我是什么人，我是卡尔梅洛·阿里，军官，农业家，法律系毕业，受过勋，意大利皇冠骑士，而您是什么人？"

金发人冷笑着说：

"你还忘了说，你是我们家乡法西斯党的书记，为什么你不说呢？"

卡尔梅洛冷冷地回答说：

"法西斯党不存在了，我只有这件事没有介绍……可您要知道，即便我是法西斯党的书记，谁也不敢笑话我。"

金发人冷笑着马上说：

"还有，你利用自己的身份勾引所有漂亮的农妇，她们是来乞求你的帮助的……你走远点吧！你是个了不起的唐璜。"

受到这些冷嘲热讽，卡尔梅洛微微一笑，并不加以回驳，转身朝着米凯莱说道：

"好吧，亲爱的先生，不谈头衔，不谈毕业证书，不谈受勋，总之，不管怎么说，您得让人明白，您是什么人，您有什么权利批评别人？"

米凯莱透过厚厚的近视眼镜，盯视了他一会儿，问道：

"我告诉您我是什么人，这重要吗？"

"那么您是有学位的人？"

“是的，我有学位……即使我没有学位，也是一样的情形。”

“这是什么意思？”

“就是说，您和我是两个男子汉，我们是借助我们所做的事情，而不是依靠勋章和毕业证书才成为我们现在这个样子……而您的所言所行说明您至少是轻浮和非常灵活的人……这就是我要说的一切。”

金发人又发出冷笑，说道：

“击中要害。”

“我真傻，降低自己的身份来跟您争论……路易吉，我们走吧，要不就晚了，我们还得赶很长的一段路……那就感谢您的面包，您不用怀疑，如果您来到我的家乡，我将给您吃个够。”

自尊心很强的米凯莱平静地回答说：

“是的，但愿不是用您从意大利军队中偷来的面粉做的面包。”

卡尔梅洛已经朝前走去，只是耸了耸肩膀，说道：

“让您和意大利军队下地狱去吧！”

我们听到金发人又一次冷笑着重复说：

“击中要害。”

他们在峭壁后面拐了弯，从我们的眼前消失了。

还有一次，我们看见远处环山的小路上，不少人列队前进，就像仪仗队似的。他们至少有三十个人，男人穿着节日的服装，多半是黑色的，妇女几乎都穿一样的衣服，长裙、紧身上衣和披肩。妇女们头顶上稳稳地顶着包裹和篮子，抱着小孩，男人们牵着较大的孩子。这些可怜的人向我们解释说，他们都是住在前线附近一个小镇上的居民。一天清晨，德国人把人们从睡梦中惊醒，只给他们半小时的时间来穿衣服和打点必要的东西，他们都被押上了卡车，运到靠近弗罗西诺内的集中营。几天之后，他们从集中营里逃了出来，现在打算穿山越岭返回家园，重新开始以前的生活。米凯莱向领队打听情况，他是一个相貌端正的老人，长着灰色的八字胡，天真地回答说：

"我们唯一牵挂的是牲口，除了我们，还有谁会想到牲口呢？难道德国人会吗？"

米凯莱没有勇气告诉他们，他们返回家园的时候，再也看不见房子和牲口，一切都没有了。他们休息了一会儿，又开始上路。我对这些如此镇静自信的可怜的人非常同情，这也因为他们的处境有点儿像罗赛塔和我，他们也是由于战争而背井离乡，他们也是像吉卜赛人一样一无所有，被迫逃进山区。几天之后，我才知道，德国人又把他们抓了回去，重新把他们送进弗罗西诺内集中营，以后关于他们的消息，我就什么也不知道了。

总之，两个星期来，我们就过着早晨上山、黄昏下山的生活。最后，情况明朗了，德国人不再进行扫荡，至少在山上是如此，于是我们又回到了山下，重新过起往常的生活。可是，我却怀念那些在山顶上度过的跟孤独与大自然终日相守的美好日子。在山顶上，没有难民和农民们用关于战争、英国人、德国人和饥荒的谈论来搞乱我的头脑，不存在那些日复一日的劳累，不用在漆黑的茅屋里用湿柴火来烧那么一点儿粗劣的饭菜；总而言之，没有任何东西来迫使我回忆起我们的处境，除了我提到的两三次遇见的不速之客。我还很怀念跟米凯莱和罗赛塔每天的散步，还有洒满冬天阳光的那块绿色小草地，它是那样暖和，使人感到就像五月一样，天边的乔恰里亚群山白雪皑皑。在另一边，丰迪平原尽头的大海闪耀着粼粼波光，我觉得这真是个令人着迷的地方，这里的确可能埋藏着宝贝，就像我孩童时候听人们讲述的那样。然而据我所知，地下没有埋藏宝贝，相反，我却在我自己身上发现了宝贝，我出乎意料地用自己的双手挖出了宝贝，这就是随着时光的流逝，我独自散步时，在灵魂深处滋长出来的那种无比的镇静、那种泰然自若，以及对自己和对事物的信任。多少年来，那些日子也许是我度过的最幸福的日子。说来也奇怪，那些日子我穷困潦倒，缺吃缺喝，只以面包和奶酪充饥，以草地作为床铺，连一间用来栖身的茅屋都没有，我几乎更像一头野生动物，而不是一个人。

　　已经是十二月下旬，正好在圣诞节的那一天，英国人真的来了。当然，不是驻扎在加里利亚诺河一带的英国军队，而是两个像许多人一样翻山越岭逃跑的英国人，他们在十二月二十五日清晨来到了圣泰乌菲米亚。那天，天气很好，虽然干燥寒冷，却是晴空万里。早晨，当我从小房子探出身来，发现梯田上聚集了一小簇人。我走近一看，只见难民和农民们围着两名看来像外地人的年轻人。一个身材矮小，金发，蓝眼睛，鼻子细而挺直，嘴唇红润，留着带尖角的金色胡须。另一个身材修长，高大，黑头发，蓝眼睛。金发年轻人吃力地用意大利语对我们介绍说，他们是英国人，一个是海军军官，另一个是水兵。他们被送到靠近罗马的奥斯蒂亚上岸，用炸药炸掉我们这些可怜的意大利人的一点儿东西，可任务完成后，他们回到海滩时，送他们来的军舰没有返回来接他们，于是他们被迫像许多人那样逃亡。下雨的日子，他们是在塞尔摩内塔的一个农民家里度过的，现在天气好了，他们想越过前线到那不勒斯去，那里有他们的司令部。

听了他们的解释，难民和农民们提了不少问题，他们想知道战争的情况和什么时候战争才能结束。但这两个人跟我们知道的情况差不多，因为这几个月他们也生活在山区，只跟一字不识的农民打交道，而那些农民只是勉强知道发生了战争。难民们发现这两个人什么也不知道，相反，却需要他们的帮助，便一个一个地都溜走了，还说这两个家伙是英国人，跟他们在一起很危险。谁也无法预料，有人很快会去告密，如果德国人知道这事，说不定又会大祸临头。总之，最后只留下那两个人站在梯田的中央，在赤裸而耀眼的阳光下面，衣衫破烂，胡子拉碴，四处打量的眼睛中流露出迷茫的神情。

坦白地说，我也有点儿害怕跟他们在一起，倒不是完全为了我自己，而是为了罗赛塔；可正是罗赛塔使我对这怯懦感到不好意思。她说道：

"妈妈，这些可怜的人太孤独了……而今天是圣诞节，他们什么吃的也没有，他们肯定想跟自己的家人在一起，但他们不能……为什么我们不邀请他们跟我们一起吃饭呢？"

我想说，我感到难为情，不由得暗想，罗赛塔言之有理，不应该对这些落难的人那样冷落，像我表现的那样，何况我也处在跟他们相似的境地。于是，我让那两个人明白，跟我们走，和跟我们一起吃圣诞节午饭，他们很高兴地接受了邀请。

为了圣诞节，特别是为了罗赛塔，我尽了很大努力，打她出生以后，每个圣诞节，她都比绅士家的女儿过得好。我从帕利德那里买了一只老母鸡，我把鸡和土豆一起用炉火炖。我自己做了不多的面条，因为我只有很少的一点儿面粉，又用馅做了饺子。我有两根香肠，把它们切成细长条，放在煮好的鸡蛋旁边。

我还做了甜食，把许多角豆树果一点儿一点儿地擦成丝，把它跟面粉、酿好的葡萄、松子、白糖掺和在一起，在炉子上烤了一块质量低劣但很美味的比萨。我还从一个难民那里买了一瓶马萨拉白葡萄酒，白酒是帕利德给我的。水果这里有的是。在丰迪镇的橘子树上结满了果实，价钱非常便宜，圣诞节前，我买了五十千克，整天都吃柑橘。我决定要邀请米凯莱，他匆匆朝他父亲的小屋走去的时候，我对他说了，他马上就接受了邀请，他让我知道，他接受我的邀请，首先是表示对自己家庭的不满，但他说道：

"亲爱的切西拉，你今天做了一件好事……如果你不邀请那两个英国人的话，我就会丧失对你的全部尊敬。"

他叫他的父亲，他父亲从窗户探出身子，米凯莱说，我们邀请了他，他接受了。菲力波低声说着，为了不让英国人听见，他开始恳求儿子别这样做。

"你别去，那两个人是逃跑者，如果让德国人知道了，我们就要倒霉了。"

米凯莱耸了耸肩膀，不等他父亲说完，就朝我们的屋子走去。

我摆上圣诞节的餐桌，用一条从农民那里借来的粗麻桌布铺上，罗赛塔在盘子四周摆上丛林里摘来的绿树枝，配上红色的浆果，有点儿像罗马人过节时常吃的那种浆果，一个盘子里装着那只母鸡，对于五个人来说，它显得小了一点儿，其他盘子里有香肠、鸡蛋、奶酪、橘子和甜食。面包是我为节日做的，还带着炉子的热气，我把它切成许多四方片，每人一块。我们开着门吃饭，因为小屋子没有窗户，如果把门关上，我们就在黑暗之中了。门外是太阳和丰迪的景色，风景优美，阳光灿烂，远处是阳光下波光粼粼的大海。

米凯莱吃完饺子之后，开始在战争问题上攻击英国人。他明确而又婉转地跟他们说话，语调平和。他们有点儿意外，好像没有想到在这样的地方，会有人这样讲话，还是出自米凯莱这样衣冠不整的人之口。米凯莱对他们说他们不在靠近罗马的地方登陆，却选择西西里登陆，是犯了一个大错误，否则，他们可以不必大动干戈去损伤罗马和意大利南部的。相反，他们从南方向整个意大利步步推进时，摧毁了意大利，使老百姓遭受莫大的苦难，可以说，把老百姓置于英国人和德国人两面夹攻的境地。英国人回答说，他们对这些事情一无所知，他们是士兵，必须服从命令。这时，米凯莱用另外一个理由来向他们发动进攻，为什么他们要打仗，是什么目的？英国人回答说，他们打仗是为了抵御德国人，德国人想征服所有人，包括他们在内。米凯莱回答说，这种说法不全面，人们对他们寄予希望，期待战争结束之后建立一个新世界，这个新世界比旧世界有更多的正义、自由和幸福。如果他们无法建立这样的世界，即使赢得了战争，从根本上来说，他们也算打了败仗。金色头发的军官以不信任的神情听着米凯莱的谈话，只是偶尔简单地回答几句。但是水兵似乎跟米凯莱的想法一致，由于上级在场，他没有勇气表白自己的观点。

最后，军官打断了话题，说现在要紧的是打胜仗，并且他相信，他的政府肯定有一项建立如米凯莱所说的新世界的计划。我们都明白，他不想陷进使他为难的谈话，米凯莱也是这样，尽管不怎么高兴，他明白这个意思，并且建议为战争之后将到来的新世界干杯。于是，我们大家斟满了马萨拉白葡萄酒，为明天的新世界干了杯。米凯莱激动万分，眼睛里含着泪水，在第一次祝酒之后，提议为所有盟军朋友的健康干杯，包括俄国人，正是在这几天，俄国人在对德国人的战争中打了一场大胜仗。

这时，我们是如此高兴，就像人们过圣诞节时所应该的那样。一时间，至少使人感到似乎不存在语言和教育程度的差别，我们确实都成了兄弟；十几个世纪之前的这一天，耶稣诞生在马厩里，今天，类似耶稣诞生的某种善良的新事物诞生了，它将使人们变得更加美好。快吃完饭的时候，我们为两位英国人的健康干杯，然后我们相互拥护，我拥抱了米凯莱、罗赛塔和两个英国人，他们也拥抱了我们，大家相互祝愿说：

"圣诞快乐，新年好。"

自从来到圣泰乌菲米亚山区，我第一次感到那么由衷的高兴。但米凯莱过了一会儿说道，这样虽好，但牺牲和利他主义也应该有个限度；于是，他向两个英国人解释说，我们两人那天晚上本可以很周到地招待他们，但他们最好还是离开，因为他们留下来，无论对他们还是对我们都是非常危险的，如果让德国人知道了，谁也别想逃过他们的报复。英国人回答说，他们明白他的这个要求，并向我们保证第二天就离开这里。

一整天，他们都跟我们在一起。他们跟米凯莱无所不谈。我注意到，米凯莱似乎对那两个军人的国家一清二楚，甚至比他们还要清楚得多，而他们正相反，对他们正在打仗的意大利，却知道得很少，甚至一无所知。譬如，军官对我们说，他曾上过大学，受过高等教育。但是米凯莱发现，他连但丁是谁也不知道。我没有上过学，从来没有读过但丁的作品，可但丁的名字我是知道的。罗赛塔对我说，她上学的时候，修女们不仅给她讲了但丁，还给她读了一些但丁的作品。米凯莱趁着英国人没有听我们说话的一个时刻，小声地向我们讲这件关于但丁的事。他补充说，许多事情可以由此得到解释，譬如说轰炸，他们毁掉了许多意大利城市，那些扔炸弹的飞行员，对我们这些人和我们的古迹一点儿也不了解，无知使得他们心安理得、铁石心肠；无知也许是我们和其他人不幸的祸根，因为邪恶只是无知的一种形式而已，人一旦有了知识就不会干出坏事了。

那天晚上，那两个英国人就睡在草垛里，第二天一清早，没有向我们告别就上路了。我和罗赛塔两人累得要死，因为一直到深夜还没有合眼，这对我们来说是很不习惯的，通常我们跟母鸡在同一时间上床睡觉。所以，那天上午我们睡得很死，一直睡到中午。正睡得香甜时，听到小房间门口一声可怕的枪响，然后是一个可怕的声音用我听不懂的语言说着话。

"啊，上帝，妈妈！"罗赛塔紧紧偎依着我，失声叫了起来，"发生了什么事啦？"

我几乎不相信地坐在床上，然后重又响起了一声枪响和听不明白的吼叫声。这时，我对罗赛塔说，我想到门口去看看，我穿着睡裙跳下床，光着脚板，把门打开，探出身去，只见两个德国士兵，一个是下士，另一个是普通士兵。下士看起来更年轻些，金色的平顶头，面孔苍白得像张白纸，眼睛呈灰蓝色，没有眼睫毛，眼光呆滞，没有光泽；鼻子有点儿歪，嘴唇跟鼻尖连在一起，脸颊上有两道长长的伤疤，疤痕已经愈合，这使他的样子显得很古怪，好像把嘴巴拉长到脖子似的。另外一个人五十岁左右，粗壮结实，皮肤褐色，前额宽大，暗蓝色的双眼深陷，眼神忧伤，长得像一种凶猛的狗。说实话，我害怕了，倒不是别的缘故，而是下士的那双冷漠的、毫无表情的眼睛，是一种那么难看的蓝色，使人感到那是牲畜的而不是人的眼睛。但我没有把我的害怕表现出来，我冲着他喊起来：

"喂，你干什么，不要脸的东西，你想把门捅破吗！你没有看到我们是两个女人，而且正在睡觉吗？现在我们睡不成啦。"

下士用手比画了一个姿势，说着蹩脚的意大利语：

"很好，很好。"

他朝士兵转过身去，示意跟在他后面，走进了小屋。罗赛塔还躺在床上，瞪大着双眼，把被单拉到下巴。这两个人到处搜查，一直搜到床底下，下士疯狂地寻找的同时，掀开了罗赛塔的床单，好像她会把他们搜查的那个对象藏在被单里似的。这时许多难民围拢过来，我觉得奇怪的是，那两个德国人不去向难民们打听两个英国人的去处，如果有人不仅仅愚蠢地走漏了风声，就该我们倒霉了。再说，实际情况是德国人上山来正是那两个英国人来的第二天，这不由得使我心想也许有内奸，至少是走漏了消息。我觉得德国人不想再麻烦了，所以只是急匆匆地搜查了一番，没有盘问任何人。

然而，难民们很少见到德国人上山来，他们想打听战争进行的情况，是不是会很快结束。这时有人去叫米凯莱，因为他懂点德语。那两个德国人快要离开的时候，大家把不太情愿的米凯莱推了过去，喊道：

"你问问他们，战争什么时候结束。"

老远就看得出来，米凯莱一点儿也不喜欢跟德国人打交道，但他还是鼓起勇气说了些什么。我现在用意大利语来介绍米凯莱用德语跟德国人说了些什么，为了方便难民们，他当时就翻译了部分谈话，另一部分谈话内容是德国人走了以后他翻译给我听的。米凯莱问他们，什么时候可以结束战争，下士回答说，战争很快将以希特勒的胜利而宣告结束；他补充说，他们掌握某些秘密武器，运用这些武器，最迟不过春天，他们将把英国人扔进大海。他还谈了一些情况，给难民们留下了深刻的印象。他说道：

"我们得发动进攻，把英国人扔进大海里，我们用火车来运输补给，我们靠意大利的物资生存，要是意大利人背叛我们，我们就让他们统统饿死。"

他以一种深信不疑的神情，平静而又残酷地这么说着，就好像说的不是意大利人和基督徒，而是一群苍蝇和蟑螂。所有的难民听了这番话都愣住了，因为他们根本没想到，天晓得什么缘故，他们起先以为德国人对他们是同情的。现在，米凯莱反倒提起了兴趣，便询问他们两人的情况。下士回答说，他是柏林人，和平的年头他在那里开了一家纸盒厂，现在已经毁掉了。现在唯一能做的事就是打仗。士兵起先犹豫了一会儿，后来闪动着深凹进去的悲哀的眼睛，满脸痛苦的表情，就像一条叼着一根木棒的狗一样。他回答说，他也是柏林人，他也不得不打仗，因为他的妻子和唯一的女儿在轰炸中死去了。他们回答时情绪都不好，因为他们在轰炸中失去了所有的东西，他们只能打仗。不过，就像太阳一样，看得清楚，下士对于打仗充满热诚，甚至可能不怀好意，而士兵是那么忧郁，那宽大的前额中似乎充满了哀伤，他对打仗已经感到绝望，他很清楚，家里已经没有任何人等待着他了。我想那个士兵也许不坏；可事实是，他失去了妻子和女儿，这可以使他变坏。假如他们逮捕我们两个人，他们也许会毫不犹豫地杀死罗赛塔，因为他就会想起，别人就杀死了他的一个跟罗赛塔同年的女儿。

当我正想着这些事情，下士似乎正在生意大利人的气，他突然问，为什么所有的德国人都上了前线，相反，这里的难民中却有许多年轻人游手好闲。这时，米凯莱抬高嗓门，几乎喊叫着说道，他和其他所有的人，都曾经为希特勒和德国人在希腊、非洲、阿尔巴尼亚打过仗，他们准备再次战斗，直到流尽最后一滴血。山里的所有人只巴望伟大而光荣的希特勒尽快赢得战争，把婊子养的英国人、美国人统统赶进大海。下士听了这番话，有点儿吃惊，用怀疑的眼光从下至上地打量着米凯莱，看得出来，他对米凯莱不完全相信。然而，从这些话中挑不出刺来，尽管他不相信，但他无话可说。于是，他围着小屋子转了一会儿，又到处搜查了一番，只是白费力气，一无所获，那两个德国人就返回谷地去了，我们都感到松了一口气。

可是，我对米凯莱的态度感到惊讶。我不是说他应该说德国人的坏话，但他厚着脸皮喊叫出来的话，出乎我的意料。我这么向他表示了我们的看法，但他耸耸肩膀，回答说：

"跟纳粹分子打交道，一切都是正当的，一有可能就欺骗他们，背叛他们，杀了他们。如果你跟一条毒蛇、一只老虎、一头怒气冲冲的狼打交道的话，你怎么办呢？你得用武力或用计策设法使它不能逞威，你跟它讲道理，或者想以什么方式让它镇静下来，要知道那是徒劳无益的。跟纳粹分子打交道就是这样。他们没有人性，就像野兽一样，因此，用一切方式跟他们打交道都是无可非议的。你就像那个受过高等教育的英国军官一样，从来没有读过但丁的作品。如果你读过他的作品，你就知道但丁说过：礼貌在他身上也成为野蛮。"

我问但丁这句话是什么意思。于是他向我解释说，就是说跟像纳粹分子这样的人，说假话和背信弃义也是过于客气的。他们连说假话和背信弃义也不够格。于是我说，在纳粹分子当中，可能有好人和坏人，就像通常发生的那样；再说，他怎么会知道那两个人是坏人呢？米凯莱笑着说：

"这跟好人和坏人没有关系，他们也许对自己的妻子和女儿好，就像狼对小狼和蛇对小蛇好一样。可他们对待别人，对待正直的人们，就是对你，对我，对罗赛塔，对这些难民和农民，他们是不折不扣的坏蛋。"

"那为什么呢？"

"为什么？"他想了一会儿，说道，"他们认为，我们称为坏的就是好的。于是，他们作恶，都认为是在行善，就是说，他们在尽自己的义务。"

我犹豫了一会儿，似乎弄不明白，但是米凯莱不再听我说下去，好像自言自语地说道：

"是的，作恶和义务结合，这就是纳粹主义。"

总而言之，米凯莱古里古怪，但非常善良，同时也非常固执。我回忆起我们跟德国人打的另外一次交道，那是完全不同的情形。通常，我们只有不多的一点儿面粉，我做面包的时候，不仅往里掺和细麸皮，甚至也有粗麸皮。一天，我们决定到谷地去看看能否用鸡蛋换一点儿面粉。鸡蛋是我从帕利德那里买来的，我们一共有十六个，我希望用这些鸡蛋，再补点现钱，换上几千克面粉。自从那天那场让可怜的托马西诺受了惊吓的轰炸之后，我们再也没有下过山，说实话，也是这个缘故，我不大愿意下山去。不知怎的，我对米凯莱说了，他表示愿意陪伴我们，我非常高兴地同意了，因为跟他在一起，我就比较放心，我不知道为什么，他是这里唯一能给予我勇气和信心的人。就这样，我们把鸡蛋放在一个小篮子里的干草下面，一清早就上路了。

那是一月初的一天，我觉得天气的确非常寒冷，我说不清楚，大概是由于眼下正处在战争最艰难的时刻，也就是说，我体验到比持续多年的那种失望还要阴沉、还要冷漠和还要失望的心情。最近一次我们去谷地，正是跟托马西诺一起去的那一次，那时，树上还有叶子，尽管已经枯黄，还不断下着雨，草地上仍然一片青翠，山坡上还开着鲜花，那是秋天的最后一批鲜花，像紫红色的仙客来、野紫罗兰等。而现在，我们下山途中，看到一切都干枯了，像被焚烧了似的，灰蒙蒙、光秃秃的，空气寒冷，没有阳光，天空像蒙上了一层褪色的纱巾，显出苍白色。我们出发时兴高采烈，但马上就默不作声了。那是死一般寂静的一天，正像隆冬季节里所有寂静的日子一样，那种寂静使我们直冒凉气，使我们难以开口说话。起先我们沿着右边的山坡走下去，然后，我们穿过一片有印度无花果树和悬崖峭壁的平地，那正是我们和托马西诺一起碰上飞机轰炸的地方，然后沿左侧山坡走去。

我们又沉默了半个小时，末了，来到了山谷的出口处，这里有小桥，十字路口，和托马西诺一直住到碰上要命的轰炸的那一天的小房子。我记得这个地方曾是多么充满生机、欢乐，而且非常宽阔。我要承认，我重新见到这块地方，看到它竟是如此凄凉、灰暗、光秃和狭窄，心里不由得吃惊。你们见过没有头发的姑娘吗？我见过，我家乡的一个女孩子，得了伤寒病，掉光了头发，之后他们用推子给她剃了光头。她似乎变成了另外一个人，甚至表情也不一样。她带着这么一个女人们没有的光秃秃的脑袋，一张没有头发衬托的脸，就像被异常强烈的光线扭曲了一样，让人联想到一个又大又丑的蛋。同样，托马西诺小房子周围那三棵枝叶茂盛的、绿荫一片的法国梧桐也变得光秃秃的，遮住小溪两岸的石头的绿色草木没有了，我注意到大路两旁和沟渠里的植物消失了。那一次，我没有注意到这一切，现在我感到了它们的消失，那块地方看起来什么都不像，完全丧失了它一切的美，正像一个脑袋光秃秃的女人一样。我不知道为什么，目睹如此凄凉的景象，我的心起皱了，我几乎感到这很像我们此时此刻的生活，在那没有尽头的战争中沦为赤裸裸的和失去幻想的生活。

好了，我们走上了大路，不一会儿我们就跟人打上了交道。一个男人，用缰绳牵着两匹马，说实话，那是两匹非常漂亮的马，棕褐色，膘肥体壮。我们在马路上面对面地相遇，起先他盯着我们看，然后向我们问候，由于我们走的是同一条路，他用他那蹩脚的意大利语跟我们交谈，这样，我们边走边聊了一会儿。这是个约莫二十五岁的年轻人，我一生中很少遇到这样帅的小伙子，他身材高大魁梧，肩膀宽阔，腰身细得像女人一样，仪表堂堂，脚蹬一双黄牛皮的皮靴，双腿修长，头发是像金子一般的颜色，杏仁眼，瞳孔是蓝绿色的，眼光梦幻般的神奇，鼻子挺直，嘴唇轮廓清晰而且红润，当他张开嘴巴笑的时候，露出一口洁白、整齐、美观的牙齿，打量他简直是一种享受。他告诉我们，他不是德国人，而是俄国人，家住很远的一个地方，他还说了自己的名字，但我已记不清了。他平静地说，他为了德国人而背叛了俄国人，因为他不喜欢俄国人，尽管如此，他也一点儿都不喜欢德国人。他说，他跟其他背叛了俄国人的人在一起，在德国人后勤部门供职，他说，他早就深信德国人会吃败仗，因为他们残忍地对待世界，整个世界已经起来反对他们。他最后说，德国人全面失败只是几个月的问题，那时对他来说，一切都将结束了。这时，他用手往脖子上一抹，做了个使我寒心的动作，似乎说，俄国人将要杀他的头。他心平气和地说着，似乎自己的命运对他来说已经无所谓了，他甚至笑着，不仅用嘴说话，而且用那双像两汪极深的海水般蓝的奇怪眼睛在说话。他让人明白，他恨德国人，恨俄国人，甚至恨他自己，死亡对他来说已是无关紧要的事情。他手攥两匹马的缰绳，不出声地走着。在乡村灰色冰冻的道路上，只有他和他的马匹。令人难以相信的是，这么一位仪表堂堂的男子汉，用他的话说，已经被判了死刑，也许在年底之前就会死去。我们在十字路口分手时，他抚摩着一匹马的马鬃，说道：

"这两匹马是我生活中留下来的一切，尽管也不属于我。"

他朝着城市的方向走去。我们望着他远去了。我不由得思量，这也是战争带来的恶果；如果没有战争的话，那么漂亮的年轻人肯定会留在自己的国家，像许多人一样，结了婚，有一份工作，成为一个很棒的男子汉。战争迫使他背井离乡，使他背叛，如果战争要送他的命，他已经顺从地接受死亡的命运，而在许多可怕的事情当中，死亡也许是最悲惨的，因为这是违背自然的，最难以让人理解的。

我们顺着左边的道路，朝橘园走去，希望像上次那样，用鸡蛋换取驻扎在橘园附近的德国坦克兵的面包。可我们没有看到任何人，坦克兵已经走了，只看到被践踏过的没有青草的土地，这里曾经安置过他们的帐篷，树木被折断了，这就是一切。于是，我带着疑问的口气说，最好沿着这条路再继续往前走，也许坦克兵和其他德国部队在前面安营扎寨。我们又默默地走了一刻钟，大约一千米，终于碰见一位金发姑娘孤独地朝前走着，她不像是去一个明确的地方，倒像是在漫无目的地散步似的。她慢慢地走着，带着一副神奇的表情望着光秃秃的灰色田野，一面打量，一面不时地咬一口面包。我朝她迎了上去，问道：

"请问，你是否知道，沿着这条路往前走，会有德国人吗？"

听到我的问话，她突然停了下来，望着我。她用头巾围着面孔，她的确是一位漂亮健壮的姑娘，脸庞宽大，大大的栗色眼睛。她急忙说：

"德国人……肯定有的，因为德国人到处都有。"

我忙问她：

"他们在什么地方？"

她盯着我看，似乎有点儿恐惧的样子，突然间，她不想回答我的问题，扭身就要离去。我赶忙攥住她的一只胳膊，重复了一遍我的问题。她小声说道：

"如果我告诉你，你不会把我藏食品的地方讲出来吧！"

我听她这么一说，不禁吃了一惊，因为这话与当时的情景毫不相干，是彻头彻尾的蠢话。我说道：

"你说什么呀？这跟食品有什么关系？"

她却摇着头，说道：

"他们来过了，都拿走了……他们来过了，都拿走了……德国人，要知道……你知道，最近一次我告诉你，他们来过了吗？我一无所有，我对你说过，我没有面粉，没有豆子，没有猪油，我什么也没有了……我只有喂我孩子的奶水……如果你们要的话，就拿走吧……这就是。"

她用圆睁的双眼直直地盯着我们，开始去解紧身上衣的扣子，我惊慌得不知所措，米凯莱和罗赛塔也是这样。她一面盯视着我们，一面动着嘴唇，好像自言自语；与此同时，她解开了系到腰间的紧身上衣，然后张开手指，掏出乳房，就像母亲给婴儿喂奶时的动作一样。

"我只有这个了……你们拿走吧。"

她茫然地低声重复着。这时，她把整个乳房从紧身衣服里掏了出来。乳房圆润、丰满美丽，皮肤雪白透明，证明她是一位正奶着孩子的母亲。突然，她哼着一支小曲，心不在焉地扬长而去。她的紧身上衣敞开着，一只乳房露在外面，另一只藏在里面。望着她这样离去，望着她不停地小口吃面包，在冬日里露出那只乳房，在那个没有阳光、没有色彩、光秃秃的寒冷日子里，这是唯一富有光泽和生气、温暖而洁白的东西，我愣住了。

罗赛塔终于说道：

"她疯了。"

米凯莱干巴巴肯定说：

"是的。"

我们又默默地向前走去。

由于四周都看不到德国人，米凯莱主张去找他认识的人，他们住在橘林的一个木房子里。他说，那是个不错的人，他可能会告诉我们到什么地方去找用面包向我们换鸡蛋的德国人。就这样，不一会儿，我们从大路拐入橘林间的一条小路。米凯莱对我们说，这片橘林都属于我们要去找的那个人，他是一位没有结过婚的律师，跟老母亲生活在一起。我们大约走了四十分钟，钻进一个不大的林中空地，前面是一座小小的简陋房子，房子四周是砖墙，房顶是波浪式的铁皮，房子有两扇窗户，一扇门，米凯莱走近其中一扇窗户，朝里望了望，问主人是否在家，并用手敲了两下。我们等了一会儿，房门终于慢慢地打开，律师不太情愿地站在门槛上。他五十岁左右，身体肥胖，秃顶，前额像象牙一样白润光亮，脑袋四周是许多黑色的鬈发，水汪汪的眼睛，鹰钩鼻，下巴肥大，嘴唇富有弹性，紧闭着。他上身穿了一件城里人夜间穿的蓝色外套，黑绒的翻领，但在如此漂亮的大衣下面却是一条糟透的长裤，脚上穿一双钉了钉子的牛皮鞋。我立刻注意到，他看见我们不大高兴，但他马上就恢复常态，搂着米凯莱的脖子特别热情地说：

"米凯利诺[1]……好极了，好极了……什么风把你吹来的。"

米凯莱介绍了一下我们。他远远地向我们打个招呼，带着不自在的、几乎是冷淡的神情。我们仍然站在门槛上，他不请我们进去，米凯莱说道：

"我们是路过这里，想来看看你。"

律师好像吃了一惊，回答说：

"好极了……我们正要吃饭，你们来了，就跟我们一起吃饭吧。"他犹豫了一会儿，接着说道，"米凯莱，我告诉你……因为我了解你的感情，再说我的感情也跟你的一样……我请了附近高射炮兵连的德国中尉吃饭……我必须这样做……唉，这种时候没有办法……"

他抱歉和叹息了一番，让我们进了屋子，靠近窗户的一张圆桌上已摆好餐具，这是房间里唯一清洁整齐的东西。房间的其他

1　米凯莱的昵称。

地方都是破旧的东西，一摞摞的破布烂书，堆叠起来的箱子。桌子边已坐好律师的母亲，一位身材瘦小的老妇人，身着黑衣服，满脸皱纹，神色忧虑，就像受到惊吓的老母猴。已经就座的还有纳粹中尉，一个瘦瘦的金发男子瘦削得就像军装包裹的一张纸，他穿着一身马裤，两条细长腿蹬着一双靴子。他看起来就像一条狗，有一张像狗一样的脸，大鼻子，眼睛接近黄色，没有眼睫毛和眉毛，带着一副警觉和敌视的表情，嘴巴大而向后吊着。他客套地站起来，碰了一下脚跟向我们致意，但没有跟任何人握手，随即又坐了下去，好像在说：

"我不是为了你们这样做，我这样做是因为我是一个有教养的人。"

律师解释说，正像我们所知道，中尉是高射炮兵团的专员，那是一顿友好的午餐。

律师说道：

"我们希望，战争将很快结束，这样中尉先生可以邀请我们上您的德国家中做客。"

中尉既不笑，也不说什么。我想，他也许不会说我们的话，或者是没有听懂。可过了一会儿，他用流利的意大利语说道：

"谢谢，我不喝开胃酒。"

他以埋怨的口气对律师的母亲说。这时我才明白，才知道为什么他一直不笑，是出乎他的某种原因，或者只生律师的气。然后，米凯莱叙述了我们怎样遇见了那个女疯子。律师冷漠地说道：

"噢，是的，她叫莱娜。那人一直疯疯癫癫的。去年，在兵荒马乱的时候，有个大兵，趁她像往常一样独自在乡下游逛的时候奸污了她，使她怀了孕。"

"现在她的儿子在哪里？"

"在她家里，家里人抚养着他，可打她疯了之后，家里人把小孩抱走了，因为她没有足够的奶水喂养他。可奇怪的是，她却正常地奶孩子；就是说，在规定好的时间里，她母亲把孩子放到她的怀里，她按母亲教她的那样去做。但是，这种定时的喂养不足以让孩子吃饱。"

律师谈论这个可怜的莱娜，就像讲一件普遍的事情一样。相反，这件事在我的脑子里留下了难以磨灭的印象。莱娜在大路上向任何人展示的她那裸露的乳房，似乎最清楚不过地说明一九四四年我们意大利人的处境，被剥夺了一切，就像只有奶水喂养儿女的牲口一样。

与此同时，律师的母亲哆哆嗦嗦的，双手捧着盘子，小心谨慎地走来走去，好像在施行圣事似的。她把腊肠、香肠和火腿端到桌上，还有德国面包，正是我们要找的那一种，还有真正的豆子汤，最后是一只泡菜炖肥鸡。她还把一瓶上等的红葡萄酒端到桌上。看得出来，律师和他的母亲尽心竭力招待那个德国年轻人，那个德国人和他的炮兵连是他们的邻居，因此必须对他客客气气。可那个中尉脾气很坏，他指着盒装的面包问道：

"律师先生，我能问一下，您是怎么弄到这种面包的？"

律师坐在那里，身子筛糠似的，好像发高烧一样，用半开玩笑的口气支支吾吾说道：

"是礼物，一个士兵送给我们的，我们也送了一件礼物给他……要知道，在战争时期……"

德国人冷冷地说道：

"这交易可是禁止的……那士兵是谁？"

"唉，中尉先生，人们只说罪过，而不谈犯罪人……您尝尝火腿，这不是德国货，是我们的。"

中尉不再说什么，开始大嚼起火腿来。他把注意力从律师身上移向米凯莱，出其不意地问他干什么职业，米凯莱毫不犹豫地说，他是教师。

"教什么课？"

"意大利文学。"

中尉用使律师感到吃惊的平静口气说道：

"我了解你们的文学……我甚至用德文翻译了一部意大利小说。"

"哪部小说？"

中尉说了作者的名字和书名，现在我记不清楚了。我发现，在此之前对中尉没有表现出任何兴趣的米凯莱，似乎感到好奇了。而律师看到中尉几乎是以一种尊重的态度跟米凯莱谈话，平等相待，他也改变了态度，为米凯莱和他一起进餐感到高兴。他用手拍了一下中尉的肩膀，说道：

"好极了，我们的聚会是一次文学的聚会……是一次有价值的聚会。"

但中尉似乎并不理解盛情邀请他的主人，继续对米凯莱说道：

"我曾在罗马生活两年……学习你们的语言……我个人的专长是哲学。"

律师力图加入对话中来，他开玩笑地说道："那您一定能理解为什么我们意大利人用哲学的观点来对待最近一个时期发生的一切……是的，正是这样，用哲学的观点……"

可是，中尉再一次冷落了他。他跟米凯莱谈得很投机，列举了一大堆作家的名字和书名，可以看得出他对文学挺熟悉。我发现米凯莱几乎从勉强搭理的态度慢慢地转为如果不是尊敬，起码也是惊讶的态度。他们这样谈了一会儿，我不知道是怎么回事，话题转为战争以及对一个搞文学和哲学的人来说，战争意味着什么。中尉讲述了他的一段重要的，甚至是必不可少的经历，随后说了这么一句话："最新鲜最美的感觉。"我重复"美的感觉"，这个字眼，尽管当时我不明白它的意思，可是它却像一团火留在了我的记忆里。"在巴尔干战争中我体会到这一点，教员先生，您知道是以什么方式体会到的吗？用火焰喷射器把满满一山洞的敌人都杀死。"

他的这句话，使得我们四个人，罗赛塔、我、律师和他的母亲，顿时目瞪口呆。我想这也许是他的夸张，我希望他从来没有干过这等事，或者这不是真事。中尉喝了几杯酒，面孔涨得通红，眼睛闪闪发亮，可我却感到我的心在往下沉，整个身子都冰凉了。我看看其他人，罗赛塔低垂双眼，律师的母亲心神不安地坐在那里，双手颤抖地折叠着桌布的一角。律师像只乌龟一样，脑袋缩在大衣里，只有米凯莱瞪大眼睛，望着中尉说道：

"有意思，只能说有意思……可是更新鲜更美的感觉，我可以设想，这就是一个飞行员把他的炸弹扔向一个村庄，他刚一飞过，村庄除了一堆灰烬就再也不存在的感受。"

然而，中尉并没有傻到没有发现米凯莱这句话的讽刺意思。过了片刻，他说道：

"战争是一种替代不了的经历……没有战争，男子汉就不能成为男子汉……再说，教员先生，您怎么会在这里，而不在前线呢？"

米凯莱用反驳的口气问道：

"什么样的前线！"

中尉不再吭声，只是向他恶狠狠地盯了一眼，继续吃自己盘中的东西。

中尉一脸不高兴的表情，看得出来，他已觉察到周围的人，如果不是敌人，至少也是不友好的人。突然间，中尉把米凯莱扔在一边，在他看来，米凯莱似乎没有被吓唬住，他便又朝着律师进攻了。

"亲爱的律师先生，"中尉指着餐桌说道，"您吃得这么丰盛，而这里周围所有的人都填不饱肚皮……你们怎么搞到这么多好东西的？"

律师和他母亲相互交换了个有意思的眼色，律师用安慰的眼神望着恐惧而忧虑的母亲的眼睛，说道：

"我向您保证，平常的日子我们确实不是这样吃的……这是为了接待您。"

中尉默不作声，过了一会儿又问道：

"您在这个谷地里是个地主，不是吗？"

"是的，在某种程度上是这样。"

"某种程度，别人对我说，您拥有一半谷地。"

"唉，不是这样，亲爱的中尉，对您这么说的人是个胡说八道的人，或者嫉妒心强的人，或是两者都有……我拥有园林……我们把这个园林称为美丽的橘林。"

"人家告诉我，这些园林产量非常高……您是一个富翁。"

"就算这样，中尉先生，我是富翁，不……我靠自己生活。"

"那么您可知道，您周围的农民过的是什么日子吗？"

律师已经理解他说的意思，严肃地回答说：

"他们生活得不错……住在这个谷地的人，可以算是过得不错的人。"

中尉正用餐刀切割一块鸡肉，他用刀指着律师，毫无笑容地说：

"如果这些人生活得不错，那我们可以想象，那些生活不好的人该是怎样过日子了。我在那里看到了您的农民们是怎样生活的，他们住在牲口棚一样的房子里，像牲口一样地生活，吃得像牲口一样，穿得破破烂烂。在德国，没有一个农民是这样生活的，在德国，我们会因为我们的农民这么活着而感到耻辱。"

母亲向律师投来恳求的眼光，似乎在说："让他说吧！你别吭声。"律师为了让母亲满意，便耸耸肩膀，没有再作声。

然而，中尉仍然坚持道：

"您怎么说，亲爱的律师，对这一切您怎么向我解释呢？"

律师说道：

"他们愿意这么生活，我向您保证，中尉……您不了解他们。"

但中尉态度强硬地说道：

"正是你们这些地主想让农民们这么生活的，一切取决于这一点。"他摸了摸脑袋说道，"取决于脑子，你们是意大利的脑子，如果农民活得像牲口一样，就是你们的过错。"

律师好像真的害怕了，看得出来，他佯装一门心思吃饭，匆匆从嗓子眼大口往下咽，就好像鸡急匆匆啄食一样。他母亲神色慌乱，我偷偷打量她，只见她的双手放在桌布下面的膝盖上，正向上帝祷告。中尉继续说道：

"过去我只了解意大利的一些最美好的城市，而在这些城市中，我又仅仅了解古迹。可现在，由于战争，我深入地了解了你们的国家，我走南闯北，从东到西，走遍了你们整个国家。您知道，亲爱的律师先生，我要对您说什么吗？就是你们存在着阶级的差别，这简直太不光彩了。"

律师默不作声，然后耸了耸肩膀，好像在说："我能做什么？"

中尉觉察出他的意思，说道：

"不，亲爱的先生，事情跟您有关，也跟所有像您一样的人有关，譬如律师、工程师、医生、教授、知识分子。我们德国人对意大利军官和士兵之间的巨大差别感到愤慨，军官穿的衣服是特殊的料子，军装上有军衔标志的金银饰带，吃的是特殊的食品，他们享受特殊的待遇，高人一等；而士兵穿得破破烂烂，吃得像牲口一样，得到的是牲口一般的待遇。亲爱的律师先生，您对这些有什么可说的呢？"

于是律师说了话：

"我要说的是，这确实是真的。我是首先起来谴责这种事的，但我单枪匹马能做什么呢？"

但中尉固执地说：

"不，亲爱的先生，您不应该这么说。这事跟您有直接的关系，如果所有像您一样的人果真愿意改变这种局面，那么，这种局面都是会改变的。您可知道，由于意大利打了败仗，如今我们德国人不得不在意大利前线牺牲自己宝贵的战士？这完全是由于士兵和军官之间，人民和你们领导阶层的先生们之间存在着这种差别。意大利士兵士气低落，因为他们认为，这场战争是你们的战争，而跟他们无关。他们以放弃战斗来向你们表明他们的敌对情绪。尊敬的律师，您对这一切做何解释呢？"

律师也许由于愤怒，这一次终于克服了畏惧，说道：

"确实这样，这场战争人民不喜欢，我也不喜欢，这场战争是法西斯政府挑起的。而法西斯政府不是我的政府，对此，您可以确信无疑。"

但中尉提高嗓门说：

"不，亲爱的先生，十分清楚，这个政府是您的政府。"

"我的政府？您是开玩笑，中尉。"

这时律师的母亲插话说：

"弗朗切斯科，行行好……看在上帝的分儿上。"

中尉坚持说道：

"是的，就是您的政府，您要证明吗？"

"什么样的证明？"

"我知道您的全部底细，亲爱的先生，譬如，我知道您是一位反法西斯主义者，一位自由党人士，但您在这个谷地跟农民和工人没有打什么交道，却跟法西斯党的书记有来往……怎么样，您有什么可说的？"

律师耸耸肩膀，说道：

"我既不是反法西斯主义者，也不是自由党，我不搞政治，我跟法西斯党的书记有来往，但这有什么关系，只是因为我姐姐跟他的一个堂兄弟成婚而有点儿亲戚关系……你们德国人对某些事情是无法理解的……你们对意大利的了解很不够。"

"不，亲爱的先生，这件事是一个很好的证明……你们这些法西斯分子和反法西斯分子都是相互勾结在一起的，因为你们都属于同一个阶层……这个政府彻头彻尾地属于你们这些法西斯分子和反法西斯分子，因为这是属于你们这一阶层的政府……亲爱的先生，事实是会说话的，其他都无足轻重。"

尽管屋子里很冷，但律师的额头上渗出了汗珠。律师的母亲不知所措，慌忙地站了起来，用发抖的声音说：

"现在我去准备咖啡。"她走进了厨房。

中尉继续说道：

"我跟我的大部分同胞不一样，他们跟你们意大利人打交道的时候很愚蠢……他们喜欢意大利是因为意大利有许多古迹，因为意大利的风景是世界上最美丽的……或者他们遇上一个会说德语的意大利人，一听到说自己的语言，就激动万分……或者他们被邀请出席丰盛的午餐，就像今天你请我一样，这样他们就成了酒肉朋友。我可不像这些愚蠢天真的德国人。我要看看事情的本来面目，并当面跟它们说话。亲爱的先生。"

这时，我不知道为什么，也许可怜的律师让我感到同情，我几乎脱口而出：

"您知道为什么律师请您吃这顿饭吗？"

"为什么？"

"因为你们德国人把大家吓坏了，大家害怕，想让你们平静下来，就像人们对待一头凶猛的野兽一样，给它些好吃的东西。"

这番话使他惊讶，他做出一副几乎是悲伤而痛苦的模样，但只持续了一刻工夫。任何人，包括德国人，听到说他使人害怕，人们对他表示热情，只是出于对他的恐惧，是绝不会高兴的。律师吓呆了，竭力想补救，便插话道：

"中尉，这女人的话您别介意……她是一个普通人，有些事情她实在不懂。"

"为什么我们德国人让人感到害怕，难道我们不是跟其他人一样的男人吗？"

我像上了弦的箭，正要回答他："不，男子汉就是男子汉，或者是基督徒，他不会对你方才说的用喷火器杀死满满一山洞士兵的话感到高兴。"

不过，幸运的是，我没有料到后来发生的事情，使我来不及把这番话讲出来，因为突然间从谷地传来好像是高射炮干脆的射击声和交替响起的炸弹落地的深沉的爆炸声。与此同时，远处的隆隆炮声越来越逼近，越来越清晰。中尉立即跳了起来，说道：

"飞机……我得赶回我的炮兵连去。"

他踢翻了凳子，飞跑了出去，中尉跑出去之后，第一个醒悟过来的是律师，他说道：

"快，快，快跑……进防空洞去。"

他站起身来，领先冲出屋子，跑到空地上。在空地的一个角落，有一个脚手架和沙袋都隐蔽起来的地洞，律师径直跑到洞口，顺着木梯走下去，说道：

"快点，飞机就快飞到我们头顶上了。"

这时，可以听到那种高射炮射击的无休止的隆隆声，这炮声仿佛来自林中空地周围的树林似的。后来，一切归于沉寂。我们待在地下一个黑漆漆的小房间里，它好像正好挖在林中空地的下面。律师说道：

"当然，这间地下室不足以抵御一颗炸弹，但至少可以阻挡机关枪的子弹……我们头顶上是一米厚的泥土和沙袋。"

总之，我们在里面不知待了多长时间，我们屏住呼吸，在黑暗中直挺挺地站着，不时可以听到高射炮的沉闷的爆炸声，这就是一切。最后，律师稍稍打开门，确认已经没有任何声响，我们这才钻了出来。律师指给我们看一些被打出窟窿的沙袋，顺手捡起一枚手指长的子弹，说道：

"如果被这颗子弹打中，非死不可。"他抬起头来，仰望天空，继续说道：

"好样的飞机，但愿常常飞来。这些飞机能让我们摆脱那个凶猛野兽般的中尉。"

律师的母亲责备他说：

"弗朗切斯科，别说了，他也是一个基督徒，别诅咒任何人去死。"

可律师回答说：

"他是个基督徒吗？这个该死的东西，他那该死的炮兵连，该死的他来到这里的那一天。当他滚蛋的时候，我要摆比这好一千倍的酒席。这是一定的，你们都在被邀请之列。"

这么说吧，我们除了怀着憎恨，一个劲地诅咒德国中尉，就再也没有别的话好说。我们走进屋子喝咖啡，然后律师的母亲拿走了我们的鸡蛋，换给我们一点儿面粉和豆子，最后我们告别了他们。

天色已经晚了，我们换了鸡蛋，重又登上返回圣泰乌菲米亚山的路。在谷地我们遇到的尽是不愉快的事情。起先是碰上俄国人和他的马，之后是那个可怜的疯女人，末了是那个德国中尉，上山的时候，米凯莱说道：

"中尉说话的时候，有一件事情特别让我生气。"

"什么事情？"

"他是一个地地道道的纳粹分子，说话却有道理。"

我说道：

"为什么？纳粹分子有的时候也会有理的。"

他低着脑袋说：

"永远没有理。"

我本来想问他那个纳粹分子怎么会那么厉害，竟然会对用喷火器杀人感到好受，而同时却又认为意大利存在不公道的东西。米凯莱一直对我们说，那些能够发现不公正的人，是好人，是他唯一不蔑视的人。现在，那个中尉，据说还是个哲学家，发现了不公正，可同时，他对杀人感到愉快。怎么会这样呢？公正是非常高尚的东西，难道不是真的吗？当我看到米凯莱垂头丧气和闷闷不乐的神色，我便没有勇气告诉他我的这些看法。就这样，我们又登上了山路，回到圣泰乌菲米亚，此时，天已黑了好一阵子了。

第七章

一月里的一天，不断刮着从山那边吹过来的风，天空明净得像水晶一样。罗赛塔和我从睡梦中醒来，听到从天空尽头的大海那边传来一种遥远的但有规则的声响。第一下扑通声，低沉不响亮，天空像挨了一拳似的，第二下更响亮、更清晰，仿佛是第一下的回声。接二连三的扑通扑通声，一刻也不停歇。相反，这种低沉、威胁性的声音，使得天空显得更加美好，阳光更加灿烂，天空更加湛蓝。整整两天，无论白天和夜晚，这种声音一直不停歇。后来，一天早上，一个打丛林来的牧人带来了一张在灌木树间捡到的印刷品，那是英国人印的一份德文小报，专给德国人看的。由于山上只有米凯莱懂一点儿德文，就拿去请教他。他读完之后，对我们解释说，英国人已经在靠近罗马的安齐奥港登陆，现在爆发了海战、炮战、坦克战、步兵战，英国人正朝着罗马推进，已经到了维雷特利城一带。听到这个消息，所有的难民都兴高采烈，相互拥抱、道贺和亲吻。那天晚上，谁也不像往常那样回去早早睡觉，而是走东家串西家，谈论英国人的登陆，为发生的这件大事激动不已。可几天之后却没有了任何新的消息。那低沉的大炮声，确实还不时在天空尽头泰拉契那方向回响。但是我们很快得知，德国人并没有撤走。又过了些日子，传来了初步确切的消息，英国人的确登陆了，但是德国人早有准备，他们派出了不知多少个师的兵力阻击英国人，在多次较量之后，德国人取得了胜利。现在英国人隐蔽在回旋余地不大的海滩，设立了路障。德国人用很多大炮轰击这片阵地，就像对准靶子射击一样。他们将很快迫使英国人重新登上停泊在海边、一旦他们登陆失败就接应他们的舰只。这些消息在圣泰乌菲米亚传开之后，人们的面孔都拉长了，纷纷议论英国人不会打地面战争，因为他们是水兵，相反，德国人向来就精于陆地战，英国人打不赢德国人，德国人肯定会赢得战争。米凯莱不去跟难民们争辩，就像他对我说的，他不愿让自己生气。他镇静地对我们说，德国人取胜是绝对不可能的。有一天，我问他为什么这么想，他简单地回答说：

"德国人一开始就打了败仗。"

我想在这里讲一件事情，说明我们待在山上消息是多么闭塞，这里的农民几乎都是文盲，他们又怎样把传到这里的一丁点儿消息歪曲了。由于对英国人在安齐奥港登陆的情况不得而知，菲力波和另外一个也是做买卖的难民，决定买通帕利德，让他沿着崎岖山路翻山越岭，到乔恰里亚的一个很远的乡镇去，他们知道那里的一位市镇医生有收音机。帕利德确实是个文盲，既不会念，也不会写，但他有耳朵，他可以像别人一样收听广播，或者可以让医生透露些消息。他们给了帕利德一些钱，让他路上买一点儿可能搞到的吃的东西，如面粉、豆子、猪油之类，总之，所有他可以搞到的食品。一天清晨，帕利德备好驴鞍，出发了。

帕利德在外面跑了三天，将近傍晚的时候回来了。看到他牵着拴驴子的缰绳从山上下来的时候，所有的人马上跑过去迎接他，打头的是付了钱让他听广播的菲力波，还有他的也付了钱的做买卖的朋友。帕利德刚踏上梯田就说，他几乎什么食品也没有搞到，到处都是灾荒和饥饿，就像圣泰乌菲米亚一样，甚至情况更糟。他朝草屋走去，后面跟着一大群人。在草屋里，帕利德坐在一张长凳上，家里人围着他坐着，米凯莱、菲力波和其他许多人只能站在草屋外面，因为屋里没有地方，可他们也想知道帕利德从广播中听到的消息。

帕利德说他收听了广播，但广播里没有怎么谈英国人登陆的事，只是说英国人和德国人都按兵不动。他曾向镇上的医生和其他人打听他们在别的日子里从广播中听到的消息，他得知英国人登陆失败了。菲力波忙问他，登陆失败的原因是什么，帕利德简单地回答说，这是由于一个女人的过错。我们听到这个消息都目瞪口呆。帕利德继续说，指挥登陆行动的海军上将是一位美国人，实际上他是德国人，谁也不曾知道这个底细。这位海军上将有一位漂亮得像星星一样的女儿，她跟美国驻欧洲部队司令的儿子订了婚。这年轻人背信弃义，撕毁了婚约，索回了礼品和戒指，跟另外一个女人结了婚。海军上将原是德国人，为了报复，他便把英国人登陆的情报秘密地告诉了德国人，这样，英国人在安齐奥港登陆时，德国人已架起大炮，严阵以待。现在真相大白，查明那海军上将确实是个德国人，逮捕了他，很快就要审判，肯定会毙了他。帕利德带来的消息，使听众发生了分歧。一些无知和头脑简单的人摇头晃脑，说道：

"要知道，总是有个女人暗地里作怪……查来查去，最终总是发现女人是祸根。"

不过，其他人反对这种说法，说电台编造的这些谎话是不可思议的。至于米凯莱，他只是问帕利德：

"你敢肯定这些消息是电台广播的吗？"

帕利德肯定地说，镇上的医生和其他人向他担保，这些消息是伦敦之声广播的。米凯莱说道：

"你说说，你不会是碰巧从镇上的广场上一些嚼舌头的人那里听来的吧？"

"什么嚼舌头的人？"

"我是说，总而言之，这不过是加诺·迪·玛冈查[1]故事的翻版。非常有意思，没什么可说的。"

帕利德没有听懂讽刺的意思，仍然重复说，这些都是电台广播的确切的消息。过了一会儿，我问米凯莱，这位加诺·迪·玛冈查是谁。他给我解释说，是好多个世纪之前的一位将军，他在一次对土耳其人的战斗中背叛了自己的皇帝。于是，我说道：

"嘿，你看，这些都是可能发生的事……我不想说帕利德有道理，但这并不是完全不可能。"

他笑了起来，说道：

"也许如今仍然会发生这样的事情。"

总而言之，我们只能耐心等待，看得出来，出于这种或那种原因，登陆失败了。不过，正像俗话所说，没有希望的等待是件要命的事。在圣泰乌菲米亚山上，整个一月，还有二月，我们都在白白消磨时间和生命。日子过得单调极了，因为几个月来每

1　传奇中查理大帝的部将，后来成为叛徒的同义语。

一天总是重复着同样的事情。每天都要起身，劈木柴，在茅屋里点火做饭，吃饭，在梯田上闲逛，这样打发时间直到吃晚饭。每天，飞机都飞来扔炸弹。每天，从早到晚，从晚到早，耳朵边总是响着安齐奥港那些该死的大炮不断发出的有规则的轰击声，应该说，双方都一事无成，因为无论是英国人还是德国人，都按兵不动。总之，每天打发的日子都跟前一天一模一样；可是如今被刺激起来的，同时又越来越让人不耐烦的希望，使得日子过得比以往更觉紧张、难受、腻味、渺茫和疲乏。起初，我们在圣泰乌菲米亚待下来的时候，觉得时间过得很快，而现在却感到永无尽头，实实在在感到一种难以形容的绝望。然而，使这千篇一律的生活更加让人难受的是，每个人都不停地谈论吃的东西，谈得越来越频繁，因为吃的东西越来越少了。现在的话题不再是吃得不好的人的抱怨，而是缺少东西充饥的人的恐慌。所有的人现在一天只做一顿饭，都避免请朋友吃饭。正如菲力波所说：

"这年头，即使是至交朋友，也只能顾自己了。"

那些日子，过得还不算坏的人一般就是手头还有点儿钱的，像我、罗赛塔、菲力波和一个叫作吉列米娅的难民。不过，我们这些所谓的有钱人，现在也感到钱要派不上用场了。过去，农民对钱很吝啬，因为在和平时期，这些可怜的人从没有见到过什么钱。如今，他们开了窍，发现钱不如东西来得珍贵。他们几乎用报复的口气阴森森地说：

"现在该看我们农民的了……是轮到我们神气的时候了，因为只有我们才拥有食品……钞票不能当饭吃，而食品可以。"

我知道，这些话有点儿夸张，因为他们手头吃的东西也不多了。他们是山区穷苦的农民，每年四五月常常是青黄不接，他们也要千方百计挣钱，买点吃的东西，才能熬到七月。

我们吃些什么呢？我们一天吃一顿，水煮豆子，用喝咖啡的小勺加一点儿猪油，或者一点儿罐头西红柿、一小块羊肉和一点儿无花果干。早上，我已经说过，吃点角豆树果或洋葱，和一小块面包。最可怕的是没有盐，所以食品根本咽不下去，刚送到嘴边，就感到淡而无味，像腐败的食物一样，真让人想呕吐。油是一滴也没有，猪油我剩下瓦盆底上的两个指头那么高了。有时候运气好，譬如有一次，我买了两千克土豆。还有一次，我从一些牧人那里买到四百克重的羊奶酪，硬得就像石头一样，但味道不错，有辛辣味，那算是很幸运的了，因为是不敢指望的稀罕东西。

现在，乡下已是三月初，开始显露出春天的气息。一天清晨，我们从梯田探出身去，透过雾气，发现半山腰的白色的杏花迎着冷风抖动，前天夜里，杏树全部开花了，白得就像灰雾中的幽灵一样。对我们这些难民来说，花儿盛开好像是喜事的征兆，春天来临了，道路不潮湿了，英国人又可以进军了。但农民们摇摇脑袋，说道：春天意味着饥饿。经验告诉他们，这正是青黄不接的时候，食品在新的收成之前就消耗光了，因此要尽量节约食品，想方设法寻找替代品，而不动原来的粮食。譬如说，帕利德在灌木丛中设下用芦苇掩盖的陷阱，用来捕捉欧鸲和云雀，但这些鸟儿是那么小，为了糊口，一天就需要四只。他还用捕兽器来逮狐狸，那个地方的狐狸个头小，颜色像火一样的红，扒下皮之后，扔进水里，泡几天，让肉软化，再用一种浓烈的甜酱炖着吃，这样就吃不出野味了。

不过，最丰富的资源还数菊苣，它不是罗马人吃的那种菊苣，罗马的菊苣只有一种，尽管任何一种都可以食用。我也经常吃菊苣。有的时候，一大早，我跟罗赛塔、米凯莱上梯田去采它。

我们一大早起来，每人备一把小刀，一只篮子，跑到半山腰，在房屋的上上下下采集菊苣。我们弄不清楚有多少种野菜能够食用，实际上几乎所有的都可以吃。我小时候经常采野菜，所以能够辨认它们，但我几乎忘记了它们的名称和品种。第一次，帕利德的妻子卢依莎陪着我，指点我，这样，我很快就像农民一样能干，会识别各种各类的菊苣，它们的名称和品种。我现在只记得其中的几种，譬如说，城里人所说的水田芥，它的叶子和叶梗很娇嫩，暗绿色并略带甜味。譬如长在梯田石头之间的驱兔草，叶子细长、肥厚，几乎呈蓝绿色。还有带四片或五片扁平叶子的菊苣，毛茸茸的，有绿黄色、绿色的；真正的菊苣，长茎、锯齿边叶子；还有生菜、蜜蜂花，以及我不认识的菊苣。我们在梯田上上下下忙碌，不仅是我们，所有的人都在采摘菊苣，半山腰上都是人，低着脑袋，一步一步地朝前走，好像炼狱里的幽灵一样，真是一幅奇特的景象。人们似乎在寻找什么失去的东西，其实，根本没有丢失什么东西，都是饥饿迫使他们希望找到一些充饥的东西。采集菊苣这种野菜要花费很多时间，往往要两三个小时或者更多，因为要做一碗菜，需要采集满满一围兜，而这种野菜并不是很多，不足以满足所有的人的要求。过了一些日子，又必须到更远的地方去，采集的时间也越来越长。末了，这种劳动的收获越来越少，两三围兜的菊苣煮了之后，就成了橘子大小的两三个绿球而已，把菊苣在开水中焯一下，然后放到带猪油气味的煎锅里炒一下，便倒进盘子里来填饱肚皮，根本谈不上有什么营养。采集完菊苣，一天余下来的时间便累得要死。每到晚上，我靠着罗赛塔在硬床上躺下，躺在那装满玉米叶的大垫褥上面，我刚一合眼，眼前竟然不是黑暗，而是一棵又一棵菊苣，在我的面前跳跃。我想平安地入睡，但这是徒劳，很长的时间里，我只见菊苣忽而交错重叠，忽而又消失踪影，半醒半睡持续很久之后，我才慢慢地睡着了。

正像我说过的，最令人生厌的事情，是此时饥荒迫使难民们整天不说别的，只谈吃的东西。我对吃也有兴趣，我乐意承认，吃是很要紧的事情，如果不吃饭的话，那么人们肯定会一事无成，也无法去寻找吃的东西。但是正如米凯莱一再说的，人们有许多比吃更要紧的事情可以谈论，饿着肚皮去谈吃的东西，岂不是让自己受双重罪：同时体验饥饿和饱食。特别是菲力波不断引诱我们谈吃的问题。有一次，路过梯田时，我看见菲力波坐在一块石头上，一群难民围着他，只听他说：

"你们记得吗？我们打电话给那不勒斯一家餐馆订午宴，然后我们四五个胃口好的人坐上汽车去了。我们一点钟落座，五点钟才吃完。我们吃了什么美味佳肴呢？鱼汁面条，鱼块，鱿鱼，虾和牡蛎，鲷鱼，或者用沙拉油拌的墨汁鱼，红烧豌豆，野鸽子，箭鱼片，狼鲈片，烤金枪鱼，味道极好的真蛸。总而言之，是用各种酱汁烧的各种鱼，足足吃了三四个小时，餐桌整洁、漂亮。我们酒醉饭饱，站起身来宽衣解带，打的饱嗝能够使玻璃发颤，我们每个人的体重增加了二到三千克，我们至少喝了一大缸酒。那种吃法，还有谁能相比呢？"

这时有人说道：

"只要英国人来了，日子就又会富裕起来的，菲力波。"

有一天，像平常一样，人们又围绕吃谈论开了。我听见菲力波和米凯莱的争执，菲力波说道：

"……我现在真想有一头肥猪，把它宰了，马上做猪排，一指厚，肥腻好吃，每一块猪排重五百克……你们知道，五百克重的猪排简直可以使你飘飘欲仙。"

米凯莱听到这番话，突然说道：

"那真正是残暴的行径。"

"为什么？"

"因为猪才会吃猪肉。"

菲力波听到被他儿子称为猪，脸涨得通红，大声说道：

"你不尊重你的父母。"

米凯莱反驳道：

"我不仅不尊重他们，而且为他们感到耻辱。"

这如此强硬和毫不妥协的声音又一次使菲力波狼狈不堪，他于是平静地说：

"如果你没有一个供给你钱财的父亲，你就不可能完成学业，现在你也就不会为我们感到羞耻了……这是我的过错。"

米凯莱默不作声，过了一会儿说道：

"你说得有理……听你们的谈话我很不舒服，从今以后我走远点，你们爱怎么去谈就怎么去谈好了。"

菲力波显得温和，甚至几乎受了感动，因为自从我们来到山上，也许还是第一次儿子说他有道理。

"如果你愿意的话，我们就谈别的，你说得有道理，为什么非得去谈吃的呢？我们说说别的。"

但米凯莱突然发起火来，像条蛇一样扭过身子，喊叫道：

"好吧，那我们谈些什么呢？谈英国人来了之后我们干什么？谈富裕的日子？谈店铺？我们该谈些什么呢？"

菲力波不出声了，因为那些不多的事情正是他所能谈的，米凯莱几乎都一一列举了，除此之外，他脑子里就空空如也。米凯莱说完这些话就走了。菲力波确信儿子看不见他了，便做了一个手势，似乎是说：

"真是个怪人，应当谅解他。"

所有的难民都给他打气，说他有理：

"菲力波，你有一个懂得很多很多东西的儿子……你为了他的学业没有白花钱……这很重要，至于其他，就别去计较了。"

那天，米凯莱闷闷不乐地对我们说道：

"我的父亲说得对，我对他不够尊敬，可他谈起吃的东西来，起劲得不得了。我气昏了头。"

我问他为什么他父亲谈吃的时候，他那么厌恶。他想了一会儿，回答说：

"如果你知道明天会死去，你还愿意谈吃吗？"

我没有听明白，追问道：

"那我们该谈些什么呢？"

他又想了片刻，说道：

"譬如，从目前我们的处境来说，我们该谈谈我们在这里陷入绝境的缘故。"

于是，我说道：

"你父亲之所以热衷于谈论吃，完全是因为他缺吃少喝，就是说，他是迫不得已才这么想的。"

这时，他像下结论似的断言：

"可能是这样。糟糕的是，我的父亲总是谈吃，即使是什么

231

也不缺的时候也是这样。"

当时，吃的东西确实很缺乏，大家都设法保存仅有的那点吃的东西。头一件事就是在跟别人交谈的时候，尽量让别人相信你已经一无所有，譬如菲力波几乎每天都向比他穷的难民重弹老调：

"我只有够一个星期的面粉和豆子了……过了这星期，就指望上帝了。"

其实，这并不是真的，因为大家都知道，他家里还有一袋面粉和一小口袋豆子。他担心别人来瓜分，便不再邀请任何人上家里来，白天上梯田去的时候，把门锁好，口袋里揣着钥匙。穷苦的农民倒真是快断粮了，往年此时，人们也纷纷下山，去泰拉契那购买东西，以度过青黄不接的日子。何况还有德国人不时地来扫荡，倒不是说他们都是小偷或坏蛋，而是因为他们发动了战争，正在打仗，而打仗除了杀人，就意味着抢劫。举例说，有一天，一个德国兵独自一人上我们这里来，他没有携带武器，好像是散步似的。他有棕色的皮肤，眼睛蔚蓝，圆脸挺精神，眼神焦虑不安。他在茅屋之间转悠了很长时间，跟农民和难民们交谈。看得出来，他没有恶意，相反，他同情那些穷苦人，他说和平时期，他在德国是个工匠，还是个熟练的风琴手。这时，一个难民拿来自己的手风琴，那德国人在一块石头上坐下，给我们演奏起来，周围的孩子们张大嘴巴倾听着。他的确拉得不错。他给我们奏了一首当时好像所有德国士兵都唱的小调《莉莉玛莲》，一首忧伤、近乎抱怨的曲子。听着他的演奏，我沉思起来，米凯莱非常憎恨并认为不是人的德国人，其实也是基督徒，家里有妻子儿女，他们也憎恨使他们背井离乡的战争。他演奏了《莉莉玛莲》

后，又给我们演奏了其他许多曲子。都是让人感动的忧伤的曲子，有些曲调很复杂，好像是音乐会演奏的乐曲。他的脑袋低垂在手风琴上，用灵巧的手指按着键盘。给人的印象是，他是一个懂得事物价值的严肃的人，与人为善，一有可能，他愿意放弃打仗。好，这个德国人不令人讨厌，他演奏了几乎一个小时，摸了摸孩子们的脑袋，然后就走了。临别时，他用蹩脚的意大利语对我们说道：

"鼓起勇气来，战争很快就会结束的。"

他朝山下的小路走去，走过难民住的茅屋，在屋前的竹竿上晾着主人的一件红格子衬衫。德国人停了下来，用手摸了摸，看看质量可好，然后摇了摇头，继续朝下走去。半小时以后，他又回来了，跑得上气不接下气。他径直跑向茅屋，把衬衣从竹竿上取下，夹在腋窝里，朝着谷地跑去。你们明白了吗？他演奏了手风琴，抚摩了小孩的脑袋，看得出来，他是一个不错的人。但那件衬衫使他忘记了羞耻，他下山的时候，脑子里只想着那件衬衫。欲望终于压倒理智，他返回山上偷走了衬衫。当他演奏手风琴的时候，他像个和平时期的工匠，可当他偷走衬衫的时候，他就是一个不分你我、不尊重任何人和物的士兵了。总而言之，正如我们说过的那样，打仗除了杀人，就意味着抢劫。在和平时期你就是把全世界的金子都给他也不能让他去杀人和抢劫的人，在战争时期他的心灵深处就萌生了所有的人都有的杀人和抢劫的本能。他能萌生这种本能，因为周围的一切都鼓动他去发挥这种本能，而且，人们还对他说，这本能是美好的，他应该相信它，否则就不是一个出色的士兵。于是他就想："如今是战争时期……一旦恢复和平……我也就恢复我本来的面目，现在就让我去干吧。"但遗憾的是，战争时期，偷窃或杀人的人，从不希望自己恢复到过去的样子，至少我是这么看的。譬如说，一个纯洁的处女，一旦失去贞洁，幻想以后再变回处女，我不知道要指望什么样的奇迹了。只要当过一次小偷或杀人犯，尽管他是穿着胸前挂满勋章的军装干的，那他也永远是小偷和杀人犯。

农民们很清楚德国人有手脚不干净的坏毛病，于是他们建立了一种警报：沿着谷地到圣泰乌菲米亚山，安排孩子们分段放哨，一旦山间小路上出现一个德国人，那些孩子中的第一个就大声叫喊："瘟疫。"站在高一点儿地方的第二个孩子重复喊道："瘟疫。"这样一个接一个地喊道："瘟疫。"把消息传到山上。在"瘟疫"的喊叫中，人们纷纷奔向圣泰乌菲米亚山顶，有人扛一袋豆子，有人扛一袋面粉，有人抬一缸猪油，有人捧着香肠，赶快把它们藏进灌木丛或山洞。有一次，确实来过一个德国兵，他不知为了什么冒着危险上了山，他在茅屋之间转悠，大家都跟在他屁股后面，就像举行仪式时的队列一样。有人做鬼脸，朝他做了个把手放在嘴巴上的动作，告诉他大家在挨饿。可经常发生假警报，过了一小时都看不到任何德国人的影子。于是，难民们都松了一口气，跑去把东西从隐藏的地方取回来。

不过，吃的东西越来越少。我储备的食品几乎吃光了，我决计下番功夫去弄些食品。钱，我还是有的，也许在一些不起眼的地方可以买到一些东西。

于是，一个天气晴好的早晨，天刚蒙蒙亮，罗赛塔、米凯莱和我就出发去一个名叫萨索内罗的山区小镇，步行约莫要四个小时。我们估计大约正午时分可到达目的地，如果可能的话，买点东西，吃了饭后再赶路，天黑之前赶回圣泰乌菲米亚。

我们上路时，太阳还躲在群山的后面，尽管天已亮了一阵子了。寒风刺骨，鼻子和耳朵都冻僵了。山口有雪，翠绿的草地中间有少量白雪融化的污迹。太阳终于升起来了，天气暖和了一些，整个乔恰里亚山覆盖着白雪，灿烂的阳光使景色显得非常美丽，所以我们停顿了一会儿，欣赏着美景。我记得，这时米凯莱眺望这山景竟叹了一口气，说道：

"意大利真美。"

我笑着说道：

"米凯莱，你好像是带着不愉快的情绪说这句话的。"

他说道：

"确实如此，因为美是一种诱惑。"

离开山口，我们走上了峭壁之间的一条不太熟悉的小路，草地消失了，道路越来越清楚，它顺着山脊伸展，两侧的山腰陡峭，一侧延绵通向丰迪，另一侧不是很陡，通向一个长满丛林的大山谷。小路像条蛇一样趴在山脊上，蜿蜒曲折，沿着那个被淹没于丛林和橡树林间的小小的野山谷向下延伸。我们一直走到谷底或者说荒无人烟的溪涧，又沿着一条多半隐蔽在灌木树丛的小溪走了一段，溪水从石头上流过，在四周寂静中发出轻微的、欢快的声音。随后，小路向高处转去，从溪涧的另一侧通到另一个山口，向下走了一段以后到了另一座山，再往上走，一直到达光秃秃的、岩石嶙峋的山顶，乱石之间不知什么缘故矗立着一个斑驳的黑十字架。翻过这座山顶，我们继续顺着山脊前行，终于来到了一个下山之前我们能够居高临下俯视到的古怪地方。那是一片巴掌大的平台，位于一块像圣诞面包样子的巨大红岩下方，平台上稀疏地散落着栎树和岩壁。栎树苍老挺拔，光秃、灰青色的枝条伸向空中，好像巫婆浓密的长发，岩壁或大或小，像一个个糖面包，近似黑色，光滑，仿佛被车床碾过了一遍似的。橡树和岩壁之间有不少茅草屋，炊烟把屋顶的稻草熏得发黑，妇女们要么在茅屋前面烧饭，要么在拧干要晾在绳子上的衣服。许多小孩在地上玩耍，见不到一个男人，因为那是一个牧人村，此刻，男人们赶着羊群上山去了。我们走到茅屋跟前，看见像圣诞面包的大岩石下面，有一个熏黑的洞口，当地的一名妇女对我们说，山洞里住着逃难的人。我问那女人可有出售的东西，她摇摇头表示拒绝，神情忧郁地说，也许难民们可能会有什么东西卖给我们，这使我感到奇怪，因为逃难的人是不出售而一心要买进东西的。

不过，我们还是朝山洞走去，至少是为了打听些消息，因为从那些粗鲁而冷漠的牧人婆娘嘴里，是什么也探听不到的。走近山洞的路上，到处都是跟石头混在一起的大大小小的骨头，毫无疑问，这是被难民们吃掉的山羊或绵羊的骨头，另外，还有许多垃圾，譬如生了锈的罐头盒、破布头、旧鞋、烂纸等。我们好像走进了一处建筑工地，在罗马，那是堆垃圾的地方。到处可见燃烧后的黑色残余，一堆堆灰烬，熄火的木头，洞口非常大，四周被烟熏得黑乎乎、脏兮兮的。钉进石头里的钉子挂着煎锅、长柄勺、抹布、四分之一千克的新鲜羊肉，鲜血一滴滴地掉落在地上。

我们朝洞里望去，说实在的，我们吃了一惊，山洞既高又深，栏门烟熏火燎，洞里面黑漆漆的，以至一眼望不到底，它很像一个大卧室，塞满了床和草堆，仿佛医院的病房或兵营的宿舍；一股强烈的刺鼻气味迎面扑来，又好像是收容所和下等人的旅店。第一眼见到的床铺都是乱糟糟的，被子揉成一团，乱得可怕。难民多得不计其数，有人坐在床上，搔脑袋，或者一动不动地傻坐着；有人裹着被子，躺在床上；有人在仅有的一点儿自由空间里来来回回地走动。一群人头戴帽子，身穿大衣，坐在两张床上，围着一张小床打牌，有点儿像圣泰乌菲米亚的难民。一名妇女半裸着身子坐在床上，给婴儿喂奶；在另一张床上，三四个小孩紧紧挨在一起，一动也不动，好像死去了一样，他们也许是睡着了。我前面说过，山洞里面是黑漆漆的，却隐约可见像柴垛似的堆起来的家什。也许这就是那些可怜的人逃难时能够带出来的东西。

在靠近洞口的地方，我看到一件不寻常的东西：一个用包装箱做成的祭坛，上面铺着一块漂亮的绣花台布。桌布上摆着耶稣受难像，两只没有鲜花的银瓶，里面插着带叶子的圣栎树枝。令人奇怪的是，耶稣受难像下面，不是放着小圣人像或其他祭礼的用品，却看见许多块表，大约不下一打，整齐地排列着。这都是老式表，是那种放在背心小口袋里的怀表，大部分是白金的，只有两块似乎是金的。靠近祭坛的一张凳子上，坐着一位神父。我说他是神父，是从他头顶的发圈认出来的，而根据他的其他部分是很难想象他是位神父的。他是个五十岁以上的男人，棕色面孔，身材瘦削，神情严肃。他不穿黑袍，而着一身白色衣服，白色领圈，白色领带，白色裤子或者说白色朱阿夫式裤子[1]，只有袜子和鞋子是黑色。总而言之，谁也不知道他为什么这副打扮，把外衣脱下，下装穿成这副模样。他低垂脑袋，两手放在膝盖上，神情木然，两片嘴唇急速地翕动，好像在祈祷。他抬起头来望着

---

1 朱阿夫兵为法国轻骑兵，由阿尔及利亚人组成，着上宽下窄的裤子。

我，当时我正走过去看祭坛，我这才看清楚他那一对仿佛丧失了视觉一般的出了神的眼睛。

我低声对罗赛塔说：

"他疯了。"

不过，我一点儿也不感到意外，因为有好长时间我对什么都不感到意外了。这时，他直勾勾地望着我，目光渐渐地充满好奇的表情，仿佛他慢慢地认出了一个人似的。突然，他站了起来，抓住我的一只胳膊，说道：

"好极了，你终于来了……快，帮我给这些钟表上发条。"

我茫然不知所措，朝洞口转过身去，但他的手用令人可怕的力气紧紧攥住我的胳膊，就像鹰爪一样。一个正在玩牌的难民斜眼注视着这一情景，他没有转过身子，喊道：

"你给那些钟表上发条吧，让他高兴……可怜的人儿，他们毁掉了他的教堂和教区，他带着他的那些钟表逃了出来，就再也没有恢复理智……但他不会伤害任何人……你放心。"

罗赛塔和我安下心来，每人拿起一只钟，上了发条，其实我们只是装装样子而已，因为那些钟都已经上足了发条，走得很准确。他站在那里望着，就像神父们通常做的那样，双腿分开站着，双手在背后握着，眉头紧皱，低垂着脑袋。我们刚上完了发条，他用低沉的声音说道：

"现在你们都给钟上了发条，我终于可以在做弥撒时用上了……好极了，好极了，你们终于来了。"

幸运的是，此刻山洞里的另一位居民走了进来，那是一位年轻的修女，她的样子马上使我平静下来。她的瓜子脸雪白又秀美，眉毛乌黑，恰似眼睛上方的两道黑色屏障，黑眼珠炯炯有神、安详，好像夏夜天空的两颗星星。她身着白色的修女装束，戴着雪白的包头巾，给我留下了深刻的印象，确实打动了我的心。她的服饰像白雪一样洁白，浆得完美无缺，在那种地方简直令人难以置信。天晓得住在那样肮脏的山洞里，她是怎样保持得如此整洁和完美。她以温柔的态度和甜美的声音，转身对神父说道：

"快，堂马泰奥，您过来跟我们一起吃饭去……但首先您必须穿上衣服……穿着内裤吃饭是不雅观的。"

堂马泰奥从头到脚是个真正的朱阿夫兵的打扮，张着嘴听她讲话，眼神慌乱不知所措。他终于结结巴巴地说道：

"那么那些钟呢？谁来关照它们？"

修女用平静的语调说道：

"她们替您上了发条，钟走得非常准确，堂马泰奥，您看，所有的钟都指向同一时间，这正是吃饭的时间。"

她从钉子上取下神父的黑袍，帮他穿好，就像疯人院里的护士态度和蔼地照顾一个疯子。

堂马泰奥让人给他穿上了满是尘土和油污的袍子，用一只手摸摸光秃秃的脑袋，走近修女，修女架着他的一只胳膊，朝山洞深处走去，那里可以看到三脚支架上有一口深底大锅冒着热气。修女朝我们转过身子，说道：

"你们三个人也来吧，也有你们的一份。"

我们也走近那口大锅，这时许多难民已经把大锅团团围住。在这群人当中，我发现一个看上去非常寒碜和令人厌恶的人：他个头矮小而肥胖，浑身上下破破烂烂，头发蓬乱，胡子拉碴，他的裤子破了一个口子，正好在臀部，露出一道白衬衫的边。他端着菜盘，带着哭声说道：

"特蕾莎姐妹，您总是给我盛得比别人少，为什么给我的要比给别人的少呢？"

特蕾莎修女不回答他的话，聚精会神地给每一个人盛一块肉和两勺汤。这时，另一个难民，一个五十岁左右的男人，浓黑的八字胡，脸色红润，带着讽刺的口吻说道：

"蒂科，为什么你不罚修女的款……你是市政警察，你尽管罚她，因为她给你的汤比其他人少。"然后，他笑着对米凯莱说道：

"我们这些人在这里配合得不错，神父是疯子，宪兵们曾被流放到德国，警察的衬衣露在裤子外面，镇长游手好闲，可比其他人更挨饿。权威不复存在，但我们不相互残杀，可以称作奇迹了。"

修女的目光并没离开那口大锅，回答说：

"这不是奇迹，而是上帝的旨意，上帝要人们相互帮助。"

此时，蒂科埋怨道：

"堂路易吉，您总是要拿我们开玩笑……难道您不知道一个没有制服的警察跟所有其他人一样是个可怜虫吗？您发给我制服，我会重新变得衣冠整洁。"

我想，归根结底他是有道理的，至少在某些情况下，制服就是一切。至少就那位好心肠的修女来说，如果没有那身修女的装束，而像我和罗赛塔那样穿得破破烂烂，那么，即使凭着她的温柔的性格和她的宗教信仰，她也不会享有这样的威望。

就这样，我们喝起汤来，汤很油腻，汤里熬过羊肉，散发出羊肉的膻味。尽管我饿得要命，也难以下咽。我们一面吃，一面听早就熟悉了的谈话：灾荒、英国人的到来、轰炸、搜捕、战争。最后，我觉得时机到了，便冒昧地问道，谁能向我们出售一些食品。不出我预料，他们显露出惊奇的表情，他们没有什么可供出售，他们像我们一样，也在到处收购，或者也快把从老家带来的东西吃光了。不过，他们建议我们去问问住在洞外茅屋里的牧民们：

"我们都从牧民那里买东西……他们总是储藏着一些奶酪、羊肉……去看看他们可愿意卖给你们什么东西。"

于是我说，正是一名妇女让我们上这里来的，她说牧民们没有什么可卖的了。镇长耸了耸肩膀，说道：

"他们那么说，是因为还不信任你们，他们想保持高价。可他们有羊群，这是此地唯一出售的东西。"

我们向用菜汤款待我们的修女和难民们道了谢，又从疯子神父摆满钟表的祭坛前面走过。我们走出山洞，这时，从山崖和茅屋之间，走过一小群羊，赶羊的是个小矮个，穿白便鞋，肚子上系着腰带，黑裤子，黑外套，黑帽子。山洞门口的一个女人，嘴里嚼着一块面包，听见了我们的谈话，指着这个羊倌说道：

"他是一个福音派教徒……如果你让他明白你会出好价钱，他就会卖奶酪给你。"

于是我紧跑几步，追上那人，喊道：

"你有奶酪卖吗？"

他不理睬我，也不转过身来，就像聋子一样继续朝前走着。我又向他嚷道：

"福音传道士先生，你卖奶酪吗？"

这时，他才开口说道：

"我不叫福音传道士，我叫德桑蒂斯。"

"别人告诉我，叫你福音传道士。"

"不，我们只是属于福音教派，就是这么一回事。"

最后，他暗示，他可以卖给我们奶酪。我们便随他来到他的茅屋。

他先把羊群赶进靠近他茅屋的牲口圈，一面逐一地唤着羊的名字："比安基娜、帕乔卡、玛塔、切莱斯苔……"然后关上牲口圈的栅栏，把我们领进他的茅屋。它跟帕利德住的那间茅屋相似，只是面积更大些。我不知道为什么，这间茅屋给人的感觉更空旷，更凄凉，也许是他接待我们的态度相当冷淡的缘故。围着我们熟悉的火炉，在我们熟悉的长凳和木桩上，坐着许多女人和小孩。我们坐了下来，他最要紧的事情是合掌祈祷，所有的人都跟着他做，包括小孩。看到他们祈祷的情景，我不由得发愣了，因为至少我们那一带的农民是很少祈祷的，而且只在教堂里祈祷。不过，我回忆起他关于福音派宗教的回答，我才明白，他们跟我们不大一样，他们的信仰方式也不大一样。

米凯莱似乎对此怀有强烈的好奇心，他们结束祈祷以后，马上问他们怎么会成为福音派教徒，他似乎懂得福音派这个字眼的意思。矮个子回答说，他和他的两个兄弟曾经在美洲打工，在那里遇到了一位新教牧师，说服他们信奉福音教。米凯莱问起他对美洲的印象，他回答说：

"我们在那不勒斯上船，在太平洋的一个小城市下船，然后乘火车到了森林，因为我们是被招募去当伐木工人的。就我所能看到的来说，那是一个到处是森林的国家。"

"可你们见到过城市吗？"

"没有，只见过我们下船的那个小城市……我们整整两年都待在森林里，然后又原路回到意大利。"

米凯莱觉得既惊讶又好笑，他后来对我说，美洲有许多大城市，可他们除了森林什么也没有见到，似乎整个美洲就是一片森林。他们还谈了一会儿美洲，由于天色已晚，我向他提出买奶酪的事。于是那人摸黑在屋顶的干草间搜索，翻出两块发黄的羊奶酪，直截了当地说，如果我们愿意的话，价格是非常贵的。我们吓了一跳，因为他报了一个即便在饥荒的年头也闻所未闻的高价。我说道：

"怎么啦，莫非你的奶酪是金子做的？"

他一本正经地回答说：

"不，比金子还要好，是奶酪。金子你是不能吃的，而奶酪可以。"

米凯莱讥讽地说：

"莫非福音书教导你要这样的高价？"

他闭口不言，于是我逼进一步，说道：

"刚才特蕾莎修女在山洞里还说过，上帝愿意人们相互帮助。你帮助人的方式可真不错。"

他脸色铁青，平静地说：

"特蕾莎修女信奉另一种宗教，我们不是天主教徒。"

"那么福音教派信奉什么呢？"米凯莱反问道，"难道就是比天主教徒的卖价要高两倍吗？"

他还是一本正经地回答说：

"兄弟，福音教派就意味着恪守福音教规。我们是忠实地恪守的。"

他对我们的问题对答如流，一点儿办法也没有，他硬得像块石头。他最后说道：

　　"如果你们需要的话，我可以卖只羊给你们……一头肥羊，过复活节……我有一只六千克的，我愿意给你们一个好价钱。"

　　我想，复活节快到了，羊倒是要的，便问他什么价钱，我们又着实吓了一跳，那个价钱除了买下这头羊之外，还足以买那头生下它的母羊。米凯莱突然说道：

　　"你可知道，你们这些福音派教徒是什么样的人吗？彻头彻尾的制造饥荒者。"

　　那人说道：

　　"兄弟，和为贵，福音书愿所有的人和睦相处。"

　　我终于绝望了，对他说，我可以买他的一头小羊羔，但他必须减价。你们知道他是怎么回答的吗？

　　"减价？这就是我能够给的最低价了。你最好还是别买了，大姐，因为如果你按我的价格买下来，以后你会生我的气，而如果我按你的价格卖了，我会生你的气。可福音书是愿所有的人和睦相处。你就别买了，这样，我们还会继续和睦相处的。"

　　我没料到他竟说出这一番歪理，我不知跟他争了多长时间，可他就是寸金不让，没有法子打动他。我按住他的肩膀，把他逼到墙角，说他简直是一个窃贼，他便用福音书上的道理来摆脱自己的困境，说：

　　"别发怒，大姐，愤怒是一种莫大的罪过。"

　　最后，我付了那昂贵的价钱，他只给我多加了一长条奶酪，我们就着面包马上充了饥。我们走了，尽管我们很冷淡地离开了他，他却站在门口向我们告别说：

"愿上帝跟你们在一起，兄弟姐妹们。"

我几乎在心里暗暗诅咒：

"让魔鬼把你们带走，送进地狱去吧。"

跑了这么一趟，仅仅弄来一只小羊羔，而几十千米的山路几乎使我们每个人磨破了一双鞋。不过正像在这种情况下经常发生的，几天之后，我们不费力气就得到了补偿，好像苍天保佑似的。一个骑匹黑马，在山区转悠寻找食物的掘墓人，以很便宜的价钱卖给我们一些豆子。他是从南斯拉夫流亡者那里买来的，在停战期间，他们从彭查岛逃到靠近我们的谷地，眼下，由于害怕德国人，他们不知逃到哪里去了，他们储存的食物自然也无法随身带走。掘墓人是个年轻人，金色鬈发，细高个，性格活泼，他还从那些南斯拉夫流亡者那里带来了关于战争的消息。他说，在俄国一个名叫斯大林格勒的城市，德国人遭受了惨重的失败。俄国人俘虏了包括将军在内的整个军团，泄了气的希特勒下令撤退。他还说，再过几天，最多几个星期，战争就要结束了。这些消息使难民们欢欣鼓舞，但农民们却并不高兴。圣泰乌菲米亚山区的绝大部分男人上了前线，正好被派往了斯大林格勒，他们从那里往回写家信，提到过这个城市的名字。如今许多女人为丈夫或兄弟的生命提心吊胆，她们是有道理的，因为后来得到证实，一个男人也没有生还。

三月，白天渐渐长了起来，山峦重又开始返青，气候也越来越温和，对安齐奥和卡西诺的轰炸仍然继续着。我们待在安齐奥和卡西诺之间，从这两个地方整天整夜不间断地发出大炮声，就像在相互比赛似的，我们听得清清楚楚。先是安齐奥的大炮发出爆炸前的轰鸣声，接着是卡西诺大炮反击的隆隆声。天空犹如一面鼓，阴沉的炮击声好像用拳头猛击大鼓似的。在那样美好的季节里，听到如此可怕、阴郁的炮声，使人不由得想到，也许战争就是大自然的组成部分，那炮声跟阳光联系在一起，并且融为一体了，也许春天因战争也染病了，就像人也因战争而染病一样。总而言之，那进入我们生活的炮声，正像已经进入我们生活的破衣烂衫、饥荒、危险一样，永不停歇，也像破衣烂衫、饥荒和危险一样，已经成为我们习以为常的事情；这种情形一旦中止，实际上就是美好的一天的中止，我们将为此感到意外。这就是说，人们对这一切已经习以为常了，战争已成了一种习惯，而要改变的，并不是已经发生的非常事件，而正是这习以为常，此种习性说明，我们接受发生的一切，而不再反抗了。

四月初，山区显得分外漂亮，一片葱绿，鲜花盛开，空气清新，人们可以整日待在室外。面对令人赏心悦目的鲜花，我们这些逃难人更强烈地体验到饥饿的感觉，因为花儿开了，意味着它已发育成熟，茎叶变得坚硬，饱含纤维，也就没法吃了。总之，这些花朵如此动人美丽，也就宣布我们最后的食粮菊苣不再有了。如今的确只有英国人的到来才能拯救我们了。果树也开花了，遍布山腰的桃花、杏花、苹果花、梨花，好像是风和日暖、甜蜜醉人的天空中白色的和玫瑰色的云彩。不过我们望着这些果树，不能不想到，这些鲜花会变成果实，我们将可以用来充饥，可距离结果还有几个月的时间。麦苗碧绿、矮小、娇嫩，好像丝绒一样，给人以无精打采的感觉；它还要过好长时间才能结穗、成熟、收割和脱粒，才能送到磨房，才能把和好的面粉，用炉子烤成一千克一个的面包。唉，只有肚子填饱了，才能欣赏美丽的风光；相反，一旦饿肚皮，所有的念头都集中于一点而不能解脱，美也似乎成为一种欺骗，或者更糟糕的是，成为一种嘲讽。至于说麦苗，我回忆起了一件事，它使我对饥荒产生了强烈的印象。

一天下午，像往常一样，我下山去丰迪，希望能买到一点儿面包。我们来到谷地，看见德国人的三匹马竟然泰然自若地在地里大嚼麦苗，我们都愣住了。一名没有佩戴领章的德国士兵，也许是叛逃的俄国人，就像上一次我们曾遇到过的俄国逃兵，懒洋洋地坐在栏杆上，望着那三匹马在糟蹋麦子。说实在的，我只有在那个时刻才懂得，战争意味着什么。良心在战争年代不再是良心，什么事情都可能发生。那是一个阳光灿烂的日子，鲜花盛开。我们三个人，米凯莱、罗赛塔和我，靠近栏杆站着，目瞪口呆地望着那三匹饱餐麦苗的漂亮马匹，这几头可怜的牲畜，根本就不明白它们的主人让它们干的好事，它们饱餐的幼嫩的苗，成熟后将是基督徒们的面包。我回想起，小时候我的父母对我说过，面包是神圣的东西，扔掉或浪费粮食是渎圣行为，甚至把面包倒过来放都是罪过。现在，我亲眼看到他们拿粮食去喂牲口，而谷地和山上的许多人在忍饥挨饿。终于，米凯莱道出了我们的共同感情：

"如果我是教徒的话，我会说世界末日来临了，因为人们已经看到麦田里牧马的情景。我不是教徒，因此，我只能说，纳粹分子来了，也许这和世界末日来临是一回事。"

在那一天稍晚些时候，我们一致认识到，德国人的性格是多么古怪，跟我们这些意大利人又多么不一样，意大利人具备许多优秀的品质，但总是有某种欠缺，因为他们不是完人。上一回，我们曾经在律师家里遇见那个坏透的军官，他以用喷火器来清扫山洞为快事。这一次，我们也碰到了一个德国上尉。可律师提醒我们：

"这人跟别人不一样，这确实是个有教养的人，说法语，在巴黎待过，他对战争的想法跟我们一致。"

我们走进了棚屋，上尉像所有的德国人那样，在我们进门的时候站起身来，脚后跟用力碰了一下，紧紧握我们的手。的确，他是个细心的男子汉，绅士，有点儿秃头，灰色的眼睛，贵族气派的鼻子挺直，嘴上露出高傲的表情，却没有窘迫不安和僵硬的东西，在某种程度上他几乎像个意大利人。他的意大利语说得很好，对我们说了不少意大利的好话，说意大利是他的第二祖国，他每年都去海边和卡普里岛，战争至少使他得到机会参观不少他不了解的美丽的地方。他请我们抽烟，打听罗赛塔和我的情况，最后谈到他的家庭，还给我们看照片，他妻子是个漂亮的女子，有一头漂亮极了的金发，三个孩子都长得很帅，三个金发小天使。他指着照片说：

"在此种时刻，这些孩子是幸福的。"

我们问这是为什么，他回答说，孩子们总是希望有一头小毛驴，而他正好这些天在丰迪买到了一头，他正把小驴运往德国，作为送给孩子们的礼物。他充满热情地讲述着细节，他得到的正是他所寻找的小驴，撒丁种，由于小驴还没有断奶，他便用军列运往德国，他委托一名士兵一路给小驴喂奶；军用车上还有一头奶牛。他满意地笑着，然后说，此刻，他的孩子们肯定骑上了撒丁小驴，所以他说他们是幸福的。我们，包括律师和他的母亲都感到震惊。我们没有吃的东西，那是饥荒的年头，他却有办法把头小驴运到德国去，一路还给小驴喂奶，这奶本该给许多缺奶的意大利小孩。如果他连这个简单的道理都不懂，那么，他对意大利和意大利人的爱体现在什么地方呢？不过，我想，他这样行事并非出于恶意，他当然是我们到这时为止遇到的最好的德国人。他这样行事，因为他是德国人，正像我已经说过的，德国人是以特殊的方式造就的人，他们有许多优良的品质，但这是一个方面，而另一方面，他们其实又缺乏任何优良的品质，这有点儿像一些贴着墙生长的树，只在一侧，也就是不靠着墙的那一侧，长着所有的树枝。

现在，吃的东西没有了，米凯莱以各种方式努力接济我们，公开的方式是在家人责备的眼光下把他的一部分早餐和晚餐拿给我们，秘密的方式是直接偷他父亲的东西送给我们。譬如，有一天，他来找我们，我让他看我们仅有的一点儿面包，一只三分之二是玉米面的小面包。于是，他说，以后他会给我们弄面包，从他母亲的食品柜里每次弄点给我们。他真这么做了。他每天给我们带来几片面包，而且是没有掺玉米面粉和麸子的白面包，这是山上唯一这么做面包的人家，尽管后来菲力波整天哭穷，向人们诉苦说，他和他的家庭已经忍饥挨饿了。但是有一天，米凯莱拿来的不是通常的三四片面包，而是两只完整的面包，这是那天上午他们刚烤出来的，他原以为神不知鬼不觉，其实，他们都发现了。菲力波像魔鬼似的嚷嚷，说别人偷走了他的口粮，可他没有说出被偷的是面包，否则他就是不打自招了，因为他总是说什么他没有面粉了。菲力波像警察那样想方设法搞调查，他丈量了窗户的高和宽度，仔细察看窗下的地面，看看青草是否被踩过了，仔细察看门窗边框有没有掉下墙灰。最后，他认定，由于窗户既狭又高，应当是小孩进入室内偷窃的，可是，没有大人的帮助，这个小孩是无法进入窗户的。调查的结果，认定是一个难民的儿子马里奥利诺干的。孩子的父亲，无疑是他的帮手。如果菲力波没有把他的这些判断告诉妻子和女儿，那么，一切将到此为止。对于菲力波来说属于推测的东西，竟然很快变为两个女人确信无疑的事情了。起先，跟那个难民和他的妻子相遇时，她们总是一声不吭，不打招呼，然后就指桑骂槐："今天的面包好吃吗？"或者说："你们要当心马里奥利诺……爬窗户会摔断脖子的。"

有一天，她们终于直截了当地说：

"你们全家都是贼，你们是贼。"

大吵大闹的场面简直没法描述，尖叫和喊叫声直冲云霄。那难民的老婆，一个身体虚弱的小个子女人，衣衫褴褛，蓬头垢面，尖声地重复喊道：

"滚吧，滚吧。"

我不明白她想说的意思，菲力波老婆则继续冲着她大喊，她们是贼。于是，一个重复："滚吧！"另一个骂她们是贼。就这样，她们像两只怒气冲冲的老母鸡，在围观的难民们围成的小圈子里，对骂了一段时间，但没有动手。此刻，我和罗赛塔不无内疚，为了不让人们看见，便躲在暗处，随着两个女人的每一声尖叫，吃一口菲力波的面包。我不否认，那偷来的面包，我觉得比平常我们吃的面包更有滋有味，因为那是偷来的，而且是偷偷地吃。总之，从那天起，米凯莱小心翼翼地塞给我们面包，为了不让家里人发现，他从这只面包上切一片，又从那只面包上切一片，事实上，他们也没有再察觉，也就没有再发生这样的闹剧。

鲜花盛开但填不饱肚皮的四月过去了，五月带着暑气来临了。除了忍饥挨饿，还有苍蝇和黄蜂的骚扰。我们的小屋子里有许多苍蝇，夜里，我们上床的时候，那些苍蝇也停在我们挂衣服的绳子上睡觉，绳子上的苍蝇多极了，黑乎乎的一片。还有黄蜂，它们的窝就筑在屋顶下面，成群地飞进来飞出去，倒霉的是碰到它们还咬你。我们整天大汗不止，也许是身体虚弱无力的缘故。在这大热天，我不知道为什么，也许是因为我们既不能洗澡，也没有条件更衣，我们突然发现，我们确确实实成了两个叫花子，成了辨认不出年龄、性别，在修道院门口乞讨的叫花子。我们本来就不多的衣服都已破烂不堪，发出一股气味。我们好长时间没有穿皮鞋了，脚上的便鞋是用帕利德盖汽车的破布补的。也着实让人感到寒碜。那间小屋子，由于苍蝇、黄蜂和炎热，简直无法住人，在冬天成为避难所之后，如今成了比监狱还糟糕的地方。性格温柔并且极有耐心的罗赛塔对此也许比我更难受，因为我是农民出身，而她却是城市里长大的。一天，她对我说道：

"妈妈，你总是谈吃的东西……我倒宁愿再忍饥挨饿一年，只要有一件干净的衣服和生活在一个干净的地方。"

还有一个情况：缺水，因为两个月没有下雨了。罗赛塔不能再像冬天那样头顶水桶去打井水，而现在恰恰更需要水。

在五月，我知道有一件事能够说明难民们的绝望程度。在菲力波的家里召开了一次只有男人参加的会议。会上决定，如果五月英国人不来的话，难民们都有武器，有的有支手枪，有的有杆猎枪，有的有把大刀，他们将迫使当地农民们或出于爱心，或迫于压力，把自己的口粮充公。米凯莱也参加了会，他马上表示反对，声明将站在农民的一边。这时，一个难民回答他说：

"好极了，在这种情况下，我们就把你看作农民，把你当成他们中的一个来对待。"

总之，这次会议也许没有发生什么大的作用，因为，不管怎么说，难民们是善良的，我不信他们会当真动用武器。但这件事说明大家已经陷入何等绝望的境地。有些人，就我所知，打算趁天好地硬的时候离开圣泰乌菲米亚，或者越过前线去南方，或者去北方，据说那里不缺吃的东西。有些人还说要去罗马，徒步走去，因为他们觉得农村会让你饿死，而城市不能不帮助你，因为城里人害怕革命。总而言之，在这炎热的五月，一切都在活动，一切都在分裂，每个人都在考虑自己和自己的性命，许多人已经打算去冒险，摆脱那种死气沉沉和没完没了地等待的处境。

　　一天，突然传来了一个好消息：英国人发动了进攻，并向前推进。我无法形容难民们兴高采烈的程度，他们无法干上一杯，因为酒没有了，食品也没有了。他们激动得相互拥抱，把帽子扔向天空。可怜的人们，他们哪里知道，正是英国人的向前推进，给我们带来了新的灾难。困难还只是刚刚开始呢。

第八章

我还是小女孩的时候，家乡的一个店铺老板喜欢收藏上次大战期间的《星期天画报》，有好多次，我跟他的孩子们一起欣赏这些收藏品，有不少彩色图片，展示了一九一五年的战争场面。也许是这个原因，我想象中的战争就像我在这些图片中看到的情形：发射的大炮，弥漫的烟雾，熊熊的火光，冲锋的士兵，长枪上的刺刀，飘舞的红旗，短兵相接的肉搏，一些人倒下去，另一些人继续前进。说实在话，我喜欢这些彩色图片，它们给我的感觉是，不管怎么样，战争并不像人们所说的那么糟糕。当然战争并不是好事，可我想，如果有人喜欢杀人，或喜欢表现自己的勇敢，检验自己的进取性，蔑视危险，那么，战争就是他需要的一个机会。我还想，不要相信所有的人都是热爱和平的。恰恰相反，许多人在战争中如鱼得水，不是别的缘故，而是因为战争便于残杀者和嗜血成性者发泄自己的本能，在目睹真正的战争之前，我就是这么推论的。

一天，米凯莱跑来对我说，突破前线的战斗几乎已经结束，可我却感到失望，因为我的视线所能达到的远处，看不到一点儿战斗的影子。那是一个非常美好的日子，天色晴朗，只有几片玫瑰色云彩飘过地平线，轻拂着山峰，山那边就是伊特利镇、加里利亚诺河，再就是前线了。右边的群山巍峨耸立，在金色的阳光下一片葱绿；左边，宽阔的平原过去是蔚蓝色大海，波光粼粼，海水明净，显露出微笑和春意，战争在什么地方发生了呢？米凯莱回答我说，仗已经打了至少两天了，眼下正在伊特利镇的山峦那边进行。我不愿意相信，正像我说过的，我想象中的战斗场面完全是另一种样子。我把这想法告诉了他。米凯莱笑了，向我解释说，我所欣赏的《星期天画报》封面上的战斗场面再也不可能出现了，大炮和飞机足以把远离前线的大兵一扫而光。战争越来越像家庭主妇用喷雾器杀死所有的苍蝇的行动，既不会弄脏自己的手，也不必用手去碰苍蝇。米凯莱说，现代战争只知道履行职责，发动进攻、冲锋、肉搏；勇敢变得毫无用处，谁拥有射程远、数量多的大炮，拥有飞行速度快、活动范围大的飞机，谁就赢得胜利。他最后说道：

"战争已沦为机器之战，士兵充其量只比出色的机械工略好一点儿。"

行了，这种看不见的战争也许持续了一两天的工夫。后来，一天清晨，大炮在空中轰鸣，它的距离是如此之近，以至我们房间的墙壁都颤抖了。嘭，嘭，嘭，大炮好像就在山脚边发射似的。我赶快起身，冲到外面，几乎带着一种预感，似乎会看见我曾经谈到过的横七竖八躺在地上的尸体，可是，什么也没有，这是一个通常的晴朗明媚的日子。唯一的区别是在平原尽头的地平线，在包围平原的群山那边，可以看到许多玫瑰色的细长的痕迹，像闪电似的升向天空，然后在蓝天消失。别人向我解释说，它们是大炮发射的炮弹，在大气层能见度高的时候，可以用肉眼看见它们的弹道轨迹。这些红色的痕迹就好像给天空剃了一刀，鲜血顿时从伤口汩汩地冒出来，但马上就停止了。我们先是看见天空的一道血光，然后是大炮发射的打击声，很快听到炮弹从我的头顶上飞过的呼啸声，几乎同时，从山背后传来非常猛烈的爆炸声，它把整个天空像一间空屋那样震撼得隆隆作响。大炮向我们身后的某个目标发射。米凯莱向我解释说，这意味着战斗向北方转移，丰迪河谷已被解放。我问，那么德国人跑到什么地方去了，他回答我说，几乎可以肯定的是，德国人朝罗马逃了，突破的战斗已经结束，那些大炮正是狠狠打击撤退的德国人。总而言之，没有什么短兵相接的肉搏，也没有什么遍地横七竖八的尸体和伤员。

那天晚上，我们看到伊特利方向的天空比较明亮，不时呈现出红色，好像突然起火一样，同时炮弹的轨迹不断掠过，使人联想到在漆黑的、满是星斗的夜空中的焰火，不过它们是很细很细的连续进发的弹迹，没有焰火的柔软的花朵。爆破声也不一样，更为深沉，更具有威胁性，毫无焰火所具有的欢快。我们仰望了一会儿天空，感到累得要死，于是我们上床将就着睡了，因为天气很热，罗赛塔一个劲地嘟囔。

一大早，我们就被邻近的非常强烈的爆炸声惊醒了。我们跳下床来，发现这次正是冲着我们来的。于是我第一次懂得了，大炮比飞机更坏，飞机至少看得见，一旦看见飞机，你可以跑去躲起来，或者你至少可以看见飞机朝什么方向飞去，心里踏实下来。而大炮你是永远看不见的，它们藏在地平线的后面，在你看不见大炮的时候，大炮却在寻找你，永远也不知道它会把你打发到什么地方去，因为大炮就像一根无形的手指，处处追踪着你。我方才说过，那轰炸声近极了，实际的情况是，有人告诉我们，一颗炮弹就在离菲力波家不远的地方爆炸了。米凯莱跑来，兴高采烈地对我们说，只是几个小时的问题了；可我回答他说，死亡也就是几秒钟的问题。他耸了耸肩膀，回答说，我们应当把自己看成是永生的。突然间，几乎是为了回答我们，就在我们头顶上响起一声吓死人的爆炸。墙壁和地板都颤动了，石灰和尘土从天花板上纷纷抖落下来，一时间，空气变得一片模糊，我们以为就落在房子上了。我们冲出去，看到炮弹在附近的梯田上爆炸了，把梯田周围炸成了个大洞，洞里满是新鲜的泥土和翻倒的青草。我不想说米凯莱也被吓坏了，但他明白了，我刚才说死亡只要几秒钟的工夫是没有错的，他要我们跟他走，他知道该到什么地方去，他说应当躲到一个死角。我们沿着梯田跑到山谷的另一头，找到一个用树枝搭的牲口棚，它坐落在山鼻子下面。"这是个死角，"米凯莱说道，得意地表现出他很懂得战争，"我们可以坐在草地上……炮弹绝对飞不到这里。"

可不，好一个死角。他刚刚说完，就响起一声剧烈无比的轰炸，烟雾四起，我们都被弥漫的尘雾裹住，透过飞扬的烟尘，我们看见整个棚口都塌了下来，活像小孩子用马粪纸折的永远立不起来的房屋。米凯莱这下可不再坚持这里是死角的看法了。他让我们快趴在地上，不要从地上起来，对我们嚷道：

"跟我去山洞……去山洞……不要站起来，跟我爬过去。"

他所说的山洞就在牲口棚的后面，山洞非常小，入口低矮，农民们把它当作鸡舍使用，于是我们跟在他后面贴着地皮爬行，一直爬进山洞，受惊的母鸡咯咯乱叫，向洞的深处跑去。山洞太矮，无法站起身来，我们一个挨一个趴在地上一个多钟头。地上的鸡屎沾了我们一身。母鸡们又壮起了胆，从我们身上跳来跳去，在我们的头发中啄来啄去。这时，我们听到山洞四周响起一声接一声的爆炸声，我对米凯莱说道：

"真不错，找到了这个死角。"

末了，又响起了几声稀稀拉拉的爆炸，然后，除了远处的炮声，就听不到什么声音了。看来，大炮已放过了我们，去轰击圣泰乌菲米亚山后的其他地方了。米凯莱分析说，击中牲口棚的炮弹可能不是英国人的，而是德国佬用能拐角射击的山地迫击炮射中的。现在我们可以安全地出去，因为德国佬停止了射击，而英国人是不会对我们开炮的。于是，我们又像进洞时那样贴着地爬出洞，赶紧回家。

已经一点钟了。我们想吃面包和奶酪。我们正吃着，帕利德的儿子跑来了，上气不接下气地告诉我们，德国人来了。我们一下子蒙了，因为按常理说，经过这番炮击之后，来的应该是英国人。我想，他是个孩子，可能搞错了，便反复问道：

"你是说英国人？"

"不，德国人。"

"德国人已经逃走了。"

"我要告诉你，实际情形正相反，德国人来了。"

还是帕利德揭开了这个奥秘，不错，来的是一群溃逃的德国兵，他们正坐在草垛背后的草堆上，搞不清楚他们想干什么。我对米凯莱说道：

"嘿，德国人有什么要紧……我们等的是英国人，不是德国佬……让德国人去烧他们的汤吧。"

可是，米凯莱听不进我的话。帕利德的解释使他的眼睛燃起了火焰，应该说，此刻米凯莱既憎恨德国人，又被他们吸引了。过去无数次见到的德国人都是骄横跋扈，不可一世，现在倒要看看这些吃了败仗、狼狈逃窜的德国人的样子。这个想法使他激动和高兴。他对帕利德说道：

"我们去看看这些德国人。"

他果真去了，罗赛塔和我紧紧跟随他们。

我们在草垛背后找到了德国佬，他们一共五个人，我一生中还从来没有见到过比他们更疲劳不堪的人。他们瘫倒在稻草上，东一个西一个，叉开四肢就像死人一样。三个人睡着了，至少是正闭着眼睛，另外一个仰面躺着，眼睁睁地望着天空，第五个也是仰面躺着，把一堆干草当枕头，眼睛直勾勾地望着前面。我特别注意这最后一个人，他几乎是个白化病人，皮肤透明，呈玫瑰红色，蓝眼睛，眼睛周围的绒毛几乎是白色的，头发是明亮的金黄色，细腻而光滑。他的脸颊布满尘土和沾了灰尘又干了的道道泪痕，他的鼻孔里塞着东西，我不知道是黑土还是脏东西，嘴唇干裂，眼圈发青、红肿，好像被指甲抓过似的。要知道德国人一贯穿着整洁的制服，制服熨烫得笔挺，好像还散发着卫生球的气味。可这五个人的制服都是皱巴巴的，掉了纽扣，就像在灰堆里滚过，或者让黑烟强烈地熏过一样褪了颜色。许多难民和农民远远地围成一圈，默默地望着德国人，就像观看一场令人难以置信的戏。德国人默不作声，一动也不动。米凯莱走上前去，问他们是从什么地方来的。他讲的是德语，可那个白化病人身子毫不动弹，就像后领被钉在那个干草枕头上似的，慢吞吞地说：

"你可以用意大利语说……我懂意大利语。"

于是，米凯莱用意大利语重复刚才的问话，那人回答说，他们打前线来。米凯莱又问发生了什么事情。白化病人仍然保持他那瘫痪似的姿态，一个单词跟着另一个单词慢吞吞地从嘴巴里蹦出来，讲话的语调很沉，有气无力，但又具有威胁性。他说他们是炮兵，整整两天两夜遭到飞机的猛烈轰炸，他们的大炮，甚至他们阵地的泥土都给炸成碎片了。最后，他们发现绝大部分的战友都已经阵亡，便认定必须放弃阵地逃走。他慢吞吞地说道：

"前线已经不在加里利亚诺河上，而是朝北转移了，我们必须赶到那边去……北边还有其他的山，我们还可以坚持下去。"

尽管他们已经沦落到跟死人差不多的地步，可还念念不忘谈什么打仗和坚持下去。

米凯莱这时问道，是谁突破了战线，英国人还是美国人。这是一个冒失的问题，因为白化病人冷笑了一声，说道：

"这跟您有什么关系？亲爱的先生，您应当高兴了，因为不一会儿，您的朋友们将来到这里，这就是一切。"

米凯莱假装没有听出他那带有威胁性的嘲讽口气，又问他能为他们做些什么。白化病人说道：

"请给我们一些吃的东西。"

现在所有人家确实都揭不开锅了，也许菲力波除外，我不相信难民和农民还能一起凑出一个小面包。我们为难地互相看着。我想表达大家的想法，便感叹道：

"吃的吗？谁还有吃的东西呢？如果英国人不尽快带来食品，我们这里所有人都得饿死了。你们也等等英国人，你们也会有吃的东西的。"

我看见米凯莱做了一个不赞成的手势，好像在说："傻瓜。"我意识到我讲了不该讲的话。德国人直盯着我看，好像要把我的脸刻在记忆之中似的。他慢吞吞地说道：

"这个主意好极了，等着英国人。"他停顿了一会儿，然后吃力地抬起一只胳膊，伸进上衣下面摸索说道："我已经说了我们要些吃的东西。"

现在他的手中紧握着一支黑色的大手枪，把它对准了我们，尽管他没有动弹，也没有改变自己的姿态。

我害怕极了，也许不是由于手枪，而是由于白化病人的眼神，那是一头落入了陷阱但仍然穷凶极恶进行威胁的野兽的眼神。相反，米凯莱毫不慌张，镇定地对罗赛塔说：

"你上我父亲那里去，让他给你一点儿面包，就说几个德国人要。"

他以特殊的表情说了这番话，好像是暗示罗赛塔去说明那面包是德国人用手枪逼着要的。罗赛塔马上朝菲力波的住处跑去。

我们围着草堆，不声不响，等候着面包，过了一会儿，白化病人说道：

"我们不仅需要面包……还要人给我们带路，给我们指引朝北方去的小路，好赶上我们的部队。"

米凯莱说：

"这就是通往北方的小路。"他指着山区的一条崎岖小路。

白化病人说：

"我看见了，可我们不熟悉山区，我们需要人带路，譬如那个姑娘。"

"哪个姑娘？"

"那个去拿面包的姑娘。"

我全身的血液都冻住了，如果他们把罗赛塔带走，战争还在进行，谁知道会出什么事情，谁知道我什么时候才能见到她。米凯莱神色毫不慌乱，马上说道：

"那姑娘不是这地方的人，她认路还不如你们。"

"那么，亲爱的先生，您来吧，您是这地方的人，不是吗？"

我真想冲着米凯莱喊道："你对他说，你是外乡人。"但我没有来得及，他为人过于诚实，不会说一句假话，他已经回答说：

"我是本地人，但我也对山区不熟悉，我一直生活在城里。"

白化病人冷笑一声：

"这么说，就没有人认识这山区了。您跟我们走，您会突然发现，您对山区非常了解。"

米凯莱不再回答什么，只是紧锁眼镜上边的双眉。罗赛塔气喘吁吁地回来了，把手里的两只小面包朝稻草堆扔过去，就像人们对待不敢信任的野兽一样。那德国人注意到了这个动作，用非常恼火的声音说道：

"把面包递到我的手里，我们不是咬人的疯狗。"

罗赛塔从草堆上捡起面包，递给了他。德国人把枪收进枪套里，拿着面包，坐起身来。其他德国人也坐了起来，看得出来，尽管他们闭着眼睛，可并没有睡着，而是听着整个对话。白化病人从兜里掏出一把小刀，把两个面包切成同样大小的五份，分给了同伴。他们慢慢地吃着，我们还是围成一圈，默不作声。他们吃了很长的时间，因为他们是一小口一小口地吃的。他们吃完了面包，一名农妇默默地递过去满满的一铜罐水，他们轮流喝着，有人喝两口，有人喝四口，他们是既饿又渴得要死。随后，白化病人又掏出了手枪：

"得，我们该赶路了，否则就晚了。"

他的同伴马上开始慢慢地站起身来。这时，他转向米凯莱：

"您跟我们走，给我们带路。"

我们都给吓蒙了，因为我们原以为白化病人刚才不过是说说而已，现在才明白，他是认真的。菲力波赶来了，他也默不作声地看着德国人吃面包。当他看见白化病人用枪指着米凯莱时，几乎呜咽起来，以一种谁也没有见到过的勇气，突然出现在枪口和米凯莱当中：

"这是我的儿子，你们明白吗？是我的儿子。"

白化病人没有吭声，但用手枪做了个像赶一只苍蝇的动作，意思是让菲力波靠一边去。菲力波却喊叫起来：

"他是我的儿子，他不熟悉山路，确实是这样的。他读书、写字和学习，他怎么能熟悉山路呢？"

"他跟我们走就行了。"

白化病人站着，但没有放下枪，用另一只手整理了一下子弹袋。

菲力波就好像不明白似的望着他。我看见菲力波在咽口水和用舌头舔嘴唇：他此刻肯定呼吸困难，不知道什么缘故，我想起了他津津乐道的一句话："谁也不是傻瓜。"可怜的人，此时此刻他既不是傻瓜，也不是狡猾的人，他只是一位父亲罢了。他像被闪电击倒似的发愣了一会儿，重又喊叫起来：

"让我跟你们去。让我替换我的儿子。我熟悉山路。在做生意之前，我是个流动小贩，我走过所有的山头，我牵着你们的手，带你们走过一山又一山，一直把你们带到你们的司令部。我熟悉最好走最秘密的山路，我向你们担保，我会把你们送到目的地。"他又转身对妻子说道："我去了。你别担心，明天天黑之前我就回来。"

说罢，他就行动起来。他把裤带往上提了提，满脸堆笑，看到那笑容，让人心里难受极了。他走到德国人跟前，竭力做出若无其事的样子：

"好，我们上路吧，我们要走很多路。"

可德国人并不想接受他的这番好意，冷冷地说道：

"您太老了。您的儿子来吧，这是他的义务。"

他用枪托把菲力波赶到一边，朝着米凯莱走去，用手枪向他示意在前面带路：

"我们走吧。"

这时不知道是谁喊道：

"米凯莱，快逃。"

你们想知道德国人是怎么反应的吗？他原先是一副精疲力竭的样子，但此刻却像闪电般地转过身来，朝着喊叫声的方向开了一枪。幸好子弹飞到梯田的石头上，没有打中，不过德国人达到了恐吓难民和农民，不让他们为米凯莱做任何事情的目的。大家确实都被吓唬住了，在离得稍远的地方又重新围成一圈，默默地望着德国人用枪口对着米凯莱的后背，逼着他往前走。他们就这样走了，他们离开时的景象对我来说至今还历历在目。德国人半弯着胳膊，把手枪对准走在前头的米凯莱，我记得当时他一只裤脚管比较长，几乎拖到鞋后跟，另一只比较短，露出了脚踝。米凯莱走得很慢，也许，他希望我们这些人起来反抗德国人，他能乘机逃掉，他拖着两条腿走路的样子让我觉得他脚上好像拴了一条铁链，四个德国人，米凯莱，白化病人，这一队人在我们眼皮底下走了，走上了去谷地的小路，渐渐地在丛林中消失。

菲力波跟其他人一样，在枪声响的时候闪开了，然后在不远的地方停了下来观望，当白化病人和米凯莱要拐弯的时候，突然间，他发出一声咆哮，从后面拼命追去。农民和难民们立即向他扑过去按住他。他咆哮，不断喊着儿子的名字，大颗大颗的泪珠顺着脸颊流淌下来。这时米凯莱的母亲和姐姐也跑了出来，向围观的人打听是怎么回事，当她们弄清事情真相后，也不禁放声大哭起来，喊叫着米凯莱的名字。姐姐一面抽泣，一面重复说：

"现在，现在他们要毁掉一切。"

我们不知该说什么才好，面对这种痛苦，语言是无法减轻痛苦的，必须消除产生痛苦的根源，而对此我们是无能为力的。菲力波恢复了理智，搀着妻子的胳膊，慢慢行走：

"你会看到他回来的……肯定……他不能不回来……他带完路就会回来的。"

哭泣着的女儿相信父亲说得有道理：

"妈妈，您会看到，天黑之前他就回来的。"

不过，母亲所说的却是在这种情况下母亲们必然会说的，母亲们的话往往一针见血，因为，要知道，母亲的本能是胜过任何推理的。

"不，不，我知道，他不会回来了。我有预感，我再也见不到他了。"

事到如今，我必须承认，在这炮声隆隆，德国人防线溃破，打了败仗，我们在山上的逗留即将结束的混乱时刻，米凯莱事件对我们也就没有产生它应当产生的印象。我们认为，或者说我们这么幻想，米凯莱毫无疑问会回来的。这也许是因为我们觉得，如果我们不相信他会回来的话，我们就无法分担菲斯塔一家的痛苦。其实，我们两个人的心思都在别的地方。我们的脑子里只有那个苦苦盼望了好久的解放的消息，我们没有意识到，对于我们来说像父亲和兄弟一样的米凯莱的消失，比解放更为重要，或者至少应当使我们感到痛苦和悲伤。可是，利己主义的分量显示出来了，当人们身处危险的逆境时，利己主义悄声无息，而现在危险不再存在了，利己主义就让人觉察出它的分量来了。米凯莱被抓走以后，我回小屋的路上，禁不住暗自思忖，这是真正的幸运，德国人带走了米凯莱，而不是罗赛塔，归根结底，米凯莱被抓走，主要涉及他的家庭，因为我们就要跟他们分手了，也许是永远的分离，我们再也见不到他们了。我们将回到罗马，重新开始正常的生活，而在山区的全部经历，将来只会偶然地、漫不经心地回忆起来，那时，也许会互相这样说：

"你记得米凯莱吗？谁知道他的结局是怎么样的呢？你记得菲力波、他的妻子和女儿吗？谁知道他们在干什么呢？"

那天晚上，尽管天很热，但我们两人紧紧地搂在一起睡，也许是因为大炮继续射击，炮弹不时在不远的地方落下，如果我们被击中，我们至少会死在一起。我们刚迷糊睡了五分钟或十分钟，就听到一声震天的炮声，把我们震得跳起来坐在床上。或者我们醒来，并没有什么原因，可能是由于激动和神经质的不安。罗赛塔为米凯莱担心，现在我明白，她跟我正相反，她感到失去米凯莱并不是我让她相信的一件小事。因此，在黑暗中，我不时听到她问道："妈妈，你真的相信米凯莱会回来吗？""妈妈，那可怜的米凯莱将会怎么样啊？"我一方面感到她这样担心不安是对的，另一方面我几乎生气了，因为我已经说过，我觉得我们在圣泰乌菲米亚的避难生活已经结束，我们只能考虑我们自己了。于是我时而这么回答，时而那么回答，竭力安慰她，最后，我不耐烦地对她说：

"现在你睡吧，你即使不睡觉，也干不了什么。再说，我相信他们不会对他使坏的。此刻，他已经走在回到这里的路上了。"

她几乎已进入睡眠的状态，喃喃地说道：

"可怜的米凯莱。"

说完，她就真的睡着了。

第二天早上，我醒来的时候，发现罗赛塔不在我的身边。我跑出门去，天色已经不早，太阳升得老高，炮击声也停止了，整个山区人们忙忙碌碌。难民们来来往往，有的人在向农民告别，有的人在搬东西，有的人已走上去丰迪的小路。忽然间，我感到一阵害怕，莫非罗赛塔出于我弄不清楚的什么原因，也像米凯莱那样失踪了。我开始到处跑动，呼唤她的名字。没有人理我。我忽然感到，我对米凯莱事件的想法现在落到我头上来了。罗赛塔不见了，所有的人现在都只关心自己的事情，谁也不愿意停下来打听一下我发生了什么事。幸好，我正感到绝望的时候，帕利德的妻子卢依莎突然从茅屋里探出身来说道：

"你叫罗赛塔干什么？她正跟我们在这里一起喝玉米面粥。"

我松了一口气，有点儿不高兴地跨进了茅屋。我跟其他人一样围着桌子坐了下来，桌上摆着一个盛玉米面粥的锅，像往常一样，谁也不说话。于是我也不作声，农民们吃饭的时候一向是全神贯注的，即便是那一天，已经发生了许多事，并且将要发生许多新鲜事时，也是这样。只有帕利德，好像为了表达大家共同的想法，丝毫没有忧伤，突然开口说话，就像谈论天气之类的事情一样：

"这么说来，你们要回城市里当太太……而我们这些人还是留在这里吃苦受累。"

他把嘴一抹，拿起一把长柄水勺喝水，然后像往常那样跟我们告别，就出门而去。我对帕利德的家人说，我们现在就去收拾东西，然后再回来向他们告别。我也跟罗赛塔一起出了门。如今我只怀有一个巨大的、令人兴奋的、急切的愿望：尽快离开这里。可是不知道什么缘故，我却说道：

"应该去找菲斯塔，打听一下米凯莱怎么样了。"

我是以反感的心理谈到这件事的，因为米凯莱很可能再也回不来了，我怕菲斯塔的痛苦干扰了我欣喜的心情。但罗赛塔平静地说：

"菲斯塔一家找不到了，今天一大早他们下山去了，米凯莱没有回来，他们希望能在城里找到他。"

这番话使我大大松了一口气，这种欣慰包含的自私，不亚于我方才的反感：

"那好，我们就收拾行装，尽快离开。"

罗赛塔补充道：

"我一大早就起来了，你还在睡觉，我去向菲斯塔一家告别。真可怜，他们简直绝望了。对他们来说，这么美好的日子就像是最糟糕的日子一样，因为米凯莱没有回来。"

我沉默了一会儿，因为我突然感到羞愧，我想罗赛塔比我做得好，她特地一大早起床，上菲斯塔家去，不像我害怕他们的痛苦会败坏高兴的心情。于是我搂着她说道：

"宝贝女儿,你比我好,你做了我没有勇气做的事情。我非常高兴,因为这种折磨终于结束了,所以我几乎害怕上菲斯塔家里去。"

她回答说:

"我并不是勉强这么做的,我这么做是因为我喜欢米凯莱。整整一夜我没有合眼,因为我一刻也没有停止想那个可怜的米凯莱,竟然应了他母亲的话:'他回不来了。'"

不过,现在该动身了。一回到我们的房间,我们就把两只从罗马带来的硬纸板箱拖了出来,把我们不多的旧衣服放进去:几条裙子,两件我们在山上从农民那里买来的用钩针和粗线织成的毛衣,几双袜子和几条头巾。我们还把剩下的少量食品放进去,像我们从福音派教徒那里买来的一千克羊奶酪,一点儿豆子,一小块黑面包,这也是我们剩下的最后一块用麸子和玉米面做的黑面包。我犹豫了一会儿,是否要带走我从农民那里买来的两三个盘子和杯子,末了,我决定还是留下来,把它们整齐地放在窗台上。放好所有这些东西后,我关上箱子,挨着罗赛塔在床上坐了一会儿,望着我的周围和我们将永远离开的已经显得凄凉而空旷的屋子。现在,我既不感到迫不及待,也不感到兴奋,相反却体味到一种惶恐的感觉。我想,那肮脏不堪的墙上和泥泞的地上,烙下了我生活中最痛苦、最可怕的岁月的印记。此时,我为离开这里而难受,尽管这是我所盼望的。在那间屋子里,我度过了九个月,日复一日,一小时又一小时,一分钟又一分钟,怀着希望和失望,恐惧和勇气,对生的向往和对死的意愿。然而,我特别期待的一样东西是自由;自由具有美和正义的品格,它不仅关系到我,还关系到其他的人。于是我突然明白了这样的道理,期待自由或类似东西的人，比起什么也不期待的人，能够以更多的力量和真理而生活着。由小及大，对于那些期待着异常重要的事件——譬如耶稣的复活，穷人的正义事业的胜利——的人，也是同样的道理。说实在的，当我走出屋子，最终地离开的时候，我觉得我好像离开了一个如果不说是个教堂的话，也几乎是一个神圣的地方，因为在那个屋子里，我曾吃了不少的苦头，我曾经不仅为了我自己，而且也为了别人而等待和期望。

我们把行李放在头顶的垫圈上，朝农民们的茅屋走去，向他们告别；这时，站在梯田上的人群突然四处逃窜。不过，这一次不像远去的暴风雨的雷声，也不像可以听到的远处的炮声，而是一种有规则的、非常准确和非常猛烈的嗒嗒声，它似乎来自灌木丛，一直往上传送到山顶。一个难民原地站住，过了一会儿朝我们喊道：

"机关枪，德国人用机关枪朝美国人射击。"

他说完撒腿便跑了。这时所有的人都跑进山洞，只有我们两人站在梯田的中央。那嗒嗒声没有停止，相反似乎越来越厉害。我也曾想跑到什么地方隐蔽起来，但随后一股强烈的怒火不打一处来，因为就在我们将要下山去丰迪的时候，又要重新开始过担惊受怕的生活，而我已经经受了九个月这样的生活。我怒气冲冲地对罗赛塔说：

"你知道我要对你说什么吗？我一点儿也不在乎机关枪，我照样要下山。"

罗赛塔没有表示反对，由于厌烦和劳累，她也变得勇敢起来了。这样，我们放弃了跟长期款待我们的农民们告别，天晓得他们现在躲到什么地方去了。我们不顾机关枪的扫射，不慌不忙地登上了通往谷地的小路。我们开始下山，走过一块梯田又一块梯田，我们越走越感到不去躲藏起来是对的，因为机枪声已经听不见了，看来一切都恢复了正常。这是五月的美好一天，跟其他日子一样，太阳烤人，篱笆散发出野玫瑰的香气和尘土味，蜜蜂在篱笆上嗡嗡叫着，所有这一切就像战争根本不存在似的。

然而，战争终究存在，我们很快就看到了它的迹象。起先，我们碰到了两名大兵，我更多是从他们对我们说的话，而不是根据我没有见过的制服来判断他们是美国人的。他们是两个棕色皮肤、小个子的年轻人，似乎是从梯田的暗处突然冒出来的。他们径直朝我们走来，其中一人说了声"哈罗"或者类似的什么话。另外一人说着我听不明白的英语。我们擦肩而过，然后他们离开了小路，走进了灌木丛。他们弯着腰，手里握着枪，钢盔阴影下面的眼睛盯着传来嗒嗒的机关枪声的山顶方向。这是我们头一次见到的美国人，我们是碰巧见到他们的；现在，我回过头想一想，觉得整个战争都是偶然，所发生的一切都是毫无道理的，向左迈一步，就是死；相反，朝右迈一步，就会生。我对罗赛塔说道：

"你看到他们了吗，这些人是美国人。"

罗赛塔回答说：

"我本来以为他们都是金发的高个子，谁知却是棕色皮肤的矮个子。"

我一时不知怎么回答。但后来我知道，美国军队中各种种族和肤色的都有：黑人、白人、金色头发、棕色头发，高个子和矮个子的都有。而这两个人，我后来才知道，是意大利血统的美国人，这样的人还有一些，至少在我们这个地区的部队中是如此。

我们继续朝山下走去，碰到了一个红十字卫生所，它位于小路旁边的角豆树阴影下。一张行军床，一只装药品的小柜子和几个大兵，这时，另外两名士兵用担架抬着他们的一名受伤的战友来到卫生所。我们停下来，望着那两名士兵艰难地抬着担架，从小路朝卫生所走来。受伤的士兵紧闭双眼，看起来像死了一样。不过，他没有死，因为抬他的那两个士兵跟他说话，好像是让他安静地躺着，马上就要到了，而他点了点头，似乎回答说他知道了，请放心。然而，在半山腰上观看这种场面，灿烂的阳光，鲜花盛开的灌木丛，竟然隐蔽着两副担架，不由得让人感到，不仅仅那伤员没有死，那红十字卫生所也不是红十字卫生所，总之，所有这一切都不是真实的，而是一种奇怪的、荒唐的东西，人们对此无法做出解释，它们也没有丝毫的意义。我对罗赛塔说道：

　　"被机枪射中的命运……可能也会落到我们头上。"

　　我觉得，我这么说是为了让自己相信，机关枪确实是存在的，危险也确实是存在的，但同时，我又不是那么信服。

　　好了，走过一块又一块梯田，我们来到了山下河流的汊口，可怜的托马西诺住过的小房子就坐落在河边。我最后一次见到这个地方时，它一片荒凉，就像所有德国人控制的地方一样，我不知道德国人怎么会把他们周围的地方弄得如此荒凉不堪，他们所到之处，人们纷纷躲藏起来，消失得无影无踪。现在，这里到处都是人，农民和难民，有的步行，有的牵着满载东西的驴子和骡子，他们像我们一样从山上下来，返回自己的家园。我们随着人群走着，所有的人兴高采烈，相互交谈着，好像他们早已认识了似的，大家都这么说：

　　"战争结束了，一切都了结了，英国人也来了，好日子到了。"

人们似乎已经忘掉了那个苦难的年头。随着人流，我们来到了一个十字路口，大路跟另外一条通向山区的道路相交。在这里，我们碰上了第一批美国兵。他们列队前进。这一次我看清楚了，他们是货真价实的美国人，就是说既跟德国人不一样，也跟意大利人不同。他们每个人都显得疲劳不堪，没精打采，甚至情绪低落，每个人戴钢盔的样子都不一样，有的横着戴，有的遮到眼睛，有的顶在后脑勺，许多人只穿着长袖衬衫，所有的人口里都嚼着口香糖。似乎他们不太情愿地打仗，但又不害怕打仗，他们不像德国人是为了打仗而生的，他们在打仗是因为他们迫不得已。他们不看我们一眼，而是看着远处的山路，他们也是像我们一样背着行囊的可怜人，就像那些每天一清早就得赶路的人，谁知道自从登上意大利半岛后，他们已经度过了多少这样的日子，看来，他们对此已习以为常了。我不知道他们列队走了多长时间，他们迈着同样的步伐，慢慢地走向山区。列队中有三四个人，似乎是最疲倦和情绪最不好的，落在队伍后面。

　　我们上了大路，这条路通向圣比阿乔山，圣比阿乔是一个位于山顶的小镇，山峦从北边锁住丰迪谷地。沿着这条路往前不远，便通向阿庇亚国道。我们来到阿庇亚国道的时候，看到眼前的景象不禁目瞪口呆。美国军队沿着大道前进，如果说他们挤满了道路，那还太轻描淡写，也不确切，因为没有人群，一眼望去尽是各式各样的汽车堵塞了道路。汽车一律都是绿色，漆着白色的五角星，跟意大利的星很不一样，意大利的星，据人们所说，它只带来好运，而美国星是强大势力的象征，它赋予追随它的人以力量。我说的是汽车，而不是公共汽车。它们密密麻麻地挤在公路上，几乎动弹不了，各种类型的汽车都有：铁皮武装的敞篷小卡车，挤得满满的士兵，个个手里握着长枪；装备有履带和甲壳的大型坦克车，坦克车上的炮触到路旁形成绿荫的法国梧桐树的枝叶；大大小小的敞篷式和封闭式的军用车；还有小型的坦克，几乎像玩具一样，上面也装备有高射炮；还有大型装甲车，驾驶室里的操纵台、操纵杆以及电线等隐约可见。说实在话，谁如果没有见过在马路上行进的美国部队，谁就不明白什么是军队。这条由大大小小的带有白色五角星标志的车辆组成的洪流，就像着了魔一样，缓慢地蠕动，比人步行还慢，不时地停顿下来，然后又行进，这种景象正好跟交通高峰时罗马科尔索大街上的小汽车长龙一样。到处是士兵，一群群地趴在坦克车上、敞篷汽车或卡车上，坐着或站着，耐心地等着，带着一副冷漠、无动于衷甚至厌烦的表情，一个劲地嚼口香糖，有些人在读着满是人体像的小报。摩托车在车辆之间迂回穿行，车上骑着一两名身穿皮衣的摩托车手。这是急忙赶路的人们，就像许多围绕着懒洋洋地缓慢行进的羊群跑来奔去的牧羊狗一样。

我眼前的车流是如此稠密，如果朝车队里扔一枚钱币，钱币恐怕也掉不到地上，我心里不禁暗暗觉得奇怪，德国人怎么不趁此机会用飞机来轰炸和屠杀呢。这比其他任何事实都更有力地使我相信，德国人已经吃了败仗，他们无法再为所欲为，因为作为他们军队的利爪和尖牙的大炮和飞机，已经被打垮了。而我也一下子就明白了什么是现代化战争，这不是我在一九一五年画报上看到并非常欣赏的肉搏战。现代化战争其实是远距离的、间接的行为，先出动飞机和大炮，借助炸弹和炮弹的力量，进行扫荡。因此，主力部队很少跟敌人交锋，只要坐在车子里，枪挽在胳膊间，嘴里嚼着口香糖，翻着画报，舒舒服服地行进就行了。后来，有人对我说，这些部队在某个地方吃了大败仗，可它根本没有跟其他部队交战过，而只是跟向他们开火、设法阻止他们的大炮交战。

想要通过这条路成了问题，就像要从一条河水涨满的河流最深处渡过一样困难。于是我们跟许多人折回去，来到一条小路，朝城市的方向走去，我们走了约莫十分钟，发现这个地方也难以立足。所有的房屋都倒塌了，成为一堆废墟；没有废墟的地方，就是臭气冲天的污水坑。不大的疏散地挤满了美国兵、难民和农民。这真像个集市，只是没有什么可买卖的，除了对美好日子的希望，除了可以出卖希望而又冷漠、疏远的美国人，还有那些愿意购买希望但又不知道如何购买的农民和难民。难民和农民到处游荡，围着美国人用意大利语问东问西，美国人听不明白，用英语回答，于是农民和难民们失望地走开了，不一会儿，同样的情形再度发生。

在一幢完好地保留下来的小房子前面，不知怎么回事热闹非凡，于是我们走了过去。一些美国人正从二层的阳台上向农民和难民们扔糖果和香烟，人们扑向这些东西，在尘土中厮打，这真是一件不光彩的事情。看得出来，人们其实不在乎那些糖果和香烟，他们疯狂地争抢，只是因为他们感到，美国人期待着他们这样做。总而言之，在短短的几个小时里已经形成了一种气氛，后来，在整个盟军占领时期我在罗马也时常遇到，意大利人为了让美国人高兴而伸手要东西，美国人为了让意大利人高兴而扔东西。双方都没有意识到谁也没有让另一方高兴。我想，这些东西谁也不想要，可事情的发生就像双方有默契似的。美国人是胜利者，意大利人是失败者，这就够了。

我走近一辆停在人群当中的军用小汽车，两名士兵坐在里面，其中一个长着一头红头发，一脸雀斑，蓝眼睛。另一名士兵的头发是棕色的，脸色发黄，尖鼻子，小嘴巴。我对他们说道：

"请你们告诉我，到罗马怎么走？"

红头发士兵看都不看我们一眼，一面嚼着口香糖，一面全神贯注地读他的小报。但棕头发士兵从口袋中摸出一包香烟。我说道：

"要香烟干什么，我们不抽烟，只请你们告诉我，有没有车子去罗马。"

"罗马？"棕色头发士兵说道，"没有去罗马的车子。"

"为什么？"

"德国人在罗马。"

这时，他又在口袋里摸索，这一回，他掏出普通的糖果，但我仍然没有接受，说道：

"如果您愿意给我们什么东西的话，请给我们一个面包，糖果对我们有什么用呢？您想让我们的嘴变甜吗？别这样，嘴照样要苦好久的。"

他没有听明白，于是从椅子下面拿出一个照相机，做了一个好像对我们说愿给我们拍照的动作，这下我失去了耐心，冲着他嚷道：

"嘿，莫非你想拍下我们穿得破破烂烂，看起来像两个野人的样子吗？太感谢了，收起你的相机。"

由于他一个劲地坚持，我从他手中夺过照相机，放在椅子上，意思是说："算了吧。"

这一回他明白了过来，朝着同伴转过身去，用英语跟他说了几句，那人不耐烦地回答，连眼睛都没有离开过报纸。然后，棕色头发的士兵朝我们转过身子，做了个上车的手势。我们顺从地上了车。这时，红头发士兵好像醒了过来，握住方向盘，开始启动。小汽车在纷纷躲闪的人群中像闪电一样开过去，进入市区，经过一个个水坑，登上两旁是梯田的山路。看得出来，一辆军用汽车上任何地方去都通行无阻。这时，棕色头发的士兵研究起罗赛塔的脚来，她穿一双农民穿的便鞋，跟我穿的一样。他问道：

"是鞋子吗？"

他弯下腰去，摸摸便鞋，然后用双手顺着鞋带往上，去摸小腿。我果断地打了一下他的手，说道：

"喂，手放下……是便鞋，有什么特别的？你别趁机摸我的女儿。"

他假装没听懂，指着罗赛塔的便鞋，拿起照相机，说道：

"照一张相吗？"

于是我回答说：

"我们穿的是便鞋，可我们不愿你拍下来，因为一旦回到你的家，你会说我们意大利人都穿这种鞋，连皮鞋都未见过。你们那里有印第安人，如果我们给他们照了相，然后说你们美国人头上都佩戴羽毛，就像许多呆头母鸡一样，你会怎么说呢？我是乔恰里亚人，我为此而骄傲，但在你面前，我又是一名意大利妇女，一名罗马女人，请别用你的照相机来让我讨厌。"

终于，他明白了他不应再一意孤行，于是收起了照相机。车子剧烈地晃动，忽而经过梯田山区，忽而穿过脏水湖，进入城里，来到中心广场。

在这里，到处是人群，到处是同样的集市，特别是人群都围着一幢好像是市政大厦的房子。大厦没有倒塌，算得上是个奇迹，但正面有几个窟窿和泥灰脱落的地方。红发士兵一直没有开口说过一句话，也不看我们，只对我们做了个下车的手势。我们下了车。棕色头发士兵也下了车，对我们说稍等一会儿，随即消失在人群中。过了一会儿，他跟另一个穿制服的美国兵回来，那是个意大利血统的年轻人；棕色头发，灰白色眼睛，牙齿雪白而整齐。这人马上说道：

"我会说意大利语。"

他不断地说着自以为是的意大利语，其实，他说的是最粗俗的那不勒斯方言，是那不勒斯港口码头工人说的方言。不过，他还是让我们懂得了他所讲的意思。于是，我对他说道：

"我们两人是罗马人，我们想去罗马。请告诉我们，我们怎么才能去罗马。"

他笑了起来，露出一口洁白的牙齿：

"唯一的办法是你装扮成士兵模样，登上一辆军用卡车，去为收复罗马而战斗。"

我很失望，问道：

"可你们怎么还没有占领罗马呢？"

他说：

"没有，那里还有德国人。即使我们占领了罗马，在得到有关的命令之前，你也是不能去罗马的。没有命令，谁也不能去。"

我情绪坏透了，又嚷了起来：

"这就是你们的解放吗？这不是像以前一样无家可归、忍饥挨饿，甚至比以前更糟糕吗？"

他耸了耸肩膀，说那是上面的意思，是战争的缘故。但他又补充说，至于忍饥挨饿，这都在预料之中，在他们占领的地方，不会有人饿死。为了证实他的说法，他现在要给我一些吃的东西。事实上，他总是笑容可掬，露出洁白闪光的牙齿，要我们跟他去，于是我们跟在他后面来到市政大厦，我们看到了世界末日式的骚动，人们在一间空旷的白色大房间尽头拥挤成一团，叫喊和抗议。房间里摆着一张长长的柜台，还有一些佩戴白袖章的丰迪人，柜台上摆着一堆堆美国罐头。

意大利血统军官带着我们来到柜台前面，在他的关照下，我们领了许多罐头。我记得，当时他给了我们六七个蔬菜肉罐头，两个鱼罐头，一个圆形的李子酱大罐头，至少有一千克重。我们把罐头放进箱子，挤出熙熙攘攘的人群，来到外面，小汽车里的那两个士兵已不见踪影。军官向我们微笑着，行了个漂亮的军礼，走了。

我们像所有其他人一样，毫无目的地在人群当中转悠。现在箱子里有了那些罐头，我比较宽心了，因为吃是第一位的，这样，我可以很自在地观赏解放了的丰迪的场面。于是我得以目睹一些情况，使我明白现实并不像我们原先在圣泰乌菲米亚山上盼望盟军光临时想的那样。而人们经常谈论的那种丰衣足食生活，事实上并不存在。是的，美国人施舍烟卷和糖果，看来这些东西他们有足够的储藏，而别的东西，他们就显得很吝啬了。说实话，这些美国人的举止我是一点儿也不喜欢。他们很热情，这倒是真的，因此，人们在各方面都喜欢他们，而不是毫无热情可言的德国人。然而，他们的热情是淡漠而漫不经心的。他们对待我们就像对待让大人烦恼的小孩一样。糖果就是用来使小孩安静下来。有时候，他们也不是热情的。为了让大家有所了解，我要谈谈我经历的一件事情。

进入丰迪市区，必须持有通行证，或者至少是去参加意大利人和美国人正在进行的修复空袭地区的人员。罗赛塔和我在大路上偶然碰上了一个封锁关口，那里有两名士兵和一名下士把守。这时，过来两个意大利人，看得出来，他们是两位绅士，尽管他们也穿得破破烂烂，他们当中一位年岁大的白发老人对下士说道：

"我们是工程师，盟军司令部通知我们今天为那些工程来报到。"

下士是一个壮实汉子，一张面孔像一个握紧的拳头。他说道：

"通行证？"

那两人面面相觑，年岁大的那人说道：

"我们没有通行证……他们通知我们来的……"

这时，下士态度恶劣地吼叫起来：

"你们这个时候才来？你们应该今天早上七点钟跟所有的工人一起来报到。"

"他们是刚才通知我们的。"年轻一点儿的人回答，这是一个约莫四十来岁的人，身材瘦削，举止文雅，非常神经质，就像不时有人把他的脑袋拧向一边，让他得了强直性颈椎病一样。

"胡说，你们都撒谎。"

"你看，你这是怎么说话，这位先生和我，我们是工程师……"比较年轻的那人不满地回答。他还想继续说下去，但下士用话打断了他：

"别说了，你，别说了，傻瓜，如果你不闭嘴，我就给你两记让你闭嘴的大耳光。"

那位较年轻的工程师，就像我说过的，是一个神经质的人，这一番话产生了就像他真的挨了两记大耳光的效果。他的脸变得像纸一样苍白，我当时想他可能会杀了那个下士。幸运的是，那位岁数大的工程师从中调解，好说歹说，他们终于通过了关口。像这样的事情，我那天见到了不少。我应该说明，惹是生非的总是那些意大利血统的美国士兵，而真正的英国血统的美国人，那些金头发的瘦高个，表现却是大不一样，虽然态度冷淡，但很有教养，尊重别人。可这些意大利血统的美国兵实在是不要脸的东西，跟他们简直没法打交道。这也许是因为他们觉得自己非常像意大利人，就想让自己显得跟意大利人不一样，或者表现得比意大利人优越，为了跟意大利人划清界限。他们虐待意大利人，也许是他们从意大利逃到美国去的时候就仇恨意大利，那时他们身无分文，像吉卜赛人一样，也许是他们在美国被人看得一钱不值，而在这里，他们想在一生中能有一次显出自己的价值。总而言之，他们确实是最粗暴最无礼的人。每次我要向美国人提出什么要求，我总是祈祷上帝让我遇上一个美国人，而不要遇上一个意大利血统的美国人。此外，他们声称会说意大利语，其实说的都是意大利南方的某种方言，譬如卡拉布里亚方言、西西里方言或那不勒斯方言，谁听得懂就是好样的。当然，进一步了解他们之后就会发现，他们还是不错的人。可是，第一次跟他们打交道令人十分不愉快。

　　就这样，我们仍然在废墟之间，在意大利人和士兵中转悠。然后，我们沿着大路走，那里还有一些完好的房子，因为轰炸首先是针对城市的。山峦的棱角伸进平原的地方，大路围着山峦绕了一个弯，突然间我看到了一座小房子，房门敞开着。

我对罗赛塔说道：

"看看今天晚上我们能不能在这里住下。"

我们登了三级台阶，看见一间完全空着的屋子。也许墙壁曾经粉刷过，但如今已剥落得比牲口圈还要糟糕。在黑烟、剥落的石灰和窟窿之间，有许多用煤炭画的画，裸体女人，女人的脸以及其他一些我说不出口的东西，通常是士兵们在墙壁上画的下流的东西。角落里有一堆灰烬和许多熄灭了的黑木头，说明他们曾在这里生过火。两扇窗户没有玻璃，只有一扇百叶窗。我想，那些燃烧过的木头也许是别人留下来的。我对罗赛塔说，我们将要在这里过两三个晚上。我透过窗口，看见不远处的广场上有一捆稻草，我们可以抱一堆来，不管好坏，做个草窝。被子和床单我们都没有，但天气已经热了，我们可以穿着衣服睡。

说到做到。我们打扫了房间，清除了垃圾，然后，我们跑到广场，抱回足够铺一张床的稻草。我对罗赛塔说道：

"很奇怪，在我们之前竟没有人想到在这间屋子里安身。"

对于这一怪现象的解释，我们是几分钟后在靠近山区的路上闲逛时得到的。离这间屋子不远，有一片开阔地，有几棵树。我们发现，美国人在开阔地摆好了三门大炮，它们是那么庞大，如果不是战争的话，我是永远也长不了这个见识的。炮口指向天空，炮身粗大，就像靠近树根的树干，越往上越细，直到炮口，大炮被漆成深绿色，隐蔽在高大的法国梧桐树叶间。三门大炮安装了履带轮，炮身架在装有小轮子、按钮和把手的底座上，使人感到操作起来也许是非常复杂的。周围停着我数不清的卡车和装甲车，也在围观的农民对我们说，卡车和装甲车装着大炮弹。四周都是炮兵，有的仰面躺在草地上，有的趴在炮身上，都是年轻人，穿着衬衫，漫不经心的样子，他们在那里好像是在乡下游玩，而不是打仗，有的抽着香烟，有的嚼着口香糖，有的在看小报。

有一位农民告诉我们，那些士兵警告说，所有住在大炮附近房子里的人都有生命危险，因为德国人可能轰炸和击中大炮，那些军火可能爆炸而杀伤百米之内的人。现在我明白了此地人烟稀少，我们的小屋子空空无人的缘故了。我说道：

"看，就像俗话所说，刚逃脱龙潭，又落入虎穴。待在这个地方，要冒跟这些年轻人同归于尽的危险。"

然而，明媚的阳光，草地上穿着衬衫的士兵们懒洋洋的态度，那一片翠绿，美好天气的清新空气，这一切的确使人感到死亡是不可能的事情。于是，我说道：

"好吧，我无所谓，至少直到现在我们没有死去，这次我们也不见得会死去，我们在小屋子里住定了。"

罗赛塔总是按我的意思行事，她说她也无所谓，圣母一直在保佑着我们，她会继续保佑我们的。这样，我们完全若无其事地继续闲逛。

这一天的的确确就像星期六一样，就像有集市，似乎大家都愿意在神圣的和平气氛中享受美好的节日。大街上到处是农民和士兵，抽着烟卷，嚼着美国糖果，享受着阳光和自由，阳光和自由好像融为一体了，没有自由的阳光，将失去光和热，而太阳躲藏在乌云后面的冬天，也不会有自由，总之，一切都是自然的，就像至今发生的一切是违背大自然的。经历了漫长的时间之后，大自然终于占了上风。

我们跟许多人交谈，他们都说美国人发放了粮食，他们开始谈论重建丰迪，要把丰迪建成一个比过去更漂亮的城市，灾难已经过去，再也不存在什么可怕的事情了。但是，罗赛塔现在提起让我难受的米凯莱的失踪，因为虽然她现在心情愉快了，但米凯莱的命运仍然是她的心病。我向不少人打听米凯莱的消息，可谁也不知道，如今德国人逃跑了，谁也不愿再回想伤心的往事，就像离开圣泰乌菲米亚的时候，我害怕去向菲力波告别，他是所有人当中唯一高兴不起来的人。人们都在议论："菲力波吗？他这时也许在准备干黑市买卖了。"

关于他的儿子的消息，谁也没法说什么，大家都称他大学生，但据我了解，他们都认为他是游手好闲和古怪的人。

那天，我们吃了一个美国蔬菜肉罐头和一个农民给我们的面包。天气十分炎热，我们什么事情也干不了，加上疲倦得要死，我们便走进小屋子，关上门，倒在草堆上睡着了。傍晚时分，突然，一声猛烈的爆炸声把我们惊醒，墙壁剧烈颤抖，完全不像砖墙，简直是纸糊的一样。起先，我对爆炸声来自什么地方还摸不着头脑，五分钟之后，响起了另一声爆炸声，并不比第一声弱，这时，我清楚了，是离我们五十步远的美国大炮发射的。尽管我们已经睡了几个小时，可仍然很疲倦，于是我们躲到墙角，坐在稻草堆上，搂在一起，我们被弄得昏头昏脑，甚至无法开口说话了。

整个下午，大炮不停地发射。经历了首次的意外惊吓之后，不一会儿，我又打起瞌睡来，尽管猛烈可怕的爆炸声不断，我只在半睡半醒的状态中听到大炮的轰鸣，那阵阵轰鸣声竟跟我的思绪奇怪地融合在一起，可以说，我的思绪也有节奏地跟轰鸣声相呼应。总而言之，大炮的爆炸声是有节奏的，而我的思绪很快就适应了这种节奏，再也不受轰炸声的干扰。起先，是一声猛烈的爆炸声，低沉而惊心动魄，就像天崩地裂一样，所有的墙壁都在颤抖，石灰粉末纷纷从天花板上落下，掉在我们身上。然后，重归静寂无声，过了片刻工夫，突然，又响起一声爆炸声，墙壁重又颤抖起来，震得天花板上的石灰粉末往下落。罗赛塔不吭一声，紧紧挨着我，但我暗暗寻思，我不能东想西想，尽管昏昏欲睡，眼睛紧闭。说实话，那每一声爆炸声都使我充满喜悦，随着阵阵爆炸声，这种喜悦越来越强烈。我想，那些大炮是在轰击德国人和法西斯分子，我似乎觉得那不是炮弹的爆炸声，而是大自然威力的爆发，就像隆隆雷声一样。我想，那些炮声是那么有节奏，是那么单调而连绵不断，它们赶走了严冬和痛苦，危险和战争，灾荒和饥饿，以及其他所有邪恶的东西，而这些都是多年来德国人和法西斯分子强加在我们头上的。我心里默默说："亲爱的大炮""上帝的大炮""宝贝的大炮"。我怀着兴奋的心情欢迎每一声使我震惊的爆炸，相反，寂静让人害怕，所以我担心大炮不再开火。我闭上眼睛，似乎看到一间大客厅，就像好几次我在报纸上所看到的，是一间有不少漂亮的柱子和许多绘画的大厅，大厅里满是穿黑衬衫的法西斯分子和穿黄衬衫的纳粹分子，他们个个凶神恶煞。在一张大桌子后面是墨索里尼，那张宽脸，那双不怀好意的眼睛，那两片肥厚的嘴唇，挺起的胸脯上挂满了勋章，头上插着一支白羽毛。紧挨着他的是另一个浑蛋，他的朋友希特勒，长着一张晦气的仿佛戴了绿帽子的面孔，那撇像把黑牙刷似的小胡子，那双贼眼睛，那个尖鼻子，耷拉在前额上的一绺专横的头发。我望着这个大厅，就像我在照片中经常看到的大厅一样。我能够看清每一个细节，就像我亲自在场一样：那两个家伙站在大桌子后面，桌子右边是法西斯分子，黑压压的一片，不要脸的东西，总是穿黑的，死人般的苍白脑袋上戴着黑鸭舌帽；左边是纳粹分子，就像我在罗马见过的那样，身穿黄衬衫，套着带黑色万字的红袖章，那黑色万字真像一只爬行的四足虫，他们肥胖的面孔笼罩在帽檐的阴影下，肚子塞在马裤里面。我反复打量那些卑鄙的、逍遥法外的面孔，那些婊子养的戴绿帽子的面孔。

然后，突然间，我在想象中走到小屋子附近的炮群中的一座大炮跟前，在法国梧桐树下，我看见一个美国士兵，他并没有直挺挺地站着，也不是凶神恶煞的样子，没有万字标记，头上也没有戴鸭舌帽，没有插在腰间的短剑，没有穿闪闪发亮的皮靴，也没有德国人和法西斯分子佩戴的一切装饰物。他穿得非常随便，由于天气炎热，衬衫的袖子卷到胳膊肘上。这个美国年轻人，心平气和地嚼着口香糖，不慌不忙地把大炮弹抱起来，把它塞进炮筒，然后操纵底座上的操纵杆，突然间，大炮开火，一切都在震颤，人也被震得像往后跳跃似的，这时，真的一声炮响闯进了梦中，梦不再是梦，而是活生生的现实。

我继续想象那颗炮弹呼啸着划破天空，我看见它突然落在大厅里，炸死了法西斯分子和纳粹分子，希特勒和墨索里尼，炸得他们的头颅，他们的羽毛，他们的万字，他们的短剑和他们的靴子，飞向四面八方。这爆炸使我高兴极了，我知道情绪不对头，因为这是出于恨的兴奋，但我无法克制，看得出来，我无时无刻不在憎恨法西斯分子和纳粹分子。现在炮弹击中了他们，我很高兴。就这样，一声接一声的爆炸，我在想象中从大厅走到大炮阵地，又从大炮走到大厅，每次我都重新看到墨索里尼和希特勒的面孔，法西斯分子和纳粹分子的面孔，然后是美国炮手的面孔，每次我都体验到这种高兴的心情，而且没个够。

后来，我经常听到关于解放的讨论，我明白解放确实是事实，因为那个下午我已经有所体验，就像感到肉体的解放，就像人在被捆绑之后松了绑一样舒服，就像被锁在一间屋子里，突然间给你打开了门，迎来了自由一样。那门朝着纳粹开火的大炮，虽然也许和纳粹分子用来朝美国人开火的大炮一样，但对于我来说，它意味着解放。解放又是一种比邪恶的力量更强大的善良的力量，就是在法西斯让大家担惊受怕之后，能使得法西斯害怕的某种东西；就是在法西斯杀害了许多人、摧毁了许多城市之后，能够消灭法西斯的某种东西。那门朝着纳粹和法西斯分子开火的大炮，它所发射的每一炮，都是对他们多年建立起来的谎言和恐惧的牢狱的打击。这牢狱像天空一样宽大，如今在那门大炮的轰击下已分崩离析，如今所有的人都能自由呼吸，甚至连法西斯分子和纳粹分子也不例外，他们很快将不再被迫成为法西斯分子和纳粹分子，复原为普通人，就像所有的人一样。

是的，那天晚上，我以这种方式感觉到了解放，尽管这种解放意味着许多不十分美好的事情，甚至是非常丑恶的事情，可我将永远记住那个广场，那天下午，那门大炮，记住我是如何感到自己真正被解放了的，记住我是如何感到解放是一种幸福。它竟使我欣赏大炮带来的死亡，使我第一次也是在我生活中唯一的一次产生憎恨的感觉，使我不由自主地对他人的毁灭感到兴奋不已，就像人们在春天来临，鲜花盛开时感到兴奋不已一样。

就这样，我在睡眠状态中，或者确切地说，在半睡半醒状态中，度过了那个下午，倾听震耳欲聋的炮火声，它们就像我还是小女孩时母亲为了让我安睡而唱的催眠曲那样悦耳。屋子在阵阵爆炸声中颤抖，泥灰一块块落在我的头上和身上，稻草秸秆戳得浑身难受，稻草下面的地硬邦邦的，然而，那是我一生当中最美好的时刻，如今我可以完全清醒地这么说。每当我闭上眼睛，望着没有玻璃的窗户，我便会看见在五月美好阳光下闪闪发亮的法国梧桐的葱绿枝叶，光线渐渐地暗下去，枝叶越来越暗，不那么明亮了，大炮不停地开火，我紧紧地挨着罗赛塔，我感到幸福。由于劳累和头昏脑涨，尽管炮声隆隆，我至少睡着了一个小时，睡得很死，然后醒了过来，重新听到大炮开火的声音，我知道在那一小时内，大炮一直没有间断过开火，我重又感到欣慰。终于，傍晚时分，当屋子里几乎一片黑暗时，大炮突然不响了。取而代之的是一种似乎由于不断开火而麻木了的寂静，我注意到，这寂静其实是一种生活的正常噪声：某个教堂的钟声，马路上行人的声音，狗的吠叫声，羊的咩咩叫声。我们相互搂在一起，处于半睡眠状态约莫半个小时，然后我们起身，走到外面。已经是夜晚了，天空布满星星，柔和的空气中飘来阵阵强烈的青草气味，没有一丝风。从不远的阿庇亚大道不断传来发动机的巨响，部队继续向前挺进。

我们又吃了一个小罐头和一点儿面包，倒在草堆上，很快就睡着了。我们紧紧地搂抱在一起，这一次没有炮轰声。我不知道我们睡了多长时间，也许有四五个小时，也许更久。我只知道我突然惊恐地坐了起来，屋子里到处是绿色的光，强烈、震颤，一切都变成了绿色：墙壁、天花板、草堆、罗赛塔的面孔、房门、地板。这光似乎每隔一阵更厉害一样，好像不可能再强烈了，因为已经强烈到无法忍受的地步了。突然间，绿光熄灭，黑暗中，我听到那令人诅咒的警报声，这鬼声音除了在罗马我再也没有听到过。我明白，飞机要轰炸了。我马上向罗赛塔喊道：

"快，逃出屋子去。"

这时，我已听见落在附近的炸弹的强烈爆炸声，伴随着机群的怒吼声和高射炮弹的炸裂声。

我拉着罗赛塔的手冲出屋外。虽然是深夜，但就像白天一样，因为红色的光把屋子、树木和天空照得通亮。我们听到一声可怕的轰隆声，一枚炸弹落在屋子的后面，我感到一股气浪灌进我的裙子，好像有一张大嘴在双腿间朝我们猛烈吹风，我觉得我已经被击中，也许我已经死了。实际上，我一手牵着罗赛塔在拼命奔跑，穿过一片麦田。然后，我感到绊了一跤，跌进齐膝盖深的水里。这是一个很深的水沟，水的凉爽使我平静了一点儿，我站在齐肚子深的水里，一动不动，把罗赛塔紧紧搂在胸前。我们周围是不断跳跃的红光，光亮中可以看见丰迪坍塌的房屋，房屋的颜色和轮廓都看得清楚，就像大白天一样。农田四周，远远近近的爆炸声不断。出于高射炮开火的缘故，我们头顶的整个天空弥漫着一片白色的烟雾。在所有的喧闹声中，低飞的机群不断发出低沉的怒吼，并向下扔炸弹。终于，最后一声爆炸声，比方才所有的爆炸声都猛烈，天空就像一间屋子，有人在离开之前狠命敲打房门。随后，除了地平线上的一角或许发生了一场火灾以外，红色的亮光几乎都熄灭了，机群的轰鸣声也减弱了，消失在远处，高射炮还发射了几炮，之后什么声音也没有了。

夜晚刚刚恢复黑暗和平静，星星刚刚在我们头顶上的天空中重新出现，我就对罗赛塔说道：

"我们不能回到小屋去……可能那些浑蛋又会扔炸弹，那我们必定被炸死。我们就待在这里，至少屋子不会在头顶上倒坍。"

于是我们走出水沟，躲在靠近水沟的麦田里。然而我们没有合眼，或者说，我们重新处于半睡半醒状态，但心情不像大炮轰鸣、我们待在小屋子里时那么高兴。夜晚充满了各种噪声：可以听见远处的喊叫声、发动机声、脚步声和我弄不清楚的其他怪声。夜晚是不安宁的，我想也许到处是被德国人的炸弹炸死和炸伤的人，现在美国人正来回奔忙收尸，收容受伤的人。

我们终于睡着了，后来，我们突然在天色蒙蒙亮中醒过来，发现我们躺在麦地里。紧贴我面孔的是高高的金黄色麦秆，麦秆之间盛开一些鲜花，可爱的罂粟花。我头顶的天空呈现冷冰冰的白色。一些金色的星星还在眨眼，我望着紧挨我躺着的罗赛塔，她睡得很死。我发现她的脸沾满干了的黑泥，双腿和裙子直到腹部几乎都是黑泥。我的双腿和裙子也是这样。但我感到身体已经恢复过来了，因为除了发生的这件事或那件事，从前一天下午直到现在我就是睡觉。我对罗赛塔说道：

"你看我们该走了吧？"

可她嘀咕了什么我没有听明白。她转过身子，把面孔埋在我的腰部，双手搂着我的腰，于是我也躺了下来，尽管我不再有睡意，我就顺势躺下，我们周围都是麦子。我闭上眼，等待着罗赛塔醒过来。

天大亮的时候，她终于醒了过来。但当我们吃力地从麦田里爬起来，顺着小屋子的方向望去的时候，我们发现小屋子不见了。末了，仔细观察之后我们瞧见了一堆废土，正好在广场边上，我记得很清楚小屋子原来在那里。我对罗赛塔说道：

"你看，如果我们还待在屋子里的话，早就没命了。"

她一点儿也不激动，用平静的口气回答说：

"妈妈，也许那样更好。"

我看了她一眼，看见她的面孔一副恐慌绝望的表情，就马上坚决地对她说：

"无论如何，我们今天就离开这里。"

"你说什么？"

"我们必须离开这里，尽快离开这里。"

我们走过去看看小屋子，看见炸弹就落在屋子旁边，屋子倒坍在路上，瓦砾堆把整个马路堵塞了。炸弹在地上炸了个大窟窿，褐色的深层泥土和连根拔起的青草混杂在一起，洞底已成了个黄水井。就这样，我们成了无家可归的人，情况更坏的是，我们的箱子连同我们仅有的一点儿行李也给埋在瓦砾堆下面了。我突然感到绝望，我坐在瓦砾堆上，望着前面，不知该怎么办才好。大路上的情景就像前一天一样，士兵们和难民们来来往往，但所有的人都只管走路，既不看我们一眼，也不看废墟一眼，废墟已成了正常的东西，没有必要感到意外。后来一个农民停下脚步，向我们打招呼。他是丰迪人，是我从前从圣泰乌菲米亚下来购买食品时认识的，他告诉我们，这是德国人夜里发动的轰炸，还说炸死了五十多人，其中三十个左右是士兵，二十个左右是意大利人。他还告诉我们一个难民家庭的遭遇，这一家人在山上几乎住了一年，像我们一样，在盟军到来的时候下的山，安身在一个离我们屋子不远的小房子里，一颗炸弹正好落在小房子上，炸死了全家人：妻子、丈夫和四个孩子。我默不作声地听着，罗赛塔也是这样，要是在别的时候，我会惊呼起来："什么？为什么呀？可怜的人们，你看多么不幸。"然而，现在我什么也不想说，实际情况是，我们自身的灾难已经使我们对别人的灾难麻木不仁了。我想，这肯定是战争带来一种恶果，让人无动于衷，失去了怜悯心。

就这样，我们整整一上午坐在瓦砾堆上发呆，脑子里空白一片。我们是这样呆头呆脑，模样痛苦，不知所措，以至许多路过的士兵和农民向我们询问时，我们竟连答话的勇气也没有了。我回忆起，一个美国士兵看到罗赛塔像个石头人似的坐在那里，呆呆地一动不动，就停下来问她，她一声不吭，只是望着他，他起先说英语，然后说意大利语，最后从口袋里掏出一根香烟，插入她嘴里就走了。罗赛塔还是那么呆呆的，一张沾满干了的黑泥的面孔，香烟在嘴唇之间颤抖，如果不是表情哀伤的话，简直有点儿像表演喜剧了。到了下午，我鼓起勇气，决定我们该干什么事了，至少为了吃饭，因为我们该吃饭了。我对罗赛塔说，我们要返回丰迪，找那个说那不勒斯方言的美国军官，他看样子对我们挺友好。我们垂头丧气地慢慢走着，回到了城里。在这里，在废墟、水沟、卡车和装甲车之间，通常有集市，美国兵站在十字路口，为神情发呆的流浪的人群指引方向。我们来到广场，我朝市政大厦走去，这里像前一天那样，人群吵吵嚷嚷，像往常一样在分发食品。但这一次比较有秩序，警察让人群排成三行，每一行前头的是一个美国人，他站在堆放罐头的长桌后面，美国人身边是个意大利人，他是市政府的，带着白袖章，帮助分发食品。我在一张长桌后面见到我要找的美国军官，我对罗赛塔说，我们排到以他打头的那一队去。这样我们就能跟他说话。我们跟那些可怜的人一起排了好一阵子，才轮到了我们。军官认出了我们，露出他那一口洁白发光的牙齿，朝我们微笑，说道：

"怎么样？你们还没有动身回罗马去？"

我指着我和罗赛塔的衣服，对他说道：

"你看看我们有多脏。"

他打量了一下我们，马上明白了：

"昨天晚上的轰炸吗？"

"是的，我们什么东西也没有了，炸弹炸毁了我们暂住的屋子，我们的箱子被埋在废墟下面，你给我们的罐头也一起埋在里面了。"

这时他不再微笑。尤其是罗赛塔，她那张甜甜的脸蛋上沾满了干了的泥巴，让人没有心思微笑。军官说道：

"吃的东西我可以给你们，就像昨天一样，还可以给几件衣服，但遗憾的是，别的事情我就无能为力了。"

我说：

"请帮助我们回罗马去，在那里我们有家，有东西，一切都有。"

可他像前一天那样回答说：

"我们都还没有去罗马，你怎么能去呢？"

我不再说什么。他从罐头堆上拿了一些罐头给我们，然后对一个带白袖章的意大利人说话，让他带我们到一个分发衣服的地方去。在跟随意大利人要离开他的一瞬间，说不出为什么，我说道：

"我的父母住在靠近瓦莱科尔萨的一个小镇上，或者不如说是他们曾经住在那里，因为我现在不知道他们到哪里去了。至少请帮助我们回到我的老家去。我认识那里所有的人，即使我的父母亲不在，我也有办法安置好自己的。"

他望着我，彬彬有礼但又坚定地回答说：

"这是不可能的，要送你们去，就要动用军用车，这是不允许的。只有为美国军队工作的意大利人才能够用我们的车辆，一切为部队服务。很遗憾，我不能为你们做什么了。"

说完，他朝两个站在我们身后的妇女转过身去，我明白，他不可能再跟我们说什么，就跟随戴袖章的意大利人走到外面。

走上大路后，那个听到我们谈话的意大利人对我们说：

"就在昨天，一对难民夫妇被用军车送回他们的家乡。因为他们能够证明他们在冬天接待了一名英军俘虏，为了报答他们，破例用军车把他们送回了老家。如果你们两个做了同样的事情，我认为你们到瓦莱科尔萨就不成问题了。"

一直不开口的罗赛塔突然叫了起来：

"妈妈，你记得那两个英国人吗？我们可以说我们接待过那两个人。"

幸运的是，那两个英国人在离开之前，给了我一张用英语写的字条，并且都签了名，我把字条跟钱一起放在口袋里。如今，钱我们不多了，但字条应该还保存着。我几乎忘了这件事，罗赛塔这么一说，我赶紧在兜里搜索，找到了字条。两名英国人让我在他们的部队来了以后，把字条交给军官，我高兴地说道：

"我们这就有救了。"

我向意大利人讲述了两名英国人的遭遇，我们是圣诞节那天唯一接待他们的人，因为所有的难民都害怕帮助他们，他们第二天才离开的，而第二天早上德国人就来追捕他们了。意大利人说道：

"现在你们跟我去取几件衣服，然后我们上司令部，看吧，你们会得到所期望的一切。"

我们走进了一间分发衣服的屋子，那里发给了我们每人一双男士胶底鞋和绿色的短袜，一条同样颜色的裙子和一件短上衣。那是他们部队女兵穿的衣服。我们高兴地穿上，因为我们可以脱下身上破破烂烂、沾满干泥巴的脏衣服了。我们还得到了一块肥皂，我们用来洗了洗脸和手，我梳了梳头，罗赛塔也这样做了。这样，我们差不多可以见人了。那个意大利人对我们说道：

"好极了，现在你们像两位有教养的人了。刚才就像两个野人。你们跟我上司令部去。"

司令部在另外一幢房子里。我们沿着台阶往上走，三步一哨、五步一岗的卫兵询问人们上哪里去，维持着秩序。从一段台阶到另一段台阶，穿过来来往往的士兵，我们终于到了最上面一层楼。意大利人上前跟守在一扇门口的一名士兵说话，过了一会儿，他走到我们跟前，说道：

"他们不仅仅对这件事情感到兴趣，而且马上要接见你们，请你们坐在这长沙发上等一下。"

我们等了一会儿。士兵进去了五分钟，就出来喊我们，把我们带进屋里。

这间屋子空荡荡的，只摆了一张写字桌，坐着一个金发男人，五十岁左右，留着刷子样的红色八字胡，天蓝色的眼睛，脸上有雀斑，身体肥胖，性格开朗。他穿着制服，但我不懂军衔，后来我才知道，他是位少校；书桌前摆着两张凳子。我们进去的时候，他客客气气地站起身，请我们坐下，我们落座后，他才坐下。

"你们抽烟吗？"他用流利的意大利语问我们，递过来一包香烟。我婉拒了。他马上转入正题：

"我听说你们有一张字条给我。"

“在这里。”我回答。

我把字条递给了他。他接过去读了两三遍，态度非常认真，表情严肃地望着我们，说道：

“这张字条非常重要，你们给我们提供了宝贵的线索。我们很长时间得不到这两位军人的消息，非常感谢你们为他们所做的一切。现在请告诉我，那两人当时是什么样子？”

我尽可能地向他描述了一番：

“一个是金色头发，小个子，留小胡子。一个是瘦高个儿，棕色头发，蓝眼睛。”

“他们穿的是什么衣服？”

“好像是黑油布的风衣，穿着长裤。”

“他们戴帽子吗？”

“是的，他们戴着一种军帽。”

“他们有武器吗？”

“是的，他们有手枪，他们拿给我看的。”

“离开你们的时候，他们想干什么？”

“他们想翻山越岭走到前线，再越过前线到那不勒斯。整个冬天他们住在仙女山下的一个农民那里，他们希望穿越前线。但据我所知，他们不会成功。因为大家都说，前线是不可能越过的，因为那里有德国巡逻兵，机关枪和大炮。”

他说：

“他们确实没有穿过前线，因为他们没有到达那不勒斯。他们是哪一天跟你们在一起的？”

我告诉他日子，过了一会儿，他接着说道：

“你们接待他们多长时间？”

"只有一天一夜，因为他们急匆匆地要离去，再有他们害怕有人告密。实际情况也正是这样，他们刚走，德国人就来了。他们跟我们一起过了圣诞节，我们一起吃了一只母鸡，喝了一点儿酒。"

他微笑着说道：

"你们跟他们平分的酒和母鸡，只是我们欠你们的一小部分情。现在请告诉我，我们能够为你们做些什么？"

我告诉他，我们没有吃的东西，在丰迪我们待不下去了，因为我们没有住的地方，昨天夜里的空袭把房子炸毁了。我们想去靠近瓦莱科尔萨的我的老家，那边有我的父母亲，在那里，如果没有别的情况，我们可以在我家里安身。他认真地听我讲话，然后说道：

"你向我提出的这个要求确实是不允许的。可在德国人的眼皮下接待英国俘虏也是不允许的，不是吗？"

他笑了起来，我也笑了。过了一会儿，他又说道：

"这样吧，我就说你们跟我们的一位军官乘车去山区打听我们这两位失踪的军人的消息。我们将想尽一切办法去打听，尽管不是在您的家乡，他们不可能经过您的家乡，也就是说军官先送你们到瓦莱科尔萨，然后再去寻找。"

我非常非常感谢他，他回答说：

"是我们应该感谢你们，请你们留下姓名。"

我告诉他我们怎样称呼，他仔细地记了下来，然后他站起身来，向我们道别，并且客气地陪我们走到门口，把我们交给卫兵，他用英语向卫兵交代了一些事。那位士兵马上也变得非常客气，请我们跟他走。

我们跟着士兵走到一个光裸裸的白色走廊尽头，他把我们引进一间没有什么东西但很整洁的房间，里面有两张行军床。他对我们说，晚上我们就睡在这里，第二天，根据少校的吩咐，我们上别处去。他关上门走了，我们坐在行军床上，满意地舒了一口气。这时，我们才感到，一切都跟这以前的感觉大不相同。我们穿上了干净的衣服，梳洗了一番，我们有吃的罐头，两张睡觉的行军床，一间有屋顶的可以安身的屋子，而比这一切更有价值的，是我们充满对美好日子的希望。

总之，我们的一切都改变了，这种变化多亏那位少校和他的亲切关照。我好多次这么想到，对待每一个人都应当把他像人来对待，而不能像个牲畜那样对待。把人像人那样对待，就是说让他穿得干干净净，住在清清爽爽的房子里，友好真诚地相待，特别是要使他对未来充满信心。如果不是这样，人就可能会不费力气地变成牲畜，像牲畜那样行事，而从他成为牲畜那一刻起，再要求他像个人那样行事，那已经无济于事了。

我紧紧搂着罗赛塔，吻她，对她说道：

"看，这一回可真是一切都理顺了。我们先在老家住几天，吃好，休息休息，然后去罗马，一切会恢复得跟以前一样。"

可怜的罗赛塔说道：

"是的，妈妈。"

她像一头被牵往屠宰场的羔羊，但她对此一无所知，而且还温顺地舔那只把她带到刀口下的手，遗憾的是，这只手就是我的手，我做梦也没有想到，就像下面我要叙述的，正是我把她带到了屠宰场。

那天，我们吃了一个小罐头后，整个下午都躺在行军床上，迷迷糊糊地睡觉。我们没有兴趣在丰迪的街上溜达，看到那些穿得破破烂烂的难民和士兵来来往往，那些废墟，每走一步都让我们想到战争，使人伤心异常。再说我们仍然非常疲倦，饱受惊吓之后，我们又在露天过了一夜，累得连骨头都散了架。就这样，我们睡着了，不时惊醒过来，然后又继续入睡。我的行军床摆在一扇没有百叶窗的窗户前面，天空一片蔚蓝，每次醒过来，我都注意到阳光改变了方向和强度，太阳正在西下，落到地平线上。

那一天，我心里很高兴，就像前一天听到大炮的吼声一样。可是这一次，我看到经历了许多苦难和危险的罗赛塔，紧挨着我睡在行军床上，如此健康和平安，我不由得满心喜欢。发生了这一切之后，在经历了暴风雨般的战争之后，我终于挺过来了，我使自己和罗赛塔得救了。罗赛塔如今一切都好，我也很好，确实没有发生什么严重的事情，很快我们将要回到罗马，在我们的家里安顿下来，我将让店铺重新开张，一切都会恢复得跟过去一样，甚至未来将比过去更好，因为罗赛塔的未婚夫肯定也会生还的，他会从南斯拉夫回来，他将要跟罗赛塔完婚。

在半睡半醒的迷糊状态中，我怀着极大的兴致，梦见罗赛塔举行婚礼，我看见她在阳光灿烂的日子，从教堂的大门里走出来，身穿洁白的婚礼服，头上戴着桂花做的花冠，挽着新郎的胳膊，在她身后是我，所有的亲戚和朋友，大家都幸福地笑着。我不满足于在教堂门口见到他们，我走进教堂，我想看看他们跪在祭坛前面，神父对他们的圣婚发表有关权利和义务的训话的场面。但我还不满足，我又进了一步，这一次我见到罗赛塔抱着她的第一个孩子，我们三人，我、她和她的丈夫坐在桌子边，突然，婴儿在邻近的屋子里哭了起来。罗赛塔起身去抱他，然后重又坐了下来，她解开紧身上衣，把乳房递给婴儿，婴儿用两只小手触摸着，用小嘴吸吮着，她向婴儿俯下身去，手里拿着一只小汤勺。于是，我们不再是三个人，而是四个人，坐在桌上吃饭：罗赛塔的丈夫、罗赛塔、婴儿和我。我在半睡半醒的状态中想象着这种场面，我想我成了外婆，我没有什么可遗憾的，因为我已经不再渴望爱情，我愿意成为一位老外婆，像外婆那样生活下去，像老太婆那样陪伴着罗赛塔和她的孩子们。当我做着这梦的时候，我又时不时地看见罗赛塔躺在行军床上，看到她在我身边，我感到一阵欣慰，这说明，在发生这一切之后，这些梦不再仅仅是梦，而且很快将成为现实，一旦回到罗马，我们将重新恢复我们过去的生活。

天黑了，我翻身起床，几乎在黑暗中环视着四周。罗赛塔还在熟睡，她脱去了裙子和紧身上衣，在暗淡的光线中，我隐隐约约看见一位年轻而健康的少女的肩膀，赤裸的手臂，白皙而丰满，双腿弯曲，裙子掀开，膝盖几乎抬到嘴一般高，大腿也像肩膀和胳膊一样，白皙而丰满。我问她想不想吃饭。她呢，停了一会儿，没有翻身，摇了摇头，好像在说不愿意。于是，我又问她想不想起来，到丰迪街上去。她又同样地摇了摇头，表示不愿意。于是我又倒下去，这次我真的睡着了，实际上，我们已经精疲力竭，这一觉睡得那么死，好像给一只停了很长时间的表上弦，上着上着，不停地上着，因为表的发条早已走完而停了，没有力量往前走了。

第九章

　　天亮时分，我们被一阵敲门声惊醒，有几声敲得很猛，好像要把房门打穿似的。那来人是头一天帮我们安排的士兵。我们打开门，他通知我们，带我们去瓦莱科尔萨的汽车已在外面等候，他要我们动作快点。

　　我们急忙穿衣，我穿衣服的时候，感觉我的精力从来没有这么充沛过，那几个小时的熟睡的确让我恢复过来了。我知道罗赛塔也是感觉良好，她醒来的时候精神饱满，只有做母亲的才懂得这些事情。我回想起前一天的罗赛塔，被困倦和惊吓弄得痴痴呆呆的，脸上糊满干泥巴，眼睛无神而哀伤。现在我怀着喜悦的心情望着罗赛塔，她坐在床上，两腿悬吊着，两只胳膊向上伸着懒腰，胸脯雪白而丰满，使人觉得会在衣服里面爆炸似的。她走到放脸盆的角落，从水壶里倒出凉水，用力地洗着，把水不仅往脸上，还往脖子上、手臂和肩膀上浇着，闭上眼睛，用毛巾把身子擦得红红的，又拿起裙子，站在房间中央套上穿好。她的这些动作我见过的次数记不清了，可眼下我感觉到了她的青春和得到恢复的活力，就像一棵阳光照耀下的树木，迎着轻轻吹拂的春风，充满青春和活力，慢慢地抖动着茂盛的树叶。

我们穿好衣服，沿着这座空空的房屋的空空的楼梯走下去。大门口停着一辆盟军的军用敞篷车，座位是硬邦邦的铁皮做的，驾驶盘前坐着一位英国军官，金头发，肤色发红，表情不很自然，也许还透着不耐烦的神情。他向我们指了指后面的座位，对我们用蹩脚的意大利语说，他得到了把我们送到瓦莱科尔萨去的命令。他似乎不是那么热情，也许是因为不太好意思，或者嫌弃我们。在车子里，还有两个圆柱形的大纸盒，装着满满的食品，他还是用他那不自然的语调说，那是少校送的，他祝愿我们一路平安，并请我们原谅他没有来送我们，因为他很忙。出发的准备工作快做完的时候，许多也许在露天过夜的难民，围着汽车默默地望着我们，脸上带有一种很明显的嫉妒表情。我发现他们嫉妒我们，因为我们坐上了得以离开丰迪的车子，也因为车子里有那些大食品盒。我承认，当时我不能不体味到一种扬扬自得的情绪，尽管也含有一丝内疚。实际上，我还不知道我们是多么不值得被嫉妒的。

军官启动了机器，汽车开动了，轻快地越过水坑和废墟，朝山区开去。很快，车子驶上一条小路，车速一直很快，开始在两座山之间爬坡，沿着一条小溪，朝着一个狭长而很深的山谷驶去。我们一声不吭，军官也不吭声，我们终于耐不住了，像聋哑人那样用手势和哼哼唧唧来代替说话，而他呢，也许是因为不好意思，很不情愿当我们的司机。再说我们能对那位军官说什么呢？说我们离开丰迪的兴奋心情吗？说这是五月的一个美好日子，蔚蓝色的天空，万里无云，阳光使得生气勃勃的绿色田野生辉吗？说我们前往的是我出生的故乡吗？对他来说，这些事情他都不感兴趣。他有理由对我们说，他对这些事情不感兴趣，他只是执行他的任务，就是根据命令把我们送到某个地方去，因此，我们都不吭声是最好不过的，何况，他还要全神贯注地开车。尽管我是这么想的，可奇怪的是，一路上我都非常想跟那个军人聊聊，想知道他是什么人，他的家庭在哪里，和平年代他干什么事情，他是不是已经订过婚，等等。事实上，我自己已经发觉，危险过去以后，我又有了正常时候的正常感情，也就是说我重又对人们，对我自己之外的事情、对我和罗赛塔人身安全之外的事情产生了兴趣。我又开始了生活，总而言之，以后可以这么说，不管是出于好意还是任性，出于一时冲动，还是好玩，我干了不少不在理的事情。这位军官激起了我的好奇心，就像一个人长时间生病之后，进入了康复期，对眼前的一切事情，包括没有意义的事情，都会产生兴趣。

我细细打量这个军官，发现他有一头漂亮的金头发，一缕缕金发滑溜闪光，好像一只漂亮的纤维篮子，一些不听话的鬈发披在脖颈后面。我真想伸手去抚摩这些金发，这倒不是因为那位年轻人讨我喜欢，或者他以某种方式吸引了我，只是因为生活重新使我萌发了兴趣，那些头发恰恰是生机勃勃的。实际上，我对街道两旁迎面过来的郁郁葱葱的树木，对水沟那边用巨大而整齐的石块垒成的堤坝，对蔚蓝色的天空和五月金灿灿的阳光，都怀有同样的感情。一切都使我兴奋，我感到胃口大开，好比长期禁食以后被吊起了胃口一样。

车子沿着溪流，在狭长而地势很高的山谷走了一段之后，终于开上了国道。小溪汇入一条清澈宽阔的河流，流过一个更宽广的山谷。山峦不再贴近公路，缓缓降低高度，山峦已不是那么翠绿，而是光秃秃的石头山。周围的景色也变得越来越荒凉，越来越严峻。这是我当小女孩时常常见到的景色，如今于我越来越亲切了。于是，随着我重新回到我熟悉的地方，这荒凉的景色使我产生了一种忐忑不安和孤独的感觉。这是一个强盗、土匪出没的地方。连五月的阳光也没有使它显得优美而热情，到处是卵石和峭壁，它们之间只有很少的春草。那条黑色、油亮、整洁、蜿蜒山岭之间的道路，就像在温暖的初春天气苏醒了过来的一条长蛇。见不到一所房屋、一幢农舍、一座草屋，也看不见一个人或一头牲口。我知道，那光秃、沉寂和荒凉的山谷将这样延续一千米又一千米。我的家乡是这荒漠中的唯一的市镇，它只是在路旁和广场周围坐落着的一群房屋，广场上有一座教堂。

我们就这样向前开了一阵，大家默不作声，突然间，拐了一个弯以后，前面出现了我的家乡。一切都是我记忆中的样子。最先看见的，是马路两旁我非常熟悉的两幢房子，它们用山上的石头砌成，这种乡下老房子的墙壁没有粉刷过，阴暗，简陋，屋顶的瓦片发绿，长满青苔。不知怎么回事，我忽然对那位军官产生了一种畏惧心理，他显得很不情愿给我们开车。我冲动地用手拍了拍他的肩膀说，我们就在这里下车：我们已经到了。他猛地刹住了车，我隐约感到后悔，不该让他停车。我对罗赛塔说，我们到了，该下车了。于是我们站在马路上，军官帮我们卸下两只装食品的大纸盒，我们把它们放在头顶上。军官以几乎亲昵的态度，微笑着用意大利语对我们说：

"祝你们好运。"

车子转了半个圈，像一道闪电一样飞速开走了。几秒钟后，车子消失在拐弯处，剩下我们孤零零的两个人。

这时我才发现，周围十分荒僻，什么人也看不见，什么声音也听不见，只有轻柔的春风吹拂山谷。我打量小镇入口处的两幢房子，只见窗户是紧闭的，底层的大门用两根十字柱钉死，我想小镇的人也许都疏散了。我第一次意识到，离开丰迪也许是个失误，在丰迪，确实有轰炸的危险，但那里有许多人，不感到孤单。我忽然感到心揪紧了。为了给自己鼓气，我对罗赛塔说道：

"也许镇上什么人也没有了。大家都逃难去了。既然如此，我们不能停下来，而要继续步行，一直走到几千米外的瓦莱科尔萨，或者搭卡车，这条很热闹的路总会有人经过的。"

几乎在同时，好像是为了证实我的话似的，拐弯处出现了一长串卡车和军车。这使我平添了勇气。他们是盟军，也就是朋友，在紧急关头我们始终可以指望他们，就像我们在丰迪做的那样。我和罗赛塔站在马路边上，望着从我们面前驶过的一长串车队，打头的是一辆敞篷车，像我们方才乘的那辆，车子里坐着三名军官，一面小旗插在发动机盖上。这是一面蓝白红三色旗，后来我才知道是法国国旗。那些军官正是法国军官，头戴平底圆锅形的军帽，硬帽舌压在眼睛上面，敞篷车后面都是清一色的卡车，满载棕色皮肤的兵士，以前我从来没有见到过这样的部队，这些兵士肤色发暗，面孔像土耳其人，红色的短靴，白床单似的衣服上面披着深色的斗篷，我后来才知道他们的籍贯：他们是摩洛哥人，摩洛哥是一个相当远的非洲国家，如果不是战争的话，这些摩洛哥人是永远不会来到意大利的。车队不十分长，几分钟内就开进了小镇，最后是一辆跟打头一样的车。马路上重又变得空旷和寂静。我对罗赛塔说道：

"他们是盟军，肯定是的，但是我不知道他们是哪个种族的，可有谁见过他们？"

于是我们动身朝小镇走去。

离镇中心不远的地方，山峦的一堵峭壁直伸到马路上，峭壁下有个小洞，里面有一眼泉水。我一面走着，头上的垫圈顶着大纸盒，一面对罗赛塔说道：

"那个小洞有眼泉水，我们过去，我渴了，想喝水。"

我嘴上这么说，其实是想看一眼那个山洞，因为我在小女孩、少女和后来长大成姑娘的时候，每天都去那个洞，一天去好多次，头上顶着铜壶去打水，然后待在那里，跟抱着同样目的前来的妇女们聊上十分钟或更长一点儿的时间，有时也可以碰上邻近小镇的人们，用捆在驴子身上的小桶来打水，因为那眼泉水远近有名，夏天从不干枯，始终源源不断流出冰凉的泉水。我那时很喜欢这个山洞。我记得我从小女孩时起，就觉得这是一个奇妙、神秘的地方，它既使我害怕，又吸引我。我经常在水池边探出身子，把泉水当镜子照着自己，我长时间地注视着遮掩着泉水的铁线蕨。我喜欢看自己的倒影，它是那样的清楚和光彩，我喜欢看动人的铁线蕨，它的绿色小叶子和乌木似的黑色小枝条。我喜欢看覆盖着岩石的毛茸茸的苔藓，苔藓上点缀着发亮的小水滴，布满艳红的小花。不过，山洞尤其吸引我的原因，是小镇上有人对我讲述过的一个童话：如果我毅然跳进水里，就会游向越来越深的地方，突然进入一个比地上的世界更美的地下世界，那里有许多满是宝贝的洞穴，有许多矮人和许多漂亮的仙女。这个童话给我留下了深刻的印象。到了我当姑娘的时候，我就不怎么相信了，并且知道这不过是一个童话。但我每次进入山洞，都不能不回忆起这一切，我几乎体会到一种将信将疑的感觉，好像那不是一个童话，而是一件真实的事情，如果我愿意的话，我完全可以纵身跳下去，到水底下去拜访那个仙女洞。

我们朝山洞走去，我把大纸盒放在地上，登上两三级台阶，走进山洞，胸口贴着水池边，悬垂的钟乳石下，水珠滴滴，苔藓绿油油、亮闪闪的。罗赛塔也把身子探了过来，我望着静止不动的水池中我们两张面孔的倒影。我不由得想到了许多事情，我当小女孩的时候发生的许多事情，自然并非都是好事，那时我也是俯身于同样的池水，以同样的方式照着自己的倒影。水池深处茂密的铁线蕨下面，像当时一样，可以看到泉水不断流出的轻柔的涟漪，我禁不住想，当我、罗赛塔和所有人离开这个世界，当这场可怕的战争逐渐变成回忆的时候，这泉水仍然将不断静静地、温柔地喷涌下去。我暗暗寻思，如今，一切都结束了，我不再是女孩子，现在我有了一个成年的女儿，泉水仍像往常一样不停歇地流淌。我弯下身去喝水，我相信自己的泪滴入了泉水。挨着我的罗赛塔也饮着泉水，没有觉察到我的反应。于是我们擦干嘴巴，重又把大纸盒放在头顶上，开始朝着小镇中心走去。

正像我猜测的那样，小镇确实已空无人迹。小镇既没有挨炸，也没有以某种方式被毁坏过，只是被遗弃了。所有的房屋都显得很寒酸，全用粗石干垒而成，一幢挨一幢排列在路边，没有受到损害，可窗户都紧闭着，大门已封死。我们沿着两旁没有人居住的房屋走了一阵，我几乎有一种害怕的感觉，就像在一个陵园中走路一样，使人想到墓碑下的众多亡灵。我们路过我的父母亲的房屋，那里也是紧闭和封死了的，于是我连门也不去敲，也不对罗赛塔说些什么，加快了步子。最后我们来到一片空地，高大的台阶通向一个教堂，这是典型的乡间小教堂，用粗糙的、熏黑了的旧石头砌成，没有任何修饰。空地还是我记忆中的样子。大台阶是用镶暗边的白色石头铺就，周围杂乱地栽了四五棵树，眼下已经是春天，树叶一派翠绿。不远处有一口老井，用跟教堂外墙一样发黑的石头砌了一道栏杆，链式铁绞盘整个都生了锈。我发现在两个柱子支撑着的小拱廊下面，教堂的大门半开着。我对罗赛塔说道：

"你知道我们要干什么吗？教堂门开着，我们到里面去坐一会儿，休息一下，然后走到瓦莱科尔萨去。"

罗赛塔默不作声地跟随我。走进教堂，我很快就发现许多污迹，教堂即使没有被毁坏，那至少也住过士兵，它已经变成了牲口厩。教堂是一间狭长的大房间，用石灰粉刷过，屋顶有粗大而发黑的横梁，尽头是祭坛，上方悬挂着一幅圣母抱着耶稣的画像，眼下祭坛空空的，既没有装饰品，也没有摆其他东西。圣母像虽然还挂在那里，但是整个画面都歪斜了，就像发生了地震一样。祭坛下，两边的长凳只留下了两张，歪倒在地。长凳之间的地上到处可见灰烬和黑木炭，说明有人用过火。教堂里的光线是从进口处上方的一个大窗户射进来的。窗户过去一直安有彩色玻璃，如今只残留一些尖尖的玻璃片，教堂里面像白天一样亮堂。我走近那两张幸存的长凳，把其中的一张朝着祭坛摆好，我放下大纸盒，对罗赛塔说道：

"这就是战争，连教堂都敢亵渎。"

于是，我坐了下来，罗赛塔坐在我旁边。

我产生了一种奇怪的感觉，好像一个人置身于神圣的场所，却不想祈祷。我打量着歪倒的、陈旧的圣母像，由于年代久远，已经蒙上一层黑烟，如今她不再朝通常坐着信徒的长凳注视，而是斜视着天花板。我想，如果我要祈祷的话，我首先要扶正那圣母像。也许我没有祈祷的愿望，我觉得自己好像麻木了，失去了知觉，什么也感觉不到了。我本来希望回到我出生的小镇，还能见到父母亲，可事与愿违，我只是来到了一个荒无人烟的地方。所有的人都出走了，也许圣母也走了，因为她感到不是滋味，连她的像也遭到了侵犯，给弄得歪七竖八了。我望着紧挨着我的罗赛塔，发现她却在祈祷，合着手掌，低垂着脑袋，嘴唇翕动着。于是，我小声地对她说道：

"你好好祈祷……也为我祈祷……我眼下没有心思。"

这时，我听到门口响起一阵杂乱的脚步声和说话声，我马上转过身子，我看见门外晃过一样白颜色的东西，转眼就消失了。但我好像认了出来，是我方才在路上看到的坐在卡车里的一个士兵。我马上感到不安，站起身来对罗赛塔说道：

"我们离开这里……我们最好离开这里。"

她马上站起身来，我帮她把大纸盒放到头顶上，我把我的大纸盒也放到头顶上，我们走到了门口。

我推开关上的大门，迎面跟那个像是摩洛哥人的士兵撞了个满怀，他脸色发暗，并有麻子，头上戴一顶红色风帽，一直遮到黑色闪亮的眼珠，身上裹着暗色披风，里面是白衬衫。他用一只手顶住我的胸口，把我往里推，一面说了一些我听不懂的话。在他身后，还有一些人，但我没有看清楚有多少，他们也都穿着白衬衫，红包头，气势汹汹地冲了进来。我大声吼叫道：

"慢点儿，你们想干什么，我们是难民。"

这时，我头顶上的大纸盒掉到地上，我听到盒子里所有的罐头满地滚动，我开始跟他搏斗，他搂着我的腰，整个人压在我身上，绷得紧紧的发黑的面孔贴着我的面孔。这时，我听到一声尖叫，这是罗赛塔的呼喊，于是我用尽全身力气想挣脱身子跑去救罗赛塔，然而，他紧紧抱住我，我无法反抗，因为他力大无比，我一只手拼命顶住他的下巴，迫使他转过脸去，我感到他正把我往后拖，朝教堂中位于大门后边的一个阴暗角落拖去。这时，我也喊叫起来，声音比罗赛塔的还要响，我在吼声中喊出了我的全部绝望，不仅是为了当时正在发生的事情，也是为了从我们离开罗马的那天直到此时所发生的一切。此刻，那家伙用非常可怕的力量揪住我的头发，好像要把我的脑袋从脖子上拧下来似的，他越来越把我的身子向后猛按，最后，我感到我摔倒了，事实上，我确实跟他一起摔倒在地。

这时他爬到了我身上，我拼命用双手和双腿反抗。他一只手揪住我的头发，把我的头死死地按在地板上动弹不得，我感觉到他的另一只手把我的衣服扯到胸口，然后把手伸到我双腿之间，突然间我疼痛得尖叫起来，因为他用揪我的头发的同样力气揪住我下身的阴毛。我感到浑身无力，几乎无法呼吸，我难受极了。突然，我想到男人们的下身是非常敏感的，于是我把手伸进他的下腹部，握住他的下身。一接触到我的手，他还以为是我向他让步了，以为我想帮助他快活，便马上松了手，还朝着我傻笑，露出一口残缺的黑牙，可怕地笑着，而我使出浑身力气，揪住他的睾丸，死命地捏。他狂叫一声，重又揪住我的头发，把我的脑袋用力地朝地板上撞击，力气大得出奇，以至于我几乎觉察不到疼痛，就昏死了过去。

过了不知道多长时间，我才苏醒过来，发现我瘫倒在教堂的阴暗角落里，士兵们已经离去，周围静悄悄的。我感到头疼，但只在后颈部，其他地方没有痛感，我明白那个可怕的男人没干成他想要干的事情，因为我给了他那重重的一下，他就撞击我的脑袋，我昏死了过去，要知道搞一个昏死过去的女人是困难的。他对我什么也没有干成，也是由于他的同伙把他叫过去，让他按住罗赛塔不动，他放下了我，上那边去，像其他人一样发泄到罗赛塔的身上。不幸的是，罗赛塔没有昏死过去，她用自己的眼睛和自己的感觉见到和感到了所发生的一切。

我瘫躺在地上，几乎没有力气动弹，我试着站起身来，但立即感到后脑勺一阵刺骨的疼痛。不过，我还是用尽力气，站了起来，向四处打量。我第一眼就看到教堂的地上到处都是瓶瓶罐罐，那是我们遭到袭击的时候从大纸盒里滚出来的食品罐头。然后，我抬起眼睛，见到了罗赛塔。他们把她拖到祭坛下，或者是她自己逃到了祭坛下面；她直挺挺地仰面躺在那里，衣服被掀上去，遮住了脑袋，从腰部到脚板都赤裸着，双腿被他们掰开了，可以看见像大理石一样雪白的腹部和羊羔的小脑袋一样的拳曲的金色阴毛，大腿根里面流着鲜血，阴毛上也沾有鲜血。我想，由于失血过多，她也许死去了，尽管我知道那是她被糟蹋了的童贞的鲜血，但是鲜血引起了关于死亡的联想。我走上前去，低声叫道：

"罗赛塔。"

我几乎感到失望了，因为她不回答我。实际上，她既不回答我，也不动弹；我以为她真的死去了，我俯下身子，把遮盖她脑袋的衣服拉下来。这时，我才发现，她睁大眼睛看着我，仍然既不说话，也不动弹，就像一头落下陷阱的牺口无法动弹，等待着猎人给它最后的一枪。

我走到祭坛下，挨着她坐了下来，一只胳膊搂住她的腰，把她稍稍扶起一点儿，把她贴近我，对她说道：

"好女儿。"

我不知道说什么，因为我已经哭了起来，眼泪不停地流着，流到嘴里，我尝到泪水的苦涩，这是我在生活中收获的全部痛苦。我开始给她收拾，先从兜里掏出手绢，给她擦从大腿根流出的鲜血，然后拉下衬裙和衣裙，一面哭泣，一面替她戴好被那些强盗扯掉的胸罩，然后扣好上衣。最后，我拿出英国人送给我的小梳子，替她长时间地一根一根地梳理蓬乱的头发。她乖乖地听我摆布，既不动弹，也不说话。现在我止住了哭泣，我很难受，因为我的眼泪流干了，我不再喊叫，也不再失望了。我对她说道：

"你想要离开这里吗？"

她用很低的声音回答说是的。于是我帮助她站了起来，她摇晃了一下，脸色非常苍白，我扶住她朝门口走去。走到教堂中间靠近两条长凳的时候，我对她说道：

"还得把这些东西都捡起来，放到盒子里去，不能把它们扔在这里，你说呢？"

她又说了声是的，于是我把滚落在地上的罐头塞满了纸盒，一个放在她的脑袋上，另一个我放在我的脑袋上，走出了大门。

我感到后脑勺说不出的难受。走出大门的时候，只觉得眼前一片模糊，但我鼓起了勇气，我想此刻罗赛塔也正在忍受着痛苦。我们就这样慢慢地走下滑溜溜的大台阶，太阳高高悬挂在空中，灿烂的阳光照耀着发黑的路面。摩洛哥人一个也没有了，他们在干了他们所干的事情之后走了，感谢上帝，也许他们又到别的什么地方去干这种事情了。就这样，我们穿过了整个小镇，两边封死的房屋静悄悄的，我们走上了干干净净的大路，阳光明亮，柔和的春风在耳边吹拂，好像在对我说，我不应该转向，一切将像以往那样继续下去，永久如此。我们默不作声，慢吞吞地走了大约一千米，终于我感到后脑勺越来越难受，我知道罗赛塔也受不住了，于是我对她说道：

"一遇上住家，我们就停下来，休息到明天早上。"

她一声不吭，自从摩洛哥人糟蹋了她，便开始了这种沉默，也许她会一直沉默下去。总之，我们往前走了约一百步，我发现一辆敞篷小汽车朝我们开来，这辆车跟送我们来的那辆相似，车里坐着两名法国军官，我从他们的平底锅式军帽辨认了出来。这时，我不知受什么样的冲动所驱使，站到马路中间，用唯一自由的胳膊打着手势，让他们停下来。我走上前去，怒气冲冲地喊道：

"你们可知道，你们指挥的那些摩洛哥人干了些什么吗？你们可知道他们在教堂这块神圣的地方，在圣母的眼皮底下干了什么勾当吗？你们说，你们知道他们的所作所为吗？"

他们没有听明白，惊讶地望着我们。他们当中的一个留着黑八字胡，棕色皮肤，脸色红润，身强力壮，另一个金头发，脸色苍白，蓝色眼睛。我继续朝着他们喊叫：

"这是我的女儿，他们糟蹋了她，我的女儿原来像个天使，现在倒不如死了好。你们难道不知道他们怎么作践了我们？"

这时，棕色皮肤的人抬手做了个"够了"的手势，用带着法语腔的意大利语说：

"和平，和平。"

"是的，和平，美好的和平，这就是你们的和平，婊子养的。"我怒吼道。

金发男子对棕色头发的人说了些我听不懂的话，好像是说我是疯子，他用手指着太阳穴微微笑着。我差点昏了过去，重又吼叫道：

"不，我不是疯子，你们看。"

我把装满瓶瓶罐罐的大纸盒扔在地上，跑向站在我后面不远处的罗赛塔，她站在马路当中，头顶着大纸盒，一动也不动。罗赛塔既不朝前迈一步，也不看我一眼，我一把拽过她来，把她的衣服拉到腹部，露出雪白、笔直的大腿，我早知道她已把血迹擦干，也许只多少留下一点儿痕迹，不料，我却发现血还在流淌，污染了整个大腿，一直流到膝盖，殷红的鲜血在阳光下闪闪发亮。

"喏，你们看看吧，你们还说我是疯子。"

我神色激动地吼叫着，也多少被那鲜血吓坏了。这时我听到小汽车飞快地从我旁边开过，等我抬起头来，这才发现小汽车正拐过弯，消失了。

罗赛塔仍然呆呆地站着，像一尊塑像，头顶着大纸盒，用一只胳膊扶着纸盒，双腿紧紧并拢。我突然害怕她会因为恐惧而发疯了，我把她的衣服放下来，说道：

"我的女儿，你为什么不说话，你怎么啦？你对妈妈说呀。"

她这才用平静的语气说道：

"没有什么，妈妈，这是自然的事情，已经止住不流了。"

我舒了一口气，因为我确实担心她由于受刺激会变疯。我略微感到一点儿轻松：

"现在你觉得还能再走一点儿路吗？"

"可以，妈妈。"

我重又把纸盒放到头顶上，继续和她沿着大路走去。

我们大约又走了一千米，我的后脑勺越来越不好受，有时几乎要晕过去，眼前的景色整个一片漆黑，就好比太阳突然失去了光辉。在一个拐弯处，我们终于发现在高山背阴处有一个被灌木丛覆盖的山丘。灌木丛间可以见到一间茅屋，样子就像圣泰乌菲米亚农民们造的牲口棚。我对罗赛塔说道：

"我走不动了，你也该累了，我们上那个茅屋去，如果有人，一定是基督徒，他们会让我们过夜，如果什么人也没有，那更好，今天和明天我们就待在那里，等到我们休息过来了再赶路也不迟。"

她依旧一声不吭，但现在我已不那么焦急不安了，因为，我知道她没有疯，她只是受了惊吓，而这在发生了这一切之后是可以理解的。总而言之，我感到她已不再是过去的她了，不仅仅她的肉体发生了某种变化，她的灵魂也发生了某种变化。而我尽管是她的母亲，但我没有权利问她正在想些什么。因此，我觉得能够向她表示我全部钟爱之情的方式就是让她安静。

我们走上了通向灌木丛间的弯弯曲曲的羊肠小道，在长长的一段上坡路之后，我们终于来到了茅屋。正如我想象的那样，这是牧羊人的茅屋，石头垒成的矮墙，屋顶几乎垂到地面，门是木头做的。我们放下纸盒，想打开房门。但是大木板做的门上有一根带大锁的铁插销，没有办法打开，就是一个男人也奈何它不得。正当我们摇晃房门的时候，我们听到了一阵咩咩声，然后是其他绵羊的叫声，是羊群想从黑暗中走出来的叫声，声音微弱，充满哀怨。我对罗赛塔说道：

"他们把牲口锁在里面逃走了……必须设法把它们弄出来。"

说完，我跑到茅屋一侧，开始扯屋顶的茅草，这很费力，因为茅草由于雨水、烟熏和发霉的作用，纠结在一起。而且，每一捆茅草又跟支撑屋顶的树枝相连。不过，我在四处扯茅草的时候，倒终于成功地拖出几捆茅草，弄出了一个大窟窿，跟矮墙一般高。我把窟窿掏宽了，一只白黑色相间的绵羊伸出脑袋，把蹄子趴在矮墙上，用它金色的眼睛望着我，咩咩直叫。我对它说道：

"加把劲，美丽的绵羊，跳上来，跳上来。"

可怜的绵羊使劲往上跳，可就是没有力气，我知道这些绵羊由于没吃东西而软弱无力，需要靠我把它们拖出来。我把窟窿又掏大了些，绵羊用蹄子抵住矮墙，望着我咩咩叫着，我一把拎起它的脑袋和脖子，它猛一用劲钻了出来。很快，另一只绵羊把脑袋伸到洞口，我又把它拖了出来，接着拖出第三只和第四只羊。我又把洞口弄得更大，跳了进去。我马上就发现两只小羊在洞口下面，没有力气跳出来，因为它们太小了。在墙角好像有一堆东西。我走近一看，是一只白绵羊瘫倒在地上，一动也不动。一只小羊羔蜷缩着身子，屈着双腿，伸着脖子去吮母羊的乳房。我想这只母羊一动不动地躺着，定是为了让小羊羔吃奶，可我走到跟前才发现母羊已经死了。我是从它耷拉下来的脑袋，半张着的嘴巴，叮在嘴角和眼睛上的许多苍蝇判断出来的。母羊是饿死的，那三只小羊羔仍然活着，因为它们在母羊断气前至少还能吮吸乳汁。于是我把小羊羔一只只拎出来放在矮墙下。我解救出来的四头羊正在贪婪地吞食着灌木丛的叶子，它们实在饿坏了。

小羊羔朝它们跑去，很快啃着叶子的羊和小羊羔不见了踪影，消失在灌木丛中。不过，可以听到它们的叫声，而且越来越清楚响亮，好像每吃一片树叶，它们就要有力地叫唤一次，那些可怜的东西想让我们听明白，它们的情况很好，想感谢我把它们从死亡线上解救出来。

我非常吃力地把死羊拖了出来，拖到灌木丛的深处，免得我们闻到不愉快的气味。我把从屋顶扯下来的所有茅草，还有我掏窟窿时扯下来的茅草，在茅屋的一个角落铺成一张简陋的床铺。我对罗赛塔说道：

"我睡在这堆草上，我想睡一会儿。你为什么不过来呢？"

"我要躺在外面阳光下。"

我什么也没说，赶忙躺下。我躺在阴影中，可透过屋顶的窟窿看得见蓝色的天空。阳光投射在满是羊屎的茅屋的泥地上，乌黑的羊屎就像珍珠一样明亮闪烁；屋子里弥漫着一股牲口厩的气味。我感到浑身骨头像散了架似的；我发现，我虽然疲倦不堪，但罗赛塔的遭遇却使我无法入睡。发生的那件事，就像某种荒谬而无法理解的事情一样，留在我的记忆中。我眼前不时地浮现她的美丽、雪白的小腿，紧紧并拢的大腿，过分紧张的肌肉，她站在马路当中，一动也不动，鲜血顺着大腿流到膝盖，殷红的鲜血在阳光下闪闪发亮。我越是回想这形象，越是不能理解。我终于睡着了。

我只睡了一会儿，也许不超过半小时，我突然惊醒了。马上大声叫唤罗赛塔，几乎是气急败坏。没有人回答我，四周静悄悄的，根本就听不见羊的叫声，谁知道它们跑到什么地方去了。我焦急不安地叫唤着，我从窟窿里钻出去。罗赛塔不见了。我绕着茅屋转了一圈，只有我们的两个装满瓶瓶罐罐的纸盒靠着矮墙，但不见罗赛塔。

我害怕极了，我想她也许是由于绝望和羞耻跑远了，要不就是在灰心至极的时候跑到马路上一头撞倒在汽车下面了结生命了。我气都透不出来，心脏剧烈地跳动，我站在茅屋门前朝各个方向叫喊着罗赛塔。但没有人回答，这也因为我叫喊的声音不大，由于惊慌失措，我都喊不出声了。于是我离开茅屋，朝着灌木丛跑去。

我顺着尘土飞扬的羊肠小路走去，在高高的灌木林之间只有一道不那么清楚的足迹。我突然走到一座伸向马路的山岩跟前，这里有一棵树，山岩像一把椅子，可以由此向下俯望，望得到在峡谷中蜿蜒的一段山路，再往前走，是鹅卵石子铺成的河床，形成两三条支流的溪水，清澈透明，在石子和绿草之间闪闪流淌。我坐在山岩上，俯身望去，看见了下面远处的罗赛塔。这时，我明白了为什么她听不见我的呼唤，她已经离开小路很远，在溪流的石子河床里行走，小心翼翼，不慌不忙，从一块石头跳向另一块石头，免得让脚给打湿。从她走路的样子来看，我知道她没有绝望，没有因为受到刺激而产生轻生的念头，我看到她在溪流较窄和较深的地段停下脚步，跪了下来，把脸伸向水面喝水。喝完了水，她站了起来，环顾了一下四周，把衣服往上撩到腹股沟处，露出双腿，尽管我在远处，似乎可以望见她那一直流淌到膝盖的干巴了的发暗的斑斑血迹。她叉开双腿，蹲了下去，我看见她用手掌捧着溪水浇向小腹部，我明白，她是在洗涤自己。她低着脑袋，不慌不忙地洗着，我似乎觉得，她满不在乎地把她的羞耻展现于光天化日之下。我的种种担惊受怕的假设不成立了，罗赛塔离开茅屋，原来是为了独自到溪水边洗刷自己。应当承认，我当时怀有一种绝望的痛苦感觉。当然，我不希望她自己走上绝路，相反，我担心的恰恰是这一点。可是，当我看到她做出跟自杀截然相反的事情来时，我仍然体验到一种绝望的心情，我几乎对未来感到恐惧了。我感到，她已经对在教堂里开始的新的命运屈服了，在那些强盗的暴力下，她失去了贞操，她的那种固执的沉默不语也许正是对暴力行动的屈从。我又想到，不幸的是，这种印象我已认为是确凿无疑的了，在那短暂的折磨人的时刻，我的可怜的罗赛塔突然成了女人，她从灵魂到肉体都成了一个失去任何幻想和任何希望，冷漠、世故、痛苦的女人。

我从岩石上长时间地望着她，她马马虎虎地，以几乎像动物那样不知羞耻的神情擦干了身子，穿过小溪，重新上了大路。我起身离开岩石，回到茅屋，我不愿意让她发现我在看她。几分钟之后，她回来了，神色还是很安定，木然没有表情。我假装饿了，对她说道：

"我饿了，我想我们一起吃点东西吧？"

她用平静而冷淡的语气说道：

"随便你。"

我们坐在茅屋前的石头上，我打开了两个罐头，我再次暗暗痛苦地发现，她吃东西的胃口很好，甚至可以说是狼吞虎咽。事到如今，我当然不是希望她不吃饭，相反，看到她狼吞虎咽的样子，我重又感到惊讶，因为她在遭遇了那种事情之后，至少是应该倒胃口的。我不知道说什么好，只是呆呆地望着她用手指从打开的罐头中把碎肉一口接一口地送进嘴里，然后急切地咀嚼，一双眼睁得大大的，我终于说道：

"我的宝贝女儿，你再不要去想在教堂里发生的那件事，你再也不要去想它，你会看到……"

她打断我的话，冷冷地说：

"如果你要我不去想那件事情，你就不要再对我提起它。"

我感到很不是滋味，她的声调是陌生的，几乎是怒气冲冲的，同时又是干巴巴、没有感情的。

总而言之，我们在那里过了四天四夜，每天都是重复做同样的事情，晚上我们从屋顶的窟窿钻进去睡觉，太阳出来就起身，吃英国少校送的罐头，喝小溪的水，彼此几乎完全不交谈，除非必要的时候。白天，我们毫无目的地到灌木林中去转转，有几个下午，我们躺在树下睡觉。吃了一整天草的羊群回到它们的茅屋，我们帮助它们钻进去，然后，它们就跟我们睡在一起，它们一个挨一个地蜷缩在角落里，跟小羊羔挤在一起，小羊羔重又开始时而吸这只羊的奶，时而吸那只羊的奶，完全把死去的母亲忘记了。

罗赛塔始终怀着冷淡而疏远的感情，按照她对我提出的要求，我再也没有提起过在教堂里发生的那件事；从那以后，我在她面前闭口不提那件事。我把那痛苦像针刺一样埋藏在我的心里，这痛苦再也不会消失，因为再也得不到宣泄。在那四天中，不知道什么缘故，我深信，从那时起，罗赛塔的确改变了品性，由于她所受到的侮辱，她变成了另外一个人，尽管连她自己也意识不到，而且也违背她个人的意愿。我想说的是，起先我为她的如此全面、如此彻底的蜕变感到惊讶，就像白的一下变成黑的一样；回过头再想想，我觉得出于她的性格的缘故，她只能这样行事。我已经说过，她就本性来说，达到了奇特的尽善尽美，如果她曾经是某种完美的人，她就会完全彻底地和毫不犹豫地继续是这样的人，直到那件事之前，我几乎深信自己的女儿是一个圣女。而现在，由于缺乏人生阅历和无知造成的这种圣女般的尽善尽美，遭到了教堂中发生的事情的致命一击。于是，她完全变成了另外一个人，失去了那些经历过人世沧桑、品性并不完美的正常人所具有的节制和谨慎。直到那时，我把她看成虔诚的教徒，善良、纯洁和温柔。我应该看到从那以后她如何走向自己的反面，她仍然缺乏经验，但又会毫无顾忌和大胆地行事。有好多次，在结束我对这一令人痛苦的事件的反思时，我对自己说，纯洁并非生来就有的东西，或者说并非大自然的赐予，它是通过生活实践而获得的。谁从娘胎带来纯洁，或早或晚就会失去它，更糟糕的是，人们越是坚信拥有纯洁的时候，就恰恰是失去它的时候。总而言之，最好是人呱呱坠地时就不是完美无缺的，他们要比天生完美的人幸运，因为那些天生完美的人，由于阅历的缺乏和生活的邪恶，会被迫抛弃自己最初的、短暂的完美。

第十章

眼看着英国少校送的罐头越来越少，而且，罗赛塔吃起东西来就像饿狼一样，于是我拿定主意，必须尽快离开那个山包，我没有勇气到瓦莱科尔萨或其他什么地方去，我担心又会碰上摩洛哥人，我好像知道乔恰里亚地区到处都有他们。我对罗赛塔说道：

"我们还是回到丰迪去。如果盟军已经来了，从那里我们肯定会搭上回罗马的什么车子。不管怎么样，碰上轰炸比碰上摩洛哥人要强。"

罗赛塔沉默了一会儿，迸出一句使我不舒服的话：

"不，碰上摩洛哥人比碰上轰炸好，至少对我来说是这样。难道摩洛哥人还能干出比他们已经对我干出的更坏的事情吗？我可不想被炸死。"

我们又商量了一会儿，最后她也认为回到丰迪是最可取的。如今，盟军在朝北方挺进，轰炸应该停止了。就这样，一天清晨，我们离开了茅屋，来到了大路上。

可以说，我们是幸运的，因为许多军用卡车从我们身边驶过。我知道这些军车是不带老百姓的。突然，一辆空卡车沿着空旷的大道欢快地开过来。我站在马路当中，挥动胳膊，卡车很快停了下来，我看清楚了，司机是一个金发年轻人，他有一双蓝眼睛，身穿一件漂亮的红毛衣。他刹住车，打量着我，我喊道：

"我们是两个逃难的女人，你能把我们带到丰迪吗？"

他吹了一声口哨，回答说：

"你真幸运，我正要到丰迪去，你们是两个逃难的女人，但另一位在哪里？"

"这就过来。"

我一面说，一面朝罗赛塔做了个要她过来的手势，由于害怕再发生什么险情，方才我让她待在矮树丛后面的小路上。她走了出来，走到洒满阳光的大路中间，头上顶着装有剩余罐头的大纸盒。现在我可以更清楚地打量开车的年轻人，我发现，他那浅蓝色的眼睛和过分红润的嘴唇中，有一种我说不出的放纵、粗俗、火辣辣的神气，我觉得他不是个讨人喜欢的人。这种不祥的印象占据了我，我注意到，罗赛塔走到卡车跟前，他不是看她的脸，而是贪婪地直视她的胸脯；由于她朝上伸出一只胳膊扶住头顶上的纸盒，胸脯高耸在薄薄的紧身上衣下。他发出粗野的笑声，朝罗赛塔喊道：

"你的母亲对我说，你是个逃难的女人，可她没有对我说你是个漂亮姑娘。"

他跳下车来，扶她上车，坐在他身旁，把我安置在他的另一边。我发觉我对他那句不礼貌的话没有做出反击，如果是几天前，我肯定会尖刻地回敬他几句，甚至不搭他的车子，我突然想到，我也变了，至少对于罗赛塔来说是这样。年轻人发动马达，卡车开动了。

冷场只持续了一刻工夫，就像通常遇到的这种情况一样，他打开了话匣子。关于我们的情况，我说得很少。但他好像非常健谈似的，向我们介绍他的一切。他说他是这一带的人，停战的时候，他正在当兵，他及时开了小差。他在丛林中躲藏了一阵子，就被德国人逮起来了。他说他成功地让一个德国上尉对他产生好感，上尉没有把他送去修筑工事，而是让他当炊事员，为德国人做饭，他一生中从来没有吃得那么好和那么多过。在大饥荒的年头，他掌握的丰富食品使女人们愿意满足他的需求。他说：

"许多漂亮姑娘来向我讨吃的东西，我给了她们，但要知道，这是有条件的。你们不会相信，可我确实从来没有碰到一个姑娘拒绝我的要求。嘿，饿肚子是一个大问题，它能让最傲气的姑娘变得驯服听从。"

为了岔开话题，我问他现在做什么事情，他回答说，他现在跟他的几个朋友合伙用这辆车子把难民运回自己的家园，收入很可观。说到这里，他朝罗赛塔斜了一眼：

"你们两位，我分文不取。"

他的大嗓门沙哑，粗壮的脖子上奓拉着不少金色的小鬈发，使他的脑袋像公羊一样。他的确具有公羊的某些特征，特别是他每次注视罗赛塔，盯着她的乳房的时候。他说他名叫克洛林多，他问罗赛塔叫什么名字，她告诉他，他夸夸其谈起来：

"遗憾，真是遗憾，饥荒就要结束了。但你会看到，我们会走到一起的。你喜欢丝袜吗？你喜欢做衣服的毛料吗？或者一双漂亮的羊皮靴子？"

我吃惊的是，罗赛塔过了一会儿说道：

"谁会不喜欢呢？"

他笑了起来，重复道：

"我们会走到一起的，我们会走到一起的。"

我气得发抖，不经嚷了起来：

"听听你都说了些什么……你以为是跟谁在说话？"

他斜了我一眼：

"嘿，你真差劲，我以为是跟谁在说话？是跟两个需要帮助的可怜的逃难女人说话。"

总之，他是一个快乐的人，虽然归根到底显得粗俗、放肆和不正经。闲谈之后，车子登上山口大路，由此朝下向大海方向开去。他开始发疯似的加速，车子开到拐弯处，他熄了马达，声嘶力竭地唱起一首难听的歌曲。的确，他有情绪唱歌，因为那天天气非常美好，何况他又是过了几个月的奴隶生活后重新获得了自由。我不否认，他以某种方式，以他那放纵的举止，让我们感到他确实获得了自由，只不过这是一个不尊重任何人的无赖的自由。而我和罗赛塔的自由，仅仅是回到罗马，重新开始往日的生活的自由。

卡车在一处拐弯的地方猛然一震，我被抛倒在他的身上，我于是发现他只用一只手开车，而用另一只手伸到座位上去，捏紧罗赛塔的手。我吃惊的是，罗赛塔竟让他捏紧自己的手，我同样吃惊的是，我发现了这种事，却没有抗议；毫无疑问，如若是几天以前发生这种事，我肯定会采取行动的。这是她的自由，我想。我意识到，我已经无能为力了，正像圣母没有显示奇迹去阻止摩洛哥人在祭坛前干下那伤天害理的事情一样。而现在的我，比圣母软弱多了，我无力阻止他去捏紧罗赛塔的手。

卡车盘山而下，不一会儿工夫，来到了我非常熟悉的那条大路，路的一边是山峦，另一边是橘林。我回忆起我最近一次见到这条大路的时候，到处是士兵、难民、军车和卡车。突然间，我被以往那种喧闹景象的寂静和荒凉震惊了。如果不是阳光灿烂，路旁树木翠绿，篱笆墙盛开鲜花的话，我可能会认为现在仍然是冬天，在德国人占领的黑暗时刻，恐惧使人们像兔子一样缩在洞穴里不敢出来。几乎没有什么人在路上行走，只有个把赶着骡子的农民。远近都听不到任何声音。卡车在大路上飞速前进，开进了丰迪。这里也是一片荒凉和寂静，更糟糕的是，所有的房屋都倒塌了，一堆堆的破砖碎瓦，污水灌满了水井。那些在满是废墟、裂口和污水的马路上过往的行人，似乎都是饥饿不堪的穷苦人，跟一个月前德国人统治下的情况没有两样。我对克洛林多谈了我的印象，他快活地回答说：

"嘿，他们说，英国人会带来丰衣足食的日子，是的，他们带来了，但只有他们进军途中停下来的两三天时间。在那两三天里，他们散发糖果、香烟、面粉、衣服。然后，他们走了，丰衣足食的日子结束了，人们的日子又像过去一样，甚至比过去更糟，因为英国人不再到来，人们已没有什么可盼望的了。"

我知道他说得有道理，实际情形的确是这样。盟军部队在夺取德国人占据的地方后，休整一两天，赋予这些被杀戮过的地方以活力，然后，他们开拔了，一切恢复如初。我对克洛林多说：

"那我们两个人该怎么办呢？我们不能陷在失望里。我们一无所有。我们要回罗马去。"

他一面驾车在废墟中行进，一面回答说：

"罗马还没解放。现在你们最好待在这里。"

"我们在这里干什么呢?"

他用保留的语气回答说:

"你们由我来照顾。"

我感到他那语气挺奇怪的,但我没有再说什么,克洛林多这时把车子开出了丰迪,然后开进了橘林间的一条小道。

"在这片橘林中,住着我认识的一家人,"他很轻松地说,"你们待在这里,直到罗马解放。一旦可能,我再用卡车送你们回罗马。"

我又没有作声。车子转了半圈,然后停住,他跳下车来解释说,我们应该步行到他朋友家里去。于是我们走上了橘林间的一条小路。我并不觉得这地方陌生。橘林是通常的橘林,小路是通常的小路;不过,从某些迹象来看,我似乎感到,在那条不同寻常的小路上,在那片不同寻常的橘林里,我曾经待过。走了十来分钟之后,我们突然来到了一块空地,这时我明白了,眼前是孔切塔的玫瑰色的房子,在去丰迪之前,我们曾在这女人的家里住过。我以坚定的口气说道:

"我不想待在这里。"

"为什么?"

"因为我们在这里待过,几个月以前我们逃了出来,因为那是个贼窝,这个孔切塔要罗赛塔去给法西斯分子当婊子。"

他大笑起来,说道:

"事情过去了,事情过去了……如今法西斯分子没有了。孔切塔的儿子是跟我一起做生意的伙伴,他们不是贼,你放心,他们将会很得体地接待你的……事情过去了。"

我本来想坚持说绝对不愿意在孔切塔家落脚，但我还没有来得及说，孔切塔已经从家里出来，跑过空地来迎接我们，她神采飞扬，非常兴奋地说：

　　"欢迎，欢迎。活着的人总会重逢的。你们走了，不跟我们打一声招呼就走了，也不付你们欠的债。不过，你们做得对，逃到山里去，要知道，过了不久，我的儿子们迫于那些不要脸的德国人的扫荡，也不得不逃进丛林。你们做得对，你们比我们待在这里的人更有主见。欢迎，欢迎。看到你们的身体不错我很高兴。嘿，有了健康就有一切。你们来吧，来吧，维钦佐和我的儿子们见到你们会很高兴的。再说你们是跟克洛林多一起来的，他就像跟我的儿子来一样。克洛林多现在已经是我家庭中的一员。你们请进来吧，欢迎。"

　　总而言之，孔切塔还是那个老样子，而我的心却紧缩了。我想，我们又落到了过去的地步，而且还不如过去。我们为了避开危险而逃离了她的家，却在我自己的家乡落入同样的危险。我没有作声，任那个可恨的女人亲吻和拥抱。她对于罗赛塔也是这样，而罗赛塔几乎变成了一个没有感情的、无动于衷的玩偶了。这时，维钦佐也从家里走出来，他比我最后一次见到他的时候更难看，瘦得让人害怕，鹰钩鼻更尖，眉毛更加往前面翘起，眼睛更是亮闪闪的。维钦佐抓住我的手嘟嘟囔囔地说些我听不明白的事情时，孔切塔泼辣地接过话茬：

　　"维钦佐说你们曾住在山里菲斯塔家，他说他在圣泰乌菲米亚见到过你们。对于菲斯塔家那也是个倒霉的冬天，起先是我们没有顶住藏在墙壁中的那些上帝的东西的诱惑，随后就是他们的儿子的不幸。可怜的人们，我们偷来的东西，全部如数归还了，当然除了那些已经卖掉的，因为我们是正派的人，别人的东西对于我们来说是神圣的。可是，谁来还给他们的儿子米凯莱呢，可怜的人们，可怜的人们。"

说实在的，听到如此轻描淡写、如此令人痛心的一番话，我感到心在下沉，浑身冰冻了，我知道我脸色苍白得像个死人。我有气无力地答道：

"为什么，米凯莱出了什么事吗？"

她激动得就像告诉我们一个了不起的好消息一样：

"怎么，你们不知道吗？德国人把他杀了。"

我们站在打谷场的中央，突然间我感到要昏死过去似的，我第一次发现，我爱米凯莱就像爱自己的儿子一样。我跌坐在门前的一张凳子上，双手捂着脸。孔切塔继续激动地说：

"是这样，德国人逃走时杀害了他。好像他们带走他是让他指路。他们翻过一个又一个山头，来到一个荒僻的、只有一家农民住的地方。米凯莱不知道哪条路好走，德国人便向农民打听敌人朝什么方向走了。他们的意思是指英国人，因为英国人对他们来说，当然就是敌人了。但那些可怜的农民就和我们所有的意大利人一样，以为敌人就是德国人，于是回答说敌人逃到弗罗西诺内去了。德国人听到称他们为敌人，勃然大怒。要知道，任何人都不喜欢别人称自己为敌人，他们把手枪对准了农民。这时，米凯莱挺身而出，挡住德国人，说：'别开枪，他们是无辜的。'这样，他跟其他人一起被杀害了。唉，整个家庭被毁了，要知道，这是战争，一家都被杀了，一出真正的悲剧，男人、女人、孩子们，米凯莱倒在他们上面，胸前中了好几枪，可怜的人，德国人朝农民开枪的时候，他在中间挡住。我们知道这一切，因为有一个女孩子当时躲在草垛里，这样她才免于一死，然后她下山来讲了事情的原原本本。怎么，你们竟然不知道！整个丰迪都传遍了。唉，要知道，战争毕竟是战争。"

米凯莱就这样死了，我用双手捂住脸，一动也不动，后来，我觉得自己在哭，因为我的手指都湿了，我大口地深深地喘气，开始抽泣起来。我似乎在为所有的人哭泣，首先是为了我像儿子一样钟爱的米凯莱哭泣。然后，为了罗赛塔哭泣，也许她倒不如像米凯莱那样死了好。对于我来说，在苦苦盼望了一年之后，如今再也没有什么可盼望的了。这时，我听到孔切塔说道：

"哭吧，哭吧，这样你会好受些，我也是这样，我的儿子们逃往山里去的时候，我哭过不知道多少次，后来，我就感到好受些。哭吧，哭意味着你有一颗善良的心，哭会让人好受些，因为可怜的米凯莱的确是一位圣人，而且很有教养，如果不是被害，将来肯定会成为部长的。要知道，这是战争，在这场战争中，每个人都失去了一些东西。但菲斯塔比任何人的损失都大得多，因为那些在战争中失去财富的人，可以再创造财富，但儿子是不能再生出一个来的，唉，是不能再生的。你哭吧，哭吧，这样你会好受些。"

总而言之，我哭了好一阵子。这时，我听到周围的人在谈论着他们的事情，我抬起头来，看见孔切塔、维钦佐和克洛林多在打谷场的角落里讨论我弄不清楚的一批面粉账目。罗赛塔离他们不远，站在那里等着我停止哭泣。我望了望她，又一次感到心里发怵，我发现她的面孔冷冷的，无动于衷，眼睛里没有一滴泪水，就像什么也没有听见，就像米凯莱的名字跟她毫无关系似的。我想，她现在已经失去了任何感觉，就像有的人烧伤以后，伤口结了老茧，然后把手放到烧得通红的炭火上，却什么也感觉不出来了。看到她那种冷漠的样子，我又为米凯莱的死而悲伤，因为我想，米凯莱是爱她的，他也许是唯一能够使她恢复常态的人，现在他已经死去，这样就什么法子也没有了。说实话，当时比米凯莱的死更使我痛苦的，是罗赛塔听到他死去的消息时的冷淡态度。孔切塔说得有道理，这是战争，我们这些人也成了这场战争的一部分。我们表现出来的一举一动，好像战争——而不是和平——是人的正常的生存状况。

最后，我站了起来。克洛林多说道：

"走，去看看你们怎么安置。"

我们跟随孔切塔朝着干草屋走去。这一次没有干草，相反却是三张带垫子和被子的床。

孔切塔说道：

"这是丰迪旅馆那个可怜的老板的床。这个可怜虫，他们把他的所有东西抢光了，旅馆空空如也，什么也没有了，他们甚至拿走了夜壶。这个冬天，我们用这些床挣了点钱。过往的难民像吉卜赛人似的一无所有，我们向他们提供住宿，因此挣了点钱。这些东西的可怜的主人逃走了，有人说他们在罗马，有人说他们在那不勒斯。他们一旦回来，我就把床铺还给他们，要知道，我们是正派人，不过是趁此机会挣点钱，是的，挣点钱，唉，要知道，战争毕竟是战争。"

这时，克洛林多说道：

"但对这两位女士，你可绝对不能收钱。"

孔切塔热情地说道：

"知道，谁让她们付钱啦？我们是一家人。"

“你还要给她们吃的，然后我来结账。”克洛林多补充说。

“给吃的，当然，只是简单一点儿，乡下土货，她们也将就些，是的，乡下土货。”

过了一会儿，他们走了，我关上房门，屋子里几乎暗了下来，我挨着罗赛塔在一张床上坐了下来。

我们都默不作声，过了一会儿，我粗声地问她：

“你怎么回事，你能不能告诉我你到底怎么啦？米凯莱死了，你不难过吗？要知道，他是爱你的。”

我看不清她的面孔，因为屋里已是半明半暗，我听到她回答说：

“是的，我难过。”

“就这么说说罢了？”

“那我该怎么说呢？”

“你是怎么啦，你说，你说话呀，你对这可怜的人一滴眼泪也没有，他是为了保护像我们这样的可怜人而死的，他死得像个圣人。”

她没有作声，这时我不知是怎么回事，发狂似的摇晃她的胳膊，重复说道：

“你怎么回事，告诉我你怎么啦？”

她慢慢地挣脱了身子，用坚定而不慌不忙的口气说道：

“妈妈，我毁了，你不要管我。”

我不再说什么，一动不动地坐着，两眼睁得大大的，望着我的前方。她站了起来，走向旁边的床铺，背朝我躺了下来，我也躺了下来，很快就昏昏入睡了。

我一觉醒来，已经是晚上，我旁边床铺上的罗赛塔不见了。我一动不动，直挺挺地躺了一会儿，既不能起来，也不能做任何事，这既不是因为疲劳，也不是因为没有那个愿望。这时，透过茅屋的墙壁，我听到孔切塔在打谷场上跟人讲话的声音，我一跃而起，走出房门。孔切塔紧靠着屋门在打谷场上摆好了桌子，她的丈夫也在那里，但没有罗赛塔和克洛林多。我走近问道：

"罗赛塔在什么地方？你们看见她了吗？"

孔切塔回答说：

"我以为你是知道的，她跟克洛林多一起走了。"

"这是怎么回事？"

"是这样，克洛林多用卡车把一些难民送到莱诺拉去，于是他也捎上了罗赛塔，免得回来的时候孤单。我想他们明天下午就回来了。"

我心里难过得说不出话来。罗赛塔从来不曾这样过，不告诉我一声就走了，再说，她是跟克洛林多这样的人走的。我几乎不相信自己的耳朵，继续追问道：

"她没留下什么话？"

"什么也没说，她只是说她想告诉你一声，她不愿吵醒你，因为她是一个好女儿。要知道，这就是年轻人，这就是青春，她喜欢克洛林多，她愿意跟他在一起。我们这些上了年纪当母亲的人，往往难为自己的孩子。我的儿子们也离开家庭跟女孩子单独待在一起。克洛林多是个漂亮的小伙子，他和罗赛塔正是美好的一对。"

这时，我说漏了嘴：

"如果没有发生那件事的话，她连正眼都不会看克洛林多一眼。"

话一出口，我就后悔，但是已经晚了，那个巫婆追着我问道：

"发生了什么事，真的，我有点儿惊讶，罗赛塔不加任何考虑跟着他走了，可我并不感到奇怪，你知道，年轻人嘛。告诉我，发生过什么事情？"

我不知道什么缘故，也许因为罗赛塔的这种行动有点儿激怒了我，也许多少为了向人发泄心中的不快，尽管是向孔切塔，我一五一十地诉说了教堂、摩洛哥人，以及他们对罗赛塔和对我所干的事情。孔切塔一面盛着汤，一面不断说：

"可怜的姑娘，可怜的孩子，可怜的罗赛塔，我真难过，我真难过。"

她坐了下来，听我诉说完后，说道：

"但要知道，这是战争。再说这些摩洛哥人，他们也是年轻人，看到你的女儿那么漂亮年轻，他们克制不住了，欲望占了上风，要知道是……"

没等她说完，突然间，我愤怒地跳了起来，手里拿着刀，大声喊叫起来：

"你不知道，这一切对罗赛塔意味着什么。你是一个婊子，婊子养的，你想让所有的女人像你一样是婊子。如果你再这么说罗赛塔，我就宰了你，我说到做到，就像上帝是真的一样。"

她看见我生这么大的气，跟着也跳了起来，然后合起双手，说道：

"天哪，你干什么发这么大火？我说了些什么？说了战争毕竟是战争，年轻人毕竟是年轻人，摩洛哥人也是年轻人。你不必发火，现在克洛林多会为罗赛塔考虑的，只要他为罗赛塔考虑，你看着吧，罗赛塔什么也不会缺了。你还会看到，他做黑市生意，他有吃的有穿的，你放心，罗赛塔跟了他什么也不用操心了。"

我终于明白跟那女人再谈下去是白费口舌，我放下小刀，喝了一点儿汤，不再说什么。那天晚上，吃的东西就像有毒一样难以下咽，我一直在想着罗赛塔，想着过去的她和现在的她。她跟着克洛林多走了，就像一个只要男人招招手就卖身的妓女一样，她不告诉我一声就走了，也许，她再也不愿意跟我在一起了。晚饭在静默中结束了，我回到屋里，倒在床上，但没有合眼，两眼圆睁着，耳朵竖着，整个身体由于无名怒火而僵直着。

　　第二天，罗赛塔没有回来，一整天我都焦躁不安，在橘林里乱转，不时地朝着大路探望，看看罗赛塔是不是回来了。我跟维钦佐和孔切塔一起吃饭的时候，孔切塔总是以同样的兴奋、可笑的方式安慰我，向我反复唠叨罗赛塔跟克洛林多一起会过得多好，从今以后她什么也不会缺的。我什么也没说，因为我知道说也没有用，发火的情绪也过去了。

　　晚饭以后，我待在茅屋里终于迷迷糊糊地睡着了。将近半夜时分，我听到门慢慢地打开，我睁开双眼，月光下，我看见罗赛塔踮起脚尖走了进来。她摸黑进来，站在我们两张床当中的小柜子前待了一会儿，点燃了蜡烛。我合上双眼，假装睡着。现在她站在我的面前，烛光下，我可以看见她正像孔切塔预言的那样，全身衣服焕然一新，穿着薄而轻的红裙和白衬衫，黑而亮的高跟皮鞋。我发现她还穿了丝袜。她先把上衣脱了下来，久久地打量着它，然后放在床尾的凳子上。然后脱下裙子，把它跟上衣放在一起。她身上还剩下黑色带孔的衬裙，透过小孔，可以看到身体各个部分的雪白的肌肤。然后，她坐了下来脱鞋，拿起鞋在烛光下看了一会儿，放到床底下。脱完鞋后，她又脱下衬裙。当她站着脱衬裙的时候，怎么也脱不下来，因为内衣贴在了臀部和大腿上，我发现她穿着紧紧裹着臀部的黑色袜带，扣带吊在大腿上，用来系住长筒丝袜。罗赛塔从来不穿吊袜带的，不管是黑色的还是其他颜色的，她通常穿高于膝盖的有弹性的袜子，这吊袜带使她的人整个变了，她的身体似乎不再是她本人的，而是别人的了。从前，她的身体是健康、年轻、结实和纯洁的，正是少女的身体。如今相反，由于穿上那个裹得紧紧的黑色吊袜带，她显出了一种我弄不清楚的挑逗，大腿显得特别白，汗毛金灿灿的，臀部丰满，小腹突出。总而言之，这不像是我从前的女儿罗赛塔的身体，而是跟克洛林多做爱后的罗赛塔的身体。我抬起眼睛看她的面孔，这时我发现，她脸上的神气也变了。烛光下的罗赛塔的面孔突然显出一副贪婪、专心、谨慎的表情，使我想到一个从事不光彩职业的女人的面孔，这种女人在人行道和出租的屋子里度过许多小时后，深夜回到家里，算计着当天挣了多少钱。这一次，我控制不住自己了，厉声叫道：

"罗赛塔。"

她马上抬起眼睛望着我，然后不情愿地慢慢说道：

"妈妈。"

"你上哪里去了？我担心了整整三天，为什么你不事先告诉我一声？你上哪里去了？"

"我跟克洛林多做伴去了，这不回来了。"

我坐了起来说道：

"罗赛塔你干了什么事情了？你已经不再是你了，罗赛塔。"

她慢条斯理地说道：

"恰恰相反，我还是我，为什么我不应该是我本人呢？"

我伤心地说道：

"我的女儿，那个克洛林多，谁了解他呢？你跟克洛林多发生了什么关系？"

这一次，她没有回答，坐了下来，垂下眼睛，但她的仅仅戴着吊袜带和乳罩的差不多全裸的身体，已为她做了回答，她的身体已经跟过去的身体不大一样。我已经失去了耐心，从床上霍地跳下来，攥住她肩膀，一边摇晃，一边说道：

"你是想以沉默来让我绝望，我知道你为什么不回答我，你以为我不知道呀？你不想回答是因为你干像个婊子的事情，现在你是克洛林多的婊子，你什么也不愿说是因为你欺瞒你的母亲，你想继续当婊子。"

她仍然不说话，我便继续摇晃她，我失去理智地吼叫起来：

"这个你至少得脱下来。"

我抓住她的吊袜带，这次她不动弹也不反抗，她耷拉着脑袋坐着不动，几乎缩成一团地对付我。我攥住吊袜带，但揪不下来，因为她有力气，这时我把她推倒在床上，她面孔朝下跌倒在被子上，我在她屁股上扇了两大巴掌。然后，我跌坐在我的床上，喘着粗气，嚷道：

"难道你没有发觉你变成了什么人？你怎么会一点儿都不明白。"

这一回，谁知道为什么，我等待着她的反抗。相反，她从床上起来，好像现在只为她的袜子操心，我刚才试图揪下她的吊袜带，但我只扯开了一部分吊扣。实际上，一只袜子已经抽丝，从大腿滑落到膝盖下。她把一根手指放在嘴里蘸湿，然后把那里弄湿以免继续抽丝。然后，她用通情达理的语气说：

"妈妈，你为什么不睡觉？你可知道，已经很晚了。"

我明白，她已经不可救药，我激动地扑倒在床上，背朝着她。我能够看到正对着我的墙壁上烛光投射的她的影子，听到她还在活动，但我没有转过身子。终于，她吹灭了蜡烛。夜深人静了，我听到她的床嘎吱作响，因为她已经躺下，正在摆弄一个最舒服的睡觉姿势。

　　我还想跟她谈许多事情，天色已蒙蒙亮，我可以看得见罗赛塔，可我实在无法摆脱看到她变化很大的眼神时的愤怒。我本来想对她说，我理解她，我理解她遭到摩洛哥人糟蹋后已经不再是过去的她，如今她想跟一个使她感到自己是女人的男人搞在一起，以便忘掉他们对她所干的那种事情。我还理解，她在圣母的眼皮下遭到糟蹋，圣母也无法阻止这种事的发生，从此对于她来说，任何事情，包括宗教在内，都无所谓了。我本来想对她谈谈这些话的，也许还想把她搂在怀里，吻她，抚摸她，跟她一起伤心地大哭一场。可同时，我又感到，我再也无法跟她讲什么了，再也无法跟她真诚相待，因为她已经变了。在她变化的同时，我也发生了变化，这样，我们之间的一切也都发生了变化。我曾多次想爬起来，躺到她的床上，搂着她，但我放弃了这个想法，昏昏地睡着了。

　　第二天和以后的日子，一切都是老样子。罗赛塔几乎不跟我说话，但并不像个受委屈的人，而是无话可说。克洛林多老是跟她厮混在一起，毫无羞耻地在我的眼皮下抚摸她，搂着她的腰，摸她的脸或其他地方。罗赛塔甚至高兴地任他摆弄。孔切塔总是合掌赞叹他们的确是美好的一对。而我内心对此是说不出的绝望，但我毫无办法，也没法说什么。一天，我试着让她回忆起在南斯拉夫的未婚夫，你们知道她是怎么回答我的吗：

"嘿，他也会搞个南斯拉夫的女人的。再说我不能等他一辈子。"

罗赛塔很少待在小屋子里。克洛林多整天都带她坐在卡车驾驶室里，驾驶室已成为他们的家了。不妨看她是怎样顺从他和跟在他后面跑的。只要克洛林多走到空地招呼一声，她马上就撂下一切事情跑过去。他不是用声音喊她，而是用口哨声，就像召唤狗一样；而对她来说，似乎挺喜欢他像狗那样待她。旁观者看得出来，他邀请她是为了干那种她以前没有尝过滋味，因而是新鲜的事情，如今她已经无法离开它了，就像酒鬼离不开酒，烟鬼离不开烟一样。是的，她如今已经对摩洛哥人用暴力蹂躏她的事情迷恋上了。这也许是她所有变化中最可悲的一个方面，我简直没法相信这种事。她对暴力的反抗已经被她自己扼杀了，她表现出来的竟是接受和寻求那种暴力，而不是拒绝和反抗它。

她和克洛林多坐着卡车在丰迪和丰迪周围的地方转悠，有时还开车到弗罗西诺内或泰拉契那甚至到那不勒斯，于是他们就在外面过夜。而她每次回来，似乎更加迷恋克洛林多，她的每一个微小的变化我都看在眼里，她越来越像个妓女。自然，人们不再谈论去罗马的事，因为盟军还没有打到罗马。克洛林多还让我们知道，即便盟军占领了罗马，也不意味着我们将离开丰迪，罗马在很长时间里是不能去的，罗马可能被宣布为军事区，去那里将需要各种各样的通行证，谁知道到什么时候这些通行证才能弄到。总而言之，那种刚解放的时候出现的明朗前景，如今，由于罗赛塔的表现，由于克洛林多的插足，对我来说，变得一片漆黑了。现在连我自己也搞不清楚她是不是真的想回罗马，恢复往日的生活；我知道，自打我们不再是我们自己，那往日的生活也就不可能再是原来的样子了。我在橘林之间的小屋子里所度过的日子是那个时期最糟糕不过的，因为我知道罗赛塔整天跟克洛林多做爱，我知道这种事，不仅仅是因为我猜了出来，也是因为我目睹了，也就是说，他们就在我的眼皮底下这么干。有的时候，譬如说，我们已经上床，这时从空地传来了往常的口哨声，罗赛塔就马上起来。我生气地问道：

"这么晚你还上哪里去？可以知道你要上哪里去吗？"

她匆忙地穿好衣服，并不回答我，就跑出去了。她整天都是紧绷着脸，贪婪，沉思默想，就像第一次她从莱诺拉回来时我看见的那样。烛光下，我终于彻底明白，她已不再是以往的她了。一天深夜，我看见克洛林多就待在屋子里，至少我几乎可以肯定是这样，因为我被罗赛塔床上的响声弄醒了，这时我从床上坐了起来，尖起耳朵听着，然后在黑暗中问罗赛塔她是不是睡着了。她用不耐烦的口气回答：

"当然了，我能做什么？我睡着了，而现在你把我吵醒了。"

我半信半疑地又躺了下去。我肯定他们停止了动作，不出声了，直到他们以为我重又睡着了。天蒙蒙亮时，克洛林多悄悄地走了出去。但那次我不想起来点燃蜡烛，因为我根本不愿意看见他们在床上抱成一团。他走了出去，像我方才说的天刚蒙蒙亮，尽管我没有睡着，但我假装熟睡着，闭上眼睛，但从他开门和关门所发出的轻轻吱嘎声中，我明白了一切。有很多次，晚饭后他们坐上卡车走了，他们到天知道什么地方去做爱，然后深夜才回来。几乎每天都是如此。这是一种永不知足的肉欲，他的眼皮下面总是有两个大黑圈，甚至人也瘦了；而罗赛塔，很明显的是，一天比一天更像一个我说不出来的那种无精打采、心满意足的女人，这是那种跟一个喜爱的男人拼命做爱，沉迷于那种事情的女人的特征。

终于，过了一个月这种生活之后，我开始以这样的想法来安慰自己：不管怎么样，克洛林多是一个漂亮的年轻人，靠卡车跑黑市挣钱不少，最后他会跟罗赛塔结婚，于是一切就顺理成章。我并不很欣赏这种想法，因为我厌恶克洛林多，不过，就像人们所说的，对坏事情要睁一只眼闭一只眼，再说，不是我该跟克洛林多结婚，而是罗赛塔，如果她喜欢他，我一点儿法子也没有。我想这样下去，他们会结婚，也许到弗罗西诺内去生活，他在那里有家，他们会有孩子，也许罗赛塔会幸福的。这样的前景使我多少获得一点儿安慰。可同时我又感到不安，因为克洛林多闭口不谈结婚的事，罗赛塔也是这样。于是，一天晚餐后，我在屋子里鼓起勇气问她：

"好吧，我不想知道你们在一起的时候干了些什么和没干什么。但至少我想知道，他有没有认真的打算，如果有的话，像我所希望的那样，你们打算什么时候结婚？"

她坐在床上，面对着我，正打算脱鞋。她站了起来望着我，然后简单地说道：

"妈妈，克洛林多已经结了婚，他在弗罗西诺内有妻子和两个孩子。"

说实在的，听到这种回答，我的血液噌地冲上了脑袋，再说我是乔恰里亚的女人，我们这些乔恰里亚人个个都是热血人，刀搁在脖子上都不当回事。我丝毫没有意识到自己的行为，从床上一跃而起，扑向她，揪住她的脖子往床垫撞击，又扇了她好几下耳光。她尽量用胳膊保护自己，我一面打她，一面吼叫：

"我宰了你……你愿意当婊子，我就先宰了你。"

她继续尽量用胳膊保护自己，挡住我的拳头，但是不以任何方式做出反抗和反击。终于，我上气不接下气地放开了她，这下她一动不动，还是原先的样子，在床上翻过身子，面孔埋在枕头里，我不明白她是在哭，还是在想什么或干什么，我坐在床上，气喘吁吁地望着她，我感到一种说不出来的绝望，因为我知道，我可以杀了她，可这主意无济于事，因为我知道我已无能为力，对她没有任何权威可言，她一直是躲着我的。最后，我怒气冲冲地说道：

"现在我想跟那个流氓克洛林多说话。我倒想看看那家伙将如何回答我。"

听了这话，她从床上起来，我看见她的眼睛和面孔没有泪水，像平常一样，冷漠而无动于衷。她平静地说道：

"你再也见不到克洛林多，因为他回家了。他在丰迪没有什么可干的了。他回到了弗罗西诺内，今天晚上我们已经告别，我再也见不到他了，因为他的岳父威胁要带走女儿，因为他妻子手里有钱，他必须服从。"

我又倒吸了一口气，因为这也是我没有预料到的；我尤其没有预料到的是，她非常冷淡地告诉我她跟克洛林多分了手，就像这件事跟她没有关系似的。不管怎么说，他是她生活中的第一个男人。我内心里希望他们真心相爱；相反，事情完全不是这样，他们厮混在一起，在做爱之后，一个付钱，一个收钱，他们就再也没有什么可说的了，他们毫不遗憾地分了手，好像他们从未见过面，也不相识一样。总而言之，罗赛塔确实变了，我不能不重复这一点，但是，我已习惯把她看成是我过去的罗赛塔，我搞不清楚，她到底变化到了什么程度。我吃惊地说道：

"那么，你给他当了婊子，现在他跟你断绝了关系，他走了，你是这么说的吗？"

"那我该怎么说呢？"

我做了一个表示气愤的动作，她马上做出恐惧的反应，好像害怕我要打她似的，这使我心中很不好受，因为作为一个母亲，我不愿意让女儿害怕，而希望得到女儿的爱戴。我说道：

"你放心，我不再碰你了……只是看到你落到这种地步，我的心都哭了。"

她没有说什么，重又脱衣服。这时，我突然发火地大声说：

"现在，谁把我们送到罗马？克洛林多说过，罗马一旦被盟军解放，他送我们去罗马的。罗马被解放了，可克洛林多不见了，谁送我们去罗马呢？明天，无论如何，我要回罗马去，哪怕我们必须走回去。"

她平静地回答说：

"罗马还不能去，还要等些日子。不管怎样，孔切塔的两个儿子总有一天会送我们去罗马的。他们明天晚上回来，因为他们送克洛林多回弗罗西诺内，如今，他们接过了克洛林多的卡车。你放心，我们会回罗马的。"

这个消息并不让我感到高兴。直到现在为止，孔切塔的儿子们没有露过面，他们好像在那不勒斯忙于跑黑市。不过，我觉得他们比克洛林多还要讨厌，我根本不愿意跟他们一起到罗马去。我说道：

"对你来说，什么都不在乎了，不是吗？"

她望着我，然后问道：

"妈妈，为什么你要这么狠心地折磨我呢？"

她的声音中带着以往的亲切，我几乎被她这种反应打动了：

"宝贝女儿，因为在我看来，你已经变了，任何人任何事对于你都无所谓了，对我也是这样。"

"我会变的，我不否认，可我对你还是跟以前一样。"

就这样，她承认自己变了，但同时她向我保证，让我知道，她像过去一样地爱我。我不知道，她这是在让我难受，还是在安慰我。我默不作声。谈话就此结束。

第二天，像罗赛塔告诉我的那样，卡车从弗罗西诺内开回来了，但只有孔切塔的一个儿子罗萨里奥，另一个儿子在那不勒斯继续干他的事。正如我说过的，孔切塔的两个儿子都令人厌恶，尤其是罗萨里奥更让我生气。他个头不高，块头大，壮实，长着一张难看的面孔，棕色的四方脸，前额很低，头发垂在前额的当中，小鼻子，颌骨突出。罗马人称这种人为粗俗的汉子，乡巴佬，不知羞耻的土包子，再说，他既不善良也不聪明。他到来的那天，在饭桌上，从不说话的他，几乎变成了嚼舌头的人了。他对罗赛塔说道：

"我给你带来克洛林多的问候，他说你去罗马以后，他会来找你。"

罗赛塔连眼皮也不抬，生硬地说道：

"请你对他说别来，我再也不愿意见到他。"

这时我才第一次明白，罗赛塔的冷漠都是虚伪的，她过去或许现在仍想念着克洛林多。说来也奇怪，事实上她仍然在为那个卑鄙的家伙痛苦，这比她对他感到无所谓更使我烦恼。罗萨里奥问道：

"那为什么？你不是跟他搞在一起的吗？你不再爱他了？"

我老大不高兴地看着罗萨里奥对罗赛塔说话的那种既不尊重也不诚恳的样子，就像在跟一个没有权利表示反抗和愤怒的婊子说话一样。最令我伤心的是罗赛塔的回答：

"克洛林多对我做了一件他不该做的事情。他从来没有对我说过他已经结过婚了。只是昨天我们决定分手的时候，他才告诉了我。在他自由自在的时候，他对我隐瞒了真情，只是到了不得不说的时候，他才如实告诉了我。"

这全是命里注定的，我简直无法理解罗赛塔，也无法理解她遭遇的这件事情，因此，我痛苦地感受到比任何时候都强烈的震惊。她也只是在最后的时刻才知道他有妻子和儿女。她讲这件事情时的腔调，就像一个对一切都满不在乎的人，像一个不懂得自重，也没有尊严的女人，知道了事情的真相，都奈何不得她所爱的男人。我气得差点晕过去。这时，罗萨里奥奸笑地说：

"在这一切之后，他何必要对你坦白呢？你们两个并不打算结婚，不是吗？"

罗赛塔的脑袋垂到饭碗上，没有作声。但那个巫婆孔切塔插嘴说：

"过去的事情了，要知道，战争年头，一切都变了，小伙子追求姑娘并不向她表白自己已经结婚，姑娘跟小伙子做爱，并不要求他跟自己结婚。过去的事情了，一切都变了。一个人结了婚，还是没有结婚，他有老婆孩子，还是没有，这有什么关系呢？过去的事情了。重要的是人们相爱，克洛林多肯定是爱罗赛塔的。要相信这一点，只要看看他给她买的衣服就够了。第一次遇见罗赛塔，她像个吉卜赛人，如今像个太太了。"

孔切塔一贯用这样的话来包庇有罪孽的人，因为她自己就是个罪人；不过，她归根结底说的是大实话，战争的确改变了一切，从我的女儿的身上，从她由一个纯洁、善良的天使，堕落成一个冷漠的、不知羞耻的女人，我亲身感受到了这一点。这一切我都是知道的，我也知道这些全是实在的情形。我对我耳闻目睹的种种事情感到非常难受。突然，我跳了起来，反击孔切塔：

"你们就盼着战争，你和你的儿子们，那个作孽的克洛林多，那些摩洛哥刽子手，总而言之，你们这一帮人，为了满足自己的需要，竟然去干那种正常时期没有勇气干的事情。该了结了。我要正告你，这一切不会长久的。总有一天，一切都将恢复本来的样子，那时，你和你的儿子们，还有克洛林多，你们会感到难受，而且会非常难受，你们将发现，道德、宗教和法律将仍然存在，正直的人们比罪犯更有价值。"

维钦佐，正是他偷走了主人的东西，听了这番话直发呆，摇着脑袋说道：

"金玉良言。"

但孔切塔耸了耸肩膀，说道：

"你何必发这么大火呢？你生活，也让别人生活；让别人生活，你也能生活。"

罗萨里奥笑了起来：

"切西拉，你是战争之前的人，相反，我们这些人，我的兄弟和我、罗赛塔、我的母亲和克洛林多，我们是战争之后的人。譬如说，你看看我，我装上一车罐头和军衣到那不勒斯去，我马上抛出，又装上一车准备在乔恰里亚倒卖的东西，喏，这就是结果。"

他一面说，一面拿出一沓钞票，在我的鼻子下面晃了晃：

"我一天当中挣的钱比我父亲五年挣的还多。一切都变了。不再是贝尔塔纺线的时代了，你要相信这一点。再说你为什么要为罗赛塔操这么多心呢？她也能分清楚战争之前和战争之后是两码事。她也变了。她学会了生活。也许你从来不喜欢爱情。老人们教导你说，如没有神父为你祝福，爱情就谈不上是爱情，而且就不能成为名副其实的爱情。可相反，罗赛塔却知道，不管有没有神父，爱情总是爱情。罗赛塔，不是这样吗？你说呢？你对你妈妈说说你所明白了的事情。"

我吃惊不已。而罗赛塔却镇静自如，似乎因为罗萨里奥说的这番话而得意。罗萨里奥继续说道：

"譬如说，不久以前，我们一起在那不勒斯，罗赛塔、克洛林多、我兄弟和我，我们相处得像朋友，没有嫉妒，没有矛盾。尽管罗赛塔在我们之间，大家都喜欢罗赛塔，可克洛林多、我的兄弟和我，我们仍然是好朋友，我们四个人在一起，非常开心，罗赛塔，不是这样？"

这时，我就像片树叶一样浑身颤抖。因为我终于明白，罗赛塔不仅仅是行为不端的克洛林多的情妇，她还是整个集团寻欢作乐的对象。也许，也许，她不仅跟克洛林多做爱，这是我知道的，还跟孔切塔的儿子们，也许还跟一些那不勒斯的罪犯胡搞，跟那些靠女人为生，把女人当作商品交换的男人胡来。她已经堕落成一个可怜的无可救药的女人，男人们可以随意在她身上发泄兽欲，因为在被摩洛哥人糟蹋的时刻，她原来的意愿被粉碎了。同时，某种她原来还不清楚的东西，像一团火一样，渗进了她的肉体，烧烤着她，迫使她产生了以摩洛哥人和所有她搞上的男人对待她的那种方式，来再次满足自己的欲望。

晚饭已经吃完了，罗萨里奥站起身，解开腰带说：

"现在我要开着卡车去转一小圈，罗赛塔，你愿意跟我去吗？"

罗赛塔把餐巾放在桌上，点头表示愿意，并站起身来，她面孔在烛光下流露出来的贪婪、放荡的表情，我看得一清二楚，这是她离开克洛林多后的第一次。一股我说不出的什么力量驱使我说道：

"不！你别走，待在这里。"

大家沉默了一会儿，罗萨里奥假装惊讶地望着我，好像在说：

"发生了什么事，世界颠倒过来啦？"

然后，他转身朝着罗赛塔，用命令的口气说道：

"我们走，你快点。"

我仍然坚持，但不是用命令而是用乞求的口气说道：

"罗赛塔，你别走。"

可是她已经站起来，说道：

"妈妈，我们过一会儿见。"

她没有转过身来，而是赶忙追上已经走远的罗萨里奥，好像知道他想干的事情，挽住他的胳膊，跟他走进橘林，消失了踪影。她就是这样地服从罗萨里奥的指挥，就像过去服从克洛林多一样，现在罗萨里奥带她到什么草地上去做爱，而我都奈何不得。孔切塔嚷道：

"要知道，母亲有权阻止别人对女儿的无理要求，这有什么好生气的？不过，女儿也有权利跟一个她喜欢的男人相好，为什么不行呢？母亲们永远也无法跟喜欢女儿的男人达成谅解的，可年轻人有自己的权利，我们做母亲的应当理解和宽恕，应当宽恕和理解。"

我低着脑袋，什么话也没有说，好比一朵干枯的花朵。电石灯光照着我的前额，许多金龟小飞虫围绕灯光嗡嗡叫着，飞着，不时被火焰烧着，掉下来死去。我不禁暗想，可怜的罗赛塔正像这些小飞虫，战火已把她毁了，她已经死了，至少对我来说是这样。

那天夜里，罗赛塔回来得非常晚，她进屋的时候连我也没有感觉到。但我在入睡之前，久久地思考，思考在她身上发生的一切，她已经变成了另一个人。后来，说来也奇怪，我的思想竟会转移到米凯莱身上，直到我入睡之前，我一直在思念他，我竟没有勇气上菲斯塔那里去，向他们诉说，他们儿子的死使我多么的难受，对我来说，他就像我亲生的儿子死去一样。米凯莱如此残酷、如此痛苦的死亡，就像刺一样，时时刻刻都在刺痛着我的心。我想，孔切塔说得对，这是战争，在战争中，好人死去，因为他们是最勇敢、最无私、最正直的人，有人像米凯莱那样被杀害，相反，也有人像我的罗赛塔那样堕落成了生活中的废人。最糟糕的是那些贪生怕死，没有信仰、没有宗教、没有自尊的人，他们偷窃、杀人，他们一门心思只为自己，只干利己的事情，他们却苟且活着，并且发财致富，变成比以前更加不知羞耻、更加可恶的罪犯。我还想，如果米凯莱没有死的话，他也许会给我出一些好主意。我就不至于离开丰迪回我的家乡，我们就不会碰到摩洛哥人，罗赛塔直到现在仍然会像以前那样是个善良、纯洁的天使。我暗暗对自己说，他死了实在可惜，因为他对我们两人来说就像是父亲、丈夫、兄弟和儿子一样，他善良得像个圣人，而在必要的时候，他也知道态度强硬、毫不留情面地对待像罗萨里奥和克洛林多这样的恶棍。他身上有一种我所缺乏的力量，因为他不仅善良，而且富有教养，懂得许多事理，对生活中的事情站得高看得远，不像我这样可怜的女人视野狭窄，我只勉强识点字写点字，在此之前，为了做生意，我一直在家庭和店铺之间忙忙碌碌，除此之外我什么也不懂。

突然，不知道怎么回事，我感到一种绝望情绪和一种我说不出来的狂怒。我突然对自己说，我不想再活在这样的世界上了，在这个世界上，善良的男人和正直的女人失去了价值，而恶棍却摇身一变成了主人，我想，对我来说，跟已经堕落成这样的罗赛塔生活在一起，已实在没有意思，即使是回到罗马，重新有了房子和店铺，我也不再是过去的我，活着对我来说已失去意义。这样，我突然想到愿意死去，我从床上跳了下来，双手不耐烦地舞动，我点燃了蜡烛，跑到屋子的尽头，去解开拴在一个钉子上的绳子，这绳子是孔切塔用来晾衣服的，在屋子的角落有一张草编的凳子；我站到凳子上，把绳子攥到手里，决定把它拴在屋顶的梁上，然后套在脖子上，把凳子踢掉，让自己直挺挺地吊着，了却一生。可正当我把绳子攥在手里，抬起眼睛朝天花板上寻找拴绳子的支撑点的时候，我听到身后的房门慢慢打开。我转过身去，看见米凯莱站在门槛上，正是他。他完全是我最后一次看到他，也就是纳粹们带走他时的样子，一只裤腿长，遮住了皮鞋，另一只裤腿短，露出脚踝。他像往常那样戴着眼镜，为了看清楚我，他垂下前额，透过镜片注视我，就像他活着的时候那样。当他看到我站在一张凳子上，手中攥着一根绳子的时候，对我做了一个使不得的手势，似乎在说：

"不能，不能这么做，别这样，你不应该这么做。"

于是我问道：

"为什么我不应该这么做呢？"

他张开嘴说了些我没有听明白的话，然后继续说着，我尽量听着，但什么也听不见，正像一个人竭力听玻璃窗后面的一个人说话，看得见他的嘴巴在动，由于隔着一层玻璃，什么也听不见。我不禁喊叫起来：

"你大声说话，我听不清楚。"

这时，我突然惊醒了，出了一身冷汗。我这才明白那是在做梦：自杀的想法、米凯莱的干预，还有他那我听不清楚的话。我感到一种强烈的、苦恼的、折磨人的遗憾，因为我没有听到他对我说的话。我在床上辗转反侧，琢磨着他可能对我说的是什么，我想，他要对我说的肯定是我为什么不该自杀，应当活下去，因为不管怎么样，活着要比死好。是的，他肯定用简单明了的语言向我解释了我们活人理解不到的生命的意义，而这对于死人来说是最清楚不过的。我的不幸使我没有听懂他说的话，但我做的那个梦的确是个奇迹。要知道，奇迹就是奇迹，因为一切都是可能发生的，即便是最罕见的、最难以令人相信的事情。奇迹是发生了，但只是一半。米凯莱出现在我面前，阻止了我自杀，这是真的，而我，肯定是由于我的过错，因为我不配听到他的话，所以我就没有听到我不该那么做的理由。这样，我必须继续活下去，但必须和过去一样，像往常一样地活着，并且永远也不能知道为什么生比死更可取。

第十一章

返回罗马的大喜日子来到了，然而，这一天跟我在圣泰乌菲米亚度过的九个月中朝思暮想的解放日子是多么不一样。那时，我梦想过回乡的无比快乐，坐在军用卡车里，跟那些金发的英国或美国年轻人在一起，他们也非常快乐；在我的身边是像天使一样温柔平静的罗赛塔；米凯莱也许也和我们在一起，他有时也是很快乐的。我期待着看到圣彼得大教堂的圆形拱顶出现在地平线上，这是进入罗马能看到的第一样东西。心里充满希望，脑子里满是为罗赛塔和她的婚礼、店铺、房屋而考虑的计划。可以说，在那九个月里，我考虑了这次回乡的每个细节，每一个细节的细节。我还想象回到家里的情况，乔万尼平静、微笑地欢迎我们，已熄灭的烟卷叼在嘴角。邻居们围着我们，我们拥抱了大家，一面笑着说：

"好了，我们回来了，以后再跟你们谈我们的经历。"

我曾经想象过这一切，以及其他许多事情。我记得，想到这些事情，我常常会过早地高兴得笑起来。无论如何，我丝毫也没有想过这些事情不会以这种方式发生。总而言之，我根本就没有预料到，战争就是战争，正如孔切塔说的，也就是说，战争即便结束了，它还继续存在着，就像一头奄奄一息的野兽，仍想使坏，总还想用蹄子踢一脚，挣扎一番。现在，战争在就要结束的时候，就用蹄子踢了一脚；摩洛哥人毁了罗赛塔，纳粹分子杀害了米凯莱。我们两个只得乘罗萨里奥那个恶棍的卡车回罗马了。不过，我已不再像过去预想着许多愉快的事情，如今，我满怀的是悲伤、失望和绝望的情绪。

那是六月的一个清晨，炽热的天空弥漫着夏日的光和热，土地干裂，尘土飞扬。罗赛塔和我在屋子里穿衣服，因为罗萨里奥的卡车在大路上等着我们。罗赛塔在屋外度过了大半夜，她干什么事去我心里有数，看见她悄悄进屋的时候，我继续体验到前面提到过的那种无可奈何的心情，我的心在发泄我想说的事情，而我的嘴却不知如何表达出来。终于，她在角落里脸盆前站着洗脸的时候，我说了出来：

"你能告诉我，这一夜你是在什么地方吗？"

我以为等待我的又是沉默和胡乱搪塞，然而，这一次不知道怎么回事，却不是这样。她擦干脸后，转过身来，用明确而坚定的口气对我说道：

"我跟罗萨里奥在一起，我们做了爱。你再也不要问我干什么和我到什么地方去，跟谁在一起了，因为现在你知道了，我做爱，我跟我愿意待在一起的人到我愿意去的地方。我还要告诉你这一点，我喜欢做爱，我忍不住，我也不愿意忍受。"

我惊叹地说道：

"我的女儿，你跟罗萨里奥厮混在一起，可你了解罗萨里奥吗？"

"他，或者另外什么人，对我来说都是一样。我已经对你说过，我愿意做爱，因为这是我喜欢的唯一事情，我有这方面的需要。从今以后，将永远是这样，因此，你别再盘问我，因为我只能给你同样的回答。"

她从来没有讲得这么明确过，而这也是她第一次这么对我说，我知道在她这种浪荡劲儿没有过去时，我必须照她对我说的那样去办，什么也别问，保持沉默。我这么做了，我默默地穿好衣服，而她在床的另一头也穿好了。

我们走出屋外，看见罗萨里奥跟他母亲一起坐在桌边，他正在吃生拌洋葱和面包。孔切塔马上向我们迎来，开始向我们唠叨，她那东拉西扯、自以为是的习惯腔调，在我第一次认识她的时候就使我感到厌恶万分了。现在我毫不奇怪她要说的话：

"你们就这么走了，你们要回罗马了，你们真有福气，你们是幸运的人，你们离开我们走了，离开我们这些可怜的乡下人，在这里跟我们分手，在这荒僻、一无所有的地方跟我们分手。这里所有的人忍饥挨饿，房子都毁坏了，所有的人都没有衣服穿，像吉卜赛人一样。你们真有福气，回罗马去当太太了，那里应有尽有，在这里英国人只让我们享受了三天，而在罗马，整年的时间都有吃有穿。但这使我感到高兴，因为我喜欢你们，我们所喜欢的人能够幸福和美满，这总是令人高兴的事情。"

为了打断她这番假惺惺的热情话，我开口说道：

"是的，我们有福气。我们的确是幸运的人，没得说的。尤其是碰上了像你们这样的一家人。"

然而，她没有听出我话中的讽刺意思，接过话茬说道：

"你可以大声说，我们是一个善良的家庭。你们在这里过得不错，我们待你们就像待姐妹和自己的孩子一样，你们有吃有喝，有安身的地方，尽可干你们喜欢的事情。嘿，像我们这样的家庭倒真是不多。"

"真是幸运。"

我本想回她几句，但我忍住了，因为怕耽误了我们跟那个我非常讨厌的罗萨里奥一起出发的时间，也不想在这像牢狱一般的茂密橘林耽搁下去。于是，我们向维钦佐告别，他傻乎乎地对我们说：

"你们这就走了？你们不是刚回来吗？为什么不至少待到八月呢？"

孔切塔拥抱我们，亲吻我们的脸颊，发出响亮的声音；她的亲吻就像她东拉西扯的唠叨一样，只是想愚弄我们。我们终于永远告别了那该诅咒的玫瑰色房屋。卡车停在大路上，我们登上卡车，罗赛塔挨着罗萨里奥，我挨着罗赛塔。

罗萨里奥发动马达，驱动车子，说道：

"去罗马！"

卡车在省级公路上飞奔，朝着国家公路开去。上午的时光，六月的阳光火辣辣的，充满了欢快和青春的活力。公路上灰白的尘土飞扬，篱笆墙也落满了灰白尘土。卡车放慢了速度，可以听到公路两旁稀少的树上一声接一声的蝉鸣。我聆听着蝉鸣，眺望公路和篱笆上灰白色的尘土，云雀俯冲直下，啄着骡子的粪便，然后又展翅飞向灿烂的天空，突然间，我的泪水止不住流了下来。是的，这是乡村，是我生长于其中的亲爱的乡村，在饥荒和战争的严酷年代，我求助于它，就像求助于一位母亲，一位异常苍老，但是品性善良，理解一切并宽恕一切的母亲。相反，乡村却背叛了我。一切的结局都是那么糟糕。如今，我已经变了，而乡村仍然是原来的样子，阳光温暖了一切，却温暖不了我冰凉的心；人们年轻的时候，热爱生活，觉得蝉鸣非常悦耳，如今，我对什么都不抱希望了，对蝉鸣也感到了厌烦；天真的少女还被干燥、炽热的尘土气息所陶醉，如今却相反，就像有只大手捂住我的鼻子和嘴巴，使我窒息，透不过气来。家乡背叛了我，我失去了希望，怀着绝望的心情返回罗马。我悄悄地哭泣，强咽着苦涩的泪水，同时竭力把面孔扭向公路的方向，免得让罗萨里奥和罗赛塔看见。然而，罗赛塔却发觉了，突然问我：

"妈妈，你为什么哭呀？"

她那温柔的声音几乎使我燃起了希望，似乎出于某个奇迹的缘故，我的罗赛塔又变回了过去的她。我转过脸来，正想回答什么来着，却看见她的手放在罗萨里奥的大腿上，靠近腹股沟处。我突然想起，他们不作声也不动弹有几分钟了。我知道，那种不作声和不动弹是他们在我眼皮底下随心所欲地干那种事情。罗赛塔温柔的声音，不是天真无邪的温柔，而是他们正在毫无羞耻地做爱的温柔。一大早开车的时候就这么干，简直成了不分时间、场合交配的牲畜。于是我开口说：

"我哭是因为羞耻，这就是我哭的缘故。"

听到这话，罗赛塔做了个欲抽回手的动作，然而可恶的罗萨里奥硬攥住她的手，重又把它放在大腿上面的位置。她坚持了一会儿，至少我是这么感觉的，他这下松开了手，她却不再把手抽回，我明白，对于她来说，她正在干的事情，比我的羞耻，比她的羞耻，都更为强烈，即便她还有羞耻感的话。

卡车奔驰在阿庇亚大道，马路两旁的高大的法国梧桐树长出的新的茂密的叶子，在我们头顶上连缀成一片，使人觉得卡车在一条绿色的长廊中奔驰。太阳透过树叶间的空隙，把光线洒落在马路上，似乎连毫无光泽的沥青路面也变得光闪闪地颤动着，就像一头充满生机的牲畜的背脊一样。我把脑袋转向马路另一边，避免去看罗萨里奥和罗赛塔干的事情；为了消除我不愉快的情绪，我把自己的注意力转移到风景上。这就是德国人炸毁堤坝后洪水淹没的地方，被风吹起波纹的蓝色水面上漂浮着树枝和烂叶，从前这里是一片耕地和牛奶场。车子开到了圣比阿乔海滨大道，凉爽、轻柔的海风吹拂着平静的海面，掀起了重重蔚蓝色的海浪。每一个浪头都像一只闪闪发光的眼睛，就这样，似乎整个大海在阳光下微笑。这是泰拉契那，它给我的印象比丰迪还要坏。满目荒凉的景象，所有的房屋都被机关枪的射击摧毁，墙上都是大小窟窿，黑洞洞的窗户像瞎子的眼睛，更糟糕的是，屋子只留下了空架子，尘土覆盖的破砖烂瓦堆积如山，到处是黄泥水坑。泰拉契那一个人也没有，至少我的感觉是这样，中心广场上也没有人，碎砖头堆满广场的水池，长长的马路上也不例外，两边都是废墟，一直通向大海。我想，泰拉契那恐怕也会像我们在丰迪见到的情景一样：头一天热闹得像集市，到处是人群、士兵、农民、难民，分发食品和衣服，总之，一片兴高采烈的景象，生气勃勃。部队开走，朝罗马挺进了，欢腾的景象也随之消失了，留下的只是废墟和寂静。

离开泰拉契那，卡车飞驰在通向契斯台尔纳的公路上，一边是土壤改良后绿化过的运河，另一边是宽广的平原，一直延伸到挡住地平线的蓝色的山脚。路旁的沟里不时可以看到有一些破旧的军车的残骸，轮子朝天，锈迹斑斑，难以辨认，好像战争是许多年以前在那里发生过一样，还可以看见麦田里的坦克，炮筒朝天，走近了才看到整个陷在麦穗丛中，一动不动，只剩下空壳，好像一头被击毙后被遗弃的野兽。罗萨里奥把车开得飞快，只用一只手操纵，而把另一只手伸到罗赛塔的大腿弯里，紧紧攥住她的手。我难以忍受这种发现，这是她的变化的最大迹象。突然，谁知道什么缘故，我想起罗赛塔歌唱得很好，她有一副音乐家般美妙的歌喉，过去她在家里干家务活的时候，往往放声歌唱，用歌声来陪伴自己。我坐在隔壁的房间里听得着迷，因为她的歌声里洋溢着恬静、欢快的个性，她在歌唱的时候好像永远不觉得累似的，也不会出现一丁点儿差错。歌声反映了当时她的全部性格，而现在的她彻头彻尾变了。车子在泰拉契那和契斯台尔纳之间的公路上行驶的时候，我回想起那歌声，感到有一种冲动，想要唤醒过去的罗赛塔的幻象，哪怕只唤醒就那么一刻。我说：

"罗赛塔，你为什么不唱点什么？你过去歌唱得那么好，为什么你不唱一支好听的歌……否则顶着大太阳跑在这么笔直的公路上，我们都要睡着了。"

"你想让我给你唱什么歌呢？"

我随便点了一支歌，那是两年前的流行歌曲，她马上就放开嗓子唱了起来。一动也不动，罗萨里奥的手始终在她的大腿弯里。我马上发现，她的嗓子跟过去不一样，好像犹豫不定，缺乏优美，而且跑调，她自己也发现了，因为，突然间她中断了歌唱，说道：

"妈妈，我觉得我唱不下去了，我觉得我唱跑调了。"

我本来想回答她：

"你觉得跑调，你不会唱了，这是你抓住大腿弯里的那只手的缘故，你不再是你，你不再有过去那种能使你像小鸟一般歌唱的饱满的感情。就是这个缘故。"

但我没有勇气把这番话说出来。罗萨里奥却接上话茬：

"好，如果你们愿意听，我来唱。"

他放开他那沙哑的嗓子唱起一支粗俗、傲慢的歌。此刻，我比先前更加难过，因为罗赛塔再也不能唱歌，她在这方面也变了。这时，卡车急速地行驶，很快我们就到了契斯台尔纳。

这里也像泰拉契那一样，一片荒凉景象。给我印象特别深的是广场的喷水池，周围是千疮百孔和倒塌的房屋围成的半圆形，喷水池中堆满了碎砖破瓦，还有一座雕塑，雕塑没有脑袋，只有一只黑铁钩和一只没有手的胳膊。尽管没有手，没有脑袋，却很像一个活人。这里同样是见不到一条狗，人们也许还躲藏在山上或废墟间。

卡车驶过契斯台尔纳后，公路开始穿越稀稀拉拉的软木林，看不到一间房屋，也看不到一个基督徒，只有一望无际的绿色土地，歪歪斜斜的红色树干好像是被剥了皮。天气不是那么美好，从大海那边飘来一团团扇形的灰云，这扇子后来越来越展开，变成巨大条状的云团，那一条条厚密的灰云带，越来越像天空一样宽阔。

太阳落下去了，整个乡村都是单一的颜色，呆板而缺少光泽，那些歪歪斜斜的红色软木树好像为自己的歪斜和红色而难受。我感到分外孤独，尽管马达的噪声一刻也没有停，但掩盖不住可怕的沉默，没有任何鸟儿的欢唱和蝉鸣。罗赛塔在打瞌睡，罗萨里奥在抽烟，尽管他开着车子，而我时而注视指明千米数的白色标示牌，时而眺望软木林的后面，但什么东西什么人也没有看到。然后，公路拐了一个弯，我正朝软木林眺望，突然，我的前额撞上了挡风玻璃，又仰面跌倒在座位上。我看见，公路被倒在地上的一根电线杆拦腰挡住。这时三个汉子从软木林中走出来，一面向前走，一面挥手，好像是要卡车停下来。罗赛塔醒了过来：

"出什么事了？"

但谁也不搭理她，因为我一点儿也摸不着头脑，罗萨里奥已经跳下了车，正坚定地朝三个汉子走过去。这三个人的样子我记得很清楚，就是现在我也可以在一千人当中把他们辨认出来。他们穿得很破，像那个年头的所有人一样，第一个是矮个子，金黄色头发，宽肩膀，身穿褐色绒衣；第二个是高个子，五十岁左右，身材瘦削，紧绷着瘦削的面孔，双眼深陷，灰白色的头发乱蓬蓬的；第三个是个看上去很普通的年轻人，棕色皮肤，宽脸，黑头发，跟罗萨里奥不相上下。罗萨里奥在下车时做了一个动作，我注意到了：他迅速从衣服兜里掏出一个钱包，把它塞进了仪表盘里去。我知道那钱包里有钱，突然我明白了，那三个汉子是强盗。这一切都发生在一刹那之间。我和罗赛塔惊呆了，一动也不动地注视着，透过沾满被撞死的小虫子、尘土和雨痕的肮脏的玻璃窗望着，再加上灰云密布，光线暗淡，我真有说不出的恐慌感觉，透过玻璃，我们看见罗萨里奥神色坚定地朝那三人迎了上去，因为他是勇敢的；那三个汉子威胁地面对着他。我只看见罗萨里奥的后背，但能看得见对他说话的金发男子的面孔，那人的嘴巴血红，并且有点儿歪，好像嘴角有根花梗似的，总之，金发男子问话，罗萨里奥回答，金发男子再次发话，在罗萨里奥第二次回答的时候，他突然抬起一只手，一把揪住罗萨里奥脖子下的衣领。罗萨里奥的肩膀先向右边，然后向左边猛地一晃，挣脱了出来，同时，我清楚地看见他把手伸向裤子后面的口袋。我马上听到一声枪响。然后又响了两下，我以为是罗萨里奥开的枪，相反只见他转过身子，好像要朝着卡车走来，但他耷拉着脑袋，显出奇怪的迟疑不决，然后，突然跪倒在地上，用双手支撑着地面，垂着脑袋有那么一会儿，好像在思考什么，最后一头栽倒了。那三个人连看也不看他一眼，就朝卡车走来。

矮个金发男子手中紧握左轮手枪，抓住卡车小窗口，朝着车厢里气喘吁吁地说：

"你们两个下车，快下来。"

他挥动手枪，也许不是威胁我们，而是让我们明白我们必须下车，这时，另外两个男人正搬动倒在公路上的电线杆。我明白，我们必须服从，便对罗赛塔说道：

"起来，我们下车吧。"

我正要打开车门，金发矮个子已几乎钻进了车厢里，突然他又向外探出身子，朝公路看了一眼，只见另外两个家伙对他做了个发生什么新情况的手势。他骂了一句，跳下卡车，追上他的两个同伙，一起拼命逃跑，很快跑进树林，在树干与树干之间迂回奔跑，消失了踪影。此刻，除了被移到一边的电线杆和躺在马路中间一动不动的罗萨里奥的尸体外，既没有任何人，也没有任何东西。我对罗赛塔说道：

"现在我们怎么办呢？"

几乎同时，我们旁边冲出一辆敞篷小汽车，里面坐着两名英国军官和一名开车的士兵。小汽车放慢了速度，因为罗萨里奥的尸体横在马路上，旁边是水沟，小汽车无法越过他，两名军官转过身来，望着尸体和我们两个。他们当中的一个向司机打了个手势，好像说：

"死了就死了吧，快走。"

小汽车很快启动，围着罗萨里奥的尸体转了一圈，重又开足马力飞驰而去，很快在公路尽头拐弯处消失了踪影。不知怎么回事，我回想起罗萨里奥曾把钱包藏进卡车的仪表盘里，我伸手把钱包掏出来，把它藏在怀里，罗赛塔发现了我的动作，向我投过来一个几乎是责备的眼光。突然一声猛烈的刹车声，一辆卡车在我们的旁边停了下来。

这回是个意大利人，他身材矮小，大脑袋，秃头，脸色苍白，圆眼睛，鬓角一直长到脸颊中央。他浑身大汗，一副惊慌和不满的样子，但没有歹意，就像一个人出于义务去做一件勇敢的事，同时心里又诅咒自己的命运使他显出勇气。他的手放在方向盘上，坐在车子上没有动窝，着急地问：

"发生了什么事？"

我回答道：

"他们拦住了我们的车，杀害了这个年轻人逃跑了，他们想抢我们的东西，我们是逃难的……"

他打断了我的话，问道：

"他们逃到什么地方去了？"

我用手指了指软木林的方向。他朝那方向转动着惊慌的眼睛，说道：

"看在上帝的分儿上，如果你们要去罗马的话，就赶快上我的车，快，你们快点，看在上帝的分儿上。"

我知道，如果再犹豫的话，他就开车走了。我拉着罗赛塔赶紧跳下车来。但他仍用焦急的声音朝我们喊叫：

"你们抬走这具尸体，你们抬走他，否则我怎么开过去呢？"

这时我发现他的卡车比英国军官的小汽车要宽那么多，水沟和罗萨里奥的尸体之间的空地，他的车子没法开过去。

他继续用他抱怨的声音命令道：

"你们快点儿，看在上帝的分儿上。"

我打了个寒战，对罗赛塔说道：

"你帮我一下。"

我径直跑到躺在公路上的罗萨里奥的尸体旁边。他的一只胳膊落在脑袋上面，好像要抓住什么东西但来不及抓到似的，我弯腰抓住他的一只脚，罗赛塔也弯下腰来，抓住另外一只脚；尸体沉得很，我们让他的肩膀和脑袋着地，两只胳膊摊开在沥青路面上，朝水沟拖去，罗赛塔第一个扔下尸体的腿，我马上也照她那样做，然后，我本能地急忙朝死人弯下身去，似乎担心会发现他还活着，实际上，我怀里揣了他的钱包，我必须把它藏好，因为就我们眼下的情况来说，这笔钱对我们很有用处，因此，我想再证实一下，他是不是真的死了。他确实死了。从他睁开着的一动不动望着不知什么地方的眼睛来看，我知道他确实一命呜呼了，我承认，在那紧要关头，我表现得像一个势利而胆怯的人，跟孔切塔的表现一样，她的说法就是："战争就是战争。"

我把死者的钱掏走了，为了钱，我担心他没有死，还活着，可是，一旦断定他确实死了，我又想做一件毫无意义的事来平衡我这种不光彩的心理。卡车上的人不耐烦地朝着我喊："你放心，他已经死了，没有任何法子可想了。"我俯下身子，用食指和中指在罗萨里奥的胸前画了个十字，他胸前的黑色上衣透出一大片发暗的血迹。从我的手指触摸到上衣的感觉来看，衣服被血浸透了。于是我跟罗赛塔一起朝卡车跑去。我悄悄地打量我画过十字的手指，发现手指肚上沾满刚流出的鲜血，看到这鲜血，我突然感到暗暗的内疚，几乎憎恨自己在偷窃的男子的尸体上画了个伪善的十字。我希望罗赛塔没有察觉。可是，当我在裙子上擦干手指的时候，我看见她正盯着我看，我知道她已经发觉了。我们上了车，挨着那人坐下，卡车启动了。

那人弯腰趴在驾驶盘上，两只手紧紧握住方向盘，眼瞪得大大的，由于惊慌而脸色苍白，直喘粗气。而我却为我怀里揣着的钞票担忧。罗赛塔望着前方，一张无动于衷的面孔，一点儿表情和反应也没有。我暗暗想到，罗萨里奥像条狗一样被宰了，扔在了大路上，而我们三个人出于各自的原因，对罗萨里奥竟都没有表示出任何怜悯之情。我们身边那个受了惊吓的男人根本不下车来看看他是死的还是活的。我因为掏走了他的钱包而特别注意证实他是不是真的死了。罗赛塔只是抓住他的脚，把尸体朝水沟转移，就像是搬动个什么妨碍交通、散发臭气的野兽尸体一样，就这样，没有怜悯，没有激动，也没有人道精神。一个人死了，其他人毫不理会，每个人都有各自的原因。总而言之，就像孔切塔说的，"这就是战争"，现在我担心，这场战争在真正结束以后仍将在我们灵魂中持续很久。不过，罗赛塔的表现是三个人当中最糟糕的，半个小时之前，她还跟罗萨里奥做爱。他燃起了她的欲望，使她感到满足，她既给予他乐趣，也从他那里得到乐趣，但现在她一滴泪水也没有，一动不动地坐在那里，脸上表情冷漠，无动于衷，没有一丝感情流露。想到这里，我对自己暗暗说道，一切都走向反面，整个生活变得荒诞离奇，杂乱无章，重要的事情成了渺小的，而那些渺小的事情却变得重要了。

突然间，一件预料不到的怪事发生了。一直到现在，正如我所说的，罗赛塔都没有丝毫感情上的流露，此时却开始唱起歌来。起初，她的声音还迟疑发僵，后来声音便明亮而坚定了，她唱着我方才要她唱的那支歌，当时她唱不下去，唱了第一节就中断了。这是两年前流行的一首歌曲，我刚才已经说过，罗赛塔干家务时经常唱它。她呆呆地唱着，声音不大，却显出一些感情。我起先觉得有点儿奇怪，她在罗萨里奥死后唱歌，正是她没有感情和无动于衷的证明；后来，我回想起当我要她唱歌的时候，她回答说，她唱不下去，因为她没有兴趣唱，我记得当时想，她真是变了，不再会唱歌了，因为她已不是过去的她了；我突然对自己说，也许她重新开始唱歌，是想让我明白，她并不是真的变了，相反，她永远是过去的罗赛塔，善良、温柔、纯洁，像个小天使。事实上，我一面想着这些事情，一面望着她，发现她的双眼充满了泪水，泪水从她睁大的眼睛中涌出，顺着脸颊滚落下来。我顿时完全明白了。她没有变，我的担心是多余的。她首先是为像条狗那样被残忍地杀害的罗萨里奥流泪，其次是为她自己，为我，为所有遭到战争打击、杀戮和扭曲的人而流泪。这意味着，归根结底，不仅仅她没有变，偷了罗萨里奥的钱的我也没有变，所有经历了战争的人也没有变。我突然感到欣慰，这种欣慰很自然地引出了这样的想法："一回到罗马，我就把这钱寄给罗萨里奥的母亲。"

我不再说什么，便挽住罗赛塔的胳膊，紧紧握住她的手。

车子向维雷特利奔驰的时候，罗赛塔反复地唱着那首歌，直到眼泪不再涌出才停下，她才停止了歌唱。开卡车的那个人并不坏，只是受了惊吓，也许他明白了些什么，突然问道：

"那个被杀害的青年，是你们的什么人？"

我赶忙回答说：

"什么也不是，一个跑黑市买卖的熟人，他带我们去罗马。"

他马上又恢复了惊慌失措的状态，赶忙说道：

"你们什么也别对我说，我什么也不想知道，我什么也不知道，我什么也没有看见，我们到罗马就分手，我从来没见过你们，也不认识你们。"

"可这是你向我打听的。"

"是的，你说得对，但就当我什么也没说，什么也没说。"

终于，在一望无际的绿色平原的尽头出现了一条白色黄色相间的长带，这是罗马的郊区。这条带子的远处，在灰色天空的背景下，清晰地显出圣彼得大教堂的拱顶。上帝知道，这一年当中，我一直盼望能重新见到这耸立在地平线上的教堂的圆屋顶，它是那么亲切，那么微小，同时又是那么宏伟，简直是大地的造化，是一座丘陵或者一座大山。它是那么坚实，尽管只不过是个黑影；它是那么可亲和熟悉，因为我曾上千次地见到它，注视它。对我来说，那个圆形拱顶，不仅代表罗马，而且代表我在罗马的生活，我跟自己和其他人和睦相处的平静生活。地平线尽头的圣彼得教堂的圆形拱顶，好像在对我说，我终于能够满怀信心地回到家里，在经历了种种变化和悲剧之后，以往的生活又将重新开始；它还对我说，这崭新的信念，我应该把它归功于罗赛塔，归功于她的歌和她的眼泪。没有罗赛塔的那种痛苦，一年以前背井离乡的两个无罪的女人就不会回到罗马，尽管她们经过战争，并且出于战争的缘故，一个变成了小偷，另一个变成了妓女。

我深深感到痛苦。我又想起米凯莱，在这期望已久的返回家园的时刻，他没有跟我们在一起，而且，将永远不跟我们在一起了；我回想起那天晚上他在圣泰乌菲米亚的茅屋里高声朗读福音书里关于拉撒路的那一段。他对一窍不通的农民非常生气，他大声嚷嚷，说我们都是像拉撒路那样等待复活的死人。那时，我对米凯莱的这番话半信半疑；可现在，我明白米凯莱是有道理的，因为在一段时间里，我们两个人，罗赛塔和我，也死去了，带着别人的怜悯和自己的怜悯死去了。然而，在最后的时刻，痛苦拯救了我们。因此，从某种意义上来说，关于拉撒路的那段福音书，对我们来说也是适合的。因为痛苦，我们终于从战争中走出来了。战争曾把我们禁闭在冷漠和邪恶的坟墓里。我们又走上了我们的生活之路。生活也许是一种充满黑暗和谬误的可怜的东西，然而，生活应当是我们唯一的依托，如果米凯莱还跟我们在一起的话，他肯定会这样对我们说。